KB058385

구름과 달이 만날 때

2

구름과
달이
만날 때

2

딩모 장편소설 | 양성희 옮김

arte

차례

38. 우위   7

39. 탄자오   20

40. 우위   29

41. 탄자오   39

42. 우위   48

43. 탄자오   59

44. 우위   80

45. 탄자오   90

46. 우위   98

47. 탄자오   108

48. 우위   118

49. 탄자오   128

50. 우위   139

51. 탄자오   152

52. 우위   163

53. 탄자오   176

54. 우위   184

55. 탄자오   194

56. 우위   208

57. 탄자오   218

58. 우위   228

59. 탄자오   237

60. 우위   249

61. 탄자오   261

62. 우위   273

63. 탄자오   282

64. 우위   297

65. 탄자오   307

66. 우위   327

67. 우위   335

68. 우위   349

69. 탄자오   361

그 후의 이야기   367

.

38

우위

탄자오가 나를 끌어안자 온몸을 팽팽하게 감싼 고통이 순식간에 수그러들었다. 거친 세상을 떠돌다 고향집에 돌아온 느낌이랄까. 하지만 아직 긴장을 늦출 수는 없었다. 위험천만한 이 집을 당장 떠나야 했다.

천바오주의 슬픈 고백이 길게 이어졌다. 탄자오가 두 번이나 위기 상황임을 경고했지만 교수님 가족은 서로에 대한 증오에 휩싸여 꼼짝도 하지 않았다.

불길이 순식간에 퍼졌는지 강한 열기가 훅 끼쳐왔다. 집 바깥은 이미 시뻘건 화마에 휩싸였을 것이다.

"일단 가자."

나는 탄자오의 부축을 받으며 계단을 오르기 시작했다. 우리가 머물렀던 2층 방 창문으로도 어렴풋이 빨간 불길이 보였다. 2층 창문에서 뛰어내릴 생각이었는데, 이미 늦었다.

이때 천바오주가 희망적인 말을 꺼냈다. 강도들이 불을 지를 걸 알고 미리 탈출 방법을 마련해뒀다는 것이다. 나는 천바오주가 부디 끝까지 완벽하게 영웅 역할을 해내길 간절히 바랐다.

"교수님, 다른 일은 일단 여기에서 나간 후에 생각하세요."

교수님은 그제야 정신을 차리고 할머니를 설득했다. 할머니는 화를 참지 못하고 얼굴이 붉으락푸르락했지만 결국 교수님의 부축을 받으며 천바오주의 뒤를 따라 계단을 올랐다. 탕란란이 그 뒤를 따라왔다.

그런데 내가 교수님을 설득한 것이 뜻밖에도 천바오주 심기를 건드린 모양이었다. 뒤에서 천바오주 목소리가 날아들었다.

"두 사람, 오지랖이 너무 심한 거 아니야? 내 가족은 내가 구해. 두 사람이랑은 상관없는 일인데 왜 자꾸 끼어들어?"

난 그냥 무시했다. 어차피 이성을 잃고 날뛰는 살인마니까. 이때 탄자오가 나서서 부드러운 말로 천바오주를 달랬다.

"그게 아니에요. 저희는 저희가 살려는 것뿐이에요. 언니가 강도들을 죽이지 않았으면 저희는 이미 죽은 목숨이죠. 언니 덕분이에요. 정말 감사해요."

다행히 천바오주의 화가 가라앉은 것 같았다.

탄자오가 이런 비정상적인 인간의 심리를 잘 이해하는 줄은 알았지만 이렇게 다급한 상황에서도 침착하게 대처할 줄은 몰랐다. 내가 슬쩍 쳐다보자 눈치 빠른 탄자오는 내 눈빛을 정확히 읽고 씩 웃었다.

그런데 이 말이 생각지도 못하게 할머니 귀에 거슬린 모양이었다. 어쩌면 여전히 천바오주를 못마땅해하는 것일 수도 있지만. 할머니가 다시 욕을 하기 시작했다.

"착각하지 마. 네가 우리를 구해? 그런다고 내가 너한테 고마워할 줄 알아? 웃기네. 네가 우리 가족을 이 꼴로 만들고 집안을 풍비박산 냈는데, 내가 널 가만둘 거 같아? 나가기만 하면 제대로 손봐줄 테다! 어쨌든 지금은 얌전히 우리를 탈출시키는 게 좋을 거야. 내가 어쩌다 이런 짐승만도 못한 걸 낳았을까……."

절로 눈살이 찌푸려졌다. 이런 상황에서 천바오주를 자극하는 건 어리석은 짓이었다. 탄자오도 긴장한 표정으로 천바오주 눈치를 살폈다.

천바오주는 우뚝 걸음을 멈췄다. 내내 다양한 표정 연기를 펼친 천바오주였건만, 이 순간에는 돌처럼 굳어 아무 표정도 없었다. 교수님도 천바오주 표정을 살피며 할머니를 말렸다.

"어머니, 그만하세요."

하지만 할머니는 다시 고래고래 소리를 질렀다.

"너까지 저년 편을 드는 거야? 혹시 너도 나한테 복수하고 싶은 거냐? 이게 다 펑엔, 저 계집이 잘못 들어와서 그래. 내가 너희들을 어떻게 키웠는데. 나한테 이런 짓을 한단 말이냐. 네놈들 다 사람도 아니야!"

이쯤 되니 교수님도 더는 어쩌지 못했다.

모두 2층으로 올라오고 나서 천바오주가 탈출 방법을 말해주었다.

"2층 복도 끝 화장실 방범창을 미리 뜯어놨어. 변기 수조 안에 방화복도 준비해놨으니까 창문으로 뛰어내리는 잠깐 동안은 불길을 막아줄 거야."

탄자오가 내 팔을 꽉 잡고 살짝 고개를 저었다. 천바오주 감정이 무척 불안한 상태여서 또 무슨 짓을 벌일지 모르니 조심하라는 뜻이었다. 난 최대한 조심하겠다는 뜻으로 고개를 끄덕였다.

이때 3층 천루잉 방 쪽에서 쾅 소리가 들리더니 방문이 뭔가에 세게 부딪힌 듯 확 열렸다. 모두 고개를 들어 올려다봤지만 방에서 나오는 사람은 없었다.

나는 뭔가 짚이는 게 있었다. 깊은 동굴 같은 저 문 너머에 천루잉의 비밀이 감춰져 있을 것이다. 천루잉은 곧 우리 앞에 나타날 테지만, 그녀가 어떻게 변했을지, 어떤 놀라운 능력을 갖고 있을지는 짐작도 가지 않았다.

"어머니, 루잉이 아직 위에 있어요. 제가 가봐야겠어요."

교수님이 굳은 표정으로 뛰어 올라갔다.

천바오주는 천루잉에게는 신경도 쓰지 않고 곧장 2층 복도 끝 화장실로 갔다. 천바오주가 창문을 열고 방범창을 몇 번 흔들자 과연 방범창이 떨어져 나갔다. 천바오주는 이어 변기 수조에서 작은 주머니 여러 개를 꺼내 우리에게 나눠주었다. 작게 접힌 간이 방화복이었다.

불길이 점점 크게 번져 이 화장실도 금방 위험해질 것 같았다.

잠시 후 교수님이 허둥지둥 달려왔다. 표정이 이상했다.

"루잉은요?"

내 물음에 교수님은 멍한 눈빛으로 더듬거리며 대답했다.

"그, 그게, 방에…… 없었어."

"네? 그럼 같이 들어간 두 놈은요?"

"모, 모르겠어."

난 탄자오와 눈빛을 주고받았다. 교수님이 뭔가를 보고 숨기는 것이 분명했다. 하지만 자세히 따져 물을 시간이 없었다.

천바오주가 창문을 활짝 열고 먼저 교수님을 불렀다.

"오빠가 먼저 내려가서 다른 사람들 잡아줘."

교수님은 잠시 망설였지만 불길이 점점 가까워지자 결국 뛰어내렸다. 쿵 소리를 들으니 높이와 충격이 만만치 않은 것 같았다. 천바오주가 탄자오를 가리켰다.

"우위가 많이 다쳤으니까 너 먼저 내려가서 오빠랑 같이 밑에서 잡아줘."

흥분하지 않은 상태의 천바오주는 이성적이고 침착했다. 탄자오는 별말 없이 나를 돌아보고는 내가 고개를 끄덕이자 바로 뛰어내렸다.

할머니가 불쑥 끼어들었다.

10

"그럼 난?"

"엄마, 손님들 먼저 내려 보내고 나랑 란란이 맨 나중에 나갈 거예요. 엄마는 중간에 나가야 위아래에서 사람들이 안전하게 도와주죠."

할머니는 콧방귀만 뀔 뿐, 별말 하지 않았다.

나는 창틀로 올라갔다. 살짝 움직이기만 해도 온몸이 찢어지는 것처럼 고통스러웠다. 천바오주가 옆에서 부축해줬다.

"고맙습니다."

천바오주가 씩 웃는데 빨간 불빛이 비쳐 괴물처럼 보였다.

"두 사람은 우리 집이랑 상관없으니 어서 가."

뭔가 이상한 느낌이 들었지만 무슨 의미인지 생각해볼 여유는 없었기에 그냥 뛰어내렸다.

탄자오와 교수님이 바로 아래에 서 있었다. 탄자오는 나를 받아주려다가 내 무게에 같이 눈밭으로 나뒹굴었다. 충돌의 충격은 꽤 컸다. 탄자오가 신음 소리를 내뱉고는 걱정스러운 눈빛으로 나를 바라봤다. 내 무게를 고스란히 받아내며 넘어진 탓에 탄자오도 많이 아팠을 것이다. 손을 잡아 일으켜주고 싶었지만 내 몸을 가눌 힘도 없었다. 교수님이 우리 둘을 잡아 일으켜주었다. 탄자오와 나는 서로에게 꼭 붙어 의지했다.

그런데 위에 남은 세 사람이 잠잠했다. 불길은 이미 창문을 휘감았고, 강한 열기가 점점 얼굴을 뜨겁게 달궜다. 교수님이 다급하게 외쳤다.

"위험해! 얼른 뛰어내려!"

날이 밝을 때가 된 듯했지만 한겨울 산속이라 사위는 여전히 캄캄했다. 멀리 산자락 마을에 불 켜진 집이 몇 곳 보였다. 그들 중 누군가 이 거센 불길을 보고 이미 신고했을 것이다. 멀리서 희미하게 사이렌 소리가 들리는 것 같았다.

불길이 거세지자 우리 셋은 조금씩 뒤로 물러설 수밖에 없었다.

그리고 또 한 번 예상치 못한 일이 벌어졌다. 자세한 상황은 알 수 없었지만 할머니가 처참하게 울부짖는 소리가 들렸다.

"이 짐승 같은……. 이거 봐……. 악! 아들! 살려줘! 란란…… 도와 줘……."

다른 두 여자 목소리는 전혀 들리지 않고, 불꽃 튀는 소리에 할머니의 비명 소리만 간간이 섞여 들려왔다. 교수님이 애타게 소리쳤다.

"어머니! 어머니!"

이때 창가에 누군가가 나타나더니 아래로 휙 뛰어내렸다. 몸에 불이 붙은 탕란란이었다. 탄자오가 나를 부축하던 손을 놓고 바닥을 구르는 탕란란에게 뛰어가 집에서 멀리 끌어냈다. 그러고는 방화복으로 탕란란 몸에 붙은 불을 꺼뜨렸다. 탕란란은 하얗게 질린 얼굴로 잠시 우리를 쳐다보다가 대문 밖으로 뛰쳐나갔다. 교수님이 뒤쫓아 가 그녀를 붙잡고 소리쳤다.

"우리 어머니는? 왜 안 나오셔?"

2층 화장실 창가에는 더 이상 사람 모습이 보이지 않았다. 탕란란이 2층을 올려다보며 비웃음을 지었다.

"내가 어떻게 알아요. 나랑 상관없는 일이니까 동생한테 직접 물어 보세요."

충격으로 얼굴이 새하얗게 질린 교수님이 다시 2층을 향해 고함을 질렀다.

"바오주! 빨리 어머니 모시고 내려와! 얼른! 우린 다 이해하니까, 다 용서할게. 제발 어리석은 짓 하지 말고 얼른 내려와!"

하지만 할머니의 울부짖음도 더는 들리지 않았다.

잠시 후 창가에 손 하나가 나타나더니 블라인드를 내려버렸다. 곧이어 기다렸다는 듯 불길이 타올라 2층 벽 전체를 집어삼켰다.

밖에 있던 우리 넷은 거세지는 불길 때문에 다시 뒤로 몇 걸음 물러섰다. 교수님은 눈밭에 엎드려 통곡했다.

"어머니……"

갑자기 탕란란이 실성한 사람처럼 웃었다.

"잘 죽었어. 하하하! 아주 잘 죽었어! 저 할망구는 나 버렸는데 내가 왜 구해줘야 해?"

탕란란은 우리를 거들떠보지도 않고 몸을 잔뜩 움츠린 채 비틀거리며 떠났다.

불길을 피해 탄자오가 교수님을 일으켜 세우자 교수님은 넋이 나간 채 휘청거리며 우리와 함께 뒤로 물러났다.

사이렌 소리가 가까워졌다.

"이제 다 끝난 건가?"

탄자오가 중얼거렸다. 문득 집 근처 숲길을 돌아보니, 시뻘건 불빛이 숲길까지 빨갛게 물들였다. 큰길로 나갈 때 지나야 하는 길이었다. 거기에 어렴풋이 세 사람의 모습이 보였다.

"아직 안 끝났어."

달은 이미 기울었고 아직 해는 떠오르기 전이라 하늘이 캄캄했지만, 거센 불기둥이 주변을 밝혔다. 그 시뻘건 불빛 때문에 세 사람의 모습은 더 공포스러워 보였다.

바닥에 쓰러져 얼굴만 겨우 내놓은 사람은 쑤완이었다. 몸 전체는 하얀 실로 휘감긴 채 걸쭉한 점액이 흘러내리고 있었다. 꼭 커다란 곤충 알처럼 보였다. 두 눈을 부릅뜨고 있지만 숨은 이미 끊어진 것 같았다.

하얀 실은 근처 나무 아래로 길게 이어졌다. 그 실을 따라 시선을 옮기니 나무 아래에도 사람이 있었다. 자세히 보지 않았으면 지나칠 뻔했다.

천루잉이었다.

천루잉이 나무 그늘에서 천천히 걸어 나왔다. 풀어 헤친 긴 머리나 가녀린 몸은 평소와 똑같았지만, 얼굴이 아주 이상했다. 전체적으로 흉악하게 일그러지고 입은 양쪽으로 아주 세게 잡아당겨 늘여놓은 것처럼 비정상적으로 컸다.

하얀 실은 바로 천루잉 입과 이어져 있었다. 정확히 말하면 입이 아니라 혀끝이었다. 기이하게 크고 두꺼운 혀 위에 뭔가 기다란 물건이 놓여 있는 것 같았다. 천루잉은 컥컥 거친 숨을 내뱉었고 눈빛은 초점 없이 흐릿했다.

우리를 발견한 천루잉이 눈을 빛내면서 하얀 실을 거둬들여 삼켰다. 입을 다물자 얼굴이 평소대로 돌아왔다. 천루잉은 한참 동안 말없이 우리를 응시했다.

순간 뇌리를 스치는 생각이 있었다.

지난 이틀 밤, 그 이상한 느낌은 꿈이 아니었다.

천루잉에게 곤충과 비슷한 능력이 생긴 것이다. 수시로 드러나는 곤충의 모습을 감추느라 지난 며칠 감기에 걸렸다는 핑계를 대며 계속 마스크를 썼을 것이다.

내 방에도 들어왔던 게 틀림없다. 곤충의 모습으로 어둠 속에 숨어 하얀 실로 내 몸을 휘감고 나를 지켜본 것이다.

유람선 여행을 다녀온 뒤 나타난 증상이 분명하다.

갑자기 소름이 쫙 끼쳤다.

탄자오도 크게 놀라고 당황한 듯 내 손을 꽉 잡았다. 교수님은 그 자리에 주저앉아 입술을 덜덜 떨며 아무 말도 하지 못했다. 방금 전 천루잉 방에 갔을 때도 강도 두 놈이 쑤완과 같은 모습으로 죽어 있는 걸 본 게 아닐까?

어둠 속의 세 사람 중 나머지 한 명은 사모님이었다. 눈밭에 주저앉아 천루잉을 바라보며 하염없이 울고 있었다. 놀라거나 당황한 기색은 전혀 없었다. 사이 좋은 모녀지간이었으니 딸의 상태를 이미 알고 있었을 것이다.

시체 한 구를 사이에 두고 다섯 사람이 조용히 대치했다.

사이렌 소리가 점점 가까워지고 다급한 발소리도 들리는 듯했다.

천루잉은 그 자리에 웅크려 앉아 한 사람 한 사람 훑어보다가 사모님에게서 시선을 멈췄다.

"엄마, 내가 엄마 애인을 죽여서 화났어?"

사모님은 비틀거리며 일어나 천루잉에게 다가가려다 멈칫했다.

"루잉, 그 사람은 엄마한테 아무것도 아니야. 여기서 이러고 있으면 안 돼. 곧 경찰이 올 거야. 어서 가자."

"루잉이 언제부터 이랬습니까?"

사실 시간을 끌기 위한 질문이었다.

천루잉의 흐릿한 눈빛이 나를 향했고 사모님이 울먹이며 말했다.

"반년쯤 됐어. 처음엔 몸 상태가 이상해서 그냥 병이 난 줄 알았는데, 점점 심해지더니…… 이렇게 됐어. 우위, 탄자오, 이 일은 절대 비밀로 해줘. 안 그러면 우리 루잉은……. 루잉, 얼른 가자, 여기 있으면 안 돼."

하지만 천루잉은 자기 엄마를 쳐다보지도 않았다. 아무래도 간밤의 충격이 너무 컸던 듯 보였다.

"아빠, 내가 엄마 애인을 죽였어. 잘했지? 사실 오래 참았어. 난 이렇게 변한 내 모습이 좋아. 내가 할 수 있는 게 많아졌거든. 이제 더이상 힘없는 여자애가 아니야."

문득 카프카 소설 『변신』이 생각났다. 천루잉은 그 소설 속 주인공처럼 점점 인간의 모습을 잃고 곤충의 습성에 젖어버리는 것일까? 나와 옌위안도 그 유람선 때문에 어떤 변화가 생겼지만 루잉처럼 끔찍한 변화는 아니었다. 안타깝게도 루잉은 사람 같지 않게 변해버렸다.

결국 천루잉도 피해자인 셈이다.

"사모님, 어서 루잉 데리고 가세요."

사모님이 고개를 끄덕이고 천루잉에게 다가서며 부드럽게 달랬다.

"루잉, 착한 내 딸, 들었지? 우위도 얼른 가라고 하잖아……."

천루잉이 나를 돌아보며 긴 숨을 토했다. 왠지 느낌이 안 좋았다.

"아위……. 아위는 내 거야. 나한테서 아위를 뺏어 가는 사람은 죽여버릴 거야. 지금 난 뭐든 다 할 수 있어. 예전엔 늘 아위 뒷모습만 지켜봐야 했지만 이제는 아니야."

천루잉이 눈물을 글썽이는가 싶더니 갑자기 입에서 하얀 실을 내뿜었다. 난 재빨리 탄자오 앞을 가로막고 옆으로 밀어냈다. 끈끈한 하얀 실이 내 몸을 휘감았다. 힘이 어찌나 강한지 전혀 손을 쓸 수 없었다. 난 그대로 쓰러져 천루잉에게 끌려갔다.

탄자오가 서럽게 울며 나를 붙잡으려 해 다급히 외쳤다.

"가까이 오지 마!"

천루잉이 빠른 속도로 실을 거둬들였다. 눈빛이 싸늘했다. 나는 복부에 강한 통증을 느끼며 몸을 잔뜩 웅크렸다.

천루잉이 내 코앞에 얼굴을 들이밀고 흐릿한 미소를 지었다. 그러고는 날카로운 눈빛으로 탄자오를 노려봤다. 다시 탄자오를 공격하려는 것이다. 난 있는 힘껏 천루잉 얼굴에 주먹을 날렸다. 천루잉 고개가 옆으로 홱 돌아가고 입술에서 피가 흘렀다. 천루잉의 관심을 내게 돌리는 데는 성공했지만 그녀의 눈빛이 아주 사나워졌다.

"아위는 내가 데려갈 거야. 아무도 찾아올 수 없는 곳으로 데려가서 내가 내뿜은 실에 묶어놓을 거야. 이제 평생 내 옆에 있는 거야."

천루잉은 하얀 실로 내 목을 단단히 감아 끌어당겼다. 점점 숨을 쉬기 힘들어지고 몸도 공중으로 떠올랐다. 발버둥을 쳐도 소용없었다.

탄자오가 달려와 나를 붙잡고 내 목에 감긴 실을 필사적으로 끊어내려 했다.

이 모든 상황은, 한순간에 끝났다.

내 목을 감았던 실이 갑자기 풀리고 나는 다시 바닥으로 떨어졌다. 눈앞이 아득해지고 숨이 턱 막혔다. 탄자오가 날 감싸 안았다.

이미 기운 줄 알았던 달빛이 구름 사이를 뚫고 희미하게 대지를 비췄다.

사모님이 천루잉 뒤에 서 있었다. 천루잉은 표정이 돌처럼 굳고, 혀에서 뿜어져 나오던 하얀 실은 사라진 채 입가에 점액만 남아 있었다. 천루잉이 털썩 쓰러지며 사지를 부르르 떨었다. 등에 칼이 꽂혀 있었다.

사모님은 잠시 멍하니 서 있다가 눈물을 쏟으며 천루잉을 품에 안았다.

"루잉, 루잉……. 도대체 왜 이렇게 된 거야……."

"엄마……. 왜 날…… 죽이는 거야……."

사모님은 천루잉을 꼭 끌어안은 채 처절하게 울부짖었다.

나는 탄자오의 부축을 받아 천천히 일어섰지만 눈앞의 모녀에게 가까이 다가갈 용기는 없었다. 칼이 천루잉의 심장을 찔렀는지 숨소리가 이미 희미했다. 사모님은 정말로 딸을 죽여버릴 생각이었던 것이다.

"루잉, 더 이상 사람을 죽이면 안 돼. 더구나 저 두 사람은 아무 잘못도 없잖아……. 이런 모습으로 네가 어떻게 살아가겠니……."

천루잉이 눈물을 흘리며 우리 쪽으로 고개를 돌렸다.

"아위……."

탄자오와 나는 아무 말도 하지 못했다.

천루잉은 힘없이 눈을 깜빡이다가 갑자기 강한 충격을 받은 듯 눈을 번쩍 뜨고 우리를 뚫어져라 봤다. 평소와 똑같은 눈빛이었다. 아마도 회광반조일 것이다.

"네가, 네가 왜…… 분명히 그 밑에…… 유람선……."

천루잉은 무서운 장면이라도 목격한 것처럼 얼굴이 하얗게 질렸다. 뭔가 있는 게 분명하다는 생각에 천루잉에게 한 걸음 다가가 물었다.

"무슨 말이야? 너라니? 누굴 말하는 거야?"

천루잉은 눈을 부릅뜬 채 갑자기 씩 웃었다. 뭔가 알고 있다는 듯한 음험하고 기괴한 미소였지만 끝내 아무것도 말해주지 않았다. 그러고는 곧 팔을 툭 떨어뜨리고 숨을 거두었다. 사모님이 딸을 껴안고 목놓아 울었다.

탄자오도 가슴 아픈 표정으로 눈물을 흘렸다.

이런 상황은 처음이 아니었다. 얼마 전 옌위안도 마찬가지였다. 옌위안은 아예 우리를 알아보지 못했고 유람선에서 무슨 일이 있었는지도 전혀 기억하지 못했는데, 죽기 직전에 갑자기 뭔가 알았다는 표정으로 탄자오와 나를 쳐다보며 경악했다.

대체 무슨 의미일까? 천루잉과 옌위안은 죽기 직전에 왜 그런 표정을 지었을까?

소용돌이에 휘말려 내려간 그 땅 밑에서, 탄자오에게 무슨 일이 있었던 걸까?

왜 탄자오만 1년간의 기억을 잃었을까?

왜 탄자오를 다시 만난 후 타임 슬립이 시작됐을까?

나는 비밀의 수렁에 깊이 빠져들었다. 그 수렁의 끝에는 분명히 탄자오가 있다. 혼돈의 타임 슬립 속에서 두려움을 감춘 채 고요한 눈빛으로 날 지켜보고 있는 탄자오가.

천루잉이 죽으면서 우린 또 하나의 실마리를 놓쳤지만, 이번에도 과거를 바꿨다. 탕란란과 사모님이 살았고 천루잉이 죽었다. 우리 뒤에 있던 교수님은 어디로 갔는지 보이지 않았다.

　이날 사건은 원래 내용과 크게 달라졌다. 아마 우리가 없었다면 사모님은 천루잉을 죽이지 않았을 것이다. 원래 화재 이후 교수님과 천루잉은 경찰에 모든 사실을 털어놓지 않았는데, 아마도 천루잉의 비밀을 감추기 위해서였을 테고, 이후 교수님 부녀는 서로를 외면했을 것이다.

　경찰차와 소방차 사이렌 소리가 아주 가까이 다가왔고 탄자오와 내 이름을 부르는 익숙한 목소리도 들렸다. 거대한 불길은 교수님 집을 완전히 집어삼켰고 마침내 동쪽 하늘이 희미하게 밝아오기 시작했다.

　탄자오와 나는 눈밭에 주저앉아 서로를 꼭 안고 있었다. 천루잉 얼굴을 쓰다듬던 사모님이 갑자기 실성한 듯 웃으며 혼자 중얼거렸다.

　"루잉, 이렇게 죽는 게 나아. 이제 더 이상 괴로워하지 않아도 돼."

　그러고는 쑤완 쪽을 돌아보며 말했다.

　"너는 내가 뭘 원했는지 몰라. 내 남편도 몰랐지. 난 말이야, 이 집을 떠날 수 없어. 나는 다시 돌아갈 거야."

　나는 깜짝 놀라 소리쳤다.

　"사모님! 안 돼요!"

　하지만 이미 늦었다. 사모님은 벌떡 일어나 활활 불타오르는 집으로 뛰어 들어갔다. 거대한 불길이 순식간에 사모님을 집어삼켰다.

39

탄자오

모든 일이 순식간에 벌어졌다.

우위는 결국 내 품에서 정신을 잃었고, 나는 펑옌이 불길에 휩싸이는 모습을 지켜봤다. 잠든 것처럼 편안해 보이는 천루잉 얼굴을 보면서 나도 모르게 눈물이 흘렀다. 우위와 나만 황량한 들판에 버려진 느낌이었다. 경찰이 달려와 우리를 불길에서 멀리 끌어낼 때까지도 나는 계속 멍한 상태였다.

나는 꼬박 하루가 지나서야 병원 침대에서 정신을 차렸다. 창밖에서 눈부신 햇살이 쏟아져 들어왔다. 창위가 침대 옆에 앉아 졸고 있었다.

"창위……."

나도 놀랄 정도로 목소리가 심하게 갈라졌다.

창위가 번쩍 고개를 들고 안도의 미소를 지었다.

"드디어 일어났네. 걱정 마, 따주는 그냥 가벼운 찰과상뿐이래. 정신적으로 큰 충격을 받은 것 같지만 하루 푹 쉬면 괜찮아질 거랬어."

"우위는?"

창위가 살짝 머뭇거렸다.

"그게…… 상황이 좀 안 좋아. 칼을 두 군데 찔렸는데 다행히 급소는 피해가서 생명에 지장은 없대. 그런데 피를 너무 많이 흘렸고 응급처치가 늦어서……."

심장이 쿵 내려앉았다.

"……열 시간 넘도록 사경을 헤매다가 겨우 고비는 넘겼어. 아직 혼수상태야."

난 그나마 한숨을 돌렸다. 몸을 일으키려는데 창위가 극구 말렸다.

"따주도 아직은 막 움직이면 안 돼. 일단 누워 있어. 의사 선생님이 허락해주면 움직여."

창위가 침대 머리맡의 호출 버튼을 눌렀다.

"뭘 허락을 받아? 난 말짱하다며? 우위한테 가볼 거야."

하지만 창위도 쉽게 놓아주지 않았다.

"일단 의사 선생님 올 때까지 누워 있어."

간호사가 들어와 내가 깨어난 것을 보고 바로 의사를 호출했다. 결국 다시 누울 수밖에 없었다.

창위가 내 얼굴을 뚫어져라 쳐다보며 물었다.

"지난번에는 분명히 그런 사이 아니라고 하지 않았어? 왜 이렇게 난리야?"

"이제 그런 사이야."

창위가 휘파람을 불며 호들갑을 떨었다.

"그렇게 빨리? 목숨이 오가는 상황에서도 아주 제대로 불이 붙었구나?"

마침 병실에 들어온 의사와 간호사가 웃음을 꾹 참았다.

"아직 그 정도는 아니고. 하지만 꼭 그 사람이랑 결혼할 거야."

"……."

이 말은 진심이었다. 방금 깨어났을 때 그런 확신이 들었다. 이렇게 절실히 누군가와 함께하고 싶은 마음은 태어나 처음이었다. 평생, 영원히 헤어질 수 없었다.

우위와 절대 헤어질 수 없다.

나도 모르게 눈물이 흘렀다. 계속 짓궂게 웃고 있던 창위가 웃음을 멈추고 고개를 내저었다.

"에휴, 참……."

그러고는 침대에서 내려가는 나를 부축하며 귓가에 작게 속삭였다.

"축하해. 드디어 찾았네."

"응. 너도 힘내."

창위가 멋쩍은 표정으로 중얼거렸다.

"무슨 힘을 내라는 거야? 난 아직 어리거든요."

나는 중환자실 유리 벽에 달라붙어 평소와 다른 우위 얼굴을 뚫어지게 바라봤다. 인공호흡기를 달고 계속 수혈 중인 데다 온몸에 붕대까지 칭칭 감았지만, 우위 얼굴은 여전히, 아니 평소보다 더 잘생겨 보였다. 지금은 듬직한 느낌이 아니라 귀여운 아이 같았다.

우위가 깨어나면 바로 볼 수 있도록 유리창에 메시지를 남기고 싶었지만, 의사와 간호사가 계속 오가니 안 될 일이었다. 결국 간호사에게 말을 남기고 돌아섰다.

"저 사람 깨어나면 바로 알려주세요."

간호사는 알겠다고 대답하고는 웃으며 한마디 덧붙였다.

"남자 친구가 정말 잘생겼어요."

"뭐 보통이죠."

창위가 옆에서 피식 비웃었다.

나는 확실히 우위 앞에서 한없이 약해졌다. 중환자실 밖에서 한참을 있었는데도 여전히 아쉬워 발길이 떨어지지 않았다. 결국 창위 손에 붙들려 병실로 돌아갔다.

"엄마 아빠한테는 연락 안 할 거야?"

난 잠시 고민하다가 고개를 내저었다.

이 시간선에 얼마나 더 있게 될까. 엄마 아빠에게는 아무 특별한 일 없는 희미한 기억으로만 남을 테지만, 내게는 너무나 생생한 이별이 될 터였다. 통화를 하면 분명히 울 텐데, 두 분에게 어두운 기억을 남기고 싶지 않았다. 나약한 사람이 되지 않겠다고 마음먹은 이상, 모든 문제를 해결하고 모든 것이 다 제자리로 돌아가면 그때 찾아갈 것이다.

우위와의 관계도 아직은 엄마 아빠에게 설명하기 애매했다.

병실에 돌아오니 손님이 기다리고 있었다.

경찰복 차림의 선스옌이었다. 햇볕 내리쬐는 창가에 서 있는 선스옌의 눈빛이 뭔가 말로 표현하기 어렵게 묘했다.

"탄자오 씨, 저우 양."

창위에게 상황을 대충 전해 들었기 때문에 선스옌이 올 거라고 예상했다. 선스옌은 그날 걸려온 제보 전화를 서에 보고하고, 절대 장난 전화가 아니니 출동해야 한다고 강력히 주장한 뒤 본인이 직접 현장에 출동했다. 덕분에 우위와 나, 그리고 천 교수와 탕란란 모두 제때에 구조될 수 있었다.

리현 파출소에도 천 교수 집을 잘 지켜보라고 미리 연락을 해두었는데, 집이 너무 외떨어져 있고 연휴 기간이라 인력이 부족해 제시간에 출동하지 못했다고 들었다.

나는 다시 침대에 올라가 누웠다.

"돌부처 씨, 정말 고마워요."

"그 별명 딱이네."

짱위가 혼자 중얼거리는 말에 선스옌이 당황해하며 말했다.

"탄자오 씨, 제발 이상하게 부르지 마요. 그리고, 저우 양도. 컨디션은 좀 어때요? 담당 의사한테 물어보니까 괜찮다고는 했는데, 지금 진술 부탁드려도 될까요?"

"네, 괜찮아요."

선스옌이 짱위를 힐끗 쳐다봤다.

"미안하지만 자리 좀 피해주시겠어요?"

"난 이 친구가 옆에 있는 게 좋아요."

"나도 같이 있을 거예요. 형사님이 강압적으로 진술을 강요할 수도 있잖아요."

짱위와 내가 동시에 항의했다.

선스옌은 난감한지 괜히 모자챙을 만지작거렸다.

"저우 양, 경찰은 항상 공정하게 법에 따라 처리해요. 강압이나 강요는 있을 수 없어요."

짱위는 별다른 말은 하지 않았지만 눈빛은 여전히 강렬했다. 난 짱위 말에 은근히 감동받았다. 지난번에 옌위안 사건으로 경찰서에서 조사받을 때 선스옌이 짱위랑 통화하던 일이 생각났다.

'강압이나 강요라뇨, 지금이 어떤 세상인데⋯⋯. 저우 작가님, 절대 그런 일 없어요.'

그때 선스옌 입가에 번졌던 희미한 미소도 떠올랐다.

하지만 이번 시간선에서는 처음 만난 사이여서 두 사람 모두 서로에 대한 기억이 전혀 없었다.

선스옌이 질문을 시작했고 나는 내가 아는 한에서 모든 상황을 자세히 진술했다. 구급상자와 천루잉 이야기만 빼고. 내 이야기를 들은 두 사람은 심각한 표정으로 한동안 말이 없었다.

잠시 후 선스옌이 자리에서 일어났다.

"그럼 남자분 상태 좀 살펴보고 올게요."

선스옌은 잠깐 주저하다가 물었다.

"그 남자분, 탄자오 씨랑은 무슨……."

"남자 친구예요."

내 대답에 선스옌은 가볍게 고개를 끄덕이고 나갔다.

창위와 나는 말없이 앉아 있었다. 잠시 후 창위가 일어나 커튼을 치고 나를 돌아봤다. 뭔가 할 말이 있는 표정이어서 내가 선수를 쳤다.

"나랑 선스옌이랑 가능성이 전혀 없느냐고 묻고 싶은 거지? 확실히 말해두는데, 전혀 없어. 1퍼센트도 없어. 지금 내 마음 속엔 온통 우위뿐이야."

창위는 생각이 복잡해 보였다. 나는 몸을 일으켜 앉아 창위 머리를 쓰다듬었다.

"반년 후에도 나한테 똑같은 질문을 한 적 있거든. 그러니까 걱정하지 말고 좀 더 과감해져도 돼. 그때 너랑 통화하는 선스옌을 봤는데, 두 사람이 만난 지 이틀밖에 안 됐는데도 입가에 엄청 미소가 번지더라. 그 돌부처가 그런 표정 짓는 건 처음 봤어. 지금 널 보는 눈빛도 그때랑 비슷해. 다른 사람을 보는 눈빛이랑은 완전히 다르다고. 그리고 넌 절대 어리지 않아. 75D 사이즈가 어딜 봐서 어리다는 거야?"

"무, 무슨 말도 안 되는 소리야? 내가 언제 그 사람 좋다고 했어? 따주도 돌부처라고 싫어하면서……. 그리고 지금 그 사람이랑 시작한다고 해도 따주가 이 시간선을 떠나면 지금 우리 기억은 또 희미해지는 거잖아. 과거나 미래에 다시 만나도 어차피 기억도 못 할 텐데……."

난 말없이 창위를 응시했다. 창위는 똑똑하고 눈치도 빨라 굳이 말로 하지 않아도 내 뜻을 알아차렸을 것이다.

저녁 무렵, 창위가 도시락을 사오겠다며 나갔다. 나는 무료하기도 하고 우위도 보고 싶어서 간호사가 없는 틈에 몰래 병실을 빠져나왔다. 막 복도 끝 모퉁이에 다다랐을 때, 뜻밖의 장면을 목격했다.

선스옌이 황금빛 석양이 드리운 벽 한쪽에 기대서 있었는데, 분신처럼 지니고 다니는 작은 수첩을 꼭 쥔 채 당황한 기색이 역력했다. 왜냐하면…… 까치발을 한 좡위가 한 손으로는 벽을 짚고 다른 한 손은 그의 어깨에 올린 채 입을 맞추고 있었기 때문이다.

두 사람은 정말 잘 어울리는 선남선녀였다. 눈치 없고 무뚝뚝한 남자와 어린 나이에 과하게 성숙한 여자의 조합이어서, 여우 같은 여자가 순진한 경찰을 유혹한다고 오해받기 십상이긴 했지만 말이다. 사실은 열아홉 살 여대생이 아홉 살이나 많은 남자에게 키스를 하고 있는 상황인데.

난 얼른 벽 뒤로 숨었다. 평소에도 나는 자주 좡위에게 감탄하곤 했다. 특히 시간선 문제를 분석해줄 때 그랬는데, 지금은 더 감탄스러웠다. 과감하게 먼저 달려들어 키스하는 저 용기라니, 난 꿈도 못 꿀 일이었다. 나는 기껏해야 우위가 정신을 잃었을 때 조심스럽게 입을 맞췄을 뿐이어서, 좡위랑 비교하면 내 용기는 정말 한심한 수준이었다.

마침내 좡위가 센스옌을 놓아주었다. 좡위는 얼굴이 조금 빨갰지만 침착하고 당당한 표정인 데 반해 선스옌은 크게 놀란 얼굴이었다. 하지만 형사답게 최대한 평정심을 유지하며 좡위 팔을 획 낚아챘다.

"저우샤오위 씨, 이게 무슨 뜻입니까? 나한테 왜 이래요?"

난 하마터면 소리 내 웃음을 터트릴 뻔했다. 저건 기습 키스를 당한 여자들 대사잖아!

좡위는 타고난 무기를 총동원해 특유의 도발적인 눈빛으로 선스옌 손을 뿌리쳤다.

"무슨 뜻인지 몰라요? 내가 그쪽한테 마음이 있다는 뜻이잖아요. 며칠 후면 우리 둘 다 이 순간을 잊겠지만요."

선스옌은 멍한 표정을 지었고, 촹위는 창틀에 올려놨던 도시락을 들고 성큼 돌아섰다.

촹위의 뒷모습이 대견하기도 하고 슬프기도 하고, 아무튼 내 마음도 복잡했다.

잠시 후 중환자실에 도착해서 보니 우위는 여전히 깊은 잠에 빠져 있었다. 마침 의사도 간호사도 없어서, 조심스럽게 중환자실 문을 열고 안으로 들어가 우위 침대 옆에 조용히 앉았다.

빛이라곤 희미한 석양뿐이어서 어둠이 서서히 병실을 집어삼켰다. 가만히 우위를 지켜보기만 해도 마음이 편안하고 행복했다. 조금 전 촹위처럼 현재의 감정이 제일 중요한 거 아닐까? 다행히 우위와 나는 계속 함께하면서 기억을 이어가고 있다.

우위가 천 교수 집에 가기 전에 했던 말을 결코 잊을 수 없다.

'죽어도 안 잊어.'

이 순간만큼은 아무것도 생각하고 싶지 않았다. 미래도 과거도, 연쇄 살인범도 시간선도. 나는 그저 조용한 병실에 앉아 곤히 잠든 우위 곁을 지킬 뿐이었다.

가만히 우위 손을 잡아보니 약간 뜨거웠다. 난 그 손을 조심스럽게 내 얼굴에 가져다 댔다. 이 행위에 무슨 의미가 담겼는지는 나도 모른다. 그냥 천 교수 집에서 우위가 이렇게 했던 것이 생각났을 뿐이었다. 그의 손이 힘없이 내 얼굴에 닿아 시야를 가렸다. 하지만 이상하게 마음이 편하고 기분 좋았다.

그렇게 하고 얼마를 앉아 있었는지는 모르겠지만, 어느새 날이 어두워졌다.

나는 우위 손을 꼭 잡고 손가락 사이로 입김을 후후 불었다. 시간 가는 줄 모르고 한참 그러고 있는데 갑자기 우위 손이 움찔했다. 나도 따라 움찔했다. 그의 손에 힘이 들어간 게 느껴졌다. 그 손이 천천히,

하지만 힘껏 내 얼굴을 감싸고 손끝으로 볼을 어루만졌다.

난 그 자세 그대로 눈물만 흘렸다.

40

우위

뒤죽박죽 정신없는 꿈이 계속 반복됐다. 상처가 타들어가는 것처럼 아프고 땀이 비 오듯 쏟아졌다. 잠깐 눈을 떴을 때 어렴풋이 병실 풍경과 의사가 보였다. 그리고 다시 기절하듯 잠들었다.

지난 1년 동안 늘 같은 꿈이었다.

아니, 이번에는 조금 바뀌었다.

강한 바람이 부는 벼랑 끝에 서 있는데 누군가 내 이름을 불렀다.

"아위, 아위……."

순간 마음이 따뜻해졌다. 이 따스함은 빛처럼 온몸으로 퍼져 나갔다.

"아위, 아위……."

그녀가 내 귓가에 끊임없이 속삭였다.

자오자오.

혼미한 가운데도 그 이름을 떠올려냈다. 다음 순간 발을 헛디뎌 절벽 아래로 추락했고, 나는 그 이름을 힘껏 외쳤다.

"자오자오!"

눈을 번쩍 떴다. 어스름한 병실이었다. 창밖으로 해가 기울고 있었다. 탄자오는 의자도 없이 침대 옆 바닥에 앉아 있었다. 환자복을 입어 더 가냘파 보였다. 탄자오가 내 손을 살짝 쥐고 자신의 볼에 갖다 댔다.

난 조금씩 손을 꿈틀거리며 탄자오 얼굴을 어루만졌다. 탄자오가 흠칫 놀라더니 내 손을 꼭 잡았다. 손바닥으로 따뜻한 물방울이 흘러내렸다.

"아위⋯⋯."

탄자오가 와락 내 품으로 안겼다.

병실은 어느새 완전히 어두워졌다. 탄자오가 내 목을 꼭 끌어안았다. 나는 탄자오 가슴에 얼굴을 묻고 아직 힘이 완전히 돌아오지 않은 손으로나마 온 힘을 다해 탄자오를 끌어안았다. 우린 말없이 그렇게 한참을 안고만 있었다.

잠시 후 탄자오가 고개를 들었다. 어둠에 휩싸인 우리는 서로의 숨결이 느껴지고 입술이 닿을 만큼 아주 가까이 있었다. 주삿바늘이 꽂힌 손으로 탄자오 머리를 끌어당겼다. 우리 두 사람의 짧은 호흡 소리가 조용한 병실에 퍼지는 가운데 탄자오에게 입을 맞췄다.

이렇게 격렬한 키스는 처음이었다. 활활 타오르는 불길처럼, 치열한 전투를 치르는 병사처럼, 우리는 키스를 나눴다. 내가 침대에 누운 채여서 탄자오는 거의 침대 위로 끌려 올라온 상태였다. 상처가 아팠지만 개의치 않았다. 오로지 키스를 해야 한다는 생각뿐이었다. 그녀가 전율하게 만들고 싶었다. 그 외엔 아무 생각도 없었다.

탄자오의 떨림이 느껴졌다. 난 그녀의 혀를 휘감아 밀고 당기기를 반복했다. 탄자오의 호흡이 점점 빨라지더니 얼굴이 확 달아오르는 게 느껴졌다. 잠시 후 탄자오가 버둥거리며 날 밀어내려 했지만 난 더 세게 끌어안았다.

"이거 놔⋯⋯."

탄자오의 힘없는 저항에 나는 더 격렬한 키스로 답했다. 그녀의 말은 내 입 안으로 삼켜졌다.

"읍, 읍……."

바둥대던 탄자오가 내 허리를 건드리는 순간 강한 통증 때문에 그녀를 놔줄 수밖에 없었다. 다행히 병실이 어두워 서로의 표정은 잘 보이지 않았다. 탄자오는 침대 옆 바닥으로 굴러떨어지듯 풀썩 주저앉았다.

"안 다쳤어?"

내 목소리는 완전히 쉬고 메말라 있었다.

"어, 안 다쳤어……. 너, 이거 무슨 뜻이야? 무슨 뜻이냐고!"

난 아무 말도 하지 못했다. 깨어나자마자 탄자오가 보였다. 가냘픈 그 모습을 보자, 교수님 집에서 함께 죽을 고비를 넘기던 일이 떠오르며 도저히 감정을 주체할 수 없었다.

난 탄자오를 원했다. 간절히 원했다. 너무 오래 참아서 잠시 이성을 잃었다.

탄자오가 병실 불을 켰다. 불빛이 눈부셔 눈을 찡그리며 손을 들어 가렸다. 차분한 탄자오 목소리가 들렸다.

"일단 의사 선생님 불러올게. 할 말이 있는데…… 그 얘기는 나중에 하자."

이제야 탄자오 얼굴이 제대로 보였다. 평소보다 초췌했지만 양 볼은 빨갛게 달아올랐고, 키스 때문인지 입술이 살짝 빨갛고 촉촉했다.

탄자오는 의사를 기다리는 동안 의자에 앉아 날 뚫어지게 쳐다보다가, 내가 시선을 마주하자 불편한지 눈을 돌렸다.

"자오자오, 이리 와 앉아. 나도 할 말이 있어."

최대한 차분하게 말하려 했지만 목소리가 미세하게 떨렸다.

탄자오는 그대로 앉아 입술만 깨물었다.

"할 말이 뭔지는 모르겠지만 지금은 아무 말도 듣고 싶지 않아."

당황스러웠다. 내게는 너무 버거운 말이라 그동안 쉽게 꺼낼 수 없었던 그 말을, 이제야 용기내 말하려 했는데 듣고 싶지 않다니.

마침 의사가 들어와 대화가 끊겼다. 의사와 간호사가 한참 무어라 설명했지만 하나도 귀에 들어오지 않았다. 난 멍하니 탄자오만 응시했다. 의사가 가끔 질문을 하면 탄자오가 간단히 대답했다. 탄자오는 내 시선이 난감했는지 다른 사람 눈을 피해 슬쩍 날 쪄려봤다.

난 그래도 시선을 돌리지 않았다.

의사와 간호사가 나갔다. 탄자오는 문 앞까지 따라 나가 인사를 하고 문을 꼭 닫았다. 다시 우리 둘만 남았다. 내가 먼저 물었다.

"할 말이 뭐야?"

탄자오는 침대 끝에 살짝 걸터앉아 날 외면하고 어두운 창밖을 응시했다.

"아위, 네가 키스를 해도, 날 피해도 괜찮았어. 날 원하든 원하지 않든 상관없었어. 그동안 난 최선을 다해 기다렸어. 언젠가 네가 할 일을 마치고 마음속 상처가 치유되면 그땐 날 받아들일 거라고 믿었으니까. 깊은 상처가 있는 남자를 좋아하게 된 이상 내가 감당해야 할 몫이라고, 억지로 내 품으로 끌어당겨서는 안 된다고 생각했어. 그래서 다 이해하고 견뎠어. 충분히 기다릴 수 있다고 생각했어. 그런데……."

탄자오가 잠시 말을 멈추고 맑고 그윽한 눈으로 나를 바라봤다.

"그날 네가 나 혼자 다락방에 남겨두고 떠났을 때, 결심했어. 만약 거기에서 살아 나온다면, 그 순간부터 너와 함께하겠다고. 더 이상 기다리지 않겠다고, 더 이상 기다릴 수 없다고. 그러니 너도 더 이상 아무것도 따지지 마. 핑계도 대지 말고 날 피하지도 마. 지금 당장 연인이 될 수 없다면 그냥 헤어져. 아위, 난 더 이상 기다리지 않을 거야."

탄자오의 눈에서 어느새 눈물이 흘렀다. 그 반짝이는 눈물이 날카로운 칼날처럼 내 심장을 난도질했다. 나 자신을 두들겨 패고 싶었다. 탄자오가 이런 말을 하게 만들다니, 그동안 얼마나 힘들었을까. 나는 푹 잠긴 목소리로 힘겹게 내뱉었다.

"자오자오, 이리 와."

탄자오는 입술을 꽉 깨물며 완강하게 버텼다.

"싫어."

웃고 싶은데, 웃어야 하는데, 바보처럼 눈시울이 뜨거워졌다.

"이리 와. 나도 같은 말 하려고 했어."

탄자오는 잠시 가만히 있다가 천천히 일어나 가까이 다가왔다. 아까 탄자오가 건드린 상처 부위가 너무 아파서 도저히 일어나 앉을 수가 없었다. 손이라도 잡으려 했는데 탄자오는 내 손길을 피하며 여전히 시선도 마주치지 않았다. 나는 손을 들어 내 메마른 얼굴을 쓸어내렸다.

"좀 전에 내가 먼저 말하려고 했는데 왜 기회를 안 줬어? 내가 말하고 싶었는데."

"아……."

탄자오 얼굴이 빨개졌다.

"탄자오, 미안해. 우리 이제 영원히 함께하자. 무슨 일이 있어도 헤어지지 말자."

탄자오는 눈물이 흐르는 얼굴을 두 손으로 가리고 내 품에 안겼다. 난 탄자오를 꼭 안았다. 그런데 이상하리만치 마음이 평온했다. 그토록 바랐던 순간이고, 영원히 누리지 못할 줄 알았던 행복이 찾아왔는데, 내 마음은 생각보다 고요했다. 내 손에 닿은 그녀의 머리카락, 어둠을 밝히는 불빛, 수혈 중인 링거에서 똑똑 떨어지는 핏방울까지도, 모든 것이 평온하고 고요하게 느껴졌다.

나는 탄자오 머리를 쓰다듬으며 물었다.

"무슨 일이 있어도 내 곁을 안 떠날 거지?"

강요해서는 안 되는 말인 걸 알면서도 대답이 꼭 듣고 싶었다. 탄자오는 고개를 숙인 채 눈물을 뚝뚝 흘리며 대답했다.

"무슨 일이 있어도 안 떠나. 너도 그럴 거지?"

"당연하지."

탄자오는 그제야 고개를 들고 눈물을 머금은 채 환하게 웃었다. 우리는 이렇게 눈물 젖은 미소를 지으며 서로를 바라봤다.

잠시 후 좡위가 문을 열고 들어오다가 "어머!" 하고 소리쳤다. 탄자오가 천천히 내 품을 빠져나갔다. 난 아쉬운 마음에 탄자오 손을 더 꼭 잡았다. 좡위가 문 앞에 기대서서 의미심장한 눈빛을 던졌다.

"그러니까 두 사람…… 결국 그렇고 그런 사이가 된 거야?"

탄자오가 반달 눈웃음을 짓는 사이 내가 그녀 손을 꼭 잡고 대답했다.

"응, 이번에는 부정 안 할게."

돌이켜 보면 부상을 당해 병원에 있었던 그 며칠이 그때까지의 내 인생에서 가장 행복한 시간이었다. 물론 꼼짝 못 하고 침대에 누워 있어야 하고 탄자오 허락을 받아야만 그녀를 안을 수 있었지만 아무것도 신경 쓰지 않고 편히 쉴 수 있었다. 다음 타임 슬립까지는 달리 해결해야 할 사건도 없고, 우먀오 일도 당장은 손쓸 방법이 없었기에, 아무 걱정 없이 하루 종일 따사로운 햇살이 비추는 병실에 누워만 있었다. 곁에는 늘 탄자오가 함께해주었다.

우리가 정식으로 연애를 시작한 그날 밤, 둘 다 너무 오래 자다 일어난 탓인지 좀처럼 잠이 오지 않았다. 선스옌이 신경 써준 덕분에 병원 측에서는 탄자오가 내 병실에 함께 있도록 허락해주었다.

창위는 도시락만 배달해주고 눈치껏 바로 빠졌다. 탄자오는 세숫대야에 물을 받아다 내 얼굴도 씻겨주고 양치도 시켜줬다. 탄자오에게 그런 일을 시키고 싶지 않았지만 조금이라도 가까이에서 보고 싶어 거절하지 않았다. 따뜻한 물수건으로 내 얼굴을 가볍게 닦아주는 탄자오에게서 시선을 떼지 않고 내가 말했다.

"여자 친구가 있으면, 아플 때 이런 대접도 받을 수 있구나."

탄자오가 얼굴을 붉히는데 그 모습이 유난히 예뻐 보였다.

"그럼 내가 간호사한테 내 남자 친구 얼굴 닦아달라고 하겠어?"

자꾸 웃음이 났다. 탄자오는 깨끗이 닦은 내 얼굴을 가만히 들여다보았다.

"살이 좀 빠졌네. 그래도 잘생겼어."

난 정말 힘들게 참는 중이었다. 엄청 갖고 싶던 보물이 눈앞에 있는데 만질 수 없으니 안달이 나 죽을 지경이었다.

"이리 와봐. 너도 좀 야윈 거 같은데?"

탄자오가 순순히 침대 옆에 앉아 내 눈을 똑바로 응시했다. 살짝 손을 내뻗었지만 탄자오에게 닿지 않았다.

"조금 더 가까이 와."

탄자오가 조금 더 가까이 왔다. 손이 닿는 순간 탄자오 어깨를 감싸고 입술을 덮쳤다. 탄자오는 갑자기 맥이 풀린 듯 내 위로 풀썩 엎어졌다. 그녀의 입술은 달콤했고, 살결은 부드럽지만 살짝 차가웠다. 전에는 늘 마음만 급해서 제대로 느끼지 못했는데, 이제는 감정을 억누를 필요도 없고 탄자오가 거부할까 봐 걱정할 필요도 없었다. 이제 탄자오는 온전히 내 여자니까.

탄자오의 보드라운 목을 어루만지는 순간 맑은 향기가 온몸을 휘감았다. 탄자오의 입술을 세게, 더 세게 빨아들였다. 그녀의 숨소리가 점점 짧고 빨라졌다. 내 안에서 뜨거운 불길이 활활 타올랐고 욕망은 끝없이 커졌다.

"자오자오, 자오자오……."

난 탄자오의 귓불을 깨물며 계속 그녀의 이름을 불렀다. 탄자오는 얼굴이 뜨겁게 달아오른 채 나를 밀어내려 했지만 혹여 내 상처를 건드릴까 봐 힘을 주지는 못했다. 난 머리가 뜨겁고 정신이 혼미해졌다. 숨소리도 거칠어졌다. 키스만으로도 이처럼 큰 환희를 느낄 수 있다니. 내 손이 어느새 환자복을 들추고 탄자오의 가녀린 허리를 더듬고 있었다. 그녀의 살결은 부드럽고 매끄러웠다.

"우위, 그만해……."

탄자오가 결국 내 품에서 빠져나갔다. 난 조금 실망한 표정으로 말없이 그녀를 바라봤다.

"한 번만 더 그러면 이제 네 옆에 오라고 해도 안 가."

"오늘부터 영원히 함께 있겠다고 했잖아."

내 말에 탄자오가 눈을 흘겼다. 난 또 웃음이 났다.

"네가 이렇게까지……."

"이렇게까지 뭐?"

"이렇게까지 막나갈 줄은 몰랐다고!"

탄자오가 원래 하려던 말이 아니었을 것이다. 난 여전히 가슴이 뜨거웠지만 탄자오가 싫다면 절대 키스하지 않겠다고 약속하고, 이런 저런 말로 열심히 그녀를 달랬다. 탄자오는 겨우 마음을 돌려 다시 내 옆에 앉아서 내게 죽을 먹여주며 휴대전화를 들여다봤다.

얼핏 웨이보 화면이 보였다. 그러고 보니 탄자오는 웨이보에 소소한 일상에 대한 글을 올리는 걸 좋아하는 것 같았다. 내가 잠깐 다리시를 떠났을 때 남들한테 말은 못 하고 웨이보에 에둘러 속마음을 표현했던 게 떠올랐다. 그때 봤던 가슴 아픈 마지막 구절도 생각났다.

검은 구름이 휘영청 밝은 달을 만났으나, 구름 흩어지면 달은 알 길이 없네.

"웨이보에 뭐라고 썼어?"
탄자오가 얼른 휴대전화 화면을 껐다.
"웨이보? 아, 아니야. 그냥 친구한테 메시지 보냈어. 이봐요, 남의 휴대전화 엿보는 거 아니에요. 프라이버시 침해야."
대꾸할 말이 없었다.
잠시 후 병실을 돌던 간호사가 탄자오에게 그만 돌아가라고 했다. 탄자오는 작별 인사를 해야 하는데 간호사가 보고 있어 주저하는 것 같았다. 눈빛에 아쉬움이 가득했다.
"자오자오, 이리 와봐."
내 앞 가까이 다가온 탄자오의 손을 살며시 잡았다.
"고개 숙여봐."
탄자오가 간호사를 한 번 쳐다봤다. 난감한 표정이었지만 순순히 고개를 숙였다. 난 그녀 볼에 입을 맞추고 아주 작게 속삭였다.
"네가 원하는 게 바로 내가 원하는 거야. 이제 우린 하나니까."
탄자오는 더 이상 간호사 눈치를 보지 않고 내 머리를 쓰다듬었다.
"응. 알았어. 내일 다시 올게."
탄자오가 가고 나니 병실이 적막했다. 창밖에는 휘영청 밝은 달이 떠 있었다. 이틀 후면 우리는 다시 유람선으로 돌아가겠지. 그리고 또 다른 시간대로. 이번에는 어느 때로 돌아가게 될까?
가만히 생각에 잠겼다가 휴대전화를 꺼냈다. 웨이보를 열고 탄자오 필명을 검색해 그녀의 웨이보를 찾았다. 내 마음을 아프게 했던 그 글은 찾을 수 없었다. 하긴, 그 글은 탄자오와 내가 다시 만난 반년 후에 올렸던 글이니까. 대신 탄자오가 30분 전에 올린 글이 보였다.

검은 구름이 휘영청 밝은 달을 만났네. 구름 짙어졌으니 달이 무엇을 더 바랄까?

41

탄자오

　침대에 누워 창문 너머 밤하늘을 바라봤다. 구름 위로 달이 살짝 얼굴을 내밀었다.

　아무리 애써도 마음이 진정되지 않고 잠도 오지 않았다. 우위 눈에 고이던 눈물, 푹 잠긴 목소리, 나를 품에 안고 퍼붓던 열정적인 키스. 우위 생각이 머리를 떠나지 않았다.

　상처투성이 늑대가 결국 내 품에 안겼다.

　아니면 드디어 족쇄를 풀고 내게 달려왔다고 해야 할까?

　왠지 더 초조하고 불안했다. 가슴에 뜨거운 불덩어리가 타오르는 느낌이었다. 적막한 이 밤, 내 가슴에 불을 지른 사람은 정작 곁에 없다니.

　머릿속이 복잡했다. 우위 성격상 그동안 사랑이라는 감정도 애써 피해왔을 텐데, 혹시 내가 너무 밀어붙여서 갑자기 폭발한 건 아닐까? 우위도 정말 진심이었을까? 나한테 억지로 맞장구쳐준 건 아니고? 하지만 그의 격렬한 키스와 눈빛은 절대로 꾸며낸 것이 아니었다. 그런 격정이 어떻게 거짓일 수 있을까?

이렇게 생각하니 마음이 한없이 부드럽고 달콤해지면서 얼굴이 화끈거려 나도 모르게 베개에 얼굴을 묻었다. 우위의 손길이 닿았던 살결까지 뜨거웠다. 그토록 원했던 그 남자가 드디어 내 것이 됐다. 오늘부터 우위는 내 남자다. 생각만으로도 가슴이 벅차오르고 미치도록 행복했다.

불안과 행복을 오가며 밤새도록 뒤척였더니, 다음 날 아침 눈 밑에 다크서클이 진하게 드리웠다.

안 돼! 사귀기 시작하자마자 우위한테 이런 꼴을 보일 순 없어! 당장 좡위에게 메시지를 보냈다.

〈파운데이션 필요해. 올 때 가져다줘.〉

〈내가 언제 그런 거 키웠어?〉

〈그냥 화장품 가게에서 아무 거나 사다줘. 21호로.〉

〈환자복 입고 꽃단장하려고? 첫사랑에 설레는 건 알겠는데 진정 좀 하지?〉

아무래도 좡위는 도움이 안 될 듯해 일단 깨끗이 세수를 했다. 찬물로 열심히 박박 문지르니 기분 탓인지 다크서클이 조금 엷어진 것도 같았다. 얼른 머리까지 감고 우위 병실로 달려갔다.

우위는 벌써 일어나 등에 베개를 받치고 앉아 있었다. 창문으로 포근한 햇살이 들어와 우위를 비추었다. 우위와 눈이 마주치자 심장이 쿵쾅거렸다. 우위가 내 얼굴을 보며 물었다.

"어제, 잘 못 잤어?"

"응…… 아침 먹었어?"

우위가 침대 옆 간이 식탁을 턱으로 가리켰다.

"간호사가 갖다줬어."

난 갑자기 신이 났다.

"내가 먹여줄게."

"응."

우위의 아침 식사는 죽과 달걀 반찬이었다. 난 침대에 걸터앉아 아직 김이 나는 죽을 후후 불어 식혀가며 한 숟가락씩 우위 입에 넣어주었다. 우위는 얌전히 받아먹었다. 나는 우위가 오물거리는 모습을 넋 놓고 바라봤다.

"왜 그렇게 빤히 쳐다봐?"

얼굴이 화끈거렸다. 좋아서, 너무 좋아서. 우위에 대해 더 많이 알고 싶고 더 많은 걸 함께 하고 싶었다.

"넌 아침 먹었어?"

"아니, 아직. 난 찰과상 조금 가지고 감히 이런 대접을 받을 순 없지. 조금 이따 내려가서 사먹으면 돼."

우위가 잠시 날 그윽하게 바라봤다.

"같이 먹자."

"말은 고마운데, 이런 멀건 죽은 내 취향이 아니거든. 난 육즙이 좌르르 흐르는 샤오룽바오 먹을 거야."

우위는 씩 미소를 짓고는 얌전히 죽을 다 받아먹었다.

시간의 흐름이 이렇게 평온하고 아름답고 여유로운 줄, 예전에는 미처 몰랐다. 우위가 꼼짝 못 하고 침대에 누워 있어야 해서 텔레비전을 켰지만 별로 재미없었다. 우위는 피곤해 보였다.

"좀 잘래?"

"응. 어제 못 잤거든."

우위의 의미심장한 눈빛에 내 마음도 요동을 쳤다. 나는 커튼을 쳐 햇빛을 가려줬다.

"자오자오, 이리 와서 앉아."

피식 웃음이 났다.

"우위, 어제오늘 네가 가장 많이 한 말이 뭔 줄 알아?"

우위도 미소를 지으며 그 깊고 그윽한 눈으로 나를 뚫어져라 쳐다봤다. 그 눈빛을 거부할 수가 없어 결국 침대에 걸터앉았더니 우위가 내 손을 꼭 쥐었다. 우리 둘 다 아무 말도 하지 않았다.

우위가 내 손을 살살 문지르기 시작했다. 병실은 아주 고요했고 우리 둘 뿐이었다.

손이 너무 간지러웠다. 그냥 가려운 게 아니라 불에 덴 것처럼 화끈거리고 찌릿찌릿했다. 그 느낌이 온몸으로 퍼져 나갔다.

"너…… 늘 이런 식으로 여자들 유혹했어?"

"처음이야. 경험이 없어서 잘 모르니까 네가 잘 가르쳐줘."

풋, 웃음이 터졌다. 우위 표정을 보니 키스하고 싶은 것 같았다. 난 일부러 우위에게 얼굴을 들이밀었다.

"경험이 없어서 잘 모르신다고요? 너 분명히…….'

우위는 그대로 나를 안고 입술을 덮쳤다.

우위는 나랑 키스할 때 무슨 생각을 할까? 눈앞에 뭐가 보일까? 아마 아무 생각도 없고 아무것도 보이지 않을 것이다. 우위의 키스는 매번 숨 쉴 틈도 없이 격렬했으니까.

온통 설레는 생각에 푹 빠져 있는데 갑자기 눈부신 빛 한 줄기가 비춰드는 게 느껴졌다. 따사로운 햇살이 커튼 틈새를 뚫고 들어와 우리 두 사람을 감쌌다. 이 순간이 너무 행복해서, 모든 걸 잊고 이 순간의 기쁨에만 매달렸다. 1분 1초가 너무 빠르게 지나는 것 같다가, 또 시간이 멈춰버린 듯한 기분도 들었다. 이 시간이 너무 소중해 온전히 집중하고 싶었다. 절대 놓치고 싶지 않았다.

우위는 내 손을 잡고 잠들었다. 나도 침대 옆에 엎드려 잤다. 한숨 자고 일어나니 벌써 오후였다. 중간에 창위가 왔는데 우위를 깨울까 봐 조용히 쫓아냈다. 챵위도 오래 머물 생각은 없어 보였다.

"따주, 병원에서는 안 돼. 지금 우위 컨디션 안 좋아서 2세 품질 보장 안 된단 말이야."

나는 챵위에게 눈을 흘렸다.

"그런 천박한 표현은 삼가주시죠. 그리고 우리 아무 짓도 안 했거든. 근데 넌 어디 가려고?"

챵위가 갑자기 결연한 표정을 지었다.

"선스옌한테."

"뭐?"

어제 챵위가 선스옌에게 키스하는 장면을 목격하긴 했지만 이렇게 빨리 다시 움직일 줄은 몰랐다.

"네가 선스옌한테 무슨 볼일이 있어?"

챵위가 내 어깨를 톡톡 두드렸다.

"볼일이 어디 있어. 그 수도승 같은 사람이 언제까지 참나 궁금해서 그러지……. 이런 거 엄청 짜릿하지 않아?"

역시 챵위는 대단해. 역시 내 친구야! 수도승이라……. 선스옌에게 딱 들어맞는 표현이었다.

그런데 한편으로는 좀 의외였다. 챵위는 매우, 대단히 현실적인 사람이었다. 며칠 후면 두 사람이 지금 있었던 일을 전혀 기억하지 못할 것임을, 그리고 반년 후 옌위안 사건 때 희미한 기억만 남은 상태로 재회할 것임을 챵위도 잘 알고 있지 않은가. 그러니 지금 두 사람이 어떤 관계로 발전하든 아무 의미가 없다는 것도.

"너…… 좀 가혹하지 않아?"

챵위는 살짝 멈칫했지만 피식 웃고 덤덤하게 대구했다.

"시간이 먼저 나한테 가혹하게 굴잖아? 난 그냥 재미있어. 그리고 선스옌한테 가혹할 게 뭐 있어? 그 사람도 손해 볼 거 없는데. 어차피 우리 둘 다 깨끗이 잊어버릴 거잖아.”

“아니, 내 말은…… 너 자신한테 가혹하지 않겠느냐고.”

창위는 할 말을 잃고 물끄러미 날 쳐다보다 돌아섰다.

우위가 깨어났을 때 난 휴대전화로 웹소설을 보고 있었다. 사실 우위가 언제 깼는지 잘 모르겠다. 내가 고개를 들었을 때 우위가 이미 날 뚫어지게 쳐다보고 있었다.

“뭐 봐?”

난 휴대전화를 흔들어 보였다.

“소설.”

“네 소설?”

“뭐? 자기 소설 읽는 사람이 어디 있어? 혼신의 힘을 다해 작품 하나 쓰고 나면 두 번 다시 쳐다보기도 싫거든. 웹소설 작가들은 거의 다 그래.”

“읽어줄래?”

“이걸?”

“아니, 네 소설.”

뜻밖의 요청에 갑자기 멍해졌다가 머릿속으로 수많은 문장과 묘사들이 떠올랐다. 내 소설은 대부분 청춘 남녀의 사랑 이야기라 어렵고 복잡한 내용은 없었지만, “사랑해.” “내 마음속엔 너뿐이야.” 같은 낯간지러운 말들이 너무 많아서 누군가에게 읽어주기는 민망했다.

“싫어. 너 예전에 내 책 집어던지면서 쓰레기라고 했잖아.”

“그땐 내가 뭘 몰라서 그랬어. 다시 그때로 돌아가면 잘 챙겨서 소중히 간직할 거야.”

우위의 따뜻한 눈빛을 보니 절로 미소가 지어졌다. 그래, 못 읽을 것도 없지 뭐. 난 휴대전화에서 내 소설을 검색한 후 목소리를 가다듬고 읽기 시작했다.

"날이 어두워지고, 가로등 아래 나무 그림자가 흔들렸다. 행인도 없고 지나다니는 차도 없는 적막한 길에……."

중간에 링거를 바꿔주러 온 간호사는 얼른 할 일을 마치고 조용히 문을 닫고 나갔다. 우위는 진지하게 경청했다. 남녀 주인공이 옥신각신 사랑싸움하는 장면에서는 피식 웃기도 하고 누군가의 모함으로 위기를 겪는 부분에서는 조금 심각한 표정도 지었다. 한 시간 가까이 읽어 내려가다 휴대전화를 내려놨다.

"목 아파. 좀 쉬어야겠어."

물을 한 잔 따라 마시고 우위에게도 물을 따라 건넸다.

"정말 내가 오해했네. 우먀오가 쓸모없는 이상한 책을 본다고만 생각했는데, 지금 들어보니 재미있어. 마음에 와닿는 부분도 있고. 그때 네가 한 말이 맞아. 누군가 심혈을 기울여 쓴 소설은 '깊은 감동을 주는 훌륭한 책'이야."

순간 가슴이 벅차올랐다. 우위 같은 엘리트가 내 소설을 인정해주니 내가 정말 대단한 작가처럼 느껴졌다. 하지만 일부러 눈을 흘기며 대꾸했다.

"지금은 여자 친구라고 그렇게 말해주는 거잖아."

우위는 가만히 나를 쳐다보기만 할 뿐 아무 말도 하지 않았다. 결국 내가 먼저 웃음을 터트렸고 우위도 미소로 답했다. 우위가 하루 동안, 아니 반나절 동안 이렇게 여러 번 웃는 건 처음 봤다. 그것도 이렇게 기분 좋게 웃는 건.

"자오자오, 이리 와서 앉아. 계속 읽어줘."

우위의 밝은 미소에 뭔가 다른 의도가 엿보였다. 내게 키스하고 싶은 게 분명했다. 사실 나도 원하는 바다. 그 뜨거운 열망은 마약처럼 중독성이 강했다. 막 사랑에 빠진 연인들은 모두 이럴까? 키스는 이렇게 하고 또 해도 계속 하고 싶은 것일까? 하지만 난 살짝 부어오른 입술을 만지작거리며 거절했다.

"싫어."

우위는 별말이 없었다. 그때 침대 위에 힘없이 늘어뜨린 우위 손이 눈에 들어왔다. 굳은살이 밴 긴 손가락과 여기저기 긁힌 상처를 보며 갑자기 심장이 쿵쾅거렸다. 매번 날 꼭 끌어안아준 저 손을 보고 있노라니, 우위가 아무 말 하지 않아도 내가 못 참고 우위 품으로 뛰어들 것 같았다. 나는 시선을 돌리고 일부러 다른 얘기를 꺼냈다.

"아위, 학교 다닐 때 얘기 좀 해봐. 명문대 학생들은 학업 스트레스가 장난 아니겠지?"

"글쎄, 그런가? 다만 난 목표치가 좀 높아서 더 많이 노력하긴 했지."

"힘들었겠다."

"응. 조금."

"너 쫓아다니는 여학생 많지 않았어?"

우위가 피식 웃었다.

"공대여서 여학생이 거의 없었어."

"그래서 있었어, 없었어?"

"있긴 있었지. 거의 다른 학교 학생이었어."

난 침대에 턱을 괴고 우위를 올려다봤다.

"근데 왜 안 받아줬어? 아니면…… 받아준 적 있어?"

"아니 없어. 뭐라고 말해야 할지 좀 어려운데…… 내가 기다리는 여자가 아직 안 나타난 것 같았달까."

우위의 까만 눈동자가 내 마음을 부드럽게 어루만지는 느낌이었다.

"아하."

역시 인기가 많았군. 뭐, 그럴 거라고 예상은 했지만. 앞으로도 절대 방심하면 안 된다.

이때 우위가 나를 똑바로 보며 덤덤하게 물었다.

"넌? 쫓아다니는 남자 많았지?"

어떻게 얘기할지 살짝 고민됐다. 내가 다녔던 학교는 여학생이 압도적으로 많았고, 내 미모는 그 속에서 눈에 띌 정도는 아니었다. 나 좋다는 남자가 몇 명 있긴 했지만 대부분 기억하고 싶지 않을 만큼 별로였다. 뻥 좀 보태서 엄청 많았다고 말할까 하다가 괜한 오해를 만들고 싶지 않아 솔직히 말했다.

"몇 명 없었어. 죄다 이상한 애들이었고."

"그 말을 누가 믿어?"

우위는 정말 안 믿는 눈치였다. 은근히 기분이 좋았지만 최대한 담담하게 대꾸했다.

"믿든지 말든지."

"어쨌든 아무도 기회를 못 얻었던 거지?"

의사가 당분간은 절대 침대에서 내려오지 말라고 신신당부했는데, 우위가 화장실만큼은 스스로 가야겠다며 고집스럽게 침대에서 내려오려 했다. 하는 수 없이 얼른 팔을 내밀어 잡아주자 우위는 내게 기대 천천히 침대에서 내려왔다. 그러고는 화장실 문 앞에 도착하자마자 내 손을 뿌리치고 후다닥 들어가 문을 잠갔다.

잠시 후 볼일을 마치고 나온 우위는 얼굴이 살짝 빨갰다. 난 웃음을 참으며 다시 우위를 부축해 침대로 돌아왔다.

"잊지 마. 내가 너의 아주 은밀한 일까지 함께했다는 거. 이제 넌 완전히 내 남자야. 앞으로 반항하지 마."

내 표현이 좀 과했는지 우위가 살짝 어이없어했다. 우위를 침대에 눕히느라 상체를 굽히는데 우위가 내 귓가에 작게 속삭였다.

"나 다 나으면, 너도 반항하면 안 돼."

"……."

42

우위

다시 깨어났을 때, 주변은 이미 완전히 달라져 있었다. 나는 병실이 아니라 동굴 같은 곳에 누워 있었다. 시커멓게 이어진 동굴 벽이 제일 먼저 눈에 들어왔다. 얼마나 넓은지, 꼭 또 하나의 새로운 세상 같았다.

벽에 부딪혀 굴절된 희미한 빛 덕분에 주변을 살펴볼 수 있었다. 여기저기 사람들이 정신을 잃고 쓰러져 있었다. 나는 옷이 흠뻑 젖어 몸에 달라붙은 상태였다. 조금 전까지도 병실에 누워 있었는데, 이 상황이 너무 비현실적으로 느껴졌다.

하지만 분명히 현실이었다. 내 숨소리가 내 귀에도 똑똑히 들렸다.

나는 벌떡 일어나 앉았다. 교수님 집에서 다친 상처들은 흔적도 없었다. 1년 전의 나로 돌아온 것이다. 다만 온몸이 너무 쑤시고, 여기저기 퍼런 멍 자국이 선명했다. 물에 오래 잠겼었는지 손가락 끝이 하얗고 쭈글쭈글했다.

기억이 빠르게 되돌아왔다. 이 직전에 무슨 일이 있었는지, 여기가 어딘지.

교수님 집에 가기 전날 탄자오와 나는 호숫가에서 추락해 소용돌이에 휘말려 깊이 빨려 들어갔다. 간신히 탄자오를 품에 안은 것이 마지막 기억이었다. 마치 전생의 일처럼 아득하게 느껴졌다.

그런데 탄자오는 어디 있지?

"아위!"

익숙한 목소리가 놀라움과 반가움을 담아 외쳤다. 하지만 탄자오 목소리는 아니었다. 천루잉과 사모님이 작은 물웅덩이에서 간단히 세수를 하고 팔다리를 씻고 있었다.

다시 살아 있는 두 사람을 보니 기분이 정말 묘했다. 가볍게 고개를 끄덕이다가 탄자오를 발견했다. 알고 보니 바로 가까이에 누워 있었다. 끝까지 그녀를 놓치지 않았던 모양이다.

창백한 얼굴에는 젖은 머리카락이 달라붙었고, 안 그래도 가녀린 몸이 더 여려 보였다. 탄자오 곁으로 다가가 꼭 끌어안았다. 탄자오는 몇 번 신음 소리를 내다가 눈을 뜨고는 나와 눈이 마주치자 나지막하게 중얼거렸다.

"또 하게? 난 좀 더 잘래⋯⋯."

나는 피식 웃고 탄자오 볼을 톡톡 두드리며 조용히 속삭였다.

"일어나, 우리 다시 1년 전으로 돌아왔어."

탄자오가 눈을 끔뻑끔뻑하다가 번쩍 뜨고는 믿을 수 없다는 표정으로 주위를 둘러봤다. 그러다가 요란하게 재채기를 했다. 사람들이 전부 우리를 돌아봤다. 난 탄자오 얼굴을 끌어당겨 품에 꼭 안았다. 탄자오가 고개를 휙 들었다.

"상처는?"

"흔적도 없이 나았지."

탄자오가 웃었다. 이런 기분은 처음이었다. 낯선 장소에서 한 치 앞을 알 수 없는 상황인데도 마음이 한없이 편안하고 왠지 모를 희망이 느껴졌다. 단지 내 품에 탄자오가 있을 뿐인데.

누군가 나뭇가지를 모아 불을 피웠다. 옌위안과 주지루이였다. 옌위안이 상냥한 미소를 지으며 우리를 향해 가볍게 고개를 끄덕여 보였다. 어쩔 수 없는 이 상황에 대한 난감함이 엿보였다. 나도 예의상 고개를 끄덕였다.

탄자오는 서로 고개를 끄덕이는 옌위안과 나, 그리고 물웅덩이 옆에 있는 천루잉과 사모님을 확인하더니 내 옷자락을 잡아당기며 속삭였다.

"너무 소름 끼쳐……."

나는 탄자오 머리를 가볍게 쓰다듬어주었다.

"이왕 돌아온 거 잘 지내봐야지. 1년 전 사람들이니 그냥 아무렇지 않게 대하면 돼."

"일단 나 좀 놔줄래?"

"싫은데?"

탄자오가 눈을 동그랗게 떴다. 난 피식 웃으며 탄자오를 놓아줬지만, 대신 손을 꼭 잡았다. 탄자오가 추위하는 것 같아 함께 불을 쬐러 갔다. 우리는 의도적으로 옌위안과 거리를 두고 앉았다.

아까부터 내 뒤를 쫓는 시선이 느껴졌지만 누구인지 알기에 무시해버렸다.

옌위안이 먼저 말을 걸어왔다.

"정말 최악이네요. 구조대가 언제 올지도 모르겠고."

나는 아무 대꾸도 하지 않았다. 급류에 휩쓸려 호수 바닥으로 빨려 들어 가다가 이 석회 동굴로 떠밀려 왔으니 불행 중 다행이었지만, 구조대가 오더라도 우리가 급류에 휩쓸려 떠내려 가버렸다고 생각할 터였다.

우먀오가 타고 있던 유람선이 거대한 소용돌이에 휘말리던 모습을 생각하니 가슴이 찢어지는 것 같았다. 그런데 우먀오는 지금이 아니라 한 달 후 쑤저우에서 죽었다. 그러니 유람선에 타고 있던 사람들은 구조된 게 분명했다.

지금은 탄자오와 함께 이곳을 탈출하는 일이 가장 시급했다. 우리가 분석한 내용이 맞는다면 모든 수수께끼는 바로 이곳에서 시작됐다. 그러니 경계를 늦추지 말고 모든 상황을 예의 주시해야 했다.

대충 주위를 둘러보니 친루잉 모녀, 옌위안 커플 외에 낯선 남자 둘과 여자 하나가 더 있었다. 크게 다친 사람은 없어 보였고 다들 주위를 살펴보고 있었다. 아마도 탈출할 방법을 찾는 것이겠지.

이번엔 내가 먼저 말을 꺼냈다.

"우리가 이 동굴에 들어온 지 얼마나 됐을까요?"

"글쎄요, 10분 정도? 신기하게도, 우리가 이 동굴에 떠밀려 들어오자마자 물이 쫙 빠졌어요. 바닥에 물이 빠지는 구멍이라도 뚫려 있는 것처럼."

"위안, 무서워……."

주지루이가 옌위안에게 몸을 기대자 옌위안은 그녀를 안고 무어라 속삭이며 부드럽게 달랬다. 엄청 따뜻하고 다정해 보이는 그 모습에 탄자오와 나는 어이없다는 눈빛을 주고받았다.

탄자오가 내 귀에 작게 속삭였다.

"이제 어쩌지?"

"저기 봐. 물줄기가 흐르고 있으니까, 저 물줄기가 시작되는 곳으로 따라가면 출구를 찾을 수 있을 거야."

탄자오 표정이 밝아졌다가 금방 다시 어두워졌다.

"하지만 거기서 무슨 일이 벌어질지 모르는 거잖아."

맞는 말이었다.

갑자기 손바닥이 뜨거워졌다. 탄자오가 내 손을 꼭 쥔 것이다. 물에 잠겼다 나와서 그런지 탄자오 얼굴은 더 말갛게 보였고, 새카만 머리카락이 가닥가닥 목에 달라붙어 유혹적으로 느껴졌다. 가슴이 뜨거워져 고개를 숙여 그녀의 입술을 덮쳤다. 탄자오는 피하지 않고 나지막이 웅얼거리기만 했다.

"사람도 많은데……."

나는 아무것도 신경 쓰지 않았다. 어느 순간 불편한 시선이 느껴져 고개를 들어 주위를 돌아봤지만 우리 쪽을 보는 사람은 없었다. 가까이 있는 옌위안 커플은 다정하게 꼭 껴안고 바위에 기댄 채 눈을 감고 있었다.

뭐라 표현하기 어려운 기묘한 느낌이 온몸을 휘감았다.

탄자오가 내 옷깃을 잡아당기며 한마디 했다.

"갑자기 뭐 하는 짓이야?"

"어제 내가 한 말 잊었어?"

"무슨 말?"

"나 다 나으면……."

"시끄러워!"

탄자오 얼굴이 빨개져 더 사랑스러웠다.

물줄기 근처에 있던 사람들도 이쪽으로 다가왔다. 먼저 사모님이 상냥하게 말을 걸어왔다.

"우위, 두 사람 괜찮은 거지?"

나는 탄자오와 살짝 떨어져 앉으며 대답했다.

"저희는 괜찮습니다. 사모님은요?"

천루잉이 불쑥 끼어들었다.

"엄마가 발목을 심하게 다쳤어. 그나저나 아위가 애정 표현에 그렇게 적극적인 사람인 줄 몰랐네."

모두의 시선이 우리에게 쏠렸고 나는 당황해서 아무 말도 하지 못했다. 뾰로퉁한 천루잉 얼굴에 목숨 걸고 날 지키던 모습과 마지막에 괴물처럼 변해 고집을 부리던 모습이 겹쳐 보였다. 다시 마음을 가라앉히고 사모님을 보니 약간 절뚝이는 것 같았다. 사모님에게 다가가 발 앞에 쪼그려 앉았다.

"제가 좀 볼게요."

사모님은 일단 천루잉을 꾸짖었다.

"루잉, 그런 버릇없는 말 하는 거 아니야."

그러고는 내게 사과의 미소를 지어 보이며 발을 살짝 내밀었다. 발목에 큰 상처가 나서 피가 잔뜩 엉겨 붙어 있었다. 다행히 피는 이미 멈춘 상태였다. 급류에 휩쓸리면서 어딘가에 부딪힌 모양이었다. 나는 모닥불에 말려서 입고 있던 티셔츠를 벗어 가늘고 길게 찢었다. 사모님은 몇 번이나 괜찮다고 사양했지만 결국 발목 상처를 싸맸다.

"지금 여기에서는 별달리 치료를 할 방법도 없고, 우리가 언제 나갈 수 있는지도 모르는 상황이니까요. 최대한 저희랑 같이 움직이시고, 도움이 필요하면 언제든 말씀하세요."

사모님이 고맙다고 인사를 할 때 천루잉도 말없이 나를 응시했지만 나는 눈길도 주지 않고 탄자오 옆으로 돌아왔다.

동굴로 휩쓸려 온 사람들이 모두 모닥불 앞에 모였다. 총 아홉 명이었다. 가장 먼저 말을 꺼낸 사람은 낯선 젊은 여자였다.

"일단 자기소개부터 하는 게 어때요? 어쨌든 여기서 나가려면 다 같이 힘을 모아야 할 테니까요. 난 류쌍쌍이에요. 나이는 스물다섯이고, 쿤룬에서 회사에 다녀요. 회계 일을 하고 여행을 좋아해요. 지금 상황이 쉽지 않긴 한데 그렇다고 절망적으로 생각할 필요는 없을 것 같아요. 제 경험상 분명히 빠져나갈 방법이 있을 거 같거든요."

류쌍쌍의 말 덕분에 분위기가 조금 활기를 띠었다. 그 옆의 젊은 남자가 맞장구를 치며 말을 이어받았다.

"맞아요. 다들 그 엄청난 소용돌이에 휩쓸리고도 살아남았으니 여기에서도 분명히 나갈 수 있을 거예요. 전 저우웨이라고 합니다. 스물여덟이고 프로그래머예요. 상하이에서 왔어요."

류솽솽이 저우웨이를 보며 방긋 웃었다.

계속해서 옌위안, 주지루이, 사모님, 천루잉이 소개를 마쳤다.

"저는 탄자오예요. 다리시에 살고 프리랜서예요."

"저는 아위입니다. 저도 다리시에 살고……."

천루잉과 사모님의 시선에 순간 멈칫했다. 1년 전 상황이라는 사실을 그만 깜빡했다.

"베이징에서 대학원을 다니고 있습니다."

마지막으로 비쩍 마르고 키 큰 남자가 소개를 했다. 검은 셔츠에 안경을 꼈는데 줄곧 고개를 숙이고 있었다.

"저는 주위퉁입니다. 쿤룬에서 인테리어 디자인을 해요."

모두 소개가 끝나자 류솽솽이 다시 나섰다.

"방금 대충 둘러봤는데 이 동굴은 일단 아주 깊어요. 어디로 이어질지는 가봐야 알겠지만, 어쨌든 물을 거슬러 따라가면 지면에 가까워질 확률이 높겠죠."

다들 이견이 없었다.

"급류에 휩쓸리고 여기저기 둘러보느라 다들 피곤할 것 같네요. 지금 시간이 벌써 1시가 넘었는데, 일단 여기에서 한두 시간 쉬면서 체력을 보충한 후에 움직이죠."

사람들은 모닥불 주위에 흩어져 몸을 뉘였다. 나는 동굴 벽 옆에 비교적 평평한 공간을 찾아 먼저 탄자오를 앉혔다. 고개를 돌리는데 천루잉이 사모님을 부축하고 바위 사이를 돌아다니는 게 보였다.

"두 사람 좀 도와주고 올게."

"응."

사람이 많은 건 아니지만 바닥이 고르지 못해 편히 앉거나 누울 자리는 넉넉지 않았다. 모닥불에서 멀리 떨어지지 않는 내에서 주위를 살펴본 후 자리를 골랐다.

"사모님, 이쪽으로 오세요."

내가 큰 돌들을 한쪽으로 치우는 동안 두 사람은 말없이 지켜보고 있었다. 잠시 후에 천루잉이 입을 열었다.

"아위, 나도 도와줄게."

뒤를 돌아보니 천루잉이 순진무구한 표정을 짓고 있었다.

"내가 할 테니 넌 그냥 있어."

"아위, 춥지 않아?"

티셔츠를 벗어 사모님 발목 상처에 붕대 대신 감느라 윗몸은 아무것도 걸친 게 없었다. 난 두 사람을 등진 채 무미건조하게 대답했다.

"괜찮아."

잠시 후 얼추 바닥이 정리됐다.

"사모님, 불편하시겠지만 좀 쉬세요. 일단 움직일 힘이 있어야 나가는 길을 찾을 수 있으니까요."

사모님은 현실을 받아들인 듯 고개를 끄덕였다.

"아위, 여기 우리랑 같이 있으면 안 돼?"

생각지도 못한 천루잉의 말에 살짝 짜증이 나서 직설적으로 말했다.

"여자 친구한테 가봐야 해."

내가 돌아오니 탄자오는 등을 돌리고 옆으로 누워 있었다. 습하고 서늘한 동굴 공기 때문인지 탄자오 뒷모습이 더 가냘파 보였다. 내가 뒤에 누워 두 팔로 감싸 안자 탄자오는 바로 돌아누워 내 품에 얼굴을 묻었다. 우린 그렇게 말없이 누워 있었다.

처음엔 여기저기서 부스럭거리는 소리가 들렸지만 점점 조용해졌다. 나는 온몸이 노곤한데도 잠은 오지 않았다. 따사로운 햇살이 퍼지는 병실에서 탄자오와 함께 보낸 순간들이 떠올랐다. 그때는 온몸이 아파 움직이기 힘든 상황이었지만 탄자오를 품에 안고 원 없이 키스를 나눴는데, 이제는 몸은 자유롭게 움직일 수 있지만 생사의 위기에 빠져 있었다.

나는 탄자오 얼굴을 가볍게 어루만지며 속삭였다.

"자?"

"칫!"

"왜 그래? 화났어?"

탄자오는 단호하게 내 손을 뿌리쳤다.

"잘 거야. 피곤해."

탄자오의 반응이 이상해서 가만히 생각하다 탄자오 턱을 살짝 들어올렸다. 우리 둘은 서로를 뚫어져라 쳐다봤다. 탄자오 눈빛은 화난 것 같으면서도 따뜻했다. 충동적으로 다시 키스를 했다.

지금까지 중 가장 기분 좋은 키스였다. 병실에서는 몸이 성치 않고 탄자오가 부끄러워하며 자꾸 빼는 바람에 내 뜻대로 할 수가 없었는데, 이번에는 탄자오를 꽉 끌어안고 완벽하게 그녀를 이끌었다. 그녀의 머리카락, 얼굴, 목을 부드럽게 어루만지며 마음껏 키스를 나누었다.

마치 하늘을 나는 듯한 이런 기분은 난생처음이었다. 둘의 숨결이 뒤섞이고 피부가 맞닿는 느낌이 이렇게 달콤하고 짜릿할 줄이야. 희미한 어둠 속에서 들려오는 건 오직 탄자오의 가쁜 숨소리뿐이었다. 내가 허리를 꽉 끌어안자 그녀의 몸이 유연하게 내 몸에 감겼다. 저항하는 기색은 전혀 없었다. 탄자오 손이 내 가슴을 더듬었다. 그녀의 뜨거운 얼굴, 달콤한 입술, 모두 다 내 것이었다.

그때 내 몸 어느 곳에서 반응이 일어났다. 이 상황에서는 일어나지 말아야 할 반응인데……. 혹시 탄자오도 느꼈을까? 아니, 어쩌면 전혀 모를 것이다. 경험해본 적 없는 일일 테니…….

나는 끓어오르는 욕망을 억누르며 탄자오를 놓아주고, 내 몸의 반응을 들키지 않기 위해 몸을 살짝 뒤로 뺐다. 그래도 그녀에게 팔베개는 해주었다. 탄자오는 촉촉한 눈망울을 들어 나를 보았다. 열정적인 키스 탓인지 탄자오 얼굴이 빨갛게 달아올라 있었다. 탄자오는 잠시 입술을 달싹거리다 결국 아무 말도 하지 않았다.

"할 말 있어?"

"아냐……. 없어."

이번에는 그녀의 이마에 입을 맞췄다. 연인끼리만 느낄 수 있는 이 달콤함은 한번 맛을 보고 나니 도저히 멈출 수가 없었다.

"왜 화 났어?"

내 말에 탄자오가 시선을 피했다.

"화난 거 아니야. 시공간을 초월해서도 내 남자를 한결같이 사랑하는 다른 여자라니…… 정말 대단하잖아. 목숨도, 가족도 버려가면서 내 남자를 지켜주고, 다른 건 다 잊어도 사랑하는 남자는 잊지 않는다니……. 내가 어떻게 화를 내겠어? 오히려 감동해야지."

그것 때문이었구나. 탄자오를 다시 품에 꼭 안고 웃으며 말했다.

"질투하는 거야? 왜 그런 쓸데없는 생각을 해? 난 여기 네 옆에 있고, 넌 다른 어떤 여자와도 비교할 수 없어."

탄자오는 여전히 뾰로통했지만 눈빛은 한결 부드러워졌다. 나는 탄자오의 눈까풀에 입을 맞췄다.

우리는 그대로 잠들었다. 하지만 바닥이 불편해 깊이 잠들지는 못했다. 탄자오는 숨소리가 고른 걸 보니 내 품에 안겨 깊이 잠든 모양이었다. 난 반수면 상태로 어스름한 허공과 모닥불의 불꽃을 멍하니 응시했다.

어느 순간 갑자기 뒷골이 서늘한 느낌에 눈을 번쩍 떴다. 얼핏 등 뒤로 검은 그림자가 스쳐 지나간 것 같았다. 뒤를 돌아보았지만 흐릿한 어둠뿐이었다. 모닥불 근처에 누워 있는 사람들도 모두 그대로였다.

잠이 싹 달아나 주위를 뚫어져라 지켜봤지만, 이상한 점은 전혀 보이지 않았다. 모두 각자 누운 자리에서 잠들어 있으니 아무도 내 뒤를 지나갔을 리는 없었다. 꿈이었나 보다.

다시 고개를 숙이고 탄자오를 꼭 안았다. 좀 더 눈을 붙이려는데 문득 탄자오의 새하얀 발이 보였다. 이상했다. 자기 전에 분명히 옷이며 양말이며 신발까지 단단히 껴입은 걸 기억하는데, 양말과 신발은 옆에 놓여 있고 탄자오의 새하얀 발이 희미하게 빛나고 있었다.

누가 탄자오를 건드렸지?

43

탄자오

"아워……."

어렴풋이 몸이 바닥으로 축 늘어지는 것 같아 우위 쪽으로 조금 더 붙었다. 그런데 손에 닿는 것은 차가운 침대 커버뿐이었다.

침대 커버?

눈을 번쩍 떴다. 눈부신 햇살과 익숙한 공간이 눈에 들어왔다. 여긴 다리시의 내 집이었다. 난 또 다른 시간선으로 이동해 이불 속에 웅크리고 있었다.

따사로운 햇살이 내리쬐는 날씨지만 이상하게 서늘한 느낌이었다. 벌떡 일어나 온 집안을 살폈다.

"아워! 아워!"

그는 없었다. 늘 그랬듯 이 집엔 나 혼자였다.

베란다로 나가 익숙한 동네 풍경을 둘러봤다. 해는 이미 중천에 떠올라 햇살이 따가웠다. 조금씩 생각이 정리되고 한 가지 추측이 떠올랐다. 이 추측이 어떤 의미인지는 아직 잘 모르겠지만, 아마도 여러 가지 의미가 얽혀 있을 것이다.

당장 방으로 뛰어 들어가 침대 머리맡에 놓인 휴대전화를 집어 들었다. 화면을 켜고 날짜를 확인했다.

2016년 7월 19일.

1년 전이었다. 천 교수 집에 화재가 나기 반년 전이고 옌위안 사건이 일어나기 1년 전. 우위와 내가 유람선 여행에서 돌아온 지는 한 달이 조금 못 된 시간이고, 우리가 동굴에 있던 시점으로부터 대략 20일 후.

갑자기 온몸의 피가 뜨겁게 끓어오르는 느낌이었다. 시간선의 속도가 훨씬 빨라져, 또 반년을 훌쩍 뛰어넘었다. 우리는 두 시간선의 교차점, 그러니까 이 타임 슬립의 종착점에 점점 가까워지고 있었다.

문득 중요한 문제가 하나 생각났다. 우먀오 사건이 언제였더라?

온몸의 피가 점점 빠르게 도는 느낌이었지만 애써 평정심을 유지했다. 휴대전화로 우먀오 사건을 검색해보려다가 아직 아무 기사도 없으리라는 데 생각이 미쳤다. 휴대전화를 내려놓고는 눈을 감고 잠시 기억을 더듬었다. 우위가 우먀오에게 조심하라고 강조했던 말들…….

처음에 우먀오가 사고를 당한 날은 2016년 8월 5일이었다.

나중에 과거가 바뀌면서 사고 날짜도 8월 7일로 바뀌었다.

다시 눈을 떴다. 지금 우위가 어디에 있는지 알 수 없지만 내 심장은 여전히 뜨거웠다. 갑자기 눈시울이 뜨거워졌다. 우위는 지금 어디에 있을까? 어떤 마음일까? 우위도 지금 이 상황이 무엇을 의미하는지 알고 있을까?

우위에게 전화를 걸었다. 반년 전에도 같은 번호이길 기도하며…….

다행히 전화가 걸렸다.

하지만 통화 중이었다.

다시 걸었지만 여전히 통화 중이었다.

초조하고 불안해졌지만, 문득 짐작 가는 바가 있어 휴대전화를 내려놓고 나 자신을 타일렀다.

'침착하게 기다려.'

역시, 몇 분 지나지 않아 휴대전화가 울렸다. 모르는 번호였다. 조금 전 내가 걸었던, 꿈에도 잊지 못할 그 전화번호가 아니었다. 하지만 얼른 받았다.

"여보세요."

"자오자오……."

휴대전화 너머에서 들려오는 낮은 목소리는 살짝 잠기긴 했지만 분명히 우위였다.

웃어야 할지 울어야 할지, 마음이 복잡했다. 우위는 내 이름만 한 번 부르고 침묵했다. 무슨 말부터 해야 할지 고민스러운 것 같았다. 방금 전까지만 해도 동굴에서 서로를 꼭 껴안고 있었는데…….

"어머니랑 우먀오, 모두 무사해?"

"응. 방금 통화했어. 우먀오는 학교에서 수업 중이었고, 엄마는 집에 있었어."

우위의 목소리에 웃음기가 배어 있었다. 나도 같이 웃었다.

"정말 너무 잘됐어!"

"자오자오, 나는 베이징 기숙사에서 깨어났어. 지금 바로 비행기 타고 다리로 갈게. 둘이 같이 쑤저우에 가서 방법을 찾아보자."

"좋아! 그런데 우리 둘 다 바로 쑤저우로 가는 게 빠르지 않아?"

"빨리 갈 필요는 없어……. 아직 보름이나 시간이 있으니까. 다리에 가서 해야 할 중요한 일도 있고."

중요한 일이 뭔지는 모르겠지만, 우위를 한시라도 빨리 만난다면 나야 좋았다.

"응. 그럼 내가 공항으로 마중 나갈게."

"그래. 기다려. 금방 갈게."

우위는 저녁 도착 예정이었다. 시간 맞춰 마중을 나갔는데 이 작은 공항의 도착장 출구가 꽤 붐볐다. 겨우 몇 시간 만인데, 아니 반년 만이라고 해야 하나, 아무튼 심장이 쿵쾅거리면서 무척 설렜다.

잠시 후, 우위가 도착장 출구를 빠져나왔다. 유람선에서 처음 만난 후, 대학원생 우위 모습을 보는 건 이번이 두 번째였다. 우위는 검은 바지에 흰 티셔츠, 흰 양말에 스니커즈를 신고 캐리어를 끌고 나왔다. 얼굴은 하얗고 머리카락은 짧고 단정했다. 큰 키는 당연히 그대로였지만 단단하고 강한 느낌은 없었다. 아니, 까만 눈동자와 튀어나온 광대뼈를 보면 역시 뼛속까지 강한 사람이라는 생각도 들었다.

그런데 왠지 낯설고 너무 긴장이 돼서 내게 다가오는 우위를 멍하니 쳐다보고만 있었다. 우위는 내 앞에 서서 잠깐 나를 훑어봤다.

"달라진 게 거의 없네."

난 겨우 정신을 차리고 대답했다.

"나야 뭐 걱정할 것도 없고 편하게 사니까, 달라질 게 별로 없지."

우위가 방긋 웃으며 날 끌어안았다. 막 심장 박동이 빨라지는데 우위 입술이 내 입술을 덮쳤다.

부드럽고 따뜻하고, 매번 새로웠다. 고생의 흔적이 전혀 없는 얼굴과 부드러운 살결과 매끈한 목선을 바라보며 우위 티셔츠를 살짝 그러쥐었다.

"자오자오…… 하늘이 드디어 나한테도 은혜를 베풀어주려나 봐."

시내로 돌아올 땐 우위가 운전했다. 우위가 옆에 있으니 기분이 좋아졌다. 유람선, 동굴, 꼬여버린 시간선, 과거에 사라진 혹은 죽은 사람들, 아직 풀지 못한 의문들……. 그 모든 걱정이 한순간에 사라지고, 차창에 비치는 저녁놀이 그저 아름답기만 했다.

"참, 중요한 일이란 게 뭐야?"

우위가 잠시 뜸을 들이다가 주머니에서 편지 봉투를 꺼냈다.

"열어봐."

편지 봉투가 왠지 낯익은 기분이었지만 별생각 없이 열어봤다. 작은 메모지가 나왔다. 거칠고 자유분방하면서 강한 힘이 느껴지는 멋진 글씨체, 분명히 본 적 있는 글씨체였다.

네가 뭘 잃어버렸는지 알고 싶다면,

7월 17일 밤 10시, 바이윈로와 허빈시로가 교차하는 사거리로.

탄자오, 날 찾아오길.

길게 드리운 석양빛에 메모지가 은은하게 반짝거렸다. 갑자기 목이 탔다.

"이거, 어디서 났어? 말도 안 돼……. 이건 1년 후에 우리 집 서랍에서 나와야 하는 건데?"

"내가 쓴 거야. 돌아와서 네 방 서랍에 넣어뒀고, 1년 후에 네가 우연히 발견하고 그 사거리로 찾아온 거야."

이 순간, 이 느낌을 어떻게 설명해야 할까? 희한하게 꼬여버린 시간선을 떠도는 동안 이 글씨의 주인공이 남긴 두 개의 쪽지가 늘 신경 쓰였다. 아무리 생각해도 누구일지 도무지 감이 잡히지 않아 나중에는 공상 과학적인 상상까지 펼쳤다. 어쩌면 모든 비밀을 알고 있는 사람이거나, 또 다른 시간여행자 혹은 초능력 인간일지도 모른다고.

미래의 나에게 쪽지를 남긴 사람이 현재의 우위일 줄은 상상도 못 했다.

첫 번째 쪽지를 발견한 그날, 쪽지를 뚫어지게 들여다보며 범죄 심리학 이론까지 동원해 글씨체를 분석했다. 오랜 세월 연습한 듯한 멋

들어진 글씨체였는데, 앞에 두 줄은 평소 습관대로 쓴 것 같고 마지막 한 줄은 한 글자 한 글자 또박또박 적었다. 아마도 마지막 줄을 적을 때 감정이 흔들려 일부러 천천히 쓰면서 마음을 진정시켰을 것이라고 생각했다. 그 마지막 한 줄은 '탄자오, 날 찾아오길.'이었다.

눈앞에 있는 낯선 듯 낯설지 않은 글씨를 한참 들여다봤다. 특히 마지막 한 줄은 내 기억속의 글씨와 똑같았다. 갑자기 울컥하면서 가슴이 뜨거워졌다.

"그랬구나……. 그런 거였어……."

그래, 처음부터 네가 있었어.

네가, 날 찾아와줬어.

왈칵 눈물이 솟구쳤지만 약해지면 안 된다는 생각에 이를 악물고 참았다. 그런데 우위가 처음부터 날 찾아왔었다고 생각하니 너무 행복해서 나도 모르게 불쑥 내뱉었다.

"아위, 사랑해."

이어 차 안에는 적막이 흘렀다. 나도 곧 내가 무슨 말을 했는지 깨닫고는 얼굴이 태양처럼 뜨겁게 불타오르고 입이 바짝 말랐다. 어떻게 수습해야 할지 난감했다. 우위는 담담한 표정으로 계속 차분하게 운전을 했다.

"나도 사랑해."

나는 차창에 팔을 대고 얼굴을 묻었다. 잠시 현실을 외면하고 싶었다. 아무 말도 하고 싶지 않았다. 그런데 차 속도가 서서히 느려지는 느낌이 들어서 팔 사이로 힐끔 쳐다보니 차는 이미 길가에 서 있었다. 우위가 안전벨트를 푸는 소리가 들리고, 이어 우위의 두 손이 다가와 내 얼굴을 돌렸다.

나는 황급히 변명했다.

"아니, 난 그냥 감격해서 순간적으로……. 누가 그 말을 그렇게 쉽게 하겠어…….”

우위가 햇빛을 등지고 고개를 숙이는가 싶더니 순식간에 키스를 했다. 1년 후와 달리 부드러운 손이 내 턱을 붙잡았다. 긴 키스를 끝내고 날 놓아주는 우위의 반짝이는 눈엔 아쉬움이 가득했다.

“맞아, 그 말은 그렇게 쉽게 하는 게 아니지.”

나는 손으로 얼굴을 감싸며 조용히 미소를 지었다. 이 남자, 똑똑하고 다정한데 엄청 얄미워…….

“참, 구급상자는?”

“그것도 준비해서 가방에 넣어 왔어.”

그날 밤 다락방에서 구급상자와 쪽지를 발견했을 때 우위 눈빛이 이상하더라니, 이런 이유였다. 우위는 그때 이미 모든 상황을 파악했을 것이다.

“그런데 구급상자를 어떻게 거기 갖다놓지? 반년 후에나 사용할 건데.”

“우린 내일 아침 일찍 쑤저우에 가야 하니까, 구급상자는…… 일단 다른 사람한테 부탁해야 할 거 같아. 똑똑하고 믿을 만한 친구한테.”

어둑해질 무렵, 우리는 어느 대학 정문 앞에 서 있었다. 우위는 ‘똑똑하고 믿을 만한 친구’ 창위에게 구급상자를 부탁할 생각이었다. 이 방법이 최선이었다. 조금 불안하기도 했지만 다른 선택의 여지는 없었다.

잠시 후 모자를 푹 눌러쓴 창위가 빠르게 걸어왔다. 이때쯤이면 창위와 친구가 된 지 3년쯤 됐고, 이미 죽이 잘 맞는 절친한 사이였다. 창위가 날 보고 씩 웃는데 눈빛이 멍하고 맥아리가 없었다. 무슨 일인지 알 것 같았다.

“기말 기간이야?”

"방금 끝났어. 미안한데 나 지금 체력이 완전히 바닥이야."

그런 창위를 보며 겉으로는 피식 웃었지만 사실은 마음이 아팠다. 시간선을 오가며 만날 때마다 창위는 늘 시험과 과제에 치여 초췌했다. 그러나 창위의 세상, 그러니까 시간이 정상적으로 흐르는 세상에서는 하루하루가 지나가고 있을 뿐이다. 되돌아온 내가 이상하지.

왜 나만 이렇게 됐을까?

그건 하늘만이 알 것이다.

창위가 우리 둘을 번갈아봤다. 매번 우위를 처음 볼 때마다 같은 표정이었다. 장난스러운 야릇한 미소가 놀라움과 당황이 섞인 표정으로 바뀌었다가 애써 아무렇지 않은 척 덤덤하게 마무리되었다. 난 웃음을 꾹 참고 1년 후 창위의 기대에 부응하듯 우위 손을 꼭 잡았다.

"내 남자 친구야."

창위는 몇 초간 눈만 끔뻑거리다가 외쳤다.

"대박!"

잠시 후 우리는 마지막 저녁놀이 비치는 카페 창가에 자리를 잡았다. 우위와 내가 나란히 앉고 창위는 우리 맞은편에 앉았다. 아직 흥분이 가라앉지 않았을 텐데 창위는 애써 덤덤한 표정을 짓고 있었다. 문득 창밖을 보니 초록빛 나뭇잎이 바람에 가볍게 흔들렸다.

지금까지는 매번 창위에게 시간선 왜곡, 타임 슬립, 잃어버린 기억 등을 상세히 설명했는데, 이제는 그럴 필요가 없다는 사실을 깨달았다. 어차피 지금의 나는 창위에게 희미한 기억으로만 남을 테니까. 지금 이렇게 마주 앉아 있지만 언제 또 어떻게 될지 모른다고 생각하니 벌써 그리워지는 기분이었다.

"창위, 먹고 싶은 거 다 시켜. 내가 쏠게. 넌 내 가장 소중한 친구니까."

우위가 가만히 내 손을 잡았다. 쾅위는 분위기만 살피고 있다가 우리가 손잡는 모습을 보고 드디어 입을 열었다.

"당연히 먹고 싶은 거 다 시킬 거야. 그래도 그렇지, 솔로 앞에서 이렇게 대놓고 그러는 건 좀 너무하지 않아?"

"……."

잠시 후 나는 우위가 준비한 구급상자를 꺼내놓으며 쾅위에게 도움을 청했다.

"사실 너한테 중요한 부탁이 있어. 칭화대에 천량제 교수님이라고 있는데, 고향이 여기 리현이야. 무슨 수를 써서라도 내년 1월 전에 이 구급상자를 교수님 고향집 다락방에 갖다놔야 해. 아무도 모르게."

쾅위는 멍한 표정만 지을 뿐, 아무 말이 없었다.

"쾅위, 부탁해."

우위가 옆에서 거들자 쾅위는 더 어이없다는 표정이 되었다. 처음 보는 사람이 웬 친한 척이냐고 생각하는 것 같았다. 쾅위는 묻고 싶은 게 많은데 망설여지는 듯한 표정으로 날 뚫어져라 쳐다보다가, 남은 치즈 케이크 조각을 한입에 해치우며 말했다.

"엄청 중요한 거야?"

"응, 엄청 중요해. 어쩌면 우위랑 내가 죽을지도 몰라."

쾅위는 눈만 휘둥그렇게 뜨고 있다가 잠시 뒤에야 말했다.

"알았어. 따주를 위한 거라면 반드시 해내야지. 약속할게. 못 지키면 내가 평생 솔로로 늙어 죽는다!"

우위와 난 참지 못하고 웃음을 터뜨렸다.

쾅위가 뭘 어떻게 했는지는 모르지만 약속을 지킨 것은 확실했다. 위성 전화가 왜 망가졌는지도 알 수 없지만. 아무튼 난 내 친구 쾅위가 솔로로 늙어 죽지 않기를 진심으로 기도했다.

우리는 카페를 나와 쾅위 학교로 산책을 갔다. 나는 쾅위와 팔짱을

끼고 걸었고 우위는 우리 뒤에 따라왔다. 쌍위가 학교에서 꽤 유명하
다 보니 지나가는 학생들이 우리 셋을 힐끔힐끔 쳐다봤다.

"따주, 솔직히 말해. 저 남자 언제 만난 거야? 지난달에 유람선 여
행 가기 전까지만 해도 솔로였잖아."

그 얘기라면, 생각만 해도 기분이 좋았다.

"그게, 사연이 좀 긴데, 듣고 싶어?"

"아, 진짜 못 봐주겠네. 어차피 자기도 입이 근질근질하면서 뜸들이
기는."

"푸하하……. 네가 보기엔 어때? 잘생겼지?"

"음, 객관적으로 보면 대부분의 여자들이 좋아할 만한 타입이지만,
내 스타일은 아니야. 따주도 알다시피 난 순정적이면서도 늑대 같은
남자가 좋아."

순정적이면서도 늑대 같은 남자? 흠, 선스옌이 그런 남자였나?

어두운 하늘 아래 가로등 불빛이 비추는 대학 교정은 고요하고 운
치 있었다.

"있잖아, 사실 우위를 처음 만났을 땐 저 모습이랑 달랐어. 지금보
다 훨씬 멋있었지. 초콜릿 근육질 몸에 러닝셔츠 하나 걸치고 스패너
를 쥐고 있었는데, 와, 상상이 돼? 근데 지금은 좀……."

"자오자오, 뒤에서도 다 들려."

교정을 세 바퀴쯤 돌면서 쌍위와 수다를 떠는데 갑자기 휴대전화
가 울렸다. 별생각 없이 화면을 들여다보고는 순간 멈칫했다.

선스옌이었다.

"여보세요? 탄자오 씨, 전에 보고 싶다고 했던 사건 자료 구해놨어
요. 시간 날 때 가져다드릴게요."

선스옌 말투는 역시나 군더더기 없이 깔끔했다. 잘 보이려고 애쓰
는 느낌은 전혀 없었다.

생각해보니 소개팅 후에 몇 번 만나다가 내가 이미 선을 그은 후인데도 선스옌은 뒤끝 하나 없이 내가 부탁했던 일까지 기억해주었다. 난 말없이 좡위를 돌아봤다.

시간은 그렇게 쉬지 않고 흘러갔다.

밤이 깊었다. 멀리 고성 성곽을 밝히는 밝은 조명이 보였다. 산중턱 주택가는 고요하다 못해 적막했다. 산들바람이 불 때마다 가로수 나뭇잎이 팔랑거렸다. 우위가 솜씨 좋게 차를 몰았다.

도로변 어느 식당 앞을 지날 때였다. 우위가 갑자기 속도를 줄이고 창밖을 내다봤다. 우위 시선이 멈춘 곳은 카센터가 있던 자리였다. 아니, 카센터가 들어올 자리였다. 지금은 카센터가 생기기 전이니 사장이나 짓궂게 우리를 놀리던 동료들이 어디에서 뭘 하고 있는지 알 수 없었다.

이 시간대의 그들이 우위를 본다 해도 장차 자신들의 동료가 될 사람이라고는 상상도 못 할 것이다. 지금의 우위는 아직 말끔한 분위기의 엘리트니까. 하지만 지금 우위의 마음은 이곳, 내 곁에 있다. 우리는 안개에 휩싸인 수수께끼 앞에 함께 서 있다.

우위가 다시 속도를 높였다.

우리 집에 와본 적이 있어서 길도 잘 알았고 아파트 주차장에 주차도 능숙하게 했다. 엘리베이터에 올라탄 뒤 우위가 물었다.

"자료 가져오라고 좡위를 보낸 거, 잘한 걸까?"

"물론이지. 두 사람 정말 인연이라니까. 매번 서로를 잊긴 하지만 말이야. 내가 선스옌이 바로 순정적인 늑대라고 했더니 겉으로는 아무렇지 않은 척하면서 눈 빛내는 거 봤지? 근데……."

얼마 전에 좡위가 선스옌을 꼬셔보겠다면서 했던 말이 문득 생각났다. 이 관계에서 상처받는 사람이 왜 매번 우리 좡위인 거야? 좀 화

나네.

"둘이서 남자 얘기할 때 늘 그런 식으로 표현해? 돌부처니, 순정적인 늑대니……."

챵위와 수다를 떨 때면 말투가 좀 그런 건 사실이었기에 괜히 멋쩍었다.

"아니, 뭐……."

엘리베이터 문이 열리고 우위가 뒤따라 내리면서 물었다.

"그럼, 나는 뭐야?"

열쇠를 꺼내 문을 열려다가 멈칫했다.

"너? 전에는…… 아니, 미래에는 숱한 여자를 홀리는 상남자 이미지인데 지금은 호강에 겨운 재벌 2세 느낌?"

갑자기 등 뒤가 조용해지더니 목덜미에 열기가 느껴졌다. 우위가 내 목에 입을 맞춘 것이다. 허리에는 우위 손이 와 닿았다.

"다시 말해봐."

난 아무 말도 하지 못하고 얼른 문을 열고 안으로 들어갔다.

다리시의 여름밤은 시원하고 상쾌하다. 집에 들어가자마자 커튼을 걷으니 검푸른 밤하늘에 수많은 별들이 빛나고 저 멀리 성곽이 한눈에 들어왔다.

"저쪽 방에서 자면 돼. 아까 낮에 침대보 새로 갈아놨어."

우위는 아무 대꾸 없었다. 하루 종일 바쁘게 돌아다녀 피곤한지 가방을 내려놓고 소파에 털썩 앉는 모습을 보니 안쓰러워 일단 생수병부터 건넸다. 내가 옆에 앉자 우위가 물을 마시며 내 어깨에 손을 올리고 부드럽게 쓰다듬었다.

"내일 아침 8시 비행기니까, 대충 6시쯤 나가서 택시 타면 되겠지?"

"응."

"집에 가면 너희 어머니랑 여동생한테 날 뭐라고 소개할 거야?"

우위 얼굴에 장난스러운 미소가 스쳤다.

"뭐긴 뭐라고 하겠어? 미래의 며느리, 새언니지."

심장이 미친 듯이 뛰었지만 최대한 도도한 표정으로 가볍게 고개를 끄덕였다.

"뭐, 맘대로 해. 오늘은 너무 늦었으니까 어서 씻고 자. 수건은 욕실에 준비해놨어."

"먼저 씻어."

"나는 내 방에 따로 욕실 있어."

우위는 무슨 생각을 하는지 대답이 없었다.

왠지 집 안 공기가 미묘해진 기분이었다. 고요한 거실, 창밖으로 보이는 적막한 밤 풍경, 말없는 우위. 우위가 무슨 짓을 한 것도 아닌데 자꾸 신경이 쓰이고, 왠지 초조해졌다. 본능적으로 빨리 이 분위기에서 벗어나야겠다는 생각이 들어 먼저 일어섰다.

"얼른 쉬어. 잘 자."

우위가 날 올려다보며 손을 잡더니 순간적으로 확 끌어당겼다. 심장이 맹렬히 뛰었다. 나는 우위 다리 위로 주저앉은 채 꼼짝도 할 수 없었다.

우위가 한 손으로 내 얼굴을 감싸고 열정적으로 키스하기 시작했다. 도무지 거부할 수 없는 키스였다. 우위의 다른 손이 허리를 감쌌다가 천천히 위로 더듬어 올라왔다. 우위 손이 옷 안으로 들어와 어루만지기 시작하자 심장이 터질 것 같으면서 온몸이 찌릿찌릿했다. 무의식적으로 밀어내려 했지만 그럴수록 우위는 더 세게 끌어안았다.

"자오자오…… 사랑해."

이 말을 들을 때 다른 사람들은 어떤 느낌일까. 우위는 내게 이 말을 해준 첫 번째 남자였다. 심장이 걷잡을 수 없이 떨리면서 우위의 손길을 거부할 수 없었다.

짧은 순간에 온몸이 뜨거워지고 정신도 몽롱해졌다. 실내의 밝은 불빛이 창밖의 밤 풍경과 한데 어우러지듯 우리 두 사람도 혼돈의 경계에서 자연스럽게 하나로 뒤엉켰다.

하지만 처음 겪는 상황이라 너무 두렵고 당황한 나머지 힘껏 우위를 밀어내고 벌떡 일어났다. 우위는 벌건 얼굴로 멍하니 날 올려다봤다. 내가 어찌나 세게 쥐고 있었던지 우위 티셔츠가 잔뜩 구겨진 게 보였다.

"너무 쉽게 보지 마. 잘 자."

내 할 말만 하고 방으로 들어가버렸다. 거실에 남은 우위는 한동안 움직이는 기척이 없었다. 난 방문에 기대서서 잠시 숨을 고른 후 문고리를 보면서 조금 망설였다. 문을 잠그자니 너무 오버하는 거 같고 안 잠그자니 혹시 내 뜻을 오해하면 어쩌나 싶었다. 생각 끝에 우위에게 들리지 않도록 살그머니 문을 잠갔다.

샤워를 하고 나니 뜨거웠던 몸은 좀 식었는데 가슴은 여전히 진정되지 않았다. 잠옷으로 갈아입고 커다란 킹사이즈 침대에 누웠다. 귀를 쫑긋 세워봤는데 아무 소리도 들리지 않았다. 우위도 씻고 방에 들어간 모양이었다. 그제야 긴장이 풀렸지만 왠지 마음 한구석이 허전했다. 사실 우위에게 기대고 싶고 더 얘기하고 싶고 더 가까이 붙어 앉아 키스도 하고 싶었다. 사랑에 빠진 연인들의 가슴 설레는 달콤한 속삭임을 더 이어 가고 싶었다. 하지만 아직은 딱 거기까지였다.

잠시 후 불을 끄고 다시 누우려는데 노크 소리가 들렸다.

"자오자오."

"무슨 일이야?"

"문 좀 열어봐."

별생각 없이 침대에서 내려가 문을 여는데 살짝 떨렸다.

거실 불은 꺼져 있고 작은 방도 깜깜했다. 우위도 막 샤워를 마쳤는지 머리카락이 살짝 젖은 상태였고 흰 면티에 편안한 반바지 차림이었다.

"무슨 일이야?"

우위는 잠시 머뭇거리다가 대답했다.

"별거 아니야. 자기 전에 한 번 더 보고 싶어서."

"아."

살짝 뭉클했다. 그런데 다음에 이어진 말은 아마도 우위 평생에 가장 뻔뻔한 한마디였을 것이다.

"잠깐 들어가도 돼?"

책도 많이 읽었고 명색이 연애 소설 작가인데, 정작 실전에서는 순진하기 짝이 없었다. 이 야심한 시간에 남자와 같이 방에 있는 것이 뭘 의미하는지 바로 떠올리지 못하고 우위를 들여보냈다.

내 방에는 침대와 옷장만 있고 의자가 없어서 침대에 걸터앉아야 했다. 평소에 엄청 크다고 생각했던 침대가 갑자기 작게 느껴졌다. 우린 살짝 떨어져 앉아 잠시 조용히 있었다. 방금 커튼을 내려 밖에서 들어오는 불빛이 더 은은했다. 우위가 먼저 입을 열었다.

"여기 혼자 산 지 오래됐어?"

"1년 좀 넘었어."

"글 쓸 때 말고 평소엔 뭐 해?"

우위와 이런 대화를 하다니, 왠지 새롭고 기분이 좋았다. 다시 만난 후로 늘 운명에 쫓겨 다니느라 정신이 없어서 이렇게 사소한 일상 얘기는 거의 해본 적이 없다.

"뭐, 드라마도 보고 쇼핑도 하고 맛있는 거 먹으러 다니고 그러지. 가끔 창위나 대학 친구도 만나는데 다들 바빠서 자주는 못 봐. 아, 도서관이랑 서점도 자주 가는 편이고. 넌 어때? 맨날 공부, 프로젝트, 공부, 프로젝트야?"

우위는 고개만 끄덕였다.

"다른 거, 취미 같은 것도 없어?"

우위가 피식 웃으며 고개를 저었다.

"분명히 지금의 내 모습인데, 먼 옛날처럼 느껴지네. 예전의 난 네 말처럼 목표만 보고 달려가는 사람이었어. 1분 1초가 아까웠거든……. 정말 무미건조한 삶이었지. 너처럼 즐겁게 살지 못했어."

"그게 꼭 무미건조한 삶이라고는 생각 안 해. 유람선에서는 내가 화가 나서 그렇게 쏘아붙인 거고. 넌 그동안 네 삶을 위해 최선을 다해 열심히 살았잖아. 그 누구보다도 말이야."

우리는 팔만 뻗으면 서로 닿을 거리에 앉아 있었다. 한참 말이 없던 우위가 상체를 살짝 기울여 날 끌어당겼다. 깜짝 놀랐지만 정신을 차리고 보니 이미 우위 품에 안겨 있었다. 이 순간, 온 세상이 고요했다. 스탠드 불빛도, 벽과 천장도, 공기까지도……. 모든 것이 고요한 가운데 눈에 보이지 않는 강한 불길이 우리 주위를 감싼 것 같았다. 우위가 내 머리를 바짝 끌어당겨 품에 안고는 한 손으로 내 얼굴을 부드럽게 어루만졌다.

"자오자오, 너무 보고 싶었어. 바로 옆방에 있는데도 너무 보고 싶었어."

"나도 그랬어."

심장이 계속 빠른 속도로 뛰었다.

우위가 날 안고 침대 위로 누우며 격렬한 키스를 퍼부었다.

뜨거운 입술, 힘 있는 손길, 떨리는 숨결, 모든 것이 이전의 키스와 완전히 달랐다. 전이라고 해봐야 몇 번 안 되지만.

우위는 자신의 광활한 세상 속으로 나를 끌어들이려 굳은 결심을 한 듯했다. 그리고 모종의 목적을 달성하기 위해 키스 또한 침착하고 주도면밀했다. 이마에서부터 시작해 볼로 내려오고, 입술에서 한참 머물다가 쇄골로 옮겨갔다.

"자오자오…… 내 사랑……."

이 고요한 속삭임이 거친 듯 부드러운 이 남자의 주문이었을까? 팽팽하게 긴장했던 내 몸에서 힘이 쭉 빠졌다. 우위가 옷을 벗기려 해 반사적으로 손을 뻗어 제지했지만 그의 손에 꽉 잡혀버렸다. 반항하고 싶었지만, 나지막한 우위의 웃음소리에 또 힘이 빠졌다. 가슴이 두방망이질 치고 너무 긴장돼서 죽을 것 같았다.

우위가 치마 아래를 더듬기 시작하자 심장 박동이 더 빨라졌다. 어떡해, 어떡해……. 그런데 우위는 서두르지 않고 내 허벅지에 손을 올리고 고개를 숙였다. 난 너무 떨리고 두려워 정신이 하나도 없었다. 우위는 부드럽게 내 다리를 어루만지며 입을 맞췄다.

"뭐, 뭐 하는 거야……."

내 목소리는 완전히 말라서 갈라졌다.

"오래전부터 너무 원했어……."

우위 목소리에 희열이 묻어났다.

갑자기 머리가 핑 돌면서 온몸의 감각이 사라지고 내 몸에서 다리만 남은 기분이었다. 다리에 닿은 우위의 손길과 숨결이 고스란히 느껴졌다. 사실 난 우위의 눈빛이 어떤 의미인지 알면서도 늘 치마를 입었다. 그리고 결국 그의 손에 붙잡혔다.

한참 다리를 애무하던 우위의 손이 좀 더 깊은 곳으로 향했다. 이번엔 정말 혼이 빠져나가며 온몸이 뜨거운 불길에 휩싸이는 기분이었다. 우위의 손길, 우위의 온몸이 바로 격렬하게 타오르는 사나운 불길이었다.

"너무 빠르잖아……."

난 갈라진 목소리로 간신히 내뱉었다. 우위가 멈칫하며 내 얼굴을 올려다봤다.

"넌…… 싫어?"

내 머리가 어떻게 된 걸까? 우위가 손을 멈추고 원치 않느냐고 묻는데 뜻밖에 아무 말도 나오지 않았다.

사실 내가 망설인 시간은 1~2초에 불과할 테지만 우위는 이미 내 망설임을 알아차렸다. 그의 눈빛이 희미하게 반짝거리고 입가에 미소가 스쳤다.

나는 두 손을 모두 우위에게 붙들렸다.

진도가 여기까지 나가자 내 가슴속에 하나의 새로운 공간이 생겨난 기분이었다. 그 공간에서는 지금껏 경험하지 못한 신기한 불꽃이 조용히 타올랐다.

"나, 처음이야……. 천천히, 살살 해줘. 흥분하지 말고 천천히……."

우위가 웃음을 터뜨렸다. 그는 고개를 숙인 채 내 몸 위를 배회하며 대답했다. 지금껏 들어본 적 없는 잔뜩 갈라진 목소리였다.

"알아. 너 처음인 거. 나도 처음이야. 우리 같이…… 처음을 맞는 거야. 그런데 흥분하지 않을 방법은 없어."

우리 같이 처음을 맞는 거야.

정말 희한했다. 특별히 멋진 말도 아닌데 그 말이 한없이 부드럽고 달콤하게 들렸다. 너무 감동적이어서 가슴이 뭉클하기까지 했다. 그래서 나도 모르게 힘껏 우위를 끌어안았다.

"난 후회하지 않을 거야. 아위, 나도 원해. 나도 너와 하나가 되고 싶어."

우위의 키스는 드디어 마지막 그곳을 향해 달려갔다. 여전히 두 손은 내 손을 꽉 쥔 채였다. 곧이어 우위의 거친 숨소리가 들려왔다. 나는 얼굴이 뜨겁게 타들어가는 것 같았다. 가만히 우위를 지켜보며 생각했다.

남자의 사랑은, 이런 거구나…….

후회하지 않는다고? 내 입을 때리고 싶었다. 내 인생에서 최고로 빠른 속도로 후회했다.

흐리멍덩한 눈으로 머리맡 시계를 확인했다. 새벽 4시였다. 아직 두 시간은 잘 수 있었다. 누군가 다시 날 괴롭히지만 않는다면…….

나는 이불을 꼭 쥐고 벽에 바짝 붙어 누워 있었다. 이불 한쪽 끝은 우위 허리 아래를 덮어줬다. 우위가 팔베개를 하고 누워 그윽한 눈빛으로 날 바라보며 웃었다. 이마에는 아직 마르지 않은 땀이 반짝거렸다.

방금 전 일을 떠올리는데 꼭 꿈만 같았다. 난 스스로가 그렇게 순진하지 않다고, 솔직히 내가 우위보다 많이 알 거라고 생각했다. 남녀 관계에서 내가 모르는 건 없다고 자신했다.

그런데 실제로 겪어본 후에야 알았다. 남녀 관계는 단순히 낯설고 부끄럽고 자극적인 쾌락이 아니라, 또 다른 자아를 마주하는 일이었다. 그가 강하게 날 이끌고 밀어붙여 또 다른 세계의 정상에 올려놓는 순간, 어색하고 부끄럽고 두려운 감정이 모두 사라졌다. 그와 함께 춤을 추며 그에게 정복당하고 동시에 그를 정복하고 싶은 욕망에 사로잡혔다. 오직 그와 함께여야만 했다. 그래야 완전해질 수 있으므로.

사실 예전부터 우위가 어떤 진정한 남자의 모습을 보여줄지' 어렴풋이 상상해왔는데, 오늘에야 드디어 직접 체험하고 느꼈다.

우위 마음의 상처가 얼마나 깊으며 얼마나 고집이 센지도 알았고, 아직은 정비 기사가 되기 전이어서 근육은 거의 없지만 힘만큼은 전혀 뒤지지 않는다는 사실도, 그리고 그 역시 첫 경험이라는 사실도 잘 알았다.

우위는 날 안고 힘껏 압박하며 밀어붙였다. 그 날렵하고 단단한 몸과 몽롱한 눈, 그리고 긴 손가락을 보면서 내가 그에게 무슨 일을 허락했는지 뒤늦게 깨달았다.

첫 관계는 생각보다 빨리 끝났다. 하지만 우위는 날 놓아주지 않고 다시 끌어안고 키스를 시작했다. 우위가 두 손으로 내 얼굴을 붙잡고 이마를 맞댈 때, 그 순간 알았다. 이 밤이 여기서 끝나지 않을 것임을…….

많은 상처를 입고도 강한 의지 하나로 버텨온 남자답게 아마도 내게 강렬한 첫날밤의 기억을 남겨주고 싶었을 것이다. 완벽히 하나되고, 완벽히 만족하는.

우위는 그런 남자다. 1년 전에도, 1년 후에도…….

또 한 번 일을 치른 후 온몸이 끈적해진 채 방금 전 일들을 떠올리다가 얼굴이 뜨거워져 이불에 얼굴을 묻었다. 우위가 계속 끌어당겼지만 돌아보지 않았다.

"왜 그래?"

"도대체 몇 번을 하려는 거야?"

우위는 대답이 없었다. 보이지는 않았지만 분명히 웃었을 것이다. 잠시 후 우위가 이불 채로 끌어당기더니 재빨리 이불을 걷어치우고 나를 끌어안았다. 너무 세게 안아 숨이 막힐 정도였다.

우위는 지금껏 방 안을 밝혀준 어스름한 무드등을 끄고 어둠 속에서 더 꼭 안아주었다. 우린 한동안 그렇게 서로의 맨살을 느꼈다.

"잠깐 들어와도 되냐더니."

"……."

"뭐, 결국 들어오긴 했네."

그가 웃었다.

"자오자오, 나 지금 너무 행복해."

난 우위 가슴에 얼굴을 힘껏 묻으며 속삭였다.

"나도 행복해."

44

우위

알람 소리에 잠에서 깼다. 두 시간뿐이지만 푹 잤다. 아직 졸음이 가시지 않은 눈을 떠보니 한여름 햇살이 이미 침대 끝에 닿아 있었다. 내 품에 안겨 잠든 탄자오는 편안하고 달콤한 표정이었다. 하얗고 가녀린 어깨가 이불 밖으로 나와 있었다.

지난밤, 내 평생 처음으로 한 여자와, 내가 사랑하는 여자와 온전히 하나가 되었다.

순간 가슴이 두근거리고 다시 충동이 일었다. 하지만 시간이 없었다. 그리고 탄자오에게 자제력 없는 가벼운 남자로 보이고 싶지도 않았다.

탄자오를 가만히 응시하며 감정을 가라앉히고 그녀의 코를 살살 문질렀다.

"자오자오, 자오자오……."

탄자오는 눈을 찡그리고 몽롱한 눈빛으로 날 쳐다보다가 눈을 흘기더니 몸을 돌려 다시 이불 속으로 파고들었다. 그 모습이 어찌나 귀여운지 웃음이 났다. 이불을 휙 걷어내자 어젯밤 거친 내 손길을 견뎌

낸 가녀린 몸이 한눈에 들어왔다. 다시 심장이 두근거렸다.

탄자오를 향해 고개를 숙이고 볼을 살짝 꼬집었다. 비몽사몽 몸을 일으켜 앉은 탄자오는 자신과 내 몸을 번갈아 보더니 "어머!" 하고 소리치며 이불을 끌어다 몸을 가리고 이불 한 귀퉁이는 내 허리춤으로 휙 날렸다.

우리는 잠시 그렇게 마주 앉아 있었다. 나는 감히 탄자오에게 다가가지 못했다. 탄자오는 어색한 표정이지만 눈빛은 초롱초롱했다. 얼굴, 목, 귀, 가녀린 어깨까지 발그레했다. 내가 다시 달려들지 않으려고 얼마나 힘들게 참고 있는지, 탄자오는 상상도 못 할 것이다.

"괜찮아?"

"별로……. 처음엔 다 그런 거니까, 괜찮아."

"……제법 많이 아는 것 같네."

탄자오가 픞 웃음을 터뜨렸다.

"당연하지, 너보단 많이 알걸?"

"그래? 어젯밤엔 모르겠던데. 나만 열심인 거 같았는데……."

"그렇게 열심히 안 하셔도 됐거든요?"

"그럴 수야 있나. 잊었어? 1년 전의 난 목적의식이 강해서 뭐든 필사적인 사람이었잖아."

내가 놀리듯 대꾸하자 탄자오가 두 손으로 얼굴을 감쌌다.

"그렇다고 이 분야까지?"

나도, 탄자오도 기분 좋게 웃었다. 탄자오는 이불을 뒤집어쓴 채 굴러와 내 품에 쏙 안겼다.

이날 아침은 정말 정신이 없었다. 평소 빈틈없는 성격인 내가 난생처음 비행기를 놓칠 뻔했다. 공항에 도착하자마자 탄자오 손을 잡고 쏜살같이 달렸다. 간신히 비행기에 오르고 나니 다시 졸음이 쏟아졌다. 탄자오도 마찬가지였다.

"아위, 난 좀 잘게."

내가 어깨를 내어주자 탄자오는 밝게 웃으며 거의 안기다시피 내 어깨에 머리를 기댔다. 나는 소중한 보물을 다루듯 탄자오 손을 꼭 잡았다. 우린 서로에게 기댄 채 쑤저우에 도착할 때까지 푹 잤다.

나를 대하는 탄자오 태도에서 미세한 변화가 느껴졌다. 우리가 정식으로 사귀기 시작한 후에도 안거나 키스할 때면 새초롬한 반응이었고, 가끔 기분이 좋을 때 먼저 내 볼에 뽀뽀 정도는 해줘도 키스는 대부분 내가 먼저 시작해야 겨우 수줍어하며 응해줬다.

그런데 지난 밤 이후, 불안한 건지 그냥 좀 더 가까이 있고 싶은 건지, 길을 걸을 때도 계속 팔짱을 끼고 내게 기대왔다. 그래서 탑승교를 빠져나올 때 탄자오 허리를 감싸고 충동적으로 키스를 했다. 주변의 시선은 신경 쓰지 않았다. 탄자오는 살짝 멈칫했지만 곧 더 세게 팔짱을 꼈다.

내가 여자 친구를 데려온다는 말에 우먀오가 마중을 나오겠다고 고집을 부렸다. 당분간은 안전할 터였고 빨리 우먀오가 보고 싶기도 해서 그러라고 했다.

도착장 출구를 빠져나오니 북적거리는 사람들 속에서 바로 우먀오의 발랄한 목소리가 들려왔다.

"오빠, 여기!"

나도 모르게 탄자오 손을 꼭 잡았다. 탄자오도 감격스러운 표정이었다.

드디어 우먀오를 다시 만났다.

유람선에서 내린 후 멀쩡히 살아 있는 우먀오를.

비싸지는 않지만 예쁜 치마를 차려입고 나와 닮은 얼굴로 환하게 웃는 우먀오를 보니 마음속 그늘이 한순간에 사라지는 기분이었다.

우먀오를 향해 활짝 웃는데 눈시울이 뜨거워져서 천천히 심호흡을 하며 눈물을 삼켰다. 탄자오가 내 반응을 눈치챘는지 손을 꼭 잡았다가 놓아주며 작게 속삭였다.

"어서 가봐."

우먀오가 사고를 당한 후, 세 번째 재회였다. 성큼성큼 걸어가 꼭 끌어안았더니 우먀오는 당황한 기색이었다.

"오빠, 왜 그래? 갑자기 안 하던 짓을 하고……."

눈을 감고 다시 심호흡을 했다. 그러고는 애써 미소를 지으며 우먀오를 놓아주고 머리를 쓰다듬었다.

"오빠가 너랑 놀아주려고 왔지."

우먀오는 날 힐끔 보고 바로 내 뒤에 서 있는 탄자오에게 눈길을 돌렸다. 확실히 나보다 탄자오가 궁금할 터였다. 난 탄자오를 끌어당겨 어깨를 감쌌다.

"오빠 여자 친구 탄자오야. 자오자오, 여긴 내 여동생 우먀오."

탄자오가 밝게 웃으며 우먀오에게 손을 내밀고는 처음 만난다는 듯 인사를 건넸다.

"안녕, 우먀오. 난 탄자오야. 칠주라고도 해."

우먀오의 눈이 휘둥그레졌다.

"칠, 칠주요? 그, 웹소설 작가 칠주요? 일이삼사오육칠의 칠, 진주의 주?"

착하고 쿨한 탄자오가 먼저 우먀오에게 다가가 가볍게 포옹하며 상냥하게 인사를 건넸다.

"맞아. 그 칠주. 따주라고도 부르고. 내 책 좋아해줘서 고마워. 우먀오, 다시 만…… 아니, 만나서 정말 반가워."

이제 우먀오의 환호성이 이어질 차례였다.

"우와, 우와! 이게 꿈이야 생시야? 오빠, 도대체 무슨 짓을 한 거야?

오빠가 우리의 여신을 꼬셨다고?"

우리는 미리 렌트한 차를 타고 집으로 향했다. 탄자오와 우먀오는 뒷자리에 앉아 쉴 새 없이 수다를 떨었다. 나는 완전히 투명 인간이었다. 우먀오는 꿈에 그리던 우상을 만나 처음엔 좀 긴장하고 쑥스러워했지만, 탄자오가 워낙 사교성이 좋고 다정해서 우먀오도 금방 긴장을 풀고 탄자오 옆에 찰싹 달라붙어 수다를 떨었다.

"우리 오빠랑은 어떻게 만났어요?"

우먀오가 목소리를 낮추려고 한 거 같긴 한데 앞자리까지 다 들렸다.

"음…… 말하자면 좀 긴데……. 사실은 뎬메이런 호에서 만났어."

"뎬메이런 호요? 따주도 그 유람선에 있었다고요? 우와, 오빠 정말 장난 아니네. 그동안 어쩜 그렇게 감쪽같이 속였어?"

탄자오와 나는 말없이 웃기만 했다.

우먀오는 우리가 타임 슬립 해서 유람선으로 돌아갔을 때 탄자오와 만났던 사실을 기억하지 못했다. 옌위안이나 천루잉처럼. 그리고 그들은 모두 죽었다.

"우리 오빠처럼 고지식하고 잘난 척이나 하는 남자도 여자 친구를 사귈 수 있다니! 따주, 우리 오빠 정말 진심일 거예요. 따주를 정말 좋아하는 거예요."

우먀오 말에 가슴이 뭉클했다. 이어 탄자오의 대답도 들려왔다.

"나도 알아."

백미러로 두 사람을 쳐다보다가 탄자오와 눈이 마주쳤다. 한없이 따뜻하고 애틋한 눈빛이었다. 이 순간 깨달았다. 이제 우리 사이엔 말이 필요 없다는 사실을. 구름과 달은 천 마디 말을 뛰어넘어 이미 서로의 마음을 확인했으니까.

어느덧 낯익은 거리 풍경이 눈에 들어왔다. 낡은 건물, 비좁은 도로, 지저분한 거리, 나무 그늘에 앉아 바람을 쐬는 이웃들……. 문득 지난 일들이 눈앞을 스쳤다. 나 홀로 이 거리를 얼마나 뛰어다녔는지 모른다. 사람들 눈을 피해 집에 돌아가 외롭게 지새운 밤은 또 얼마나 많았는지…….

"엄만 뭐 하고 계셔?"

"엄마? 당연히 음식 준비하고 있지. 아참, 오빠랑 여자 친구, 오늘 밤에 집에서 자고 갈 거냐고 묻던데?"

나는 차를 세우고 백미러로 탄자오를 쳐다봤다.

"난 상관없으니까 아위 하고 싶은 대로 해."

이 동네는 오래되고 낡은 집이 많았다. 하긴, 아빠가 살아 있을 때 회사에서 배정해준 집이니, 오래되긴 했다. 얼룩덜룩 때가 탄 담장, 좁은 골목에 지저분하게 내놓은 잡동사니들, 여기저기 나붙은 광고지가 이 동네 풍경이었다. 촌스러운 빨간 벽돌 벽에 햇살이 비스듬히 비추고 있었다.

공동 현관 앞에 도착해 우먀오는 신이 나서 먼저 뛰어올라가고 탄자오와 나는 천천히 따라갔다.

갑자기 우먀오가 걱정스러운 눈빛으로 나를 돌아봤다. 탄자오가 우리 집 형편을 알고 실망할까 봐 걱정하는 게 분명했다. 내가 보기에도 우리 집과 탄자오 아파트는 하늘과 땅 차이였다.

탄자오를 돌아보니 평소와 다르게 차분한 모습이어서 좀 어색했다. 탄자오는 내 시선에 얼굴을 붉히며 작게 중얼거렸다.

"왜 그렇게 봐?"

"너는 왜 얼굴이 빨개져?"

"남자 친구 어머니를 뵈러 왔는데, 긴장이 안 되겠어! 처음엔 다 그런 거 아니야?"

우먀오가 웃음을 터트렸다. 나도 따라 웃었다. 그래, 탄자오는 우리 집안 형편을 흉보고 그럴 사람이 아니다. 순간 탄자오를 꼭 껴안고 키스하고 싶었지만 우먀오가 보고 있어서 간신히 참았다. 탄자오도 내 마음을 느꼈는지 내 손을 꼭 잡았다.

엄마가 문을 열고 기다리고 있었다. 탄자오를 의식한 탓인지 긴장한 미소였다. 내가 먼저 달려가 엄마를 안았다.

이날 저녁, 우리 집은 내내 화목한 분위기가 이어졌다. 내 인생에 이런 행복이 얼마만인지 몰랐다.

엄마는 내성적이고 우먀오는 활달한 성격이었다. 탄자오는 우리 집에 와서 갑자기 사람이 달라져 고운 말만 하고 얌전하게 행동했다. 엄마는 당연히 탄자오를 마음에 들어 했다.

나는 탄자오의 변신이 너무 웃겨서 엄마와 우먀오가 안 볼 때 슬쩍 한마디 했다.

"누구시죠? 제 여자 친구가 아닌 거 같은데……."

탄자오는 미소를 유지하며 식탁 밑에서 나를 걷어찼다.

식사를 마치고 탄자오가 설거지를 하려는데 엄마가 그냥 앉아서 쉬라며 극구 말렸다. 우먀오는 나 보라고 그러는 건지, 아니면 꾸어다 놓은 보릿자루가 되고 싶지 않아서인지 공부한다며 방으로 들어갔다. 나는 탄자오를 데리고 베란다로 나갔다.

우리 동네는 딱히 야경이랄 게 없었다. 낮은 건물이 다닥다닥 붙어 있어서 얼룩덜룩 지저분한 벽밖에 안 보였다. 탄자오는 내게 기대앉아 멋진 풍경이라도 감상하는 것처럼 먼 곳을 응시했다.

"어머니도 여동생도 정말 좋은 사람들이야."

"자오자오, 고마워."

내 마음에, 내 인생에 들어와줘서 고마워. 이 말은 소리 내어 하지는 못했다.

"뭐가 고마워? 정말, 두 사람이 이대로 쭉 행복하면 좋겠어. 너한테 가장 소중한 존재잖아."

나는 탄자오 머리를 끌어안고 키스를 했다.

잠시 후 석양이 완전히 사라졌다.

"오늘 우리 집에서 자고 갈래?"

"그래."

둘 사이에 잠시 묘한 침묵이 흘렀다.

"넌 우먀오 방에서 같이 자고 난 거실에서 이불 깔고 자면 돼."

"난 당연히 우먀오 방에서 잘 거야. 설마 너희 집에서……."

우리는 웃음을 터뜨렸다. 나는 탄자오를 안아 올려 내 다리 위에 앉혔다. 우리 둘은 꼭 끌어안고 귀엣말을 속삭이며 입을 맞췄다. 솔직히 이때 무슨 말을 나눴는지는 거의 기억나지 않는다. 그저 온 마음이 행복으로 충만했다는 사실밖에는. 서서히 어둠이 짙어지고, 행복이 부드러운 비단처럼 우리를 감싸 우리만의 세상을 만들어주었다.

엄마는 우먀오 방 침대보를 갈아준 후 먼저 자러 갔다. 우먀오와 탄자오는 전혀 잘 생각은 없이 휴대전화를 들여다보며 놀았다. 안 그래도 좁은 방에 나까지 끼어 앉아 있으니 우먀오가 살짝 짜증을 부렸다.

"오빠, 우리 따주 여신이랑 한시도 떨어지기 싫은 거야? 방도 좁아 죽겠는데 얼른 가서 주무시죠. 우리는 우리끼리 할 말도 좀 있거든."

탄자오는 말없이 놀리는 표정으로 웃기만 했다.

"두 사람도 얼른 자. 탄자오는 내일 나랑 볼 일이 있어서 일찍 나가 봐야 돼. 요 며칠 많이 피곤했으니까 너무 늦게까지 귀찮게 하지 마."

"여자 친구 챙기는 것 좀 봐……. 그리고 여긴 내 방이거든. 설마 나 내쫓고 내 침대 차지하려는 건 아니겠지?"

우먀오한테 속내를 들킨 기분이었다. 탄자오는 계속 웃기만 했는데 살짝 난처해하는 게 느껴졌다. 지난밤 표정과 아주 비슷했다.

나는 조용히 고개를 돌리고 탄자오와 이야기를 주고받았다. 우먀오도 우리를 신경 쓰지 않고 다시 휴대전화를 들여다봤다.

11시가 됐다. 우먀오가 기지개를 켜면서 우릴 힐끔거렸다. 나는 탄자오 허리를 감싸 안고 같이 웨이보를 보고 있었다.

"어이, 오라버니, 나 엄청 졸려. 자야겠어."

나는 꼼짝도 하지 않고 대꾸했다.

"졸리면 가서 자. 거실에 침낭 깔아놨어."

"……."

탄자오도 난감했는지 나무라듯 외쳤다.

"뭐라는 거야!"

우먀오가 벌떡 일어나더니 나를 향해 손가락질을 했다.

"오빠가…… 세상에……."

"뭐, 뭐, 내가 뭐? 애들은 얼른 가서 자."

잽싸게 일어나 우먀오를 문밖으로 밀어내자 우먀오가 의미심장한 눈빛으로 나를 보며 중얼거렸다.

"우리 오빠가 이런 사람인 줄은 꿈에도 몰랐네. 세상에, 우리 따주여신을 이미……."

"내일 일찍 일어나. 자리 바꿔야 하니까."

문을 닫고 돌아서니 은은한 불빛 속에서 탄자오가 얼굴을 가리고 침대에 엎드려 있었다. 나는 침대로 올라가 옆에 누워 탄자오를 끌어안았다. 탄자오가 고개도 돌리지 않고 말했다.

"너무하는 거 아니야? 지금 우리는 우먀오를 구하러 온 건데, 거실에서 자라고 내쫓고……. 이래도 돼?"

"괜찮아. 우먀오는 옛날부터 침낭에서 자는 거 좋아해서 멀쩡한 침대 놔두고 침낭에서 자고 그랬어."

"그래도 어머니가 알면……."

"내일 일찍 일어나서 자리 바꾸기로 했으니까, 엄만 모를 거야."

탄자오는 여전히 이불에 얼굴을 묻은 채 말했다.

"대체 뭘 하려는 거야……. 방음은 되는 거야?"

이 한마디에 갑자기 피가 끓어올랐다. 지난밤 일들이 머릿속에 떠올라 미칠 것 같았다.

"너랑 계속 같이 있고 싶어서 그렇지. 오래된 집이긴 한데…… 방음은 제법 괜찮아…….."

45

탄자오

이 남자를 사랑하고 이 남자에게 사랑받는다는 건 어떤 느낌일까?

방 안으로 비춰 들어온 아침 햇살에 비몽사몽 눈을 뜨고 내 남자를 바라봤다. 1년 후와 같은 근육은 없지만 이 정도면 아주 훌륭한 몸매였다. 우위는 거의 알몸 상태로 내 허리를 끌어안고 있었다. 다리는 내가 먼저 휘감았다. 하, '남녀의 뒤엉킨 다리'라는 게 이런 그림이구나. 이렇게 서로 다른 두 몸이 이처럼 하나가 될 수 있다니.

가만히 우위 얼굴을 들여다봤다. 이렇게 평온한 얼굴은 처음이었다. 드디어 집에 돌아왔고, 곁에 내가 있어서일까.

그래 바로 이런 느낌이었다.

가슴이 벅차고 행복하고 설렜다. 한없는 평화로움과 깊이를 알 수 없는 달콤함이 내 온 마음을 삼켜버렸다.

잠이 덜 깨 아직 졸렸다. 다른 사람들의 사랑은 어떨지 모르겠지만, 난 우위 가슴에 얼굴을 묻을 때 그 느낌이 너무 좋았다. 편안하고 따뜻하고 든든했다. 우위가 꿈지럭거리며 눈을 뜨더니 말없이 날 바라보다가 이마에 입을 맞췄다.

"좀 더 자. 난 얼른 자리 바꿀게."

아쉬워서 우위 허리를 끌어안았다.

"조금 더 있어. 아직 조용하잖아. 아무도 안 일어났을 거야."

우위는 잠시 망설이다가 씩 웃었다.

"그래. 너 자는 거 보고 나갈게."

기쁜 마음으로 다시 우위 품에 꼭 안겨 이내 스르르 잠들었다.

그런데 우위까지 잠들어버렸을 줄이야! 우위가 흔들어 깨워서 눈을 뜨니 이미 9시도 넘은 시간이었다. 맙소사!

"어떡해?"

우위는 별일 아니라는 듯 씩 웃더니 옷을 챙겨 입고 일어섰다.

"나 먼저 나갈게."

"그거야 당연하지."

내 퉁명스러운 대꾸에 우위가 나를 뚫어져라 쳐다봤다. 당황스러운 상황인데도 우위 눈빛은 여전히 달콤했다.

"얼른 나가."

우위는 나가자마자 문을 꼭 닫았다. 나는 조용히 옷을 주워 입으며 우위가 어머니와 우먀오하고 얘기하는 소리를 들었다. 우위한테 쫓겨나 거실 바닥에서 잔 우먀오도, 어머니도 벌써 일어나 있었다.

탄자오, 참 잘하는 짓이다. 남자 친구 집에서 이게 무슨 망신이라니!

잠시 꾸물거리다가 거실로 나갔다. 우위가 뭐라고 얘기했는지 다들 아무렇지 않은 표정이었다. 어머니는 아침밥까지 정성껏 차려주었다. 그런데 나만의 착각이었을까? 어머니가 날 보는 눈빛이 왠지 더 애틋해진 것 같았다. 음…… 뭐지?

우먀오도 아무 일 없는 것처럼 행동했지만 나하고 둘만 있을 때 야릇한 미소를 지었다. 나는 우위처럼 우먀오 머리를 가볍게 팅기며 한마디 했다.

"애들은 이상한 생각 하는 거 아니야."

"애들이라뇨. 따주, 내가 따주 책은 인터넷 무삭제판까지 다 읽은 몸이거든요. 설마 내가 두 사람이 손만 잡고 잤다고 생각할 거 같아요?"

"……."

우위는 베란다 문에 기대 물을 마시고 있었는데, 당황하기는커녕 오히려 실실 웃었다. 내가 째려보자 창밖으로 시선을 돌리며 더욱 표나게 웃었다.

젠장, 누가 봐도 우위가 원해서 잔 건데 왜 나만 창피하지?

***

우먀오가 원래 사고를 당한 날짜는 지금으로부터 보름 후였다. 이 시간선에서 벌써 3일이 지났으니 그때까지 우먀오 곁에 있지는 못할 터였다.

"아위, 이제 어떻게 해야 하지?"

"어쩌면 그 전에 경찰을 도와 놈을 잡을 수도 있지 않을까?"

어떻게 잡지?

우위에게 듣기로 그 살인범은 이미 두 여자를 잔인하게 죽였고, 경찰도 연쇄 범죄일 가능성에 무게를 두고 조사를 시작했다. 나도 인터넷 기사를 검색해 대략적인 내용은 알고 있었다.

피해자 사이에는 몇 가지 공통점이 있었다. 두 사람 다 카이푸구에 살고, 서비스업에 종사하는 20대 초반의 여성이었다. 현장 사진은 공개되지 않았지만 경찰 발표와 온라인에서 떠도는 말들을 종합해보면 두 사람 모두 죽기 전에 끔찍한 일을 당했고 살해 방법이 거의 유사해 동일범일 가능성이 컸다.

"다음 사건은 언제야?"

"7월 22일, 내일 밤. 이번에도 카이푸구야."

정말 대담하고 오만한 놈이다. 생각해보면 이런 범죄자가 한둘이 아니었다. 오래 전 간쑤성 연쇄 살인도 이랬다. 경찰이 물샐틈없는 수사망을 펼쳤는데도 범인은 그 지역에서 계속 살인을 저지르고 유유히 빠져나갔다. 우위가 다음 사건 장소와 시간을 정확히 예측한다 해도 경찰의 도움을 받기는 힘들었다. 경찰을 납득시킬 방법도 없고 잘못하면 오히려 의심을 살 수도 있으니까. 거기다 괜히 아무 소득 없이 범인의 경계심만 키울 가능성도 있었다.

"먼저 이 사건이랑 관련된 증거를 수집해보자."

우위도 내 의견에 찬성했다.

"현장에서 놈을 잡으면 더 이상의 피해자는 안 나올 텐데. 우먀오도 무사할 거고."

우위는 골똘히 생각에 잠겼다. 직접 범인을 잡으려는 생각인 듯했다.

다음 피해자 쉬징먀오는 가정 형편이 어려워 24시간 패스트푸드점에서 아르바이트를 하는 대학생이었다. 야간 근무를 마치고 새벽 1시가 넘은 시간에 혼자 귀가하다가 변을 당했다.

7월 21일 밤, 우리는 그 패스트푸드점에 찾아가 멀리서 쉬징먀오를 지켜봤다. 우위 말처럼 범인은 청순하고 생기발랄한 젊은 여자를 골라서 노리는 게 분명했다.

우리는 어느 정도 거리를 두고 쉬징먀오 뒤를 따라가며 그녀의 귀가 동선을 확인했다. 우리 두 사람은 누가 봐도 지나가는 커플 같았기에 아무런 의심도 사지 않았다.

다음 날 낮에 다시 그 길을 확인했다. 우위는 감시 카메라와 심야에도 영업하는 상점들의 위치를 자세히 봐둔 뒤 집에 돌아와 지도에 표시하고 특정 구간을 가리키며 말했다.

"놈은 여기에서 손을 쓸 거야."

"감시 카메라가 없어서?"

"그것도 그렇지만, 이쪽이 상대적으로 외지거든. 피해자가 반항하거나 소리를 질러도 발각될 위험이 적어. 도로에 차를 세워두고 와서 범행을 저지른다 해도 피해자를 조금만 끌고 가면 되고."

우위는 지도 위에 이리저리 화살표를 그리며 열심히 설명했지만 나는 지도 같은 걸 보면 머리에서 쥐가 났다. 역시 감성적인 게 체질에 맞는 모양이었다. 하지만 대략 이해는 됐다. 논리적인 우위는 일단 수많은 가능성을 생각한 뒤 확률이 낮은 것부터 지워나갔다. 그렇게 해서 범인이 나타날 가능성이 가장 큰 장소를 최종 선택했다.

"네 말대로라면 범인은 엄청 치밀하고 똑똑한 놈이네."

"그렇지. 오늘 밤 여기에서 놈을 기다릴 거야."

우위가 지도에 표시한 구간을 가리켰다.

우위의 말에 심장이 쿵 내려앉았지만 한편으로는 가벼운 흥분도 일었다. 막연히 하늘의 존재가 느껴졌다. 시공간의 소용돌이에 휘말린 후 처음으로 하늘의 보살핌을 받는 느낌이었다.

근처 대여점에 가서 소형 캠코더를 빌렸다. 범인을 잡는 것 못지않게 증거 수집도 중요했다. 우위는 만약을 대비해 쑤저우에 사는 친구들에게 연락해 주변 길목을 지켜달라고 부탁했다. 변태 하나를 잡으려는 것이라고 대충 둘러대고는 절대 직접 나서지 말고 숨어서 방해 작업만 해달라고 당부했다. 친구들은 흔쾌히 승낙하고 야구방망이나 호신봉 같은 것들을 들고 왔다.

만반의 준비를 끝냈지만 저녁을 먹는 내내 불안하고 초조했다. 너무 긴장돼서 차라리 빨리 날이 저물길 바랐다.

우위는 나 보고 집에서 기다리라고 했지만 난 같이 가겠다고 끝까지 고집을 부렸다.

"네가 어딜 가든 난 무조건 따라갈 거야. 그리고 증거 영상도 찍고 범인도 잡고 친구들한테 신호도 보내야 하는데, 그걸 혼자 다 할 수 있겠어?"

내 말이 일리가 있었는지, 아니면 힘든 일을 겪을 때마다 늘 함께였던 것이 습관이 됐는지, 우위도 더 이상 말리지 않았다. 대신 범인과 몸싸움이 벌어지면 절대 나서지 말고 멀리 떨어져 있으라고 신신당부했다. 난 눈치껏 알겠다고 대답했다.

거리에 어둠이 내려앉았다.

우위가 예측한 범행 장소는 어느 길모퉁이였다. 우리는 근처에 있는 허름한 빈집 안에서 놈을 기다렸다. 범인이 눈치챌까 봐 불도 켜지 않고 커튼까지 내리고 창가에 숨어 있었다. 카메라는 골목 구석에 설치하고 주변에 잡동사니와 말라죽은 화분 등을 쌓아 가려놓았다.

시간이 더디게 흘러갔다.

우리는 빈집에 버려진 낡은 의자에 앉아 커튼 틈새로 바깥을 주시했다. 골목은 가끔 한두 사람이 지나갈 뿐 고요했다. 밤이 더 깊어졌다. 멀리 떨어진 가로등 불빛이 간신히 비출 뿐이어서, 골목은 엷은 안개가 낀 잔잔한 호수처럼 보였다. 인기척은 진작 끊겼다.

이 오래된 동네는 주민이 거의 떠나 빈집이 많았다. 아까는 한두 집에서 불빛이 새어나왔지만 지금은 그마저도 다 꺼져 더 어두웠다. 난 괜찮겠지, 혹은 난 용감하니까 하면서 여자 혼자 외진 밤길을 가는 건 정말 위험한 일이다. 단 한 번으로도 목숨을 잃을 수 있다.

우위는 묵직한 호신봉을 들고 있었다. 가늘어 보이지만 강철 재질이라 뼈도 부러뜨릴 수 있다고 했다. 꽤 오래전부터 이 일을 계획한 듯 보였다. 오래 기다리느라 힘들 법도 한데 우위는 참을성 있게 자리를 지켰다. 굳은 표정과 날카로운 눈빛도 그대로였다.

난 그런 우위를 지켜보다가 기습적으로 입을 맞췄다. 깜짝 놀란 우위가 잠시 굳어 있다가, 웃으며 한마디 했다.

"뭐 하는 거야?"

"뭐든지 너랑 함께하고 싶으니까."

우위가 어둠 속에서 가만히 날 응시했다.

"아위, 긴장 풀어. 무슨 일이 있어도 내가 끝까지 함께할 거라는 거, 잊지 마."

우위가 날 꼭 안아줬다. 사실 나도 내가 무슨 생각이었는지 모르겠다. 차갑게 굳은 우위 얼굴을 보고 있으니 왠지 자꾸 멀어지는 느낌이 들었던 걸까. 이렇게 가까이에서 우위 숨결을 느끼니 다시 마음이 편안해졌다.

혼자인 우위를 보고 싶지 않았다.

혼자 애쓰는 우위를 보고 싶지 않았다.

그가 아무리 강한 사람일지라도.

"우먀오가 죽은 후에 다짐했어. 어느 누구라도 내 눈앞에서 다른 사람을 해치는 모습을 보게 되면 절대로 가만있지 않겠다고."

난 우위 가슴에 더 바짝 얼굴을 묻었다. 그래서 주펑셴 가족과 교수님 가족을 그렇게 필사적으로 구하려 했던 거구나.

"아위, 우리가 꼭 놈을 잡자. 죄 없는 사람들을 사냥하듯 잡아서 괴롭히고 학대하면서 쾌락을 느끼다니……. 벌레만도 못한 놈이야. 반드시 잡아서 죗값을 단단히 치르게 하자. 짐승만도 못한 놈!"

"잡기만 하면 가만두지 않을 거야."

잠시 후, 조용하던 골목 저 멀리에서 가벼운 발소리가 들렸다. 시간을 보니 1시 35분이었다.

창문 뒤에 숨어 멀리서 걸어오는 가녀린 실루엣을 주시했다.

쉬징먀오는 빠른 속도로 걸었다. 아무래도 밤길이 신경 쓰이는 모양이었다. 희미한 가로등 불빛이 비추는 골목엔 그녀뿐이었다.

과연 놈이 나타날까?

우위는 호신봉을 꼭 쥔 채 긴장한 눈빛으로 바깥을 응시했다.

쉬징먀오의 빠른 발걸음이 순식간에 가까워졌다.

바로 그때, 캄캄한 옆 골목에서 시커먼 그림자가 튀어나왔다.

그 다음 순간 펼쳐진 장면은, 평생 잊지 못할 것이다.

놈은 새끼 양을 덮치는 굶주린 늑대처럼 느닷없이 달려들어 장갑
낀 손으로 쉬징먀오의 입을 틀어막았다. 키는 보통이고 큼직한 벙거
지 모자를 눌러써 얼굴을 가리고 있었다. 소매 밖으로 드러난 팔뚝이
엄청 단단해 보였다. 놈이 쉬징먀오 머리를 세게 내리치자 쉬징먀오
는 소리 한번 지르지 못하고 기절했다. 놈은 쉬징먀오를 들쳐 업고 어
두운 골목으로 돌아섰다. 동작 하나하나가 무척 빠르고 능숙했다. 놈
이 돌아설 때 어렴풋이 턱 선이 보였는데, 얼굴은 보이지 않았지만 왠
지 웃고 있다는 생각이 들었다.

온몸의 피가 거꾸로 솟고 심장이 차갑게 얼어붙었다.

드디어 놈을 찾아냈다.

세상을 떠들썩하게 만든 연쇄 살인범. 우먀오를 포함해 수많은 여
자를 잔혹하게 죽인 살인마.

어둠 속에서 사냥감을 포획하는 놈을, 우리는 똑똑히 지켜봤다.

46

우위

우먀오도 이렇게 당했을까?

이렇게 불쑥 나타난 놈에게 납치당해 어디론가 끌려가 끔찍한 고통을 당하고 영원히 돌아오지 못하게 됐을까?

더는 다른 생각을 할 겨를이 없었다. 여자를 들쳐 업고 어둠 속으로 사라지려는 놈을 주시하며 호신봉을 꼭 쥐고 문을 박차고 달려 나갔다. 뒤에서 탄자오가 숨죽여 외쳤다.

"조심해!"

놈은 우리의 기척에 바로 뒤를 돌아봤다. 하지만 너무 어두워 얼굴은 확인하지 못했다. 놈은 재빠르게 상황을 파악했는지 그대로 여자를 버리고 골목으로 사라졌다.

나는 있는 힘을 다해 달렸다. 귓가와 옷깃을 스치는 바람 소리가 들렸다. 내가 빠른 속도로 따라붙자 놈은 좌우로 정신없이 방향을 바꾸며 달리기 시작했다. 주변 지리를 잘 아는 것 같았다.

손을 뻗으면 옷자락을 낚아챌 수 있을 만큼 가까이 따라잡았다. 놈이 거친 숨을 몰아쉬며 속도를 높이려고 기합을 넣는 순간 놈의 등을 향해 강하게 호신봉을 휘둘렀다.

놈은 옆으로 피하려 했지만 결국 호신봉에 맞아 그 자리에 엎어졌다. 그러나 정말 독한 놈인지 바로 벌떡 일어나 다시 달렸다. 어두운 골목으로 들어서자 서늘한 밤바람이 얼굴을 휘감았다. 나는 호신봉을 휘두르며 다시 거리를 좁혔다. 놈은 날 떼버릴 수 없다고 판단했는지 갑자기 칼을 뽑으며 돌아섰다.

무슨 말이 필요하랴. 철천지원수가 지금 내 눈앞에 있는데.

힘을 비축하려 잠시 대치하고 있는데 옆 골목에서 발소리가 들렸다. 난 당황했고 놈은 음흉하게 웃었다. 귀에 거슬리는 쉰 목소리였다. 옆 골목에서 가방을 메고 안경을 쓴 남학생이 걸어 나왔다. 밤늦게 귀가하는 주민 같았는데, 휴대전화를 들여다보느라 정신이 팔려 주변 상황을 전혀 눈치채지 못한 듯했다.

불안한 마음에 남학생을 향해 크게 외쳤다.

"조심해요!"

남학생이 멍한 얼굴로 고개를 들었지만, 이미 늦었다. 놈이 남학생을 붙잡고 칼을 겨눴다. 남학생은 너무 놀라서 그대로 얼어붙은 것 같았다. 놈은 요란하게 웃으며 남학생을 질질 끌고 뒷걸음치다가 내 쪽으로 확 밀었다.

일단 온몸으로 남학생을 받았다. 무척 당황했는지 심하게 버둥거리는 바람에 둘이 같이 넘어질 뻔했다. 남학생을 옆에 일으켜 세워놓고 보니 놈은 이미 거리를 한참 벌리며 달아나고 있었다.

내 시력으로는 놈의 목덜미 솜털까지 보였지만 큼직한 벙거지 모자에 가려 얼굴은 확인할 수 없었다.

놈이 달아나는 골목 저쪽은 번화가와 이어졌다. 놈이 골목을 빠져나가기 직전, 탄자오에게 연락을 받은 내 친구가 야구방망이를 들고 나타났다. 친구가 크게 기합을 외치며 야구방망이를 휘둘렀지만 놈은 옆으로 살짝 피하며 칼을 꺼내들었다.

"조심해!"

친구는 내 고함 소리에 급히 몸을 피했고, 놈은 그 틈을 타 골목을 빠져나갔다.

제기랄!

놈이 빠져나간 곳은 번화가였다. 심지어 이 시간에도 한창 흥청망청한 유흥가여서, 대낮처럼 환한 거리에는 포장마차가 즐비했고, 화려한 조명에 요란한 음악을 틀어놓은 술집들은 한껏 꾸미고 나온 사람들로 북적였다.

상황이 안 좋았다. 땀이 비 오듯 흐르고 숨이 턱까지 차올랐지만 가슴은 서늘했다. 초조한 마음으로 친구와 함께 거리를 따라가며 주위를 꼼꼼히 살폈다.

식당과 술집 테이블에 앉아 있는 사람들이 우리 두 사람을 이상하게 쳐다봤다. 놈과 비슷한 옷차림을 했거나, 체형과 나이 대가 비슷해 보이는 사람은 없었다. 놈은 170이 조금 넘는 보통 체형이고, 분명히 나처럼 땀을 뻘뻘 흘리고 있을 텐데 술집 조명이 어두워 확인하기 어려웠다.

놈은 미꾸라지처럼 빠져나가 완전히 사라졌다.

잠시 후 탄자오와 다른 친구들도 모두 모여 다 같이 그 길을 한참 뒤졌지만 소용없었다.

"우위 형, 어쩌지?"

"너희는 일단 돌아가. 오늘 정말 고마웠어. 가는 길에 탄자오 좀 우리 집에 데려다줘."

다들 차마 발길을 돌리지 못하고 서로 얼굴만 쳐다봤다. 친구들은 그놈이 우먀오에게 치근댔다고 알고 있었다.

탄자오는 뛰어오느라 힘들었는지 담벼락에 기대 숨을 고르다가 내 손을 잡았다.

"안 돼. 어떻게 너 혼자 두고 가."

"탄자오, 내 말 들어. 나 혼자 그놈 하나 정도는 상대할 수 있어."

오늘 현장에서 놈을 잡고 싶었는데 아무래도 힘들 것 같았다. 그렇다고 이대로 포기할 수도 없었다. 놈이 아직 이 거리 어딘가에 있다면 분명히 다시 모습을 보일 것이다.

"나도 같이 있을래. 네가 어딜 가든 네 옆에 꼭 붙어 있을 거야."

나는 바로 옆 술집에서 나오는 한 남자를 쳐다보느라 대꾸할 겨를이 없었다. 키와 체격이 놈과 비슷했지만, 양복바지에 흰 셔츠를 입고 있어 옷차림이 전혀 달랐다. 외모는 꽤 반듯했고 살짝 취했는지 얼굴이 약간 빨갰다.

난 자석에 끌리듯 남자에게 걸어갔다. 남자는 내 쪽으로 시선을 주지 않고 옆 골목으로 걸어갔다. 탄자오와 친구들이 내게 다가왔다.

"우위."

한 녀석이 날 불렀지만 내 정신은 온통 놈에게 쏠려 있었다.

남자는 술기운에 살짝 비틀거리며 무표정으로 우리 옆을 지나갔다. 나는 반사적으로 탄자오를 보호하며 옆으로 비켜섰다.

남자가 가볍게 딸꾹질을 하며 우릴 흘끔 쳐다보고 가던 길을 갔다.

독수리에 버금가는 시력으로, 나는 똑똑히 보았다. 남자의 머리카락 끝에 맺힌 땀방울과 미소가 번지던 아래턱을. 벙거지 모자로 얼굴을 가렸던 그놈의 턱 선과 똑같았다.

갑자기 피가 거꾸로 솟고 가슴이 터질 것 같았다. 와락 남자의 먹살을 잡고 벽으로 밀어붙이며 무섭게 노려봤다. 친구들이 우르르 몰려왔다.

남자가 가만히 날 응시했다. 미소가 사라진 눈빛이 차갑게 변했다.

"너지?"

남자의 멱살을 쥔 손에 더욱 힘을 주었다.

"누구세요? 뭐 하시는 거예요? 이거 놔요."

눈시울이 불에 덴 것처럼 뜨거워졌다. 눈앞의 이놈은 생긴 것도 말투도 지극히 평범했다. 지금 이 정도 위협에도 저항하지 못하는 인간이었다.

이놈이란 말이지? 이놈이 며칠 후 우먀오를 죽인단 말이지?

"넌 이제 끝났어."

내 차가운 말에 놈이 사색이 됐다.

"저기, 무슨 말인지 모르겠지만 제발 좀 놔주세요."

난 코웃음을 치며 친구들에게 소리쳤다.

"어이, 뭐 하고들 있어? 손봐줘야지."

친구들이 우르르 달려들어 남자를 두들겨 패기 시작했다. 남자는 몇 번 발버둥 치다가 무기력하게 쓰러졌다. 한 번도 싸워본 적 없는 사람처럼 말이다.

나는 뒤로 몇 발 물러났다. 탄자오가 걱정스러운 표정으로 날 바라봤다.

"자오자오, 경찰에 연락해."

그 후 며칠 동안 경찰서를 들락거리면서 알게 된 사실들은 내 예상을 크게 벗어났다.

이 사건을 맡은 형사팀 딩 팀장은 40대 초반으로, 보통 체격에 가죽점퍼를 즐겨 입었고, 각진 얼굴에 이마 주름이 깊어 실제보다 나이가 들어 보였다. 사실 나는 딩 팀장을 잘 안다. 딩 팀장이 이 사건을 해결하려고 힘들게 뛰어다니는 모습을 가까이에서 지켜봤으니까. 하지만 지금의 딩 팀장은 나를 모른다.

쉬징먀오 납치 현장을 녹화한 영상은 너무 어둡고 범인 얼굴도 찍히지 않았지만 경찰의 관심을 끄는 데는 성공했다.

"왜 경찰에 신고하지 않고 직접 잡으려 했습니까? 그 장소는 어떻게 특정 지었죠?"

대답할 말은 이미 생각해뒀다.

"줄곧 이 사건에 관심을 갖고 있었어요. 피해자들이 제 여동생하고 나이나 생김새가 비슷해서요. 며칠 전에 거기를 지나가다 그 남자를 봤는데 엄청 수상했어요. 여자를 뒤쫓고 있었거든요. 그 여자가 이번에 납치당할 뻔한 여자였어요. 그래서 그 남자를 잡아야겠다고 생각했어요."

사실 빈틈이 많은 답변이지만 경찰에서 딱히 의심할 만한 부분은 없을 것 같았다. 어쨌든 우리가 아니었다면 쉬징먀오가 큰일을 당할 뻔한 상황이었으니까.

우리가 붙잡은 남자는 이름이 천싱젠이고 스물여섯 살이었다. 그동안 경찰은 용의자가 부랑자나 사회에 불만을 품은 저소득층 젊은이, 혹은 사이코패스일 것으로 예측했는데 천싱젠은 완전히 다른 부류였다. 본인이 창업한 토지 개발 회사를 운영하는 재력가였다.

하지만 녹화 영상이 있는 데다가, 딩 팀장이 워낙 중요하게 생각하는 사건이다 보니, 직접적인 증거가 없는 상황에서도 서둘러 천싱젠을 조사했다.

하지만 결과는 전혀 뜻밖이었다.

내가 역으로 의심받을 위험을 무릅쓰면서까지 현장에서 바로 경찰에 신고한 이유는 놈의 허를 찌르기 위해서였다. 놈은 이런 상황이 벌어지리라고는 생각도 못 했을 테고, 그날 바로 경찰서에 끌려와 조사를 받았다. 만약 놈의 집에 증거가 남아 있다면 발뺌할 수 없는 상황이었다. 딩 팀장은 바로 천싱젠의 집과 사무실, 별장, 자동차까지 샅샅이 뒤졌다. 하지만 아무것도 찾아내지 못했다. 범죄 흔적이 전혀 없었다.

오히려 천싱젠의 근면 성실함과 유복한 가정 환경과 원만한 인간 관계를 확인해 그가 지극히 평범한 청년 사업가임을 증명했을 뿐이었다. 경찰이 예상한 용의자와는 거리가 멀었다.

술집 종업원은 그날 밤 천싱젠이 들어오는 것은 봤지만 그가 중간에 나갔다 왔는지까지는 기억하지 못했다. 피해자 쉬징먀오도 범인의 키와 생김새, 특징 등에 대해 아무것도 몰랐다. 범인이 뒤에서 달려들어 바로 기절시켰으니 그럴 만도 했다. 중간에 나타났던 남학생은 도저히 찾을 방법이 없어 공고까지 냈지만 아무 수확이 없었다.

이렇게 되자 경찰은 우리만 붙잡고 늘어졌다.

"쉬징먀오를 납치하려던 사람이 천싱젠인 게 확실해요?"

거짓말을 할 순 없었다.

"확실하진 않은데, 체형과 턱 선은 거의 비슷해요. 범인이 사라진 그 골목에 모습을 보인 사람도 그 사람뿐이었고요."

경찰은 더는 추궁하지 않았다.

내가 휘두른 호신봉에 맞아 상처가 생겼을 텐데, 나중에 내 친구들한테도 두들겨 맞아 호신봉에 맞은 상처가 쉽게 확인되지 않았다. 얼마 뒤 변호사가 달려와 조사를 중지시키고 천싱젠을 바로 병원으로 데려가는 바람에 경찰도 더는 확인하지 못했다.

천싱젠은 나중에 경찰에게 그날 밤 자신도 술에 취해 어떻게 시비가 붙었는지 잘 기억나지 않으니 폭행을 문제 삼지 않겠다고 말했다.

천싱젠이 경찰서에서 풀려나던 날, 우리는 다시 한번 마주쳤다. 나는 이 사건에 매달리느라 사흘 째 잠을 제대로 못 자 머리가 지끈거렸고 면도도 하지 못해 얼굴이 까칠했다. 반면 천싱젠은 이마에 멍 자국은 여전했지만 멀끔한 양복 차림으로 옆에는 변호사까지 대동하고 있었다.

그날 밤에 본 범인과 전혀 다른 모습이었다. 천싱젠은 나와 눈이 마주치자 가볍게 고개를 끄덕이고 지나갔다.

딩 팀장은 천싱젠에게 조사에 협조해줘서 고맙다고 인사하며 사과도 빼놓지 않았다.

나는 천싱젠이 경찰서를 나가 차에 올라탈 때까지 계속 지켜봤다.

***

서서히 어둠이 내려앉기 시작했다. 침대에 누워 구름이 어둠에 물들어가는 모습을 가만히 보고 있었다. 피로가 몰려와 온몸이 나른했지만 이상하게 잠은 들지 않았다.

노크 소리가 들렸다.

가볍고 차분하게 두드리는 것을 보니 탄자오다. 우먀오였으면 문이 부서져라 두들겼을 테니까.

"들어와."

엄마와 우먀오가 산책을 나가고 없어서 탄자오는 편하게 내 옆에 앉았다. 내가 꼭 끌어안자 한참 내 품에 기대고 있다가 고개를 들어 내게 물었다.

"아직도 그 사람이 범인이라고 생각해?"

나는 대답하지 않았다.

7월 27일. 쉬징먀오 사건으로부터 6일이 지났고 우리가 이 시간선에 머문 지 벌써 9일째였다. 이제 6일밖에 남지 않았다.

딩 팀장이 당분간 천싱젠의 동향을 지켜보겠다고는 했지만 의심스러운 행동을 목격하더라도 결국 하나의 가능성일 뿐 직접적인 증거는 되지 못할 터였다. 천싱젠의 인상이 워낙 좋아서 경찰도 이미 그는 용의자가 아니라는 쪽으로 생각이 기울었다.

그래서 탄자오가 물었을 때도 그냥 입을 다물 수밖에 없었다.

직감으로는 확실하지만 증거가 전혀 없었다.

만에 하나 천싱젠은 정말 우연히 지나던 길이었고, 그의 말대로 술에 취한 상태였다면?

딩 팀장도 천싱젠의 태도나 일상은 살인범과 거리가 멀다고 말했다.

하지만 내 옆을 지날 때 천싱젠의 입가에 번지던 도발적이고 잔혹한 미소를 잊을 수가 없었다.

탄자오가 내 복잡한 심경을 눈치챘는지 부드럽게 날 쓰다듬어주었다. 왠지 미안한 마음이 들었다.

"미안해."

"뭐가 미안해?"

탄자오는 눈빛이 촉촉해지는가 싶더니 갑자기 몸을 똑바로 세워 앉고는 두 손으로 내 얼굴을 감쌌다.

"아위…… 입 맞추고 싶어."

팔을 뻗어 탄자오의 얼굴을 끌어당기려는데 탄자오가 먼저 고개를 숙여 다가왔다. 부드럽고 달콤한 키스가 아니라 가벼운 뽀뽀였다. 탄자오는 날 한 번 쳐다보더니 다시 고개를 숙이고 뽀뽀를 했다.

"어때? 기분 좀 좋아졌어?"

탄자오가 해맑게 웃었다.

누군가 내 가슴을 두드리는 것처럼 심장이 떨렸다. 이렇게 사랑스럽고 이렇게 내 마음을 잘 알아주는 여자가 내 곁에 있다니, 난 정말 행운아라는 생각이 들었다.

"네 입맞춤이 만병통치약이야?"

"쳇, 나는 나르시시스트가 아니거든요. 그냥, 네가 꼭 사랑이 필요한 거 같은 표정을 지어서……."

난 벌떡 일어나 탄자오를 눕혔다.

106

"나한테 뭐가 필요하다고?"

"풋."

탄자오 말이 맞다. 난 사랑이 필요했다.

내 앞에 많은 시련이 기다리고 있지만, 탄자오와 함께 있으면 모든 걱정이 사라지고 희망찬 기분이 되었다.

"엄마랑 우먀오 나간 지 얼마나 됐어?"

"얼마 안 됐어."

"오늘 엄마가 그러던데, 남의 집 귀한 딸이랑 잤으면 끝까지 책임을 져야 한다고. 우리 집안에서 무책임한 사람이 나오면 안 된다고 말이야."

탄자오는 그냥 "오" 하고 짧은 반응만 보이고는 내 가슴 위로 손가락을 이리저리 움직이다가 잠시 후에야 물었다.

"어떻게 끝까지 책임질 건데?"

나는 빈틈없이 꼭 깍지를 낀 우리 손을 내려다보며 대답했다.

"내 인생, 내 목숨은 이미 네 거야. 영원히 네 곁에 있을 거야."

"나도 영원히 네 옆에 꼭 붙어 있을 거야……. 내가 이렇게 바보 같은 말을 하게 될 줄은 상상도 못 했는데…… 아위, 정말이지 네가 너무 좋아. 너무 좋아서 어쩔 줄을 모르겠어. 이번 일로 절대 실망하지 마. 경찰이 그렇게 오래 애써도 못 잡았다면 결코 만만한 상대가 아닐 거야. 그리고 우리한테 또 기회가 있을 거야."

47

탄자오

우위 집에서 정말 얼굴을 들 수 없게 되어버렸다.

저녁나절에 방에서 알콩달콩하다가 방문도 제대로 닫지 않고 그대로 잠들어버렸다. 우위 어머니와 우먀오가 깨우지도 않아 둘이서 꼭 껴안고 아침까지 내리 잤다.

우위가 세수하러 간 사이 나는 멍하니 이불을 끌어안고 앉아 있었다. 어머니와 우먀오는 내가 난처할까 봐인지, 혹은 본인들이 민망해서인지, 일찍 일어나 아침거리를 사러 나갔고, 난 부스스한 상태로 그제야 일어났다. 내가 생각해도 정말 어처구니없었다.

우위는 면도까지 해서 아주 말쑥해진 얼굴로 돌아왔다. 지난밤 우울해하던 모습은 흔적도 보이지 않았다. 우위가 날 보고 미소 짓는데 나는 일부러 쳐다보지도 않고 옷을 갈아입고 거실로 나갔다.

그렇게 꼭 안으니까 잠들어버린 거잖아! 아, 어쩌면 좋아. 우리 집도 아니고 우위 집에서 이게 무슨 꼴이람…….

그런데 아침을 먹고 햇살이 비추는 베란다에서 차를 마시다가 새삼 느낀 바가 있었다. 그렇게 함께 밤을 보내고 나서 우리 둘 다 몸과 마음이 훨씬 편안해졌다. 우리는 놈을 잡기 위한 첫 번째 시도가 실패했다는 사실을 온전히 받아들였다.

지난 며칠 내 나름대로 이 사건을 꼼꼼히 분석한 결과와 경찰서에서 직간접적으로 얻은 정보를 종합해 정리한 내용을 우위에게 들려주었다.

"범인의 특징을 정리해봤는데, 일단 머리가 아주 좋아. 계획을 치밀하게 세우는 건 기본이고, 침착하고 의지가 강한 놈이야. 범행 대상을 점찍고 사전에 미행해서 꼼꼼히 조사하고 분석한 뒤에 가장 적합한 시간과 장소를 선택한 거야. 자신을 완벽하게 감추고 현장에 전혀 흔적을 남기지 않았어. 틀림없이 경찰의 움직임까지 파악하고 있었을 거야. 그 여러 사건을 혼자 저질렀는데 실수가 거의 없었고, 너한테 쫓기다 호신봉에 맞고 쓰러졌는데 바로 다시 일어났잖아? 의지도 대단하지만 이 범죄를 성공시키려는 집착이 엄청난 것 같아. 둘째, 분명히 혼자 움직였을 거야. 이렇게 똑똑하고 사전 준비가 철저한 사이코패스 살인마는 패거리를 만드는 경우가 거의 없어. 정신세계가 완전히 비뚤어진 데다 철저히 자기중심적이고 폐쇄적이거든. 모든 과정에서 자기 생각을 관철시켜야 하고 자기보다 못하다고 생각되는 사람은 쳐다보지도 않기 때문에 파트너를 찾기도 어렵지. 이건 앞선 두 사건에서도 명확히 드러난 사실이야. 두 사건의 피해자는 시신 상태가 거의 비슷했어. 살해 방법이 동일하고 특징이 뚜렷해서 범인이 두 명 이상일 가능성은 없어. 경찰에서도 그렇게 판단한 것 같고. 셋째, 경찰을 도발할 만한 행동은 안 해. 유명세나 과시욕 때문이 아니라 온전히 자기만족을 위해 범행을 저지른다는 뜻이야. 자기 머리와 능력을 믿고 아주 거만한 사람일 거야. 우리 때문에 이번 범행에 실패하고 희미하긴 해도 영상까지 찍혔으니 부담이 크겠지. 그러면 이대로 포기할까?"

우위가 굳은 표정으로 차를 한 모금 마셨다.

"아니."

"내 생각도 그래. 아주 거만한 놈이어서 이번 실패를 용납할 수 없을 거야. 범행 주기가 짧았던 걸로 봐서 감정이 극도로 불안하고 흥분한 상태일 텐데, 범죄 심리학적으로 보면 지금 자기감정을 컨트롤할 수 없는 상황일 것 같아. 쉬징먀오를 실수로 놓친 사냥감이라고 생각하겠지만 당분간 경찰이 쉬징먀오를 보호할 테니 쓸데없는 위험을 감수하지는 않겠지. 분명히 다른 목표를 찾아서 새로운 계획을 세울 거야. 자기만족이 필요할 테니까."

"다음 범행은 3일 후였어. 우리한테 한 번 더 기회가 있어."

나는 고개를 끄덕였다.

우리의 목표는 명확했다. 지난 실패를 교훈 삼아 놈이 절대 빠져나가지 못하도록 더욱 빈틈없이 준비해야 한다.

"엄청난 분석인데."

"당연하지. 돼지를 직접 잡아 보진 못했어도 돼지고기는 먹어봤거든."

내 표현이 너무 직설적이었는지 우위가 웃음을 터트리고는 내 어깨를 꾹 잡았다.

"정말이지 내가 본 여자 중에 가장 똑똑하고 훌륭하다니까."

사랑에 빠지면 눈에 콩깍지가 쓰인다지만 그래도 이 말은 너무 부끄러웠다. 이름도 안 알려진 삼류대학을 나온 내게는 너무 과한 칭찬이었다. 그렇다고 내가 여자한테 빠져서 판단력까지 흐려지면 안 된다고, 정신 차리라고 말해줄 필요는 없지 않을까? 한창 흐뭇해하고 있는데 우위가 가만히 날 쳐다보다가 이렇게 물었다.

"근데…… 왜 그 대학 갔어?"

"……"

열등생의 세계를 우등생이 어떻게 알겠니? 내가 가끔 잔꾀를 잘 부리긴 하지만 설마 잔꾀 머리로 공부까지 잘할 거라고 생각하는 건가?

"그냥 점수 맞춰 간 거지."

"최선을 다한 거 맞아?"

뭐지, 이 분위기. 우먀오한테 하는 것처럼 날 훈육하겠다는 건가? 나는 우위를 날카롭게 쩨려보며 항의하듯 말했다.

"당연하지. 그 이상 더 할 수 없을 정도로 최선을 다했거든! 뭐가 문젠데?"

우위가 웃으며 나를 끌어안았다.

"나중에⋯⋯."

"나중에 뭐!"

"아니야."

난 우위 멱살을 잡으며 소리쳤다.

"빨리 말해!"

우위가 여전히 웃음기 실린 얼굴로 내 시선을 피하며 말했다.

"나중에 애들 공부는 내가 맡을게."

갑자기 뭐라 표현하기 어려운 감정이 거센 파도처럼 밀려왔다. 너무나 당연하게 미래를 얘기하는 우위를 보며 내 가슴이 무언가로 꽉 채워진 느낌이었다.

"음⋯⋯. 그럼 난 글쓰기만 봐주지 뭐."

"좋네. 문과, 이과 조화롭게."

우위가 고개를 숙여 입을 맞춰왔다. 우리는 희망찬 미래를 꿈꾸며 열정적인 키스를 나눴다. 한참 후 문소리가 나고 우먀오가 크게 기침 소리를 낼 때까지. 우위가 나를 놓아주었다. 우리는 동시에 일어나 햇빛을 등지고 돌아섰다. 어머니와 우먀오가 호호 웃으며 들어오는 모습이 보였다. 이 행복한 시간이 더 이어졌으면, 조금 더 길게, 아니 영원히 이어졌으면…….

***

우리가 다음으로 지켜볼 사람은 원래 네 번째 피해자인 예쉰이었다.

예쉰이는 한창 놀기 좋아하는 20대 초반의 사회 초년생이고, 생긴 지 얼마 되지 않은 한 대학 분교의 교수 사택에 살았다. 우위가 기억하기로는 7월 30일 새벽 1시경 술집에서 나와 집으로 돌아가던 길에 실종됐고, 3일 후 학교 내 건축 현장에서 우먀오처럼 토막 시체로 발견됐다. 살해되기 전에 얼마나 무섭고 고통스러웠을지, 감히 누가 상상이나 할 수 있을까. 범인은 처음에는 시체 일부만 훼손했지만 나중에는 수법이 더욱 잔혹해져 시신을 토막 내기에 이르렀다.

지난번에 우리는 놈의 의지력과 순발력을 간과했다. 여러 사람이 추격하는데도 전혀 당황하지 않은 걸 보면 더 신중하고 꼼꼼하게 대응할 필요가 있었다. 어쨌든 이번에도 우리가 유리할 터였다. 놈은 우리가 다음 범행 장소를 정확히 찾아가 덮치리라고는 상상도 못 할 테니까.

하지만 보다 강력하고 전문적인 도움이 필요했다.

휴대전화를 꺼냈지만 막상 선스옌에게 전화하려니 선뜻 내키지 않았다. 지난번 화재 때는 내 말 몇 마디에 경찰서를 설득해 인력을 출동시켜주었지만 이번은 그보다 더 큰 사건이었다. 더구나 그 돌부처 같은 남자가 내게 차인 지 얼마 안 된 상황이고.

아, 좡웨이한테 경찰서 가서 자료 좀 받아다달라고 부탁했지! 그제야 생각났다. 쑤저우에 온 지 며칠이 지났는데 아직 어떻게 됐는지 묻질 못했다. 그래서 선스옌에게 전화를 거는 대신, 몇 번이나 그를 사로잡았던 선스옌의 여신, 좡웨이에게 전화를 걸었다.

창위에게 전화하면 늘 게임 소리나 술집에서 떠드는 소리가 시끄러웠는데 이번엔 아주 조용했다. 음악 소리가 흐르는 걸로 봐서 분명히 집은 아니었다.

"창위, 뭐 해?"

"그냥 있어."

평소와 달리 목소리가 무척 차분했다. 뭔가 있는 게 틀림없었다.

"누구랑 있어?"

"아, 스옌이랑."

스옌? '선스옌'이 아니라, '스옌'? 그 호칭이 내 머릿속을 꽉 채웠다. 오호, 그렇단 말이지……

"두 사람 지금……."

"아, 우리 지금 네 번째 만나는 중이야."

창위가 차분하게 또박또박 대답했다. 곧이어 '스옌'의 부드러운 목소리가 어렴풋이 들렸다.

"샤오위, 친구야?"

지금 이 상황을 기뻐해야 하는지 슬퍼해야 하는지, 당황스러웠다. 그날 창위와 학교를 몇 바퀴나 걸으면서 이번 사건의 전말을 다시 자세히 설명할 때 선스옌과 관련된 얘기는 일부러 하지 않았다. 그때 창위는 내 얘기에 걱정과 흥분을 감추지 못하면서, 이 상황을 받아들이는 데 시간이 필요하다고 말했다. 우리가 보통 친한 사이가 아니다 보니, 곧 창위가 잊어버릴 일들까지 하나하나 설명해야 할 게 많은 상황에서 선스옌과의 일까지 설명하기는 버거웠다.

하지만 두 사람은 결국 다시 만나 특별한 관계가 됐다. 더구나 이번 만남은 그전에 비해, 아니 이후에 비해 더 자연스럽게 깊은 감정으로 발전한 듯했다.

"따주, 무슨 일 있어?"

"응."

조금 망설여지기는 했지만 결국 말하기로 했다. 내가 아는 경찰이라고는 선스옌뿐이고, 지금 선스옌이 움직이도록 설득해줄 사람은 쾅위뿐일 테니까. 쾅위에게 지금 상황을 간단히 설명했다.

"그래서…… 선스옌 도움이 필요해. 여기 경찰한테는 뭐라고 설명할 방법이 없어. 설명해도 믿지 않을 거고. 어쨌든 우린 그놈을 꼭 잡아야 해. 더 이상 무고한 피해자가 나오면 안 되니까. 쾅위, 지금 내 얘기가 말도 안 된다고 생각하겠지만 제발 믿어줘. 내가……."

난 최대한 목소리를 낮췄다.

"내 인류대사를 두고 맹세할게. 만약 내 말이 거짓말이면 평생 솔로로 늙어 죽을게."

우위가 날 힐끗 쳐다봤다. 내가 한 말이 들린 모양인데 별말은 없었다.

쾅위도 말이 없었다. 대신 '스옌' 목소리가 들렸다.

"샤오위, 왜 그래? 무슨 일이야?"

선스옌이 이렇게 부드럽고 달콤하게 말하는 건, 맹세코 처음 들어봤다. 나와 소개팅을 할 때는 절대 이렇게 분위기 있는 목소리가 아니었는데.

쾅위가 헛기침을 하고 나에게 대답했다.

"그래, 알았어. 내가 다시 전화할게."

"응. 그 순정 늑대 씨는 너한테 맡길게."

쾅위가 풋 하고 웃었다.

"그러고 보니 아직 고맙다는 말도 못 했네. 따주 여신님, 이 사람 소개해줘서 정말 고마워."

통화를 마치고 나니 기분이 좀 묘했다. 구름이 흘러가는 파란 하늘 아래 이 도시는 한없이 고요하고 평화롭게 느껴졌다. 아무 사건도 일어나지 않을 것처럼.

잠시 침묵이 흐른 뒤 우위가 먼저 입을 열었다.

"그 형사가 오든 안 오든, 이번에는 꼭 잡고 말 거야."

난 우위 손을 꼭 잡았다.

"내가 옆에 있을게."

우위는 눈빛이 살짝 흔들렸지만 결국 웃으며 대답했다.

"그래."

이 순간 내 마음은 한없이 따뜻했다. 그런데 이상하게도 요 며칠 우리 사이가 가까워질수록 쓸쓸한 느낌도 커졌다. 그 따뜻한 쓸쓸함은 마치 운명 같았다. 우리 둘이 함께여야만 헤쳐 나갈 수 있도록 정해진 쓸쓸함.

조용히 우위 품에 얼굴을 묻는데, 베란다 유리 문 뒤로 지나가는 우먀오가 보였다. 우리 분위기를 보고 방해하지 않으려고 자리를 피해 주는 듯했다.

우위가 손을 들어 내 입술과 얼굴을 부드럽게 어루만졌다. 한없이 부드럽고 섬세한 그 손길에 내 몸은 순식간에 돌처럼 굳고 심장이 빠르게 뛰기 시작했다.

"그렇게 함부로 맹세를 해도 돼? 평생 솔로로 늙어 죽을 거라고?"

풋.

"그건 창위랑 내가 정한 두 번째로 심한 저주야……."

난 거기서 멈칫하며 말을 끊었다.

"그럼 제일 심한 저주는 뭔데?"

"응? 밥 먹을 시간 아니야?"

말을 돌리며 벌떡 일어서려는데, 실패했다. 똑똑한 우위 씨께서 어물쩍 넘어갈 리가 없었다. 우위가 날 잡아당겨 무릎에 앉혔다.

"어딜 도망가려고? 빨리 말해."

어쩔 수 없었다.

"평생 처녀로 늙어 죽기. 그냥 장난이야……."

우위가 웃음을 터뜨렸다. 나도 따라 웃으며 자랑스럽게 한마디 덧붙였다.

"그런데 이미 내가 이겼어. 챵위가 이제 와서 분발해도 늦었지."

챵위가 대단한 줄은 알았지만, 이 정도일 줄은 몰랐다. 다음 날 오후 챵위에게서 전화가 걸려왔다.

"우리 이따 저녁에 쑤저우에 도착해."

그 말을 듣고도 실감이 나지 않았다.

당장 우위를 잡아끌고 공항으로 향했다.

해 질 무렵 공항은 한창 붐비는 시간이었다. 도착장 앞에서 기다리는데 조금 감격스러웠다. 잠시 후 인파에 휩쓸려 나오는 두 사람이 보였다. 우리 챵위는 무슨 바람이 불었는지 섹시한 블랙 스커트에 긴 머리를 풀어헤쳤는데, 지금까지 본 중에 가장 예쁘고 매력적이었다. 그 뒤로 선스옌이 작은 여행 가방 두 개를 끌고 따라왔다. 문득 내가 선스옌의 매력을 너무 몰라봤다는 생각이 들었다. 청바지에 심플한 블랙 티셔츠 차림인데 챵위 옆에 있으니 내가 알던 것보다 훨씬 멋져 보였다. 전혀 촌스럽지 않았다.

챵위가 우릴 발견했다. 내가 반갑게 손을 흔들자 챵위는 가볍게 고개를 끄덕여 보이고는 선스옌에게 뭐라고 속삭였다. 선스옌이 고개를 끄덕이며 우리를 쳐다봤다.

나를 향해 걸어오는 두 사람의 모습에 왠지 가슴이 벅차올랐다.

보아하니, 순정 늑대 씨는 순한 양이 된 듯했다. 정말 잘 어울리는 한 쌍이었다.

어라, 내 남자는?

우위를 돌아보는데, 우위도 내 마음을 알았는지 내 허리를 끌어안았다. 정말이지, 더 이상 바랄 게 없었다.

48

우위

탄자오는 남자를 잘 모른다.

지금 선스옌은 탄자오의 친한 친구와 만나는 사이고 탄자오도 선스옌에게 다른 뜻이 없는 것은 확실하지만, 선스옌을 다시 만나니 이전 일이 떠올랐다. 옌위안 사건으로 조사를 받고 경찰서 앞에서 탄자오를 기다리는데 선스옌과 탄자오가 나란히 걸어 나와 환하게 웃으며 차에 타던 장면이.

그때 선스옌은 분명히 탄자오에게 마음이 있었다.

그리고 지금, 좡위와 함께 있는 선스옌을 보고는 늘 밝고 씩씩하던 탄자오가 눈물이 그렁그렁한 불쌍한 표정으로 나를 쳐다봤다. 왠지 마음이 불편해 탄자오 허리를 끌어안았는데 탄자오가 환하게 웃었다. 아, 저 두 사람이 함께 있는 모습에 감동한 거였구나. 다시 마음이 편해졌다.

탄자오가 나보고 질투가 심하다고 했을 때는 극구 부인했는데, 다시 생각해보니 좀 그런 것 같았다. 하지만 바뀌고 싶은 생각은 없었다.

창위는 우리에게 다가오며 탄자오와 의미심장한 눈빛을 주고받았다.

"스옌, 따주는 당연히 알지? 이쪽은 따주 남친 우위, 이쪽은 내 남친 선스옌이에요."

선스옌이 우리에게 살짝 고개를 숙여 보였다.

"일단 짐부터 풀고 어디 들어가서 얘기할까요."

내 제안에 다들 동의했다. 탄자오는 창위와 팔짱을 끼고 앞서 걸어가고 나는 선스옌과 뒤따라갔다. 잠시 후 탄자오가 자기 나름대로는 목소리를 낮춰 창위에게 속삭이는 말이 들려왔다.

"창위, 선스옌 말이야, 오늘 좀 근엄한데?"

"항상 그래. 알고 보면 종이호랑이지만."

선스옌은 아무 말 하지 않았다. 나도 딱히 할 말이 없었다.

잠시 후 선스옌이 먼저 말을 걸었다.

"우위 씨, 샤오위한테 보내준 영상 봤습니다. 거의 잠을 뺏했더군요. 사실 저는 꼭 물어보고 싶은 말이 있어서 따라왔어요. 다음 범행이 일어날 시간, 장소, 대상을 어떻게 알고 있는 거죠?"

나는 잠시 생각하다 대답했다.

"당장은 설명할 방법이 없네요."

"그래도 중요한 내용이니, 꼭 설명해주셨으면 해요."

여전히 대답이 궁했다. 지금은 옌위안 사건과 교수님 댁 사건도 일어나기 전이니, 선스옌이 날 의심하고 경계하는 건 당연했다.

공항에서 호텔로 이동할 때도 선스옌이 조수석에 앉았다. 우린 거의 대화를 나누지 않았다. 탄자오와 창위는 뒷좌석에 앉아 우리를 전혀 의식하지 않고 신나게 수다를 떨었다. 가끔 두 사람이 웃긴 말을 해서 나도 따라 몇 번 웃었다. 선스옌도 마찬가지였다.

두 사람이 호텔에 짐을 푼 후 다 함께 탄자오가 예약해둔 식당으로 갔다. 두 사람을 환영하는 의미로 쑤저우 전통 요리를 대접하기로 했다. 식당은 분위기가 아늑하고 칸막이도 잘 되어 있었다. 창가 자리에 앉자마자 탄자오가 이 식당의 좋은 점을 시시콜콜 늘어놨다. 창위는 진지하게 듣고 나서 칭찬을 아끼지 않았다.

"정말 잘 골랐네. 따주에게 감사하며 먹겠어."

나도 옆에서 슬그머니 미소를 지었다. 쑤저우에 20년 넘게 살도록 이런 식당이 있는 줄도 몰랐는데, 삶을 즐길 줄 아는 여자 친구를 만난 덕분에 이제야 알았다.

음식을 주문한 뒤 한시 빨리 사건 이야기를 하고 싶었는데 마침 창위가 먼저 말을 꺼냈다.

"바로 본론으로 들어가죠. 스옌한테 지금 두 사람이 연쇄 살인범을 쫓고 있으니 도와달라고 얘기했어요. 스옌은 쿨하게 바로 오케이 했고요. 되게 간단하죠?"

"선스옌 씨, 역시 내가 사람 제대로 봤다니까요. 열정적이고 멋진 형사님."

탄자오의 말에 선스옌은 살짝 민망해했다. 나는 탄자오 머리를 톡 치고는 선스옌에게 감사 인사를 건넸다.

"이렇게 와주셔서 고맙습니다."

창위가 방실방실 웃으며 선스옌을 바라봤다. 나도 이제 창위를 알 만큼 아는데, 창위가 이렇게 나긋나긋한 모습은 처음 봤다. 그러고 보니, 우리가 타임 슬립을 할 때마다 이 두 사람은 계속 서로에 대한 기억을 잊고 매번 처음부터 다시 시작했다. 이 두 사람에 비하면 탄자오와 나는 얼마나 다행인지 몰랐다.

선스옌이 차를 한 모금 마시고 말했다.

"하지만 무조건 도와드리겠다는 건 아니에요."

탄자오와 창위는 놀란 표정이었지만 나는 충분히 예상한 바였다.

선스옌은 원칙주의 경찰이고 소신 있는 남자다.

선스옌이 결연한 눈빛으로 우리를 쳐다봤다.

"우위 씨, 탄자오 씨, 두 사람이 찍은 용의자 영상은 확실히 중요한 증거 자료이긴 해요. 그런데 샤오위한테 상세한 내용을 몇 번이나 들었지만 두 사람이 어떻게 해서 사전에 범행 시간, 장소, 대상을 알았는지에 대한 설명은 전혀 없었어요. 이 부분을 확실히 하지 않으면 두 분도 영상에 등장하는 용의자와 똑같이 의심스러운 상황이에요. 저하고 같이 쑤저우 경찰서에 가서 이 부분을 명확히 해명해주셔야겠어요. 오늘 제가 여기 온 이유는 그거예요."

순간 테이블에 침묵이 내려앉았다가 잠시 후 탄자오가 입을 열었다.

"어떻게 이럴 수 있어요? 우린 선스옌 씨를 믿어서 도움을 청한 건데……. 다른 경찰하고 다르니까, 우린 친구니까, 믿어줄 거라고 생각했어요. 선스옌 씨 아니면 달리 도움을 받을 곳이 없다고요."

"따주, 그만해."

쾅위가 탄자오 말을 자르고 선스옌에게 차분하게 말했다.

"그러니까, 그런 생각으로 오케이 한 거란 말이지? 이 두 사람이 나한테 얼마나 소중한 친구인지 알면서? 남들은 절대 이해하지 못할 일이어서 우리한테 운명을 맡긴 건데…… 두 사람을 당장 경찰서에 보내겠다고? 그렇게 며칠을 흘려버리면 범인은 누가 잡고 우위 여동생은 누가 구할 건데?"

"샤오위, 난 그런 뜻이 아니라 사실 관계를 분명히 해야 한다는 거야. 아무리 사소한 부분이라도 객관적으로 명확하게 설명돼야 해. 난 단지 그 부분을 확실히……."

"됐어. 그만해."

쾅위가 어이없다는 듯 웃으며 말을 자르자 선스옌 얼굴이 빨개졌다. 쾅위가 이번엔 우릴 보며 말했다.

"미안해. 이제 겨우 열흘밖에 안 돼서 이렇게 못 믿을 사람인 줄 몰랐어. 하지만 내가 최선을 다해 도울게. 까짓것, 내가 돈 주고 건달 열 명 불러오지 뭐. 스엔, 아니 선스엔 씨, 지금 당장 비행기 타고 다리시로 돌아가시죠? 이제 이 일은 당신이랑 상관없으니까."

탄자오와 나는 끼어들 수가 없어 일단 그냥 지켜만 봤다. 어떻게든 다시 선스엔을 설득해볼 생각이었는데 창위가 바로 폭발할 줄은 몰랐다.

선스엔은 굳은 표정으로 꿈쩍도 하지 않았다.

"안 가고 뭐 해? 공항까지 데려다줘야 해?"

선스엔이 차분하게 다시 말을 꺼냈다.

"샤오위, 네 마음은 충분히 이해하는데, 세상 모든 일이 네 기분대로만 되는 건 아니야. 난 경찰이니까 이런 일을 알게 된 이상 반드시 진실을 밝혀야 해. 그게 피해자들을 위한 길이니까. 이대로 돌아갈 수는 없어."

창위는 격분해서 말까지 더듬었다.

"어, 어떻게……."

탄자오가 난감해하며 어쩌면 좋으냐는 눈빛을 보내왔다. 일단 내가 나서서 선스엔에게 말했다.

"숙녀분들 힘들게 하지 말고 우리 둘이 나가서 얘기하죠."

탄자오가 내 손을 꼭 잡기에 걱정 말라는 뜻으로 살짝 웃어 보였다.

"그러죠."

선스엔의 눈빛이 자연스럽게 창위를 향했지만 창위는 차가운 표정으로 외면했다. 그런 창위를 보자니 좀 안쓰러웠다. 이 친구, 많이 힘들겠구나.

식당 앞에 작은 화단이 있었다. 우리는 어둑한 화단 앞에 자리를 잡았다. 선스엔은 바른 자세로 서서 입술을 앙다무는 것으로 자신의 의지를 피력했다.

"너무 걱정 마세요. 챵위가 말은 그렇게 해도 마음은 약해요. 형사님에 대한 마음도 진심이니까 절대 쉽게 놓지 않을 거예요."

"샤오위랑도 친하게 지내셨나요?"

"그 정도는 아니고요. 하지만 자오자오한테 많이 들었어요."

잠시 또 침묵이 흐르다가 이번에도 내가 먼저 입을 열었다.

"우리가 어떻게 놈이 범인이라고 확신하는지 궁금하겠죠. 어쩌면 우리가 공범이거나 내막을 잘 아는 주변인인데 뭔가 말 못 할 사정이 있는 게 아닐까 생각할 것도 같고요."

선스옌은 말없이 듣고만 있었다.

"사실 아주 간단해요. 우린 미래에서 왔거든요. 지금 형사님에게는 아직 일어나지 않은 사건이지만 내 입장에서는 과거의 기억이에요. 네 번째 피해자는 예쉰이, 다섯 번째 피해자는 우먀오. 두 사람이 언제 어디에서 실종되는지, 이미 다 알고 있어요. 내 말, 믿을 수 있겠어요?"

선스옌은 눈을 휘둥그렇게 뜨고는 한참 후에야 어색한 표정으로 고개를 저었다.

"아뇨, 못 믿겠네요."

"그것 봐요. 그래서 경찰에 말하지 못한 거예요."

선스옌은 심각한 표정으로 잠시 생각에 잠겼다가 차갑게 쏘아붙였다.

"대체 그런 말을 어떻게 믿으란 겁니까? 미래에서 왔다니……. 샤오위는 믿었나요?"

"챵위는 매번 탄자오를 믿었어요."

"매번?"

"그래요, 매번. 타임 슬립으로 과거에 돌아올 때마다 챵위를 만났거든요."

선스옌은 한참 말이 없다가 다시 단호하게 말했다.

"미안하지만, 난 그래도 못 믿겠어요."

"그럼 우리가 형사님을 따라 경찰서에 가야 한다는 건가요?"

"네."

"그럼 제가 절충안을 제시하죠. 사실 진실을 밝히는 건 간단해요. 범인만 잡으면 되잖아요. 하지만 경찰은 우리 말을 안 믿을 게 분명하고, 쓸데없이 경계만 강화했다가 범인이 숨어버리기라도 하면 잡을 수 없죠. 우리가 지금 경찰서에 갇혀도 마찬가지고요. 그러니 이렇게 하죠. 형사님이 우리랑 같이 범인을 잡은 후에 다 같이 경찰서에 가는 거예요. 그땐 몇날 며칠이고 조사받겠습니다. 나는 놈만 잡으면 되니까요."

선스옌은 이번에도 한참 생각하다가 대답했다.

"좋아요. 그렇게 하죠. 만약 두 사람이 약속 안 지키고 도망가면 내가 직접 잡으러 갈 겁니다. 그땐 샤오위 친구라도 안 봐줘요."

"물론이죠."

우리가 경찰서에 가서 조사를 받거나 선스옌이 우리를 잡으러 오는 일은 전혀 내 고려 대상이 아니었다. 이틀 후 사건이 발생할 때 쯤이면 우리는 이 시간선을 떠날 테니까. 선스옌은 물론 거기까지는 알지 못했다.

식당 안으로 돌아가려는데 선스옌이 갑자기 나를 붙잡았다.

"정말 미래를 알고 있다면, 혹시 샤오위랑 내가……."

"두 사람의 인연은 지금 처음이 아니에요."

선스옌은 놀란 눈으로 날 쳐다보다가 피식 웃었다. 내 말을 어떻게 받아들였는지는 모르겠지만 이렇게 중얼거렸다.

"그래서 내가 샤오위를 보자마자……."

자리에 돌아오니 음식은 이미 다 나왔는데 두 사람은 먹지 않고 기다리고 있었다.

"형사님이랑은 얘기 잘됐어. 일단 범인 잡은 후에 다 같이 경찰서에 가기로."

탄자오는 바로 내 생각을 눈치채고 맞장구를 쳐줬다.

"잘됐네. 그럼 그렇게 하면 되겠다."

쨩위는 여전히 뾰로통했다. 선스옌은 쨩위 옆에 앉아 말없이 접시에 음식을 덜어주고 물컵도 채워주었다. 난 왠지 선스옌을 돕고 싶었다.

"쨩위, 너무 그러지 마. 경찰이 그 정도도 안 하면 경찰도 아니지."

선스옌이 살짝 감동한 눈빛을 보냈다. 쨩위가 코웃음을 치자 탄자오도 한마디 거들었다.

"그래, 이제 그만 용서해줘. 네 남자 친구 융통성 없는 돌부처인 거 몰랐던 것도 아니잖아. 그냥 그러려니 해."

"돌부처?"

쨩위가 고개를 갸웃하고 선스옌은 당황해했다.

나는 품 웃음을 터뜨렸다.

다행히 다시 분위기가 좋아졌다. 탄자오와 나는 두 사람에게 다음 사건을 최대한 상세히 설명했다. 선스옌은 수첩을 꺼내 메모를 해가며 진지하게 귀를 기울였고, 쨩위는 콜라가 담긴 와인 잔을 흔들며 우리를 지켜봤다.

선스옌과 내가 밥 먹는 것도 잊고 대화에 열중하자 탄자오가 옆구리를 쿡 찔렀다.

"좀 먹으면서 얘기해."

"괜찮아."

쨩위도 선스옌 팔을 잡아당겼다.

"그래, 일단 먹어."

선스옌은 나를 한 번 쳐다보고는 바로 수첩과 펜을 내려놓고 창위가 건넨 젓가락을 받아 들었다. 저쪽은 쥐여 사는군. 그렇게 생각하며 웃고 있는데 팔꿈치가 따끔했다. 탄자오가 뭔가 질 수 없다는 듯한 표정으로 슬쩍 날 꼬집었다.

아, 맞다. 내 여자는 뭐든 다른 사람한테 지는 꼴을 못 보지. 나도 얼른 젓가락을 들고 열심히 먹었다. 그제야 탄자오가 밝게 웃었다.

고개를 들다 눈이 마주친 선스옌도 날 보고 씩 웃었다. 선스옌과 내가 동병상련의 동지가 될 줄이야.

***

예쉰이는 부모가 둘 다 교수여서 대학 내 사택에 살았는데, 생긴 지 얼마 되지 않은 분교여서 교내에 아직 공사 중인 곳이 많았다. 경찰 자료에 의하면, 예쉰이는 사건 당일 새벽 학교 정문에서 택시를 내려 집으로 걸어갔다. 중간에 감시 카메라도 없는 외진 길이 있는데 경찰은 예쉰이가 그 길에서 납치를 당했을 것으로 추정했다. 학교 정문에는 감시 카메라도 있고 차량 출입도 기록되지만, 아직 학교 시설 공사가 진행 중인 까닭에 외부에서 교내 공사 현장으로 통하는 다른 길도 있는데, 야간에는 그 길을 지키는 사람이 없었다. 예쉰이는 그 길 어딘가에서 실종된 것으로 보였고, 아무 흔적도 찾지 못했다. 경찰은 범인이 그 길에 미리 차를 세워두고 예쉰이를 납치해 바로 차에 태웠을 것으로 추정했다.

우리는 미리 그 학교에 가서 주변 상황을 살펴봤다. 예쉰이가 실종된 것으로 보이는 길은 확실히 외지고 어두웠다. 길 양쪽에 수풀이 무성했고 사택 구역과 꽤 떨어져 있어 무슨 일이 생겨도 알아차리기 힘들 것 같았다. 아마도 예쉰이는 교내여서 한밤중에 혼자 걸어가도 위험하지 않을 거라고 생각했을 것이다. 범인은 정말 대범하고 치밀한 놈이었다.

또 한 가지 주목할 사실은 이 학교 역시 카이푸구에 속한다는 점이었다. 탄자오가 말했다.

"이것 봐. 연쇄 살인범의 전형적인 특징이야. 자기가 잘 아는 익숙한 곳에서 범죄를 저지르는 거야."

지난번 실패를 거울삼아 이번엔 절대 성급하게 움직이지 않고 증거 수집을 최우선 목표로 하기로 했다. 가능한 한 확실한 증거를 확보한 뒤 상황이 되면 현장에서 급습하기로. 우리는 이미 범행 내용을 알고 있지만 놈은 임기응변으로 교활하게 빠져나가려 할 테니 반드시 확실한 증거가 필요했다. 놈의 차 번호판이나 이동 방향을 영상으로 찍어두면 도주는 불가능할 것이다. 물론 예쉰이의 안전을 확보하는 게 가장 중요했다.

나는 범행 예상 장소에 잠복하고 선스옌은 공사 차량이 드나드는 길의 입구를 지키기로 했다. 우리 둘 다 민첩하고 몸을 잘 쓰니 우리 손아귀에서 빠져나가기는 쉽지 않을 것이다.

49

탄자오

창위와 선스옌이 묵는 호텔은 우위 집에서 걸어서 5분 거리였다. 나는 우위 집으로 가지 않고 창위 방에 빈대 붙었다.

이미 밤이 깊어서 씻고 나와 잠옷으로 갈아입고 침대 위에서 뒹굴며 휴대전화를 들여다봤다. 창위는 섹시한 실크 잠옷을 입고는 다리를 쩍 벌리고 소파에 앉아 욕을 해가며 게임에 열중했다. 나는 휴대전화를 보다 말고 창위 잠옷에 시선이 꽂혔다.

"너, 잠옷 스타일이 바뀌었다? 예전엔 러닝셔츠에 팬티 바람이었잖아."

창위는 나를 쳐다보지도 않고 중얼거렸다.

"아, 엄마가 사다준 거야. 여성스러운 거 좀 입으라고."

"잘도 갖다 붙이네."

창위는 나를 힐끗 보기만 할 뿐 대꾸가 없다가, 잠시 후 휴대전화를 내려놓고 침대에 올라와 내 옆에 누웠다. 창위는 어떤지 모르겠지만, 내 입장에서는 창위와 이렇게 한가롭게 수다를 떠는 게 얼마만인지 모른다.

"솔직히 말해. 우위랑 어디까지 갔어? 홈런까지 날렸어?"

쨩위는 입을 열자마자 훅 들어왔다.

"음……."

"음은 무슨. 이미 잤네, 잤어. 어떤 느낌이야? 응?"

쨩위가 야릇한 미소를 지으며 채근했다.

"느낌? 음…… 미칠 것 같은?"

쨩위가 까르르 웃고 나도 같이 웃었다. 정말 오랜만에 신나게 웃었다.

"쓸 만하던가?"

"더 할 나위 없이. 세상에서 가장 쓸 만한 남자야. 적어도 나한테는 말이야."

"많이 사랑해?"

쨩위가 팔베개를 하고 누워 나긋하게 물었다.

"그게, 말로 표현하기가 쉽지 않네. 나중에 네가 누군가를 진심으로 사랑하고 그 사람도 널 목숨 바쳐 사랑하는 순간이 오면, 지금 내 마음을 알게 될 거야. 진정한 사랑을 하면 앞뒤 안 가리고 빠져들게 돼."

"진정한 사랑은 앞뒤 안 가리고 빠져드는 것이라……. 난 아직 그런 감정은 없었던 거 같은데."

"선스옌은 어때?"

"스옌? 확실히 우리 둘 다 서로한테 마음이 있긴 한데, 그게, 아직 사랑까지는 아닌 거 같아. 그 사람 성격이 워낙 고리타분해서 사실 나도 고민 중이야."

"근데, 키스는 했어?"

쨩위는 잠깐 뜸을 들이다가 대답했다.

"뭐, 대충 몇 번 하긴 했어."

"푸하하, 내가 제대로 알고 있다면, 우리 쨩위 여신님 첫 키스일 텐데?"

갑자기 챵위 눈빛이 반짝거렸다.

"세상에 글쎄, 스옌도 그 나이에 첫 키스였던 거 알아? 내가 키스하려고 밀어붙이는데 얼굴이 빨개지더라니까!"

그 모습을 상상하니 너무 웃겼다. 챵위는 외모나 말투가 나이에 비해 훨씬 성숙했다. 돌부처께서 그런 챵위의 기습 키스에 얼마나 놀랐을지, 생각만 해도 정말 눈물 나게 웃겼다.

이때 노크 소리가 들렸다. 우리는 눈을 마주쳤다. 이 야심한 시간에 무슨 일이지? 챵위는 일부러 천천히 대답했다.

"누구세요?"

"샤오위, 나야."

묵직한 선스옌 목소리였다.

챵위가 날 흘끔 쳐다보고 일어나 문을 열었다. 내 위치에서는 선스옌은 보이지 않고 복도에서 들어온 한 줄기 빛만 보였다. 챵위는 문에 기댄 채 목소리를 낮춰 선스옌과 몇 마디 주고받았다. 그런데 갑자기 팔 하나가 쑥 들어오더니 챵위를 밖으로 끌어갔다.

정말 남자들은 다 똑같다니까!

팔베개를 하고 누워 챵위를 기다렸지만 몇 분이 지나도 돌아오지 않았다. 말소리도 안 들리는데 대체 뭘 하는 거야? 기다리다 지루해 우위에게 메시지를 보냈다.

〈자?〉

기다렸다는 듯이 바로 답장이 왔다.

〈아니.〉

〈아무래도 곧 19금 영화를 보게 될 듯한데. 선스옌이 갑자기 챵위를 불러 냈는데, 둘이 문 앞에서 뭔 짓을 하는지 난 신경도 안 쓰네.〉

〈그냥 집으로 와. 내가 데리러 갈게.〉

〈아니야. 금방 돌아오겠지. 설마 선스옌 방에서 자기야 하겠어?〉

하지만 결국은 믿는 도끼에 발등을 찍혔다.

우위에게 메시지를 보낸 지 얼마 안 돼 챵위가 슬그머니 방으로 들어왔다. 불 꺼진 방에 복도 불빛을 등지고 있어 얼굴은 잘 보이지 않았지만 직감적으로 챵위의 감정 변화가 느껴졌다. 어두운 호텔 방에서 긴 머리를 풀어헤친 가녀린 그림자가 분주하게 움직였다. 챵위는 겉옷을 걸치고 내 옆에 다가와 작게 속삭였다.

"먼저 자. 난 스옌이랑 할 얘기가 있어서."

"웃겨, 이 밤에 둘이 뭔 짓을 하려고?"

챵위가 키득거렸다.

"그걸 누가 알까나?"

자정이 다 되어가는 시간에 나는 결국 호텔을 나섰다. 로비를 빠져나오니 티셔츠에 남방을 걸친 차림으로 날 기다리고 있는 우위가 보였다. 우위는 날 보자마자 꼭 안아줬다. 우위 품에서 잠시 내 남자의 온기를 느끼고 나니 그제야 챵위한테 지지 않았다는 생각이 들어 만족스러웠다.

"챵위가 우정을 배신하고 사랑을 선택했어."

우위가 내 얼굴을 어루만지며 대꾸했다.

"그럼 너도 갚아줘야지."

"물론이지. 나중에 그 이상으로 갚아줄 거야."

"그러자."

우리는 천천히 걸어서 집으로 향했다.

"근데 집에 가면 나 어디에서 자? 우먀오는 이미 잠들었을 텐데 내가 옆에서 부스럭거릴 수도 없고."

"우먀오 일찍 안 자. 그리고 방금 집에서 나오면서 우먀오한테 거실에서 자라고 얘기해뒀어."

"뭐야. 내가 우먀오였으면 이런 이상한 오빠 말 절대 안 들었을 거야."

우린 팔짱을 끼고 다정하게 밤길을 걸었다. 하늘에는 구름이 잔뜩 끼고, 바람은 싸늘하고, 길에 지나는 사람은 거의 없었다. 하지만 나는 더 없이 마음 편하고 기분이 좋았다. 친구가 멀리서 달려와주었고, 그 친구가 행복해 보였고, 내 옆에는 우위가 있었으니까. 앞으로 어떤 일이 벌어질지 모르겠지만 이 순간만큼은 더없이 행복했다.

**

드디어 7월 30일이 되었다.

우위와 나는 생사의 고비를 넘나들며 여러 범죄자를 상대했지만, 그중에서도 2016년 7월 30일 밤은 정말 최악이었다. 이날 상대한 범인은 상상을 초월할 정도로 악랄했고, 나는 쫭위에게 큰 마음의 빚을 졌다. 평생 갚을 수 없을 만큼 큰 빚을.

우리는 사전에 계획한 장소에 잠복하고 기다렸다. 우위와 나는 범행 장소에서 가장 가까운 학교 건물에 숨었다. 여름 방학이기도 하고 생긴 지 얼마 되지 않은 분교여서 학교 전체에 사람 그림자도 보이지 않았다. 선스옌은 공사 차량 출입구 근처에서 잠복했다.

쫭위에게는 위험하게 잠복을 시키거나 범행 장면을 목격하게 하고 싶지 않은데, 마침 선스옌이 쫭위는 학교 정문 앞에 세워둔 차에 남아 망을 보면서 연락망을 담당하라고 제안하기에 나도 적극 찬성했다. 쫭위는 자신의 역할을 '총지휘'로 생각했고 아마도 지난밤 선스엔과 새로운 역사를 만든 까닭인지 기꺼이 선스엔 제안에 따랐다.

밤이 깊어질수록 날이 서늘해졌다. 우위와 나는 어두운 교실 나무 문 뒤에 앉아 있었다. 지난번과 비슷한 상황이었지만 이번엔 보다 명확한 목표가 있었다. 행동보다는 먼저 증거를 충분히 확보할 것. 이러는 편이 범인과 직접 마주칠 확률도 적어 덜 위험할 터였다.

아직 시간이 좀 남았다.

"내가 놈이라면 이번에 우리가 나타나면 엄청 충격받고 혼란스러울 거 같아. 자기 혼자 계획한 일을 우리가 어떻게 알았는지 어리둥절할 테니까. 그러니 일단 심리적으로 우리가 유리해."

"이렇게 직선으로 뻗은 길을 범행 장소로 고르다니, 놈도 더 대담해졌어. 여기서 어디로 도망갈 수 있는지 두고 보겠어."

단단히 작심한 듯한 우위의 모습을 보며 나도 가슴이 뜨거워졌다.

"절대 도망 못 갈 거야. 그러니까 이제 우먀오 운명도 바뀌고, 평안하고 행복한 미래가 펼쳐질 거야."

우위는 별말 없었지만 역시 마음이 벅차오르는 것이 느껴졌다. 방금 한 말이 현실이 되면 우위도 마음의 상처를 완벽하게 털어버리고 1년 만에 제자리로 돌아갈 수 있을 터였다.

"놈을 잡아서 유죄를 입증하고 감옥에 보내면…… 그럼 더는 걱정할 게 없는 거지?"

"이번 일이 해결되면 내가 걱정할 건 딱 한 여자뿐인데, 신경 쓸 게 좀 많지."

난 웃음이 터졌고 우위가 내 손을 꼭 잡았다. 우위도 나도 긴장한 상태였지만 한편으로는 마음이 따뜻했다.

1시가 조금 넘은 시간. 학교 안의 불이 거의 꺼지고, 띄엄띄엄 희미한 가로등만 남아 나뭇가지 그림자를 드리웠다. 휴대전화 진동이 울렀다. 쫭위였다. 전화를 받자 쫭위가 잔뜩 긴장한 목소리로 말했다.

"예쉰이가 택시에서 내렸어. 정문 앞인데 혼자야."

우위가 몸을 일으켰다.

"나가서 지켜볼게."

"조심해."

우위는 날 한 번 끌어안은 후 조용히 교실을 빠져나갔다. 어두운 가로수 그늘에 숨어 6.0의 시력으로 길 위의 개미 한 마리까지 지켜보겠지.

나는 망원경을 들고 커튼 틈 사이로 바깥을 살폈다. 나와 우위, 선스옌은 각각 고화질 소형 캠코더를 준비했다.

이때 멀리서 가녀린 그림자가 희미하게 보였다.

우리는 또 한 번 과거의 사건을 눈앞에서 목격하게 됐다.

예쉰이는 술에 취한 듯 살짝 비틀거리며 걸었다. 조금 걷다가 길 옆에 서서 구토도 했다. 이 길은 가로등이 많지 않아 모든 것이 흐릿했다.

예쉰이가 다시 길을 걷고 있을 때, 멀리서 자동차 엔진 소리가 들리더니 소리가 점점 가까워졌다.

망원경을 내려놓고 검은색 소형 자동차를 주시했다. 자동차는 교차로에서 방향을 틀어 예쉰이에게 달려왔다. 흔한 차종이고 번호판이 없었다. 주변이 워낙 조용해서 묵직한 자동차 엔진 소리가 더 또렷하게 들렸다. 다시 망원경을 들려고 하는데 벌써부터 온몸이 뻣뻣했다.

예쉰이는 차를 발견하고 길옆으로 비켜섰다. 차가 그녀 옆에 서고, 벙거지 모자를 쓴 남자가 내렸다. 마침 가로등과 가까운 위치여서 희미하게나마 예쉰이 얼굴이 보였다. 어리둥절한 표정이었다. 이날 서서히 변해가던 예쉰이의 표정을, 나는 영원히 잊지 못할 것이다. 어리둥절한 표정이 충격과 공포로 변해가던 모습을. 아마도 세상의 수많은 범죄 피해자들이 평온한 일상을 살다가 이렇게 한순간에 지옥으로 떨어졌을 것이다. 며칠 후의 우먀오도.

놈은 아주 능숙하게 주먹으로 예쉰이 머리를 가격했다. 예쉰이는 살려달라는 말 한번 못하고 바닥에 쓰러졌다. 놈은 한 손으로 예쉰이 입을 틀어막고 한 팔로 그녀를 질질 끌면서 무의식적으로 고개를 들었다.

그 순간 숨이 멎는 줄 알았다. 아래쪽뿐이지만 놈의 얼굴을 똑똑히 확인했다. 눈꼬리가 파르르 떨리고 주먹에 힘이 들어갔다.

아위, 드디어 놈의 얼굴을 봤어. 너도 보고 있지?

천싱젠, 그놈이었다.

지난번엔 경찰이 아무 증거도 찾아내지 못해 저놈이 당당하게 우리 옆을 스쳐 지나갔지만 이번에는 우리 모두 확실히 목격했다.

우위가 정확히 어디에 잠복해 있는지 모르겠지만 분명히 놈과 가까이서 확실한 증거 영상을 찍고 있을 터였다. 천싱젠이 혼미한 예쉰이를 차로 끌고 가는 장면을 보니 온몸의 피가 거꾸로 솟아 당장이라도 폭발할 것 같은 기분이었다. 이 감정을 주체하기 힘들었지만 우위를 생각하며 견뎠다. 우위도 죽을힘을 다해 참고 있을 테니까.

우위는 이 모든 과정을 영상으로 남기고, 선스옌은 놈의 차를 미행해 은신처를 찾아낸 뒤 다른 피해자와 관련된 증거까지 확보할 것이다. 그러면 모든 범죄 행각이 밝혀질 테니 절대 빠져나갈 수 없다.

우위와 선스옌은 원래 계획대로 조용히 기다렸다. 두 사람은 확실히 나보다 침착하고 의지가 강했다.

그런데 우리가 전혀 예상하지 못한 일이 발생했다.

천싱젠은 예쉰이를 차 옆으로 끌고 간 후 차에 태우지 않고 문에 기대 세웠다. 무슨 상황인지 미처 생각을 정리해볼 틈도 없이 망원경 렌즈에 놈의 잔혹한 미소가 나타났다. 곧이어 번쩍하는 섬광이 스쳤다. 심장이 덜컥했다. 놈이 허리춤에서 칼을 꺼내 예쉰이의 배를 찔렀다.

예쉰이가 내지른 비명이 밤의 정적을 뒤흔들었다. 천싱젠은 칼을 뽑아 다시 한번 찔렀다. 나는 온몸이 굳고 머릿속이 하얘졌다.

이때 내 시선 끝에서 뭔가 움직였다. 길옆 나무 뒤에서 튀어나온 검은 그림자가 호신봉을 들고 천싱젠에게 달려들었다. 그리고 멀리에서 경찰봉을 든 선스옌도 달려왔다.

짙은 어둠 속에서 두 남자가 범죄 현장을 향해 필사적으로 달렸다. 눈앞에서 소리 없이 순식간에 벌어진 사건이 마치 한 치 앞을 예측할 수 없는 무성 영화의 한 장면 같았다. 천싱젠이 인기척을 느끼고 뒤를 돌아봤다. 우위가 먼저 가까이 달려온 상황이라 천싱젠은 예쉰이를 버려두고 우위와 뒤엉켰다. 선스옌은 아직 전속력으로 달려오는 중이었다.

난 여전히 멍한 상태였다. 그런데 뭔가 알 수 없는 불길한 예감이 온몸을 휘감았다.

선스옌이 도착해 함께 공격하자 천싱젠은 수세에 몰리기 시작했다.

그런데 대체 왜 이런 일이 벌어졌을까?

동일한 범죄 패턴을 보이던 연쇄 살인범이 왜 갑자기 방법을 바꿨을까? 왜 이렇게 급하게 현장에서 피해자를 죽이려 했을까? 뭔가 잘못된 게 틀림없었다.

도대체 이유가 뭘까?

우위가 피해자를 구하러 나오게 만들려는 의도였을까?

고의가 분명했다.

우리를 끌어내기 위한 함정이었다.

하지만 어떻게 그럴 수 있지? 놈은 우리가 미래에서 왔다는 사실을, 놈의 계획을 간파하고 있다는 사실을 모르는데.

지난번 우리의 행동이 놈의 경계심을 자극한 걸까? 지금껏 줄곧 신중하고 주도면밀하게 범행을 저질러왔으니 우리가 어떻게 낌새를 챘는지 놈은 감도 못 잡았을 것이다. 혹시 일종의 테스트였을까? 우리가 나타나는지 확인하려고 피해자를 위험에 빠뜨렸는지도 모른다.

순간 가슴이 섬뜩했다. 놈이 어떤 함정을 파놓았는지는 모르겠지만 불길한 예감이 들었다.

선스엔이 천싱젠을 쓰러뜨려 완전히 제압한 뒤 수갑을 채웠고, 우위는 칼에 찔려 쓰러진 예쉰이를 일으키고 있었다.

나는 망원경을 집어던지고 교실 밖으로 뛰어나가 온 힘을 다해 외쳤다.

"함정이야! 빨리 피해! 조심해!"

선스엔과 우위가 동시에 날 돌아봤다.

탕! 탕! 탕!

허공을 가르는 이 소리는 뭐지? 이게 무슨 상황이지? 그때였다. 선스엔이 갑자기 털썩 주저앉으며 손을 뻗어 우위도 주저앉혔다.

나는 그 자리에 얼어붙었다. 총소리였다. 어둠에 휩싸인 교정 어딘가에서 총알이 날아왔다.

범인은 둘이다. 총을 쏜 놈이 주범이고, 주범이 천싱젠을 미끼로 던진 것이다.

지금까지 내 추리가 틀렸다. 완전히 틀렸다. 주범이 완벽하게 숨어 있어 우위와 선스엔도 범인이 한 명이라고만 생각했다. 우리는 또 다른 놈에게 당했다. 이 시간, 경찰은 꿈에도 모르고 있을 범행 현장에서 놈은 우리와 정면 대결을 시작했다.

칠흑 같은 어둠 속에서 내 마음은 점점 차갑게 얼어붙었다. 멀리서 또 다른 자동차 소리가 서서히 멀어지는 게 들렸다. 이것저것 생각할 겨를 없이 두 사람에게 달려가 보니 우위 왼쪽 어깨에서 피가 흐르고 예쉰이는 옆에 쓰러져 있었다. 우위는 이를 악물고 일어섰다.

겨우 눈물을 참고 떨리는 마음으로 다가가는데 우위가 선스옌에게 달려들어 고함을 질렀다.

"선스옌! 버텨! 제기랄, 버티란 말이야!"

선스옌은 천싱젠과 나란히 쓰러져 있었다. 두 사람은 수갑으로 손목이 연결되어 있고, 둘 다 눈을 부릅뜬 채 가슴이 피범벅이었다. 천싱젠은 주범에게 배신당했다. 선스옌은 화난 사람처럼 눈을 부릅뜨고 늘 그렇듯 고집스럽게 입술을 앙다물었는데 몸은 미동도 없었다. 총알이 정확히 심장이 꿰뚫었는지, 우위가 아무리 흔들고 소리쳐도 반응이 없었다.

머릿속이 하얘졌다.

이때 휴대전화가 울려 기계적으로 전화를 받았다. 어렴풋이 좡위 목소리가 들렸다. 무슨 일이냐고 묻는 것 같았다.

내 눈앞에서는 온통 피범벅이 되고 눈이 시뻘겋게 충혈된 우위가 선스옌 가슴을 힘껏 누르며 휴대전화를 꺼내 구급차를 부르고 있었다.

"무슨 일이야? 빨리 말해!"

좡위가 고함을 내질렀다.

"좡위…… 선스옌이…… 죽었어. 범인이 쏜 총에 맞았어. 이렇게 될 줄은 몰랐어……. 정말 몰랐어……. 이미 죽은 사람을 다시 살릴 수 있을까?"

난 결국 울음을 터트렸다.

수화기 너머에서는 아무 말도 들리지 않았다.

50

우위

이번 시간선에서 남은 시간은 탄자오와 나에게 너무 혼란스럽고 고통스러웠다.

창위가 남다른 사람이라는 것은 나도 진작 알고 있었다. 그날 밤, 현장으로 달려온 창위는 죽은 선스옌을 한참 응시하다가 말없이 돌아섰다. 그 후 며칠 동안 경찰도 창위와 연락이 닿지 않았다. 이 때문에 탄자오는 더 죄책감을 느끼며 괴로워했다.

우리는 경찰서에 연행돼 계속 조사를 받았다. 호의적이었던 딩 팀장까지 우리를 의심했지만 어떻게 설명할 방법이 없었다. 경찰이 도착했을 때 천싱젠과 선스옌은 이미 숨을 거뒀고 예쉰이는 큰 부상을 입고 정신을 잃었으니 상황을 설명해야 할 사람은 우리 둘뿐이었다.

우리는 따로 수감되어 며칠 동안 서로 얼굴을 볼 수 없었다.

***

눈을 뜨니 흐르는 물소리가 들렸다. 동굴 특유의 습기가 훅 끼쳐오고 머리 위로 시커먼 동굴 벽이 보였다.

탄자오는 내 옆에서 자고 있었다. 상처 입은 고양이처럼 엎드린 채 눈가에는 눈물이 맺혀 있었다. 순간 가슴이 찡해 그녀를 꼭 안았다. 탄자오가 잠에서 깨어나 빨개진 눈으로 나를 봤다.

"아위……."

난 탄자오를 더 꼭 안았다.

주위를 둘러보니 다른 사람들은 모두 이미 일어나 있었다. 사모님과 천루잉은 우리 가까이에 서 있었는데, 마침 천루잉이 이쪽을 뚫어지게 쳐다보고 있었다.

"우리가 선스옌을 끌어들여서 그런 일이……."

탄자오는 목이 메어 말을 잇지 못했다. 선스옌이 총에 맞고 쓰러지면서 날 바닥으로 힘껏 눌러 앉히던 게 떠올랐다. 온몸이 전율하며 가슴이 뭉클했다.

"우리한테는 선스옌을 구할 기회가 있어."

탄자오는 말없이 나를 힘주어 안았다.

"이제 정리하고 출발하죠."

여행을 즐긴다는 류쌍쌍이 활기차게 외치자 사람들이 하나둘 모여들었다. 나도 탄자오를 일으켜 세워 합류했다.

이곳에선 다른 선택의 여지가 없었다. 수수께끼의 답을 찾을 때까지 전진하는 수밖에.

일행은 총 아홉인데 남녀가 섞여 있고 체력 차이도 커서 이동 속도는 빠르지 않았다. 사방에 보이는 거라곤 동굴 벽과 바닥과 물줄기뿐이었다. 다행히 공기는 충분했다. 물에는 작은 물고기가 살고 동굴 곳곳에 식물도 자라 허기는 면할 수 있었다. 갈수록 바위 모양과 색이 조금씩 달라졌다. 다섯 시간 가까이 걸은 것 같지만 끝은 보이지 않았다. 대체 이 동굴은 얼마나 깊은 것일까?

조난을 당해 지치고 힘든 상황이지만 계속 대화를 나누며 걸어서 인지 절망적인 분위기는 아니었다. 하지만 탄자오는 평소와 달리 조용했다. 말할 수 없이 큰 슬픔에 빠져 있을 테니까.

그렇게 걷다가 다들 지쳐갈 무렵 비교적 평평한 공간이 나와 잠시 쉬기로 했다. 동굴 벽의 인광 현상 때문인지 계속 희미한 빛이 깜빡거려 아주 어둡지는 않았다.

걷느라 힘들어 마음도 지쳤는지 주지루이가 엔위안 품에 안겨 숨죽여 흐느꼈다. 엔위안은 부드럽게 주지루이를 토닥여주었다. 류샹샹은 상하이에서 온 프로그래머 저우웨이와 나란히 앉았다. 줄곧 침착한 류샹샹에게 저우웨이가 약간 의지하는 것 같았다. 두 사람은 웃으며 초콜릿을 나눠 먹었다.

주위퉁은 혼자 물가로 걸어가 손으로 물을 떠 마셨다. 그는 줄곧 누구도 가까이 하지 않았다.

사모님은 발목 상처 때문에 누워서 쉬고 천루잉이 옆에서 보살폈다. 여기까지 오는 내내 천루잉의 시선이 따갑게 따라붙었다. 하지만 탄자오를 의식해서인지 멀리서 지켜볼 뿐 다가오지는 않아서 나도 크게 신경 쓰지 않았다.

내 관심은 오직 탄자오와 나의 미래, 그리고 탄자오의 마음뿐이었다.

탄자오도 물가로 가 허리를 숙여 손으로 물을 떠 마셨다. 나는 가만히 탄자오 안색을 살피며 생각을 정리했다.

우리가 호수 밑으로 빨려 들어온 지 하루 이틀 정도 지났으니 지금은 2016년 6월 26일 혹은 27일일 것이다. 우리가 직전에 보내고 온 시간선은 7월 19일에서 8월 2일까지였다.

두 시간선의 교차점이 점점 가까워지고 있었다.

멀리 동굴 끝을 응시했다. 희미한 빛이 깜빡였지만 뭐가 있는지는 보이지 않았다. 이 시간선의 비밀이 정말 저 끝에 있을까? 아니면 더 깊은 호수 밑바닥에 있을까?

엔위안의 새 떼, 천루잉의 변화, 그리고 내 시력에 대한 비밀도 여전히 오리무중이었다.

왜 탄자오와 나만 보름을 주기로 과거와 미래를 오가고 있을까? 엔위안, 주지루이, 천루잉, 사모님, 우먀오는 죽는 그 순간까지 잃어버린 기억을 다시 떠올리지 못했다. 그리고 엔위안과 천루잉은 숨을 거두기 직전 겁에 질린 표정으로 탄자오와 나를 뚫어져라 쳐다봤다. 대체 무슨 기억이 떠올랐을까?

탄자오와 나는 또 다시 타임 슬립을 할 수 있을까? 우먀오의 운명은 아직 바뀌지 않았고, 범인은 여전히 법망을 피해 날뛰고 있고, 그리고 선스옌이 죽었다. 나도 모르게 주먹으로 바닥을 내려쳤다. 이 소리에 놀란 탄자오가 흠칫 떨며 나를 돌아봤다.

"자오자오, 이리 와."

우리만의 익숙한 대사에 마음이 흔들렸는지 탄자오가 내 옆으로 와 앉았다. 나는 사람들 시선은 신경 쓰지 않고 탄자오 어깨를 끌어당겨 안고는 그녀의 턱을 받쳐 올렸다.

"기운 내."

"응……."

탄자오는 자꾸 고개를 숙였다. 그 모습이 안쓰러우면서도 너무 사랑스러워 나도 모르게 입을 맞췄다. 탄자오는 그제야 마음이 풀린 듯 두 손으로 내 옷자락을 꼭 잡았다.

"방금 전 네 표정이 꼭 사랑이 필요한 거 같았어."

예전에 탄자오가 내게 했던 말이다. 탄자오는 살짝 웃었지만 여전히 표정이 어두웠다.

"다시 타임 슬립 해서 돌아가면 선스옌을 구할 기회가 있어."

"만약…… 돌아가지 못하면? 우리가 과거를 바꾸지 못하면? 그럼, 선스옌을 구할 수 없잖아."

탄자오가 내 가슴에 얼굴을 묻으며 나지막이 말을 이었다.

"우리가 얼마나 노력하고 고생했는데……. 정말 잡고 싶었는데, 우린 놈의 상대가 아니었나 봐. 우먀오 운명도 못 바꾸고 황위가 선스옌을 잃게 만들었어. 황위가 그렇게 좋아한 남자를 죽게 만들었다고……. 아위, 우리가 과거를 바꾸려고 끼어들어서 괜히 아무 관련 없는 사람을 희생시킨 거 아닐까? 어쩌면 우리는 아무것도 바꿀 수 없는 게 아닐까? 운명은 바꿀 수 없는 건지도 모르잖아……."

난 탄자오 턱을 들어올리고 그녀의 눈을 똑바로 쳐다봤다. 빨갛게 충혈된 눈에 원망과 슬픔이 가득해 마음이 아팠다.

"자오자오, 내 말 잘 들어. 과거는 바뀔 거고, 우리의 노력은 결코 헛되지 않을 거야. 주지루이 가족은 원래 산에서 다 죽을 운명이었는데 우리가 다섯 명이나 살렸어. 교수님 댁에서는 탕란란밖에 살리지 못했지만 역시 소중한 생명이야. 그리고 쉬징먀오도 구했고, 예쉰이도 안 죽었어. 더 이상 무슨 말이 필요해? 우린 지금까지 과거를 바꾸고 소중한 생명을 구했어. 우리의 노력은 결코 의미 없지 않았어."

탄자오의 눈물이 내 손가락을 타고 흘러내렸다. 난 안타까운 마음에 탄자오에게 볼을 비비며 마음을 전했다.

"아위…… 미안해……."

나는 탄자오 얼굴에 남은 눈물 자국에 입을 맞추며 웃었다.

"내가 사랑하는 여자는, 절대 포기라는 말을 쉽게 하지 않아."

내 의도와 달리 탄자오가 다시 눈물을 주르르 흘렸다. 내 옷자락을 끌어다 눈물 콧물을 닦는 모습에 웃어주려고 했지만 마음이 찡해 쉽지 않았다.

"포기하려는 건 아닌데…… 조금 두려워……. 모든 노력이 물거품이 되어버릴까 봐. 방금 전까지 멀쩡하던 선스옌이 한순간에 내 눈앞에서 숨을 거두는 모습을 보면서, 정말…….”

나도 사랑하는 사람의 시체를 내 눈으로 본 적이 있기에 탄자오 마음을 이해할 수 있었다. 탄자오의 울음이 잦아들기를 기다렸다가 탄자오 손에 입을 맞췄다.

“자오자오, 약속할게. 우리 노력은 결코 헛되지 않을 거라고, 반드시 좋은 결과가 있을 거라고.『명상록』에 이런 말이 나와. ‘모든 사물의 발생지에 근원이 있다.’ 모든 일은 원인과 결과가 있어. 우리의 상식을 뛰어넘는 일이라도 반드시 진실은 존재해. 생각해봐. 우리는 1년 후에 다시 만났잖아. 계속 불행한 일만 있었다면 우리가 1년 후에 다시 만날 수 있었겠어? 그러니까 우리한테는 이미 좋은 결과가 존재했다는 거야. 그게 우리가 만나기 전에 이미 일어난 일일지라도. 다른 사람한테는 그냥 1년 후이지만 우리한테는 미래이기도 하고 과거이기도 해. 난 너랑 함께할 수만 있다면 과거든 미래든 상관없어. 그리고 다시 생각해봐. 반년 후에도, 1년 후에도 선스옌이 멀쩡히 살아 있는 걸 똑똑히 봤잖아. 우리하고 만났던 일들을 전혀 기억하지 못하긴 했지만. 어쨌든 우린 선스옌을 구할 거야. 시간선이 유일하지 않듯이 과거도 유일하지 않아. 여러 가능성이 존재한다는 건 결국 우리가 하기 나름이란 뜻이야. 맹세할게. 반드시 선스옌을 구할 거야. 모든 일이 마무리되고 모든 게 정상으로 돌아가는 날이 꼭 올 거야. 그때 다시 창위한테 선스옌을 소개해주면 돼. 널 다시 만난 후 확실히 알았어. 하늘이 그렇게 가혹하기만 한 건 아니라는 걸. 창위랑 선스옌, 둘 다 좋은 사람들이니까 반드시 좋은 결과가 있을 거야.”

탄자오는 한참 말이 없다가 나지막이 대답했다.

“응, 네 말이 맞아.”

“이제 실망하거나 슬퍼하지 않을 거지?”

탄자오가 힘껏 고개를 끄덕이고 맹세하듯 한 손을 펼쳐 들었다.

"눈앞에서 선스엔이 죽고, 쫭위가 말없이 떠나버려서…… 너무 가슴이 아팠어. 하지만 설마 내가 쉽게 포기하겠어? 내가 누군데? 초자연적인 타임 슬립까지 경험한 사람이야. 아위, 난 네가 어딜 가든 무조건 따라갈 거야. 네가 버틸 때까지 나도 버틸 거야. 우리 끝까지 같이 가자. 내 운명은 내가 만들 거야!"

우린 꼭 끌어안고 입을 맞췄다. 그리고 서로를 마주 보며 사랑을 속삭였다.

동굴은 여전히 어둑했고, 우리 곁에는 낯선 얼굴과 익숙한 얼굴이 섞여 있고, 물줄기는 어딘가로 끊임없이 흘렀다. 변한 건 아무것도 없지만 내 마음은 평화롭고 따뜻해졌다.

탄자오와 함께라면 정처 없이 세상을 떠돈대도 좋다.

탄자오와 함께라면.

***

얼마나 잤을까? 한 시간인지, 대여섯 시간인지도 모르겠다. 지하 동굴의 시간은 도무지 가늠하기 힘들었다. 눈을 떴을 때는 탄자오만 내 품에 잠들어 있고 주위에 아무도 없었다.

고요한 동굴 속, 물줄기 옆 넓은 공간에 탄자오와 나뿐이었다. 나머지 일곱 사람은 머물렀던 흔적은 있는데 아무도 보이지 않았다.

벌떡 일어나 탄자오를 깨웠다. 탄자오는 눈을 비비며 주위를 둘러보다가 멈칫했다.

"다른 사람들은?"

나도 주위를 둘러보며 여러 가지 가능성을 떠올렸다.

우리를 버리고 간 걸까? 아니다. 그럴 가능성은 거의 없었다. 어차피 서로 다 모르는 사람들이니 굳이 우리만 따돌릴 이유가 없으니까.

아니면, 갑자기 자리를 뜰 수밖에 없는 어떤 이유라도 있었을까? 위협적인 상황이라든가? 위협이라면 누가, 누구를, 왜?

그런데 어떻게 아무 소리도 나지 않았을까?

정신을 가다듬고 탄자오를 일으켜 세웠다. 먼저 바닥을 살펴봤는데, 발자국이 어지럽긴 해도 한 방향으로 향했다. 지금 할 수 있는 일은 이 발자국을 따라가는 것뿐이었다. 우리는 호신용으로 날카롭고 묵직한 돌을 하나씩 골라 집어 들고는 손을 꼭 잡고 조심스럽게 걸음을 옮겼다.

20미터쯤 가서 모퉁이를 돌자 탁 트인 공간이 나오고 물소리가 크게 들렸다. 물가에 세 사람이 서 있었다. 사모님과 주지루이, 주위퉁이었다. 나머지 사람들은 어디 있지?

나는 움직이지 말라는 뜻으로 탄자오 손을 꾹 누르고는 벽에 붙어 잠시 상황을 살폈다.

주위퉁은 물 바로 가까이에 서서 초조한 듯 앞을 바라봤고, 주지루이는 쪼그려 앉아 무릎에 얼굴을 묻고 있었다. 사모님은 주지루이 옆에 앉아 주위퉁과 같은 방향을 쳐다보며 초조한 목소리로 중얼거렸다.

"왜 이렇게 안 오지?"

"그러게요. 같이 갈걸 그랬나 봐요. 아니면 아주머니…… 아니, 주위퉁 씨가 가서 좀 찾아보면 어떨까요?"

주위퉁이 잠시 머뭇거렸다.

"저한테 두 분을 지키라고 했는데……. 길을 살피러 간 거니까 조금만 더 기다려보죠."

"아니면 돌아가서 두 사람 깨울까요? 이런 상황에서도 세상모르고 자던데……."

주지루이의 말에 사모님이 손을 내저었다.

"얼마나 피곤하면 그렇겠어요. 일어나면 당연히 우릴 찾아 오겠죠. 남자 친구분도 일단 길만 살펴볼 거니까 다 움직일 필요는 없다고 했잖아요."

그런 상황이었구나. 마침내 마음이 놓였다. 내가 돌을 버리자 탄자오도 따라 버렸다. 돌 떨어지는 소리에 세 사람이 뒤를 돌아봤다. 우리가 다가가자 사모님이 먼저 웃으며 말을 걸어주었다.

"일어났네? 많이 피곤한 거 같아서 안 깨웠어. 길 찾아보고 나서 깨우려고."

"지금 어떤 상황인 거예요?"

사실 군이 설명을 듣지 않아도 눈앞의 광경을 보니 왜 사람들이 먼저 길을 찾아보러 갔는지 알 것 같았다.

눈앞의 동굴은 길이 구불구불하긴 해도 줄곧 앞으로 뻗어 있었다. 얼핏 100미터도 넘게 이어진 듯해 그 끝이 보이지 않았지만 앞쪽에 제법 강한 빛이 보였다.

탄자오와 나는 약속이라도 한 것처럼 눈을 마주쳤다. 우리 둘 다 눈빛이 반짝였다. 땅 위에서 비쳐든 햇살인지 다른 무엇인지 알 수 없었지만, 기대감으로 심장이 두근거렸다.

그런데 길이 좋지 않았다. 물줄기 폭이 넓어져 길이 거의 없고, 물속엔 미끄럽게 생긴 검은 돌이 많았다. 그래서 체력이 괜찮은 사람들만 먼저 길을 살피러 간 모양이었다.

"제가 가볼게요."

"아위, 나도 같이 가."

나는 탄자오 손을 꼭 잡았다. 이때 주지루이도 일어섰다.

"나도 가볼래요. 벌써 한참 기다렸는데…… 너무 걱정돼요."

"나도 가고 싶은데……."

사모님이 눈치를 살폈고 주위통은 침묵했다.

결국 우리 다섯 모두 물길을 건너기로 했다.

주위통은 말수는 적지만 행동이 민첩해 꽤 도움이 됐다. 탄자오와 주지루이도 큰 문제 없이 움직였고, 사모님만 발목 부상으로 움직임이 수월치 않았지만 서로 잡고 잡아주며 무사히 물길을 건넜다. 한 30분쯤 걸린 거 같았다.

마지막 바위에서 뛰어내리기 전, 탄자오와 주지루이가 마주 보며 웃었다. 짧은 시간 동안 꽤 가까워진 것 같았다. 하지만 탄자오는 나를 돌아보며 안타까운 표정을 지었다. 주지루이의 미래가 생각났을 것이다. 현재의 우리가 과거의 이들과 함께 동굴 속에서 난관을 헤쳐 나가고 있었다. 탄자오와 나는 말없이 다시 손을 꼭 잡았다.

이어 눈앞에 놀라운 광경이 펼쳐졌다.

우리는 빛이 어디에서 나오는지 똑똑히 확인했다.

우리가 도착한 곳은 또 하나의 커다란 동굴이었다. 입구에서 보니 대략 농구장만 한 듯했다. 마치 눈이 덮인 것처럼 하얀 바위가 층층이 동굴 천장까지 이어져 있었는데, 어딘가로 끝없이 이어지는 느낌이었다. 이런 바위는 난생처음 봤다. 동굴 전체에 밝은 달빛이 쏟아지는 것처럼 바위에서 강한 빛이 발산됐다. 조금 전 멀리서 봤던 빛의 정체가 바로 이거였다. 이 빛이 그 멀리까지 보였다니.

동굴 바닥도 전부 새하얀 바위였는데, 마치 오랜 세월 물살에 닳은 것처럼 바닥이 전체적으로 평평했다. 그런데 물줄기가 여기에서 갑자기 사라졌다. 물이 땅 밑으로 스며들기라도 한 것처럼 흔적도 없이 사라졌다.

길은 이 동굴에서 끝나는 것이 아니었다. 벽 곳곳에 또 다른 동굴로 이어지는 길이 수없이 많았다. 그 길들도 온통 새하얬다. 그 안이 얼마나 깊을지, 그 끝이 어디로 이어질지 아무것도 알 수 없었다.

우리는 이 놀라운 광경 앞에서 한동안 말을 잇지 못했다. 가장 먼저 입을 연 사람은 주지루이였다.

"여긴 어딜까요? 이제 어쩌죠. 다들 어디로 갔을까요? 엔위안! 어디 있어?"

이때 멀리서 누군가 대답하는 소리가 어렴풋이 들렸다. 아마도 출구를 찾으러 저 작은 길들로 들어간 모양이었다.

"일단 여기서 기다려보죠."

다들 별말 없이 내 의견에 따랐다. 탄자오는 내 손을 꼭 잡고 호기심 어린 눈으로 사방을 두리번거렸다.

사모님은 딸이 걱정되는지 불안한 표정으로 크게 소리쳤다.

"루잉! 어디 있니? 대답 좀 해봐……. 루잉을 보내는 게 아니었는데……. 기어이 따라가겠다고 하더니……."

갑자기 가슴이 철렁 내려앉았다. 뭔가 불길한 예감이 들었다. 이때 천루잉 목소리가 들려와 생각이 끊겼다.

"엄마, 나 여기 있어."

동굴 안이 일순 쥐 죽은 듯 조용해졌다. 우리 모두 소리가 들린 쪽으로 고개를 돌렸다. 잠시 후 발소리가 들리더니 천루잉이 작은 동굴에서 걸어 나왔다.

천루잉은 지쳤는지 창백해진 얼굴로 잠시 나를 보다가 사모님을 돌아보며 발걸음을 옮겼다.

"두 사람도 왔네? 내가 들어간 동굴에선 출구를 못 찾았어. 엄마는 괜찮아?"

사모님은 그제야 마음이 놓인 표정이었다.

"엄만 괜찮지. 너만 괜찮으면 돼. 다른 사람들은? 같이 가지 않았어?"

천루잉이 우리 쪽으로 가까이 다가왔다.

"각자 흩어져서 찾아보기로 했어. 다들 곧 돌아오겠지."

바위 빛 때문에 시야가 뚜렷하지 않아서 거리가 가까워진 후에야 천루잉의 모습이 자세히 보였다. 그런데 뭔가 이상했다. 등에 뭐가 있는 것 같았다. 나와 탄자오, 사모님은 천루잉과 마주 서 있고 주지루이와 주위퉁은 옆에 있었는데, 갑자기 주지루이는 뒷걸음치며 비명을 지르고 주위퉁은 천루잉 등을 가리키며 고함을 질렀다.

천루잉이 깜짝 놀라 자기 등을 보려고 고개를 한껏 뒤로 돌렸다. 그 순간 우리 모두 똑똑히 봤다. 천루잉의 등을 뒤덮을 만큼 커다란 거미였다. 손가락만큼 굵은 거미 다리가 천루잉의 목, 등, 옷자락, 허리를 단단히 틀어쥐고 있었다.

너무 놀라 숨이 멎을 뻔했다. 상황을 파악한 천루잉은 얼굴이 새하얗게 질려 날카로운 비명을 지르며 풀썩 주저앉았다. 온몸을 흔들며 필사적으로 거미를 뿌리치려 했지만 소용없었다. 사모님도 너무 놀라 그 자리에 주저앉아 바들바들 떨며 내 손을 잡았다.

"우위, 루잉 좀 구해줘. 빨리 구해줘."

나는 탄자오 손을 놓고 한걸음에 달려가 거미를 걷어찼다. 거미는 절반쯤 떨어져 나갔지만 나머지 절반은 여전히 천루잉 등에 달라붙어 있다가 한 번 더 걷어차인 후에야 완전히 떨어져 나갔다.

천루잉은 몸을 잔뜩 웅크린 채 비명을 지르다가 내 품으로 달려들었다.

갑자기 거미가 움직이는 바람에 깜짝 놀라 다 같이 뒷걸음쳤다. 거미는 다리를 쫙 펴더니 빠르게 작은 동굴로 기어 들어갔다. 그 속도가 어찌나 빠른지 눈 깜짝할 사이에 사라졌다. 작은 동굴 안에서 희미하게 철썩 소리가 들렸다. 거미 말고도 다른 뭔가가 있는 게 분명했다.

다들 한동안 꼼짝하지 못했다. 천루잉은 여전히 겁에 질린 듯 내 팔을 꽉 붙잡았는데, 목과 어깨에 바늘로 찌른 듯한 구멍이 여러 개 보이고, 구멍에는 핏방울도 맺혀 있었다. 거미가 물었는지 발로 할퀴었는지는 모르겠지만, 그 작은 구멍에 하얀 실이 박혀 있고 아주 작은 하얀 알갱이도 보였다.

설마, 거미 알인가? 등골이 서늘했다.

탄자오를 돌아보니, 탄자오도 예사롭지 않다는 듯 천루잉의 상처를 보고 있었다.

우리 머리 위에 호수가 있는 것도, 이 동굴의 바위도, 모두 이상하고 비상식적이었다. 촹위가 말한 것처럼 여기가 바로 강력한 우주 에너지 혹은 지구 자기장이 작용해 시공간이 뒤틀리는 이상한 장소인 걸까?

그렇다면 이 동굴의 생물들도 모두 비정상인 것은 아닐까?

천루잉의 변화는 이렇게 시작된 것이다.

51

탄자오

시공간의 소용돌이에서 다시 빠져나왔을 때, 나는 혼자 침대에 누워 있었다. 익숙한 공간인데……. 아, 우위 집이다.

여러 감정이 동시에 나를 휘감았다. 그나저나 지금은 몇 월 며칠일까?

햇살 좋은 조용한 오후였다. 침대에서 내려오는데 우위가 어머니하고 우먀오와 얘기하는 소리가 들렸다.

"남의 집 귀한 딸을 데려와서 남자로서 책임져야 할 일을 했으면, 꼭 제대로 책임져야지."

어머니 목소리는 침착하고 부드러웠다.

"에이, 엄만 별 걱정을 다 해. 오빠가 따주 여신 앞에서 좋아 죽는 거 못 봤어? 당장 결혼하고 싶어서 안달 난 거 같은데. 오빠, 그치? 그냥 저질러버려! 속도 위반해서 결혼하면 되지."

"입 다물어!"

"애가 못하는 소리가 없어!"

우위와 어머니가 거의 동시에 소리쳤다.

나는 방문에 귀를 대고 키득키득 웃었다.

발소리가 가까워지고 문이 벌컥 열렸다. 이 순간 내 앞에 서 있는 우위는 깨끗한 티셔츠에 편안한 반바지 차림이었다. 방금 전 동굴에서의 강하고 거친 모습은 온데간데없었다. 문득 어느 쪽이 진짜 현실인지 혼란스러웠다.

우위가 한결같이 맑은 눈으로 날 바라보다가 허리를 감싸 안으며 방으로 들어와 문을 닫았다.

우리는 다시 돌아왔다. 천루잉이 기이하게 변한 원인을 알아내고 환상의 세계 같은 이상한 동굴을 짧게 목격하고서.

"지금은 며칠이야?"

"2016년 7월 4일."

"세상에, 잘됐네."

우위도 나를 안은 팔에 더 힘을 주며 말했다.

"응. 정말 잘됐어."

"지금 피해자가 몇 명이야?"

"한 명도 없어. 첫 번째 사건이 바로 내일이야."

우린 가만히 서로의 온기를 느끼며 한참 끌어안고 있었다. 이 따뜻하고 편안한 느낌은 말로 표현하기 힘들었다. 키스를 바라며 고개를 드니 역시나 우위가 바로 입을 맞춰왔다. 처음에는 부드럽게 달래듯 입술을 반복적으로 핥고 깨물다가 점점 격렬해져 입 안으로 깊숙이 들어왔다. 우위는 한 손으로 방문을 잠그고는 날 안아 올리고 침대로 갔다.

내 안의 뜨거운 불꽃이 몸과 마음을 집어삼킨 듯 잔뜩 흥분됐지만, 그나마 남아 있는 이성이 발동되어 버둥거렸다.

"뭐 하는 거야, 이 대낮에. 밖에 어머니랑 우먀오도 있는데."

우위가 씩 웃었다.

"무슨 생각을 하는 거야? 그냥 잠깐 안고 누워 있으려고 했는데."

긴장은 풀렸지만 살짝 아쉬운 마음이 들었다. 이때 우위가 허스키한 목소리로 내 귀에 속삭였다.

"원 없이 키스하고 싶어. 자오자오……."

나는 우위 몸 아래에서 편안하게 늘어져, 우위가 내 몸 위를 마음껏 오가도록 내버려두었다. 우린 동시에 거친 숨을 몰아쉬었다. 우위가 단단한 팔로 날 끌어안으며 내 가슴에 얼굴을 묻었다. 나는 우위의 짧고 부드러운 머리카락을 어루만졌다. 강하고 거칠면서도 아이처럼 순수한 남자다. 오직 나만 아는 모습이다. 우위는 언제부터인가 내 앞에서 아무런 가식 없이 자신의 모습을 있는 그대로 드러냈다.

우리는 꼭 껴안고 침대에 누워 있었다. 서로에게 의지하는 이 느낌은 정말 중독성이 강해 한없이 빠져들었고, 덕분에 눈앞의 힘겨운 현실을 잠시나마 잊을 수 있었다.

"엄마랑 우먀오한테 인사하러 가자."

"응……. 다 너 때문이야. 일어나자마자 이렇게 오래 붙잡고 있으면 어떡해. 어머니랑 우먀오가 날 어떻게 생각하겠어."

"아니야. 나 때문에 그런 줄 알 거야."

"그래도 안 돼. 내가 며칠 동안 얼마나 힘들게 얌전한 이미지를 만들어놨는데……."

잠깐, 뭔가 이상했다. 중요한 사실이 뇌리를 스쳤다. 이럴 수가……. 어쩐지 우위 눈빛이 조금 묘하더라니.

"눈치챘어?"

내 머릿속은 뒤죽박죽이었다.

"어떻게 이럴 수가 있는 거야? 우리가 왜 여기에서 깨어났어? 우리가 쑤저우에 온 건 7월 19일이니까 지금이 7월 4일이면 쑤저우에 오기 전인데……. 어머니랑 우먀오는 이미 날 알고 있어?"

상황이 뒤죽박죽이었다. 조금씩 과거의 상황으로 돌아가고 있었는데 이번엔 이상하게 꼬여버렸다.

"나도 잘 모르겠어. 눈을 뜨자마자 뭔가 이상해서 대충 둘러대면서 상황을 파악해봤는데, 엄마 말로는 우리가 며칠 전에 왔대. 정확히 며칠에 왔냐고 물어보니까 두 사람 다 제대로 기억을 못 해. 그뿐이 아니야. 보름 후 우리가 이 집에 왔을 때 있었던 일들을 일부는 기억하더라고."

등골이 오싹했다.

"어떻게 그럴 수 있지?"

갑자기 주위의 모든 것이 비현실적으로 느껴졌다. 하지만 이 모든 존재는 너무나 명확했다. 햇빛이며 입고 있는 옷이며 우위까지, 날 둘러싼 모든 것이 분명히 현실에 존재했다.

이 '시간'은 정말 내가 알고 있는 개념의 그 '시간'이 맞을까?

아니다, 진작부터 내가 알던 '시간'이 아니었다.

우위가 내 손을 꼭 잡아주었다. 우위는 나와 달리 이 문제를 침착하게 받아들였다.

"진정해. 모든 일에는 다 원인이 있는 법이니까. 지금 특이한 점은 엄마랑 우먀오가 미래에 발생할 일을 희미하게 기억한다는 건데……. 아마도 시간선이 왜곡되면서 두 사람한테도 영향을 끼친 것 같아."

나는 여전히 가슴이 진정되지 않았다.

"그래도…… 왜 두 사람한테만 이런 일이 생긴 거지? 지금까지 한 번도 이런 적 없었잖아. 우리 둘이 과거로 갈 때마다 다른 사람들은 아무것도 기억 못 했는데……. 그리고 매번 다른 장소에서 깨어났는데 이번엔 어떻게 다시 너희 집에서 깨어났지?"

우린 잠시 마주 보며 많은 생각을 했다. 우위의 눈동자는 그 속에 바다를 감추고 있는 것처럼 깊고 신비로웠다.

"한 가지 가능성은, 시간 교차점에 점점 가까워지고 있어서가 아닐까 싶어. 그 교차점은 과거이기도 하고 미래이기도 하잖아. 아마도 교차점의 신비한 에너지가 우리 주변 사람들한테까지도 영향을 끼친 것 같아."

그 교차점이 도대체 무엇인지, 지금까지는 늘 모호하고 이해가 잘 가지 않았는데 우위 말을 듣다 보니 알 것도 같았다.

교차점은 A 시간선의 과거인 동시에 B 시간선의 미래이고, 두 시간선은 곧 겹쳐질 것이다.

그래서 과거와 미래의 경계가 모호해진 걸까?

어디까지가 과거이고 어디부터가 미래인지, 그 경계가 이미 희미해진 걸까?

교차점에 대한 생각이 머리에서 떠나지 않고 날 괴롭혔다. 밥을 먹을 때도 우먀오가 몇 번이나 쿡쿡 찌를 정도였다.

"여신 새언니, 주머니에서 휴대전화 진동 울리는 거 같은데."

"아."

휴대전화를 꺼내면서 힐끔 우위를 쳐다봤는데 무척 걱정스러운 눈빛이었다.

발신자는 우리 엄마와 친한 아줌마였다. 아줌마가 왜 전화를 했는지 생각해보지도 않고 전화를 받았다.

"탄자오, 너 내가 소개해준 선스엔을 차버렸다면서? 정말 괜찮은 총각인데……. 어제 우연히 만나서 물어봤는데 네가 거절했다고 하더라고. 정말 안 되겠어? 다시 생각해봐."

깜짝 놀라 하마터면 휴대전화를 떨어뜨릴 뻔했다. 반사적으로 우위를 쳐다봤다.

선스옌을 잊고 있었다. 지금 날짜면 선스옌이랑 헤어진 지 얼마 안
됐을 때다…….

아줌마가 이런 전화를 걸어온 건 선스옌이 아무 일 없이 잘 살아
있다는 뜻이겠지? 이 시간대에서는 그 사건이 아직 일어나지 않았고
선스옌은 아무 일도 없는 거겠지?

순간 울컥해서 목이 멨다. 정말, 너무 잘됐다. 우위 말이 맞았다. 우
리에게는 아직 기회가 있다. 과거를, 선스옌의 운명을 바꿀 기회가.
우리가 미리 경고하면 그를 구할 수 있을까? 아니면 15일 후, 그 학교
에 가지 못하게 하면 될까?

문득 그날 밤 선스옌의 시신을 바라보던 좡위의 무표정한 얼굴이
눈앞에 떠올랐다.

"탄자오, 탄자오?"

아줌마가 몇 번이나 내 이름을 부른 후에야 정신이 들었다.

"그 사람이랑은 두 번 다시 연락 안 해요. 평생 안 할 거예요. 절대
도와달라고도 안 해요. 그냥…… 잘살라고 전해주세요. 그 사람한테
어울리는 여자 만나서 평생…… 좋은 경찰로 잘살라고…….."

결국 울먹이고 말았다.

전화를 끊은 후에야 우위 가족이 모두 날 주시하고 있다는 걸 알았
다. 자꾸 눈물이 나려 했지만 정말 기뻤다. 우위는 당연히 내 마음을
이해하고 따뜻한 눈빛을 보내주었다. 난 우위에게 작게 속삭였다.

"전화해야 할 사람이 있어. 지금 바로…….."

"알아. 얼른 가서 해."

베란다에 서서 빨갛게 물든 저녁 하늘을 바라봤다. 쑤저우와 다리
는 많이 달랐다. 쑤저우는 조용할 때는 한없이 조용하면서도 사람이
붐비는 시간에는 도시의 활력이 넘쳤다. 그에 비해 다리는, 내가 사는
그곳은, 우위와 나를 다시 만나게 해준 그곳은 늘 뜨겁고 밝고 선명한

느낌이었다. 산이 하늘보다 높고 호수가 바다보다 넓고 고요한 곳.

지금 챵위는 그곳에서 아무것도 모른 채 일상을 보내고 있을 것이다. 과거이자 미래였던 지난 1년. 챵위에게는 다시 처음이지만 우리에게는 이제 마지막일 터였다. 이렇게 생각하니 다시 눈물이 나려 해, 겨우 마음을 가라앉히고 챵위에게 전화를 걸었다.

"여보세요……. 따주 여신님, 무슨 일로 전화를 주셨어요?"

챵위는 만사 귀찮다는 듯 나른한 목소리였다. 아무런 이상도 느껴지지 않았다. 챵위의 세계에서는 아직 아무 일도 벌어지지 않은 것이다.

"지금 뭐 해?"

"뭐 하긴……. 오늘부터 기말고사야. 완전 짜증나!"

웃음이 나면서 동시에 울음도 터졌다. 너무 감격스러워 진정할 수가 없었다. 챵위도 이상한 낌새를 느꼈는지 조심스럽게 물었다.

"여보세요? 따주? 무슨 일 있어? 뭐야, 겁나게……."

난 그렇게 몇 분 동안 말없이 울기만 했다. 챵위는 내가 울음을 그칠 때까지 조용히 기다려줬다. 챵위는 그런 친구였다. 내가 어느 정도 진정됐을 때 챵위가 다시 부드럽게 물었다.

"이제 괜찮아? 우리 여신님?"

챵위는 모를 것이다. 평소와 다름없이 이렇게 통화할 수 있다는 것이 내게 얼마나 감격스러운 일인지. 난 잠시 숨을 고르고 대답했다.

"응, 괜찮아. 챵위, 아주 중요한 얘기 할 거니까 잘 들어."

"……따주, 오늘 뭐 잘못 먹었어?"

"잘못 먹은 거 없어. 한 사람 목숨이 달린 일이야. 아주 착하고 정직하고 남자답고 소중한 사람의 목숨이 달렸다고. 잘 들어. 시험 따위 신경 쓰지 마. 어차피 넌 이번 학기, 다음 학기 계속 3등 안에 들어서 장학금 탈 거니까. 지금 당장 동부경찰서 형사1팀 선스엔 형사를 찾아가. 나이는 스물여덟 살이고 키는 184센티미터, 외모도 성격도 딱 네 스타일이야. 암튼 빨리 그 형사를 찾아가. 이건 내 평생 유일한 부탁…… 그래, 유일한 부탁이라고 치자. 아주 아주 중요한 일이야. 경고를 하든, 미행을 하든, 주변 사람에게 부탁을 하든, 그 사람 사무실을 메모지로 도배를 하든, 두 사람 휴대전화에 알람 설정을 해놓든, 하여튼 어떻게 해서든 선스옌이 7월 30일에 절대 쑤저우에 못 가게 해야 돼. 특히 대학교 쪽은 얼씬도 못 하게 해. 그리고 혹시 내가 도움을 청하더라도 절대로 도와주러 오면 안 돼. 절대 안 돼. 알겠지? 꼭 부탁해!"

"……"

"빨리 약속해!"

창위는 한참 후에야 어쩔 수 없이 대답했다.

"젠장, 약속해. 맹세한다고! 내가 이 약속 못 지키면 평생 처녀로 늙어 죽는다!"

*　*　*

우위와 나는 어둠이 내려앉은 베란다에 나란히 앉았다. 우위가 맥주 두 캔을 준비했고 우먀오는 고맙게도 치킨땅콩 몇 봉지를 뜯어놓고 눈치껏 방으로 들어갔다. 아마 불타는 연인 사이에 끼고 싶지 않았을 것이다.

우위가 먼 곳을 응시하며 천천히 맥주를 들이켰다. 맥주 캔을 움켜쥔 우위 손가락을 보고 있자니 그냥 마음이 편해졌다. 나도 맥주 캔을 들고 시원스럽게 들이켰다.

창위가 잘할 수 있을지 모르겠다. 아니, 잘해낼 것이다. 난 창위의 능력을 믿는다. 구급상자를 천 교수 집 다락방에 갖다놓는 그 이상한 일도 완벽하게 해냈지 않은가. 이번엔 단순히 한 남자를 특정 날짜에 특정 장소에 가지 못하게만 하면 된다. 지금 두 사람은 전혀 모르는 사이이긴 하지만.

우리가 타임 슬립을 할 때마다 두 사람은 서로를 기억하지 못하면서도 매번 서로에게 끌렸다. 이쯤 되면 두 사람의 사랑은 운명 아닐까.

우위와 나처럼 말이다. 미래의 어느 날엔가는, 모든 일을 해결하고 정상적인 일상으로 돌아가 단란한 가정을 꾸릴 수 있겠지? 지금처럼 이렇게 베란다에 나란히 앉아 맥주 캔을 기울이고, 붉은 노을과 밤하늘의 별을 바라볼 수 있겠지?

그런 미래를 그리노라니 마음이 푸근해졌다. 이 숱한 일들을 겪으면서 나는 미래에 대한 갈망이 더 커졌다. 목구멍을 넘어가는 맥주가 달게 느껴졌다.

"자오자오, 내일 나 혼자 경찰서에 다녀올게."

"왜?"

"놈들은 프로야. 알고 보니 두 명이고, 그중 하나는 총까지 가지고 있는데 누군지도 몰라. 우리 힘만으로는 잡기 힘들고 너무 위험해. 무고한 희생을 막으려면 더 강력하고 전문적인 사람들이 나서야 해."

"하지만 경찰이 우리 말을 믿어줄까?"

우위가 맥주를 한 모금 마시고 담담하게 말했다.

"일단 해봐야지. 잠시 용의자로 의심받더라도 상관없어. 딩 팀장을 찾아갈 거야. 성실하고 진중한 사람이거든. 처음엔 안 믿겠지만 일단 출동해서 범행 현장을 목격하면 살인을 막을 수 있을 거야. 현장에서 두 놈을 잡으면 더 좋고."

"범죄학적으로 보면 첫 번째 범행이 가장 서툴고 허점이 많아. 그리고 첫 범행이니까 두 놈 모두 현장에 나타날 확률이 높고. 모레 사건은 어떻게 발생했어?"

우위가 눈을 감고 기억을 더듬었다.

"첫 번째 피해자 천닝밍은 22살이고, 새벽 2시까지 영업하는 식당에서 일해. 7월 5일 새벽에 귀갓길에 실종됐고, 4일 후 집에서 두 골목 떨어진 곳 쓰레기통에서 팔다리가 잘린 시체로 발견됐어."

등골이 오싹했다.

"두 번째 피해자는?"

우위가 손톱을 물어뜯으며 옆으로 고개를 돌리고 말했다.

"두 번째 피해자 류샤오장도 집 근처 쓰레기통에서 시체가 발견됐어. 세 번째 피해자 쉬징먀오는 자기 집에서 토막 난 상태로 발견됐고, 네 번째 피해자 예쉰이는 학교 옆 공터에서 발견됐고."

우위는 잠시 말을 멈췄다가 손을 들어 베란다 밖 어딘가를 가리키며 가라앉은 목소리로 말했다.

"우먀오는 저 길에 있는 작은 모텔 냉장고에서 발견됐어."

갑자기 마음이 무거워졌다. 뒤를 돌아보니 우먀오와 어머니는 거실에서 나란히 소파에 앉아 하하 호호 웃으며 텔레비전을 보고 있었다. 내 시선을 느꼈는지 우먀오가 내 쪽을 쳐다봤다. 나는 우먀오에게 방긋 웃어 보이고 다시 고개를 돌렸다.

그제야 알았다. 카센터에서 만난 우위가 왜 그렇게 어두웠는지, 왜 그렇게 날 거부했는지. 그리고 지난 며칠 왜 그렇게 필사적이었는지. 반드시 과거를 바꾸겠다는 그 의지 뒤에 가려진 알 수 없는 슬픔이 모두 이해가 됐다. 내가 우위였다면 어땠을까? 가장 사랑하는 사람이 처참하게 죽은 모습을 두 눈으로 확인했는데, 지금 다시 내 옆에서 즐겁게 웃고 있다면? 나였어도 뭐라도 붙잡고 싶었을 것이다. 내 모든 걸 바쳐 지키고 싶었을 것이다. 지금 이 순간처럼 평화로운 저녁 시간을 함께하기 위해, 평범하지만 소중한 일상의 행복을 되찾기 위해.

눈시울이 뜨거워졌다. 내가 반드시 우위를 도울 것이다. 난 우위 마음속의 작은 태양이니까. 서로의 마음을 확인한 그때 했던 맹세를 행동으로 옮길 때가 됐다. 난 우위의 운명을 바꿀 것이다. 아무리 험난한 일이 있어도 용감하게 헤쳐 나갈 것이다. 우린 천생연분이니까.

"내가 갈게."

우위가 멈칫하며 날 돌아봤다. 난 활짝 웃었다.

"내일 경찰서에 내가 갈게. 만약 천닝멍이 첫 번째 피해자가 아니라면? 이미 다른 피해자가 있을 수도 있잖아? 예를 들면, 나? 범인은 어차피 인간 같지도 않은 놈들인데 우리는 왜 꼭 사실에만 얽매여야 해? 또 잠복하고 있다가 덮칠 거야? 난 타고난 이야기꾼이라고. 이야기 꾸미는 건 내가 너보다 훨씬 잘할걸? 나는 나름대로 유명한 웹소설 작가인데 남자 친구를 만나러 쑤저우에 왔어. 한밤중에 말 안 듣고 혼자 나가 돌아다니다가 놈들한테 잡힌 거야. 다행히 놈들은 첫 범행이라 허술했고 난 기지를 발휘해서 나쁜 일을 당하기 전에 도망쳤어. 그중 한 놈의 인상착의를 기억하고 놈이 대충 어디에 사는지도 알아. 그리고 잡혀간 곳에서 놈들이 타깃으로 삼은 여자들의 사진이랑 이름을 봤어. 지금도 눈을 감으면 놈들한테 끌려갔던 창고의 느낌까지 묘사할 수 있어. 그리고 나는 연쇄 살인범의 특징적인 행동과 말투, 공간 배치와 생활 습관 같은 것도 잘 알잖아? 경찰이 내 말을 안 믿을 이유가 없어. 그런 일을 당한 나를 안타깝게 여기고 연쇄 살인을 계획한 두 놈을 잡기 위해 바로 나서서 추적을 시작할 거야."

52

우위

"안 돼."

탄자오의 제안을 듣자마자 튀어나온 말이었다. 이 사건에 그렇게 깊이 연루되면 위험하다. 사실, 어쩌면 가능할 수 있겠다는 생각도 잠깐 들었지만, 결론은 같았다. 절대로 안 된다.

초롱초롱한 눈망울로 자신감을 드러내던 탄자오는 풀이 팍 죽었다.

"왜 안 돼?"

"딩 팀장은 치밀하고 예리해서 네 말을 안 믿을 수도 있어. 그럼 일이 더 복잡해져. 그리고 만에 하나 놈들이 알게 되면…… 절대 널 가만두지 않을 거야. 널 그렇게 위험한 상황으로 내몰 순 없어."

정말 걱정돼서 한 말인데 탄자오는 입을 삐쭉거렸다.

"또 시작이야? 전에도 날 끌어들일 수 없다고 날 밀어내더니. 넌 항상 엄청난 책임감에 짓눌려 있어. 무슨 영웅주의처럼 너 혼자 다 하려고 하잖아. 지금은 내가 나서는 게 더 좋은 방법인 걸 너도 분명히 알면서도 말이야. 난 항상 너랑 함께 있을 건데 뭐가 위험해? 그리고 어차피 보름 후면 다른 시간선으로 떠날 거잖아. 그렇게 복잡하게 생각하지 마.”

“보름 후에 다시 타임 슬립 한다고 어떻게 확신해? 여기가 종착점일 수도 있잖아.”

탄자오는 잠시 생각을 정리하고 내 손을 잡았다.

“우리가 다시 돌아갈 거라는 거, 너도 알잖아. 이 모든 일을 마무리지을 수 있는 곳, 이 타임 슬립의 종착점은 그곳이라고 네가 그랬잖아.”

이번엔 대꾸할 말이 없었다.

“약속할게. 너의 작은 태양으로서, 진심으로 약속해. 위험하거나 힘든 일이 있으면 바로 빠질게. 나도 무리하려는 건 아니야. 그리고 딩팀장이 한 방에 놈들을 잡으면 설령 놈들이 내 존재를 알았다 해도 위험할 일은 없어.”

나는 결국 고개를 끄덕였다.

그런데 이번 시간선에 돌아온 후로 계속 뭔가를 놓치고 있다는 생각이 머릿속을 떠나지 않았다.

우린 바로 실행에 옮기기로 했다. 그런데 탄자오가 꼭 준비해야 할게 있다면서 주방에 들어가더니 양파를 가지고 나와 껍질을 까고 눈가에 갖다 댔다. 바로 눈물이 줄줄 흐르고 눈이 빨갛게 부었다. 그러고는 거울을 보며 머리카락을 헝클어뜨리고 얼굴에 바른 화장품을 닦아낸 뒤, 창틀 먼지를 손으로 쓱 문질러 얼굴에 묻혔다. 금세 꾀죄죄한 모습이 완성됐다. 내가 자세히 보려 하자 탄자오는 휙 고개를 돌리고 소리를 질렀다.

“보지 마!”

뭐야, 굉장히 심각한 일인데 꼭 소꿉놀이라도 하는 것처럼……. 살짝 헛웃음이 났다. 사실 나도 따로 계획이 있었다. 만약 경찰에서 탄자오 말을 믿지 않으면 내가 직접 딩 팀장에게 얘기할 생각이었다. 경찰이 연쇄 살인범의 존재를 믿을 수 있도록 사실을 있는 그대로 얘기하고 문제가 생기면 내가 책임지겠다고, 사건에 대해 어떻게 알았느냐고 물어보면 제보자 보호 차원에서 범인을 잡은 후에 말하겠다고 우길 작정이었다.

범인을 잡을 수만 있다면 뒷일은 전혀 중요하지 않았다.

나도 나름대로 계획이 있었기 때문에 일단 탄자오가 하는 대로 내버려두었다.

"나 나가서 뭐 좀 사올게."

하지만 나갔다 금방 들어온 탄자오는 무릎과 팔꿈치 상처를 보여주며 씩 웃었다.

"몸에 상처 하나 없으면 좀 말이 안 되잖아?"

나가서 일부러 넘어진 게 분명했다. 난 탄자오 팔을 붙잡고 한마디 했다.

"그렇다고 일부러 상처를 내는 사람이 어디 있어?"

탄자오가 얼굴을 찡그렸다.

"아파. 상처 건들지 마……. 걱정 마, 이번 딱 한 번뿐이니까. 내가 무슨 메조키스트겠어? 진짜 큰맘 먹고 넘어진 거야. 네가 옆에 있으면 차마 못 넘어질 것 같아서……. 이거, 제대로 됐는지 모르겠네. 눈치 빠른 경찰들을 속일 수 있을까?"

탄자오가 결연한 표정으로 눈빛을 반짝이며 진지한 말투로 말했다.

"가자, 아위. 이번엔 우리가 선공을 날릴 차례야. 두 놈을 꼭 감옥에 처넣자고."

이제는 탄자오 행동이 장난스러워 보이지 않았다. 우린 분명히 진심이었다. 우먀오와 다른 여자들이 미래에 겪었을 고통을 생각하면서, 우리가 경찰을 상대로 벌이는 이 '사기 행각'이 그들의 목숨을 구할 매우 중요한 일이라고 다시 한번 마음에 새겼다.

탄자오에게서도 웃음기가 싹 사라졌다. 경찰서로 가는 차 안에서 탄자오는 한 번 더 차림새를 확인했다. 살짝 울적해 보였다.

"무슨 생각해?"

"난 겪어보진 않았지만, 그 여자들이 당한 불행이 얼마나 두렵고 고통스러웠을지 짐작이 가."

마음이 뭉클했다.

내가 사랑하는 이 여자는 늘 나와 같은 마음이었다. 그런 사람은 세상에 오직 탄자오뿐이다.

경찰서 앞에 차를 세우고 탄자오에게 키스했다. 고요하고 차분한 키스였다.

"아위, 너의 불행을 내가 직접 끝낼 거야."

나는 탄자오 머리를 쓰다듬었다.

"널 다시 만난 그날, 내 불행은 이미 끝났어."

접견실에서 우리를 맞이한 경찰은 젊은 남자였다. 탄자오가 풋내기 형사쯤은 잘 다루리라고 생각했지만 이 정도일 줄은 몰랐다. 순식간에 사색이 된 탄자오는 눈물을 펑펑 쏟았다. 경찰서에 들어오기 직전 양파를 다시 한번 문지른 덕을 톡톡히 보았다.

"저…… 신고하러 왔어요……. 그제 밤에 납치를 당했는데……."

나는 탄자오 어깨를 감싼 채 아무 말도 하지 않았다. 젊은 경찰이 크게 놀라며 물었다.

"납치라뇨?"

"그제 밤에 혼자 술집에 갔었어요. 남자 친구가 바쁘다고 신경도 안 써줘서……. 그런데 남자 친구 집으로 돌아가는 길에 근처 골목에서 어떤 남자가 뒤에서 공격했어요. 정신없이 끌려가느라 그땐 얼굴을 못 봤고요……. 나중에 어떤 집에 끌려갔는데, 두 남자가……."

"두 명이었나요?"

"흑흑…… 네, 두 명이었어요. 한 명은 얼굴을 똑똑히 봤는데 한 명은 못 봤어요. 그 집에 칼이 아주 많고 톱도 있었어요. 나를 천천히 괴롭히면서 죽일 거라고 했어요……."

젊은 경찰이 놀란 눈으로 나를 쳐다보기에 나는 가만히 고개를 끄덕였다.

"그런데 어떻게 도망쳤어요?"

탄자오가 심호흡을 하고 대답했다.

"두 사람이 안 보는 틈에 도망쳤어요. 이런 일이 처음인지 둘이서 계속 싸우더라고요. 그러더니 어제 아침까지 술을 마시고 곯아떨어졌어요. 그 틈에 막 버둥거렸더니 밧줄이 헐거워져서 창문으로 겨우 빠져나왔어요."

탄자오가 팔꿈치를 내밀어 상처를 보여줬다. 젊은 경찰은 꽤 당황한 표정이었다.

"저는 작가고 쑤저우는 이번이 처음이에요. 남자 친구를 만나러 왔다가 이런 일을 당했어요. 정말 너무 무서워요……. 제 독자들이 알면 엄청 걱정할 거예요. 그 남자들을 그냥 놔두면 절대 안 될 것 같아요. 그 집 책상에 다른 여자들 사진이랑 신상 정보도 있었거든요. 그래서 용기를 내서 신고하러 온 거예요. 꼭 잡아주세요. 안 그러면 더 많은 피해자가 생길지도 몰라요."

젊은 경찰이 잠시 자리를 비웠다. 탄자오는 물을 한 모금 마시고 내게 기대며 눈을 마주쳤다. '나 어때?' 하고 묻는 것 같았다.

아주 훌륭했다. 침착하고 표정도 자연스러웠고, 작가답게 내용도 치밀하고 상세했다. 나와 단 둘이 있을 때 보이는 장난기는 흔적도 없었다. 나는 가볍게 입을 맞추고 작게 속삭였다.

"대단해."

탄자오가 내 품에 머리를 묻었다.

"응…… 하지만 더 잘해야지. 자고로 진짜 어려운 상대는 뒤에 등장하는 법이니까."

맞는 말이었다. 내가 할 수 있는 건 그녀를 꼭 안아주는 것뿐이었다.

"걱정 마. 내가 있잖아."

필요하면 언제든 직접 나서 모든 걸 감당할 준비가 돼 있었다.

"아니, 추리 소설 작가의 진면목을 보여주겠어."

과연, 허풍이 아니었다. 탄자오는 잠시 후 노련한 딩 팀장도 능수능란하게 상대했다.

딩 팀장은 조금 전의 젊은 경찰과 함께 등장했다. 무표정한 중년 경찰도 한 명 따라왔다.

나는 딩 팀장과 구면이지만 지금의 딩 팀장에게는 내가 초면이었다. 우먀오가 변을 당한 후 경찰서에 자주 왔는데, 그때마다 딩 팀장은 괴롭고 미안한 얼굴로 날 위로해줬다.

"우위, 우리도 최선을 다하고 있어. 꼭 놈을 잡을 거야."

한번은 내가 너무 괴롭고 힘들어서 경찰들이 무책임하고 무능하다며 고래고래 소리를 지른 일이 있었다. 그때도 딩 팀장은 날 쫓아내려는 다른 형사들을 막아주고, 묵묵히 내 얘기를 들어준 뒤 경찰서 정문까지 날 배웅해주었다.

다 지난 일이다.

몇 달 후의 딩 팀장은 책임감과 미안함에 괴로워했지만 지금은 전혀 그렇지 않았다. 나이는 40대 초반이고 보통 체격에 낡은 가죽점퍼를 입었다. 각진 얼굴에 주름이 깊어 실제보다 나이가 들어 보였지만 냉철하면서도 여유로운 눈빛이 인상적인 사람이었다.

딩 팀장이 날 힐끔 쳐다봤고, 나는 복잡한 표정으로 가벼운 미소를 지었다. 딩 팀장은 살짝 고개를 끄덕여 보이고 탄자오에게 말했다.

"다시 처음부터 천천히 말해주시겠어요? 어떻게 된 일이라고요?"

탄자오는 조금 전보다 더 진지해졌다. 여리지만 고집스러운 눈빛에 탄자오의 본래 성격이 고스란히 드러났다. 탄자오는 다시 한번 이야기를 반복했다.

세 경찰 모두 한동안 말이 없었다. 딩 팀장이 날 힐끔 쳐다봤다. 저 눈빛은 무슨 의미일까? 혹시 뭔가를 눈치챈 걸까?

"아가씨를 납치한 놈이 어느 쪽이죠? 얼굴을 확실히 본 사람인가요?"

"납치당할 땐 못 봐서 모르겠어요……. 나중에 그 집에 끌려간 다음에 자는 척하면서 한 사람 얼굴을 봤고요."

탄자오는 기억을 더듬는 것처럼 중간중간 말을 멈추면서 천싱젠 외모를 설명했다.

우리는 이 부분을 미리 상의해, 천싱젠 외모와 대략적인 집 위치까지만 말하고 직업 등 구체적인 신상 정보는 말하지 않기로 했다. 너무 구체적이면 경찰의 의심을 살 수도 있고, 아직 아무 증거가 없는데 잘못 건드렸다가는 오히려 놈들을 잡기 힘들어질지도 몰랐다. 우리의 최종 목표는 천싱젠 말고 다른 놈이었다. 주범을 잡아야 했다.

딩 팀장이 한참 생각하다 다시 물었다.

"그날 납치당할 때 범인이 무슨 말을 했다거나 어떤 행동을 했다거나 하는 구체적인 내용은 없을까요? 한번 기억을 떠올려보세요."

나는 탄자오를 물끄러미 바라봤다. 이런 질문까지는 사전에 예측해 상의할 수가 없었다. 탄자오는 한참 후에 천천히 대답했다.

"모자를 쓰고 있었는데 챙이 커서 내 뒤통수에 닿았어요. 손이 깨끗한 편이었고, 이상한 냄새 같은 건 없었어요. 아무리 발버둥 쳐도 그 남자 힘이 엄청 세서 어림도 없었어요. 팔뚝이 단단했는데 무슨 운동을 한 거 같기도 하고……. 키는 제 남자 친구보다 한 뼘 정도 작았던 거 같아요. 그때…….”

탄자오는 눈을 감고 계속 생각하면서 말을 이었다.

“아, 이런 말을 했어요. 베이비…… 잡았다, 무서워하지 마. 우리가 즐겁게 해줄게…….”

탄자오가 고개를 푹 숙였다. 지어낸 말인 줄 알면서도 등골이 오싹했다. 범인의 인상착의, 사건 현장 자료 등에 탄자오의 추리와 상상이 더해진 작품이었다.

처음으로 딩 팀장 눈빛이 살짝 흔들렸다. 탄자오가 무심결인 듯 내뱉은 말들이 중요한 단서가 될지도 모른다고 생각하는 듯했다.

“또 있어요? 다른 말이나 행동이라든가, 다른 것들요.”

탄자오는 무슨 답을 원하는지 모르겠다는 표정으로 되물었다.

“다른 것들이라뇨?”

“그 집의 정확한 위치라든가, 집 외관이라든가, 그런 거요.”

“잘 모르겠어요. 도망쳐 나왔을 때는 아직 어두웠고…… 너무 무서워서 그냥 막 뛰었어요. 한참 뛰어가다 택시가 보여서 잡아타고 남자친구 집으로 갔어요.”

“밤새도록 여자 친구를 찾아다니다가 새벽녘에 혹시 돌아왔으려나 하고 집으로 갔는데 앞에서 딱 만났어요. 제가 택시 기사한테 물어보니까 핑안로에서 탔다고 하더라고요. 영수증은 미처 못 챙겼어요.”

이건 탄자오와 미리 상의해둔 내용이었다. 천싱젠 집이 핑안로 근처였다.

딩 팀장이 바로 젊은 경찰에게 지시했다.

“택시 회사 연락해서 그날 새벽 핑안루에서…… 남자 친구분 집 주소가 어떻게 되죠?”

내가 주소를 적어줬다.

“하룻밤만 갇혀 있었고, 다른 한 남자는 계속 멀리 있어서 제대로

170

못 봤어요……. 그런데 그 남자가 다른 남자한테 하는 말은 들었어요……."

"무슨 말을 했죠?"

"그러니까…… 친구, 서두르지 말고 천천히 해. 애걸복걸하고 비명도 질러야 재미있지. 그때 눈을 들여다보라고. 그때가 제일 아름답거든……. 우린 사람을 죽이는 게 아니라 도와주는 거야. 물론 우리 자신한테도 도움이 되지. 무슨 말인지 알아? 이제 시작이야. 내일, 이 여자부터 시작하는 거야. 경찰은 우릴 절대 못 잡아. 범죄 역사상 최고의 고수들을 본받아 깔끔하게 해치울 거니까. 경찰이 상황을 파악할 때쯤이면 우린 쑤저우를 떠나고 없을 거고. 아, 기념품도 챙겨야겠지? ……이런 말을 했어요. 둘 다 완전히 정신병자 같았어요. 형사님, 다른 피해자가 나오지 않게 그 남자들 꼭 잡아주세요!"

그 뒤로도 탄자오는 그 집에서 '목격'한 이름들과 신상 정보, 사진 등을 '기억'해냈다. 이름은 확실히 기억했고, 사진은 여자들이 직장에서 일하는 모습이나 일상적인 모습을 몰래 촬영한 것 같았다고 진술했다. 눈빛을 날카롭게 빛내던 딩 팀장은 점점 표정이 굳더니 바로 다른 경찰을 불러 조용히 뭔가를 지시했다.

"두 분은 휴게실에서 잠깐 기다려주세요. 지금 바로 회의를 해야 해서요."

밤이 깊었다. 휴게실에는 카메라와 녹음 시설이 없고 다른 사람도 없었다. 우리는 조용히 자리에 앉아 기다렸다. 탄자오가 목소리를 낮춰 물었다.

"경찰들이 우리 말을 믿을까?"

"믿을 거야."

"내 연기가 그렇게 훌륭했어?"

"당연하지. 그리고 사람들은 누군가를 판단할 때 그 배경을 보는 경우가 많아. 넌 이름이 알려진 작가고, 난 명문대 대학원생이야. 둘 다 과거도 깨끗해. 우리가 이런 거짓말을 할 이유가 없거든. 경찰 입장에서는 갑작스럽고 충격적이겠지만 어쨌든 그냥 무시해버리지는 못할 거야."

탄자오가 내 어깨에 머리를 기댔다.

"항상 이렇게 냉철하고 이성적이야?"

"아니."

"이번엔 꼭 놈들을 잡을 수 있을 것 같아."

"네 덕분이야."

탄자오는 많이 힘들었는지 눈을 감았다.

"별말씀을. 앞으로 살아가는 동안 너의 작은 태양이 항상 네 곁에 있다는 거 잊지 마."

우리는 서로를 꼭 끌어안았다. 잠시 후 탄자오가 잠이 들어 의자에 몸을 기대놓고 당직 형사에게 담요를 빌려다 덮어주었다. 나는 복도로 나가 잠깐 왔다 갔다 걸었다.

밤하늘엔 별이 빛나고 경찰서 사무실은 대낮처럼 환했다. 아마도 회의가 한창일 것이다. 놈을 잡기 위해서는 경찰의 도움이 꼭 필요했다.

잠시 후 누군가 복도로 나왔다. 딩 팀장이었다.

딩 팀장은 무표정한 얼굴로 내 옆으로 와 아무 말 없이 서 있다가 잠시 후에야 입을 열었다.

"택시 기사는 아직 못 찾았어요."

"……."

"여자 친구분이 봤다는 여성들 이름이랑 신상 정보 확인해봤는데 두 명은 찾았어요. 그중 한 명은 범행이 내일로 계획되어 있다는 여성이에요."

왠지 살짝 불안한 예감이 들었다. 딩 팀장이 무슨 생각을 하는지 전혀 감이 잡히지 않아 이렇게만 대답했다.

"그거 잘됐네요."

"내일 밤에 출동해서 귀갓길 길목에 잠복하기로 했어요. 만약 정말 두 남자가 나타나면 잡아와서 철저히 조사해야죠."

가벼운 흥분으로 마음이 일렁거렸지만 최대한 감정을 숨기고 말을 아꼈다. 딩 팀장이 피식 웃었다.

"이 말을 들으면 굉장히 기뻐할 줄 알았는데요?"

예리하게 빛나는 딩 팀장의 눈을 똑바로 쳐다봤다.

"당연히 기쁘죠. 그놈들, 무슨 일이 있어도 꼭 잡고 싶습니다."

딩 팀장은 잠시 말이 없다가 다시 물었다.

"우위 씨, 쑤저우가 고향이고 베이징에서 대학원에 다닌다고요? 그런데 우리 어디서 본 적 있지 않아요? 낯이 익은데……."

어디서 보지 않았느냐고요?

미래에서 봤죠.

혹시 딩 팀장도 시간선의 영향을 받아 미래에 대한 이미지가 흐릿하게 남아 있는 걸까? 과거와 미래의 경계가 모호해지면서 나하고 탄자오 주변 사람들의 과거와 미래 또한 묘하게 뒤섞인 것 같았다.

어렴풋이 중요한 뭔가를 놓치고 있다는 느낌이 들었다.

그리고 나중에야 깨달았다. 놈들을 잡으려고 마음이 급해 너무나 명확했던 징조들을 흘려버렸다는 사실을. 이때는 그저 경찰이 출동해 놈들을 잡아주길 바라는 마음뿐이었다.

하지만 딩 팀장은 날 의심하고 있었다.

"쑤저우 사람이니 당연히 어디선가 봤을 수 있죠."

딩 팀장이 고개를 끄덕였다. 전혀 이상할 것 없는 대답이었으니까.

그런데 예상치 못한 질문이 이어졌다.

"여자 친구분 진술이 허점투성이인 거 알아요?"

갑작스러워 놀라긴 했지만 어느 정도 예상한 바였다.

"무슨 말씀이신지……."

"알 텐데요. 두 사람 다 똑똑한 거 알아요. 특히 남자분은 더 그렇겠죠. 다른 경찰이라면 믿었을 수도 있어요. 진술이 아주 구체적이고 실감 났으니까요. 전혀 지어낸 이야기라고는 생각할 수 없을 정도로."

"방금 허점투성이라고……."

"맞아요, 그게 가장 큰 허점이에요. 너무 완벽하게 딱 맞아떨어진다는 거죠. 모든 게 너무 사실적이에요. 그런데 쑤저우에 온 지 며칠 되지도 않은 여성이 놈들의 표적이 됐다라……. 게다가 용의자의 키, 체격, 특징, 말 한마디까지 아주 상세하게 기억했고, 운 좋게 탈출에 성공하기까지 했죠. 정확한 주소는 몰라도 용의자 집이 대략 어딘지도 알고, 다음 피해자 신상 정보까지 정확하고요. 이건…… 완벽하게 준비돼 있는 상황이라고 봐야 하는 거죠. 제갈량이 동풍을 기다리듯 경찰 출동만 기다리는."

당황스러운 마음을 애써 가라앉히고 물었다.

"우리 말을 안 믿는 거면 내일 출동 결정은 왜 내렸죠?"

"두 사람 말을 다 믿을 순 없지만 두 살인마의 존재는 진짜라고 생각해요. 그건 지어낸 게 아닐 거예요. 두 사람 다 앞길이 창창한데 경찰한테 이런 거짓말을 해서 괜히 문제를 만들 이유가 없지 않아요? 두 사람이 뭘 숨기는지 모르겠지만 내가 사람을 좀 볼 줄 알거든요. 두 사람 눈이 솔직하고 진실해서 믿음이 갔어요. 특히 우위 씨는 처음 봤는데 왠지 오랜 친구 같단 말이죠. 그래서 모험을 해보려고요. 아, 한 가지 이유가 더 있어요. 형사 일 오래하다 보니 철저한 분석보다 직감이 더 정확할 때가 있더란 말이죠. 웃기는 말인데, 뭐 비웃어도 상관없고요, 이상하게도 내일 꼭 출동해야 한다는 강렬한 직감에 사로잡혔어요. 만약 안 가면 평생을 후회할 것 같은 기분이 들더라고요……. 정말로 그런 살인마가 존재한다면 내가 꼭 잡을 겁니다. 내 남은 인생을 모두 바쳐서라도. 그게 형사의 사명이니까요."

53

탄자오

경찰서 휴게실 벤치에서 멍한 상태로 자다 깨다를 반복했다.

이상한 꿈을 꿨다. 나는 물속에 잠겨 있고, 주위에서 뭔가 눈처럼 하얀 것이 빛났다. 그러더니 머리 위에서 손 수십 개가 내려와 날 잡아끌었다.

번쩍 눈을 떴다. 식은땀이 흐르고 있었다. 휴게실에는 아무도 없고 조용했다.

잠시 후 우위가 들어왔다. 나는 담요를 덮고 웅크린 채 우위를 올려다봤다.

누군가의 손, 물, 수초, 뱀 등에 휘감기는 꿈은 심리학적으로 보면 매우 불안하고 두려운 상태에 있다는 뜻이다. 나는 내가 생각한 것보다 훨씬 불안한 상태였던 모양이다. 내 표정이 심상치 않았는지 우위가 나를 꼭 끌어안았다.

"나쁜 꿈 꿨어?"

난 고개만 끄덕였다. 우위가 내게 볼을 맞댔다. 익숙한 서늘한 감촉과 함께 따끔하게 볼을 찔러오는 수염이 느껴졌다. 하긴, 우위도 제대로 쉬질 못했으니.

"살짝 카센터 기사 느낌 나네."

"그때 모습이 그렇게 좋았어?"

하얗고 깨끗한 얼굴, 늘씬한 몸매, 티셔츠에 캐주얼 바지, 온몸으로 학구열을 내뿜는 듯한 분위기. 이런 우위 모습은 남신 이미지에 더 가까웠다.

"1년 후 육체에 현재 영혼이 결합된 우위와 사랑할 순 없을까?"

"나쁜 여자."

우위가 내 볼을 살짝 꼬집었다.

이 순간 이 마음을 어떻게 표현해야 좋을지. 끊임없이 시공간의 소용돌이에 휘말려 쉴 틈 없이 뛰어다니고, 주위에 온갖 위험이 도사리고 있었지만 이렇게 둘이 함께라면 매 순간이 꿈결처럼 달콤했다. 모든 걸 잊고 둘만의 달콤한 아픔 속으로 순식간에 빠져들었다.

우리는 그렇게 조사를 마치고 집으로 돌아왔다.

경찰이 본격적으로 출동 준비를 시작했지만 우리는 철저히 배제됐다. 우위는 웬만한 형사만큼 뛰어났지만 끼어들 수가 없었다.

다음 날 낮에 천닝멍이 일하는 식당에 가보았다. 천닝멍은 활기찬 모습으로 열심히 일했고 주변에도 이상한 점은 전혀 보이지 않았다. 그런데 식당 골목이 왠지 익숙하게 느껴졌다. 우위에게 물어보니 세 번째 피해자 쉬징먀오를 납치하려던 놈을 뒤쫓아 왔던 술집이 바로 옆 골목이라고 했다. 놈들의 은신처가 이 근처에 있는 게 분명했다.

그다음 날 이른 아침, 당장 경찰서로 와달라는 전화가 왔다. 너무 긴장되고 불안했다. 우위는 경찰서로 가는 내내 말이 없었다. 역시 불안해 보여 안쓰럽고 가슴 아팠다.

형사팀 사무실에 들어서자마자 경찰들 눈빛이 달라진 게 느껴졌다. 뭐지? 점점 더 불안해졌다.

딩 팀장은 우리를 위아래로 훑어볼 뿐 아무 말이 없었다. 밤새 한잠도 못 잤는지 눈이 빨갰다.

"어떻게 됐습니까?"

"어제 천닝밍 집 근처에서 밤새도록 잠복했는데…… 그 아가씨가 골목을 지나가고, 무사히 집에 들어가고, 날이 밝을 때까지 수상한 사람은 그림자도 안 보였어요. 물론 아무 일도 안 일어났고요."

심장이 쿵 내려앉았다. 어떻게 된 일이지? 놈들이 왜 범행 계획을 바꿨지? 불길한 느낌이 온몸을 휘감았다. 우위도 표정이 싹 변했다.

"확실해요? 혹시 잠복을 눈치챈 거 아닐까요? 아니면 왔다 갔는데 못 봤다거나?"

딩 팀장이 손을 흔들며 짜증스러운 투로 대꾸했다.

"절대 아니에요. 경찰 능력이 그거밖에 안 되는 줄 알아요? 우리 팀원들이 얼마나 주도면밀하고 조심스럽게 움직였는데! 두 사람 말만 믿었다가 이렇게 허탕 쳤으니 이제 어쩔 셈이에요? 그리고 거기, 작가님, 우리한테 진술한 내용도 설마 지어낸 건 아니겠죠? 아무래도 다시 조사해봐야겠어요."

"절대 아니에요! 제가 왜 그런 얘기를 지어내서 경찰을 속이겠어요? 저 밥 먹고 할 짓 없는 사람 아니거든요! 놈들이 안 나타났다니, 절대 그럴 리 없어요. 놈들은 분명히 범행을 저지를 거예요. 지금 못 잡고 내버려뒀다가 그 여자들이 정말 살해당하면, 그때 가서는 발이 닳도록 뛰어도 이미 늦는다고요. 다들 땅을 치고 후회하게 될 거예요!"

나는 단호하고 강력하게 반박했다. 감정이 북받쳐 올라 눈시울이 뜨거워졌다. 딩 팀장은 일단 우리를 더 다그치지는 않았다. 크게 실망한 우위가 푹 가라앉은 목소리로 이렇게 제안했다.

"내일 한 번만 더 출동해보시죠. 제발 부탁드립니다. 어쩌면 놈들이 피치 못할 사정이 생겨서 어젯밤 계획을 미뤘는지도 모르잖아요. 하지만 절대 그만두지는 않을 거예요. 곧 연쇄 살인을 시작할 거라고요. 제발 하루만 더 지켜봐주세요."

우리는 경찰서 근처 노점 식당에서 아침을 먹었다. 날은 이미 훤히 밝았고 거리가 붐비기 시작했다. 활기찬 도시의 하루가 시작됐다. 노점 식당은 사람이 많지 않아서 우리 둘과 중학생 셋뿐이었다.

우위는 테이블 가장자리에 손을 걸치고 먼 곳을 응시했다. 뭘 먹을지 물어도 한두 마디 짧은 대답만 돌아와 더 이상 말을 걸 수가 없었다. 주문한 만둣국이 나와서 가져다가 먼저 우위 앞에 놓아주었다. 우위는 그제야 날 쳐다봤는데 그 눈빛이 어찌나 가슴 아픈지 모성애를 자극할 정도였다.

우위가 기운 없는 목소리로 말했다.

"너 먼저 먹어."

나는 내 몫의 만둣국을 가져와 자리에 앉았다.

"내 것도 나왔어. 얼른 먹어."

우위는 자세를 바로 하고 만둣국을 먹기 시작했다. 우걱우걱 먹는 모습이 정비 기사 시절을 떠올리게 했다. 잘 먹는 우위 모습을 보고 있다 보니 내 마음도 차츰 편안해져, 더 이상 모래를 씹는 기분이 아니었다.

경찰서 앞 식당이어서인지 양이 꽤 많은 듯했다. 반쯤 먹었는데 이미 배가 불렀다. 벌써 한 그릇을 뚝딱 비운 우위가 날 물끄러미 봤다.

"다 못 먹겠어?"

고개를 끄덕이자 우위가 내 그릇을 가져가 마저 먹었다.

"내가 먹던 건데, 좀 그렇지 않아?"

"뭐가? 내가 음식 버리는 거 봤어?"

한 사람을 진심으로 사랑하는 마음이 어떤 것인지 확실히 알 것 같았다. 그 사람의 모든 것이 아름다워 보이는 것. 어떤 역경이 닥쳐도 그 사람만 보면 절로 미소 짓게 되는 것. 우위를 보고 있으니 실망과 우울함이 다 사라지고 나도 모르게 미소가 떠올랐다.

식사를 마치고 일어나니 마음이 다시 충만해지고 열정이 솟았다. 우위와 맞잡은 두 손도 다시 뜨거워졌다. 우위도 우울한 표정이 사라지고 평온을 되찾은 얼굴이었다. 내가 바로 이 얼굴, 이 표정을 얼마나 좋아하는지, 우위는 모르겠지.

몇 걸음 걷다가 우위 옷자락을 잡아당겼다. 우위가 돌아보는 순간, 까치발을 하고 키스했다.

우위는 꽤 놀란 듯했다. 번화가 한복판이라 주위에 사람도 많은데 내가 이렇게 대담할 줄 몰랐을 것이다. 하지만 나는 아무것도 신경 쓰지 않고 키스에만 전념했다. 우위도 두 팔을 들어 나를 꼭 안았다.

햇살이 쏟아지는 번화가 한복판, 우리 옆으로 차와 사람들이 지나갔다. 노점 식당 솥단지에서는 모락모락 김이 피어오르고 주인은 음식 준비에 바빴다. 중학생 아이들은 힐끔힐끔 우리를 쳐다봤다.

너무 행복했다. 온 세상이, 이 시간이 우리를 위해 멈춘 것 같았다. 시간이 온전히 우리를 위해 존재하는 것만 같았다.

집에 도착할 즈음, 우위 휴대전화가 울렸다. 전화기 저편의 다급하고 조심스러운 목소리가 나한테까지 들렸다.

"형사팀 장 경관입니다. 그저께 두 분을 안내했던. 여기 새로운 상황이 발생했는데 딩 팀장님이 우위 씨를 바로 부르라고 하셔서요."

수화기 너머가 시끄러워서 말소리가 잘 들리지 않았다.

"알겠습니다. 바로 갈게요."

"나도 갈까?"

"나만 부른 걸 보니 뭔가 네가 보지 말아야 할 상황일 수도 있어. 넌 집에 있는 게 좋겠어."

180

내가 생각해도 난 별로 도움도 안 될 것 같고, 경찰이 우리가 모르는 새로운 사실을 발견했을 것 같지도 않았다.

"알았어. 조심히 다녀와."

우위는 나를 집 앞에 내려주고 바로 경찰서로 갔다. 열쇠로 문을 열고 들어가니 어머니는 시장에 갔는지 안 보였다. 우먀오는 며칠 째 어머니 방에서 잤는데 아직 안 일어난 것 같았다. 조용히 방으로 들어가려는데 우먀오가 끙끙거리는 소리가 들려 얼른 어머니 방으로 갔다.

"우먀오, 왜 그래? 괜찮아?"

우먀오는 이불 속에 누운 채 허공으로 손을 뻗어 무언가를 쫓듯이 휘휘 내젓고 있다가 두 손으로 머리를 감싸며 눈을 떴다.

"응……. 괜찮아요……. 머리가 좀 아프긴 한데, 자꾸 악몽을 꾸느라 잠을 제대로 못 자서 그런가 봐요……."

나는 침대에 걸터앉아 우먀오를 살폈다.

"무슨 악몽인데?"

우먀오는 얼굴이 빨갛고 머리카락은 헝클어져 있었다.

"그게, 망망대해에서 하염없이 혼자 헤엄치는데, 바닷물이 새빨개요. 가도 가도 끝이 안 보이고, 엄마랑 오빠도 안 보이고 계속 나 혼자 그러고 있는데 너무 무서워요……."

새빨간 망망대해?

심장이 쿵 내려앉았다. 무슨 의미일까? 우먀오 눈가에 눈물이 맺혀 있었다. 꿈속에서 혼자 두려움에 떨었던 모양이다.

뭔가 불길한 징조가 계속 주위를 맴도는 느낌이었다. 이 시간선에 돌아온 후 계속 그랬다.

"걱정 마. 내가 옆에 있을게. 물 좀 마실래?"

우먀오는 힘없이 고개를 흔들었다. 눈빛이 멍하고 안색도 안 좋았다. 이마를 짚어보니 열도 있었다.

"열나는데?"

"아……. 그래요?"

"병원에 가자."

"이 정도 가지고 병원은 무슨. 오빠가 알면 한 소리 할 거예요. 물 좀 마시고 쉬면 돼요."

"안 돼. 집에 약은 있어?"

"해열제는 없는 거 같은데."

일단 우먀오에게 따뜻한 물을 가져다줬다.

"나가서 약 사올게. 가만히 누워 있어. 얼른 갔다 올게."

그런데 그게 이 시간선에서 우먀오와의 마지막이 될 줄은 꿈에도 몰랐다.

약을 사러 얼른 밖으로 뛰어나갔다. 우먀오도 걱정되고 그 두 놈이 왜 모습을 드러내지 않았는지도 생각하느라 머릿속이 복잡했다. 생각할수록 불길한 생각만 많아졌다. 내가 어디를 지나고 있는지 누가 내 옆을 지나가는지는 관심도 없이 열심히 약국만 찾았다.

정오가 가까워오는 거리에는 사람이 많았다. 약을 사고 돌아갈 때는 지름길로 질러갔다. 양옆으로 회백색 담장이 이어진 좁은 골목이었다. 서두르다가 마주 오던 사람과 부딪히고 말았다.

"죄송합니다."

상대는 보통 키, 보통 체격에 평범한 옷차림의 남자였다.

"괜찮아, 탄자오."

뭐라고?

이어 비웃음 소리가 들려왔다.

떨리는 마음으로 고개를 들었다가, 순간 온몸이 얼어붙어 뒷걸음도 치지 못했다.

길바닥의 돌멩이, 담벼락의 얼룩, 벙거지 모자가 차례로 시야를 스쳐가고, 마지막으로는 놈의 얼굴이 그림자처럼 휙 지나갔다. 너무 순식간이라 제대로 보지도 못했다. 장갑을 낀 큰 손이 내 입을 꽉 틀어막았다. 숨을 쉬기가 힘들 정도였다. 놈의 손을 물려고 필사적으로 애쓰며 발버둥 쳤지만 소용없었다. 놈은 뒤에서 날 제압했고 난 무기력하게 놈의 그물에 붙잡혔다. 나는 놈에게 질질 끌려가며 의미 없이 버둥거리는 내 두 다리를 지켜봐야 했다.

너무 무서웠다. 그리고 기분이 아주 이상했다. 머릿속이 새하얘지면서, 이 순간 필사적으로 버둥거리는 이 몸이, 내가 아닌 것 같았다.

눈물이 주르르 흘렀다.

내가 우는 걸 알았는지 남자는 내 귀에 뜨거운 입김을 불며 이렇게 말했다.

"베이비, 겁낼 거 없어. 괜찮아. 아주 멋진 곳에 데려가줄 거야. 하늘을 나는 기분을 느끼게 해줄게."

놈이 코를 틀어막은 것도 아닌데 갑자기 숨이 턱 막혀왔다. 무시무시한 공포가 한낮의 진한 그림자처럼 순식간에 나를 집어삼켰다.

단단한 뭔가가 내 머리를 강타했다. 눈앞이 번쩍하고, 머리에서 비릿한 액체가 흘러내리는 느낌이 났다. 이어 눈이 가려져 아무것도 보이지 않았다.

놈들이 날 어떻게 알았지?

어제 천닝멍을 노리지 않은 것은 목표물이 바뀌어서였다.

과거가 또 바뀌었다.

54

우위

　시간을 되돌려 그날로 돌아갈 수 있다면, 절대 탄자오를 혼자 두지 않을 것이다.

　어쩌면 우리 둘 다 범인을 잡겠다는 의욕이 앞섰고 타임 슬립에 익숙해져 모든 일이 우리 뜻대로 돌아갈 거라고 자신했는지도 모른다. 그래서 함정을 전혀 눈치채지 못했다.

　함정이 노린 것은 탄자오와 나였다.

　나는 혼자 차를 운전해 경찰서로 향했지만, 결국 경찰서에는 가지 못했다.

　그날은 날씨가 아주 좋았다. 파란 하늘, 하얀 구름, 눈부신 햇살. 전형적인 맑고 아름다운 쑤저우의 여름날이었다. 집에서 멀어질수록 탄자오와도 멀어졌다.

　어느 고가도로를 지날 때였다. 반대 차선에 얼핏 천싱젠과 비슷한 사람이 보인 것 같아 자세히 보니 차종도 같았다. 창문 너머로 차 안을 살폈다. 운전하는 남자는 벙거지 모자를 썼고 뒷좌석에는 여자가 타고 있었다.

분노가 치밀어 급히 유턴해 놈을 쫓기 시작했다. 이때까지도 내게 걸려왔던 게 정말 형사팀 전화인지, 그날 만났던 장 경관 목소리가 맞는지, 의심도 하지 못했다.

놈이 들어간 골목 입구에 차를 세우고 일단 멀리서 지켜봤다. 차에서 내린 천싱젠이 뒷자리 여자를 끌어내렸다. 여자가 버둥거리는 것 같은데 너무 멀어서 확실하지 않았다. 사람이 한창 많을 시간이라 좁은 골목에도 간간이 사람들이 지나갔는데 대부분 그냥 쓱 쳐다보고 지나갔다.

내 안에서 점점 피가 끓어올랐다. 나도 차에서 내려 담장에 딱 붙어 빠르게 접근했다.

모퉁이를 돌아 골목에 들어섰을 때는 이미 천싱젠 모습은 보이지 않았다. 천천히 골목을 살폈다. 구시가지 골목으로, 폭이 좁고 양편에 높은 회색 담장이 이어져 깊은 협곡에 들어온 것 같은 느낌을 주었다. 무심결에 담장을 짚었는데 거칠고 서늘했다. 대문들은 모두 굳게 닫혀 있었다. 골목 끝에 카페가 보였다. 입구를 온갖 식물로 잘 꾸며놓았고 음악 소리도 흘러나왔다. 하지만 너무 멀어서 사람이 있는지는 보이지 않았다.

카페 정원으로 들어섰지만 역시 사람 그림자도 보이지 않았다. 카페 앞에서 교차하는 두 골목은 곧게 뻗어나가 대로로 이어졌다.

누구에게도 도움을 청할 수 없는 상황이니 나 혼자 부딪혀야 했다. 무척 위험할지도 모르지만 이것저것 따질 상황이 아니었다.

문을 열고 안으로 들어갔는데 카운터에도 직원이 없었다. 확실히 이상했다. 카페 규모가 크지 않아 몇 개 안 되는 테이블이 한눈에 들어왔다. 음악 소리가 귀에 거슬렸다. 살짝 몽환적인 헤비메탈인데 남자 보컬이 거칠고 쉰 목소리로 울부짖는 듯한 노래였다.

카운터 안쪽 왼편에 지하로 내려가는 계단이 보였다. 가만히 귀를 기울이니 음악 소리에 묻혀 희미하긴 했지만 분명히 인기척이 들렸다. 소리 죽여 계단 쪽으로 다가갔다. 계단 아래쪽은 깜깜해서 아무것도 보이지 않았다.

잠깐 고민했지만 역시 내려갔다.

지하에는 불이 켜져 있지 않아서 1층에서 흘러 들어오는 희미한 빛에만 의지해야 했다. 창고로 쓰이는지 식자재와 채소, 음반, 책 등 온갖 물건이 쌓여 있었다. 어둠을 더듬으며 천천히 움직였다. 안쪽에 커튼이 쳐진 작은 공간이 있었고, 어렴풋이 침대가 보였다.

커튼을 젖히니 침대 위에 여자가 누워 있었다. 여자는 엎드린 상태로 손발에 밧줄이 묶여 있는데, 밧줄 매듭이 특이했다. 조금 전 천싱젠 차에서 본 여자와 옷차림이 비슷했다. 일단 여자를 구하려는데 등 뒤에서 인기척이 느껴졌다. 가슴이 덜컥했다. 여자를 향해 내밀던 팔을 거두고 반사적으로 고개를 돌리며 몸을 피했다.

쿵! 묵직한 쇠망치가 벽을 내리쳤다.

천싱젠이었다!

재빨리 몸을 돌려 놈에게 달려들었다. 놈은 벙거지 모자를 벗고 얼굴을 드러낸 상태였다. 어둠 속에서도 놈이 차갑게 비웃는 소름끼치는 표정이 느껴졌다. 놈의 허리를 끌어안고 벽으로 밀어붙이는데 놈이 쇠망치를 다시 휘둘렀다. 하는 수 없이 놈을 놓고 쇠망치를 피했다.

그렇게 잠시 치열한 몸싸움을 펼쳤다.

천싱젠은 무기 때문에 민첩성은 떨어졌다. 쇠망치가 몇 번 내 귀 옆을 아슬아슬하게 스쳤다. 놈은 날 맞추지 못했어도 여유로운 미소를 잃지 않았다. 그 이상하고 야릇한 미소에 흠칫 몸이 떨렸다.

나는 놈의 빈틈을 놓치지 않고 주먹을 날렸다. 왼쪽 가슴에 제대로 주먹을 맞은 천싱젠은 얼굴을 일그러뜨리며 쇠망치를 놓쳤다. 하지만 놈도 만만한 상대는 아니었다. 나도 배를 걷어차이고 비틀거렸다. 쓰러지진 않았지만 한동안 똑바로 몸을 일으킬 수 없었다.

하지만 천싱젠이 쇠망치를 줍기 전에 내가 먼저 놈의 뒤통수를 세게 내려쳤다. 그러고는 강한 충격에 비틀거리는 놈의 머리채를 잡고 벽에 세게 몇 번 찧었다. 마침내 놈이 바닥으로 고꾸라졌다. 난 숨을 헐떡이며 놈의 몸을 찍어 눌렀다.

"짐승만도 못한 놈, 감옥으로 보내주마!"

그런데 천싱젠은 전혀 당황하지 않았다. 얼굴에 피가 줄줄 흐르는데도 키득키득 웃었다.

뭐지? 불길한 예감이 들었다.

하지만 이미 늦었다. 등 뒤에서 재빠른 발소리에 이어 허스키한 목소리가 들려왔다.

"우위, 우리가 널 지옥으로 보내주지."

드디어 다른 한 놈도 나타났다.

뭔가 단단한 것이 내 뒤통수를 강타했다. 천싱젠이 음흉한 미소를 지으며 날 돌아봤다. 나는 뒤통수를 한 대 더 맞고 그대로 기절했다.

***

한동안 꾸지 않았던 악몽이 다시 찾아왔다.

그 어느 때보다 더욱 지독한 악몽이었다. 마치 지진이 일어나 집들이 무너져 내린 폐허에 파묻힌 느낌이었는데, 나는 폐허 속에서 누군가를 찾아 헤맸다. 집 근처 모텔 방 냉장고를 하나하나 열 때마다 핏물에 잠긴 토막 시체가 나왔다. 그 안에 가늘고 긴 우먀오 손이 둥둥 떠다녔다.

온몸이 불타는 것처럼 뜨거웠다가 얼어붙을 것처럼 덜덜 떨렸다.

끊임없이 이어지는 고통으로 정신이 혼미했다. 그러다 어느 순간 조각조각 흩어진 과거와 미래의 영상이 주마등처럼 스쳐 갔다. 눈 덮인 산자락에서 무릎 꿇은 내 모습, 경찰서 뒷문에서 고개 숙인 채 담배를 피우며 눈가를 슥 문지르는 딩 팀장, 밝게 웃으며 카센터로 걸어오는 탄자오……. 그녀의 미소가 너무 아름다워 가슴이 찢어질 것 같았다.

나는 탄자오와 식당에 마주 앉아 "이 지옥에 널 끌어들일 순 없어." 라고 말했다. 탄자오는 활짝 웃으며 날 바라봤다. 그 눈동자는 내 유일한 태양이자 나만의 별빛이다. 탄자오가 "난 꼭 너랑 함께할 거야." 라고 말했다.

유람선이 소용돌이에 휘말려 점점 아래로 가라앉았다. 대형 거미가 기어가고 새 떼가 몰려왔다. 어둠 속에서 섬뜩한 웃음소리가 들리고 곧이어 고막이 찢어질 듯 처참한 비명 소리가 들렸다.

"악! 우위!"

번쩍 눈을 떴다. 아직 꿈속의 고통이 가시지 않아 몽롱하고 머리가 무거웠다. 천천히 주위를 둘러봤다.

여긴 어디지?

지하실 같았다. 어둑해서 잘 보이진 않았지만 퀴퀴한 먼지 냄새가 났다. 벽 위쪽에 창문이 하나 나 있고, 방범창 창살 사이로 햇살이 들어왔다.

고개를 숙이는데 뒤통수와 뒷목에 끈적한 액체가 말라붙은 게 느껴졌다. 아마도 피겠지. 손은 등 뒤로 돌려져 묵직한 의자 등받이에 밧줄로 묶였고 발도 의자 다리에 묶인 상태였다.

어둠에 잠긴 구석에서 웃음소리가 들렸다.

천싱젠의 웃음소리가 틀림없었다. 머리를 붕대로 싸맨 천싱젠이 어둠 속에서 서서히 걸어 나왔다. 원래 준수한 편인 얼굴이 섬뜩한 미소와 흥분으로 흉측하게 일그러진 채 한 손으로는 날카로운 칼을 빙글 빙글 돌리고 있었다.

"우위, 칭화대 대학원 우등생 씨. 지금 원래 베이징에서 연구 프로젝트 때문에 바빠야 하는데 왜 갑자기 쑤저우에 나타났을까? 이봐, 왜 우리 일에 끼어든 거야? 왜 날 못 잡아 안달이야? 오히려 우리한테 잡힐 줄은 몰랐지?"

이럴 수가……. 그동안 우려했던 불길한 추측이 모두 현실이 됐다. 신중하고 노련한 딩 팀장이 허술하게 정보를 흘렸을 리 없는데 놈들은 내 존재를 알고 있고, 이 일 또한 사전에 철저히 계획된 함정이었다. 천닝멍을 납치하지 않은 것도 다 이 계획의 일환이었다. 등골이 오싹했다.

"언제부터 알고 있었어?"

"뭐, 알고 싶다면 말해주지. 어차피 곧 죽을 놈이니까. 그 여자들처럼 말이야. 며칠 전에 아주 신기한 일이 있었어. 우리가 막 계획대로 움직이려는데 이상한 장면이 보이더란 말이야. 환영처럼."

천싱젠이 내게 바짝 다가와 옷깃을 틀어쥐고 말을 이었다.

"그 조용한 골목에서 네가 날 방해하는 장면, 대학교 길바닥에 피투성이가 된 채 널브러진 내 모습……. 내 친구는 어쩔 수 없이 날 쏜 거야. 둘 다 망할 수는 없으니까……. 어디 한번 말해보시지. 이렇게 된 게 다 누구 탓일까? 우위? 아니면 오지랖 넓은 우위와 탄자오 커플? 도대체 어디서 튀어나온 놈들이야? 어떻게 우리 계획을 다 알고 있지? 귀신이 아니고서야 어떻게!"

놈의 입에서 탄자오 이름이 튀어나오는 순간, 심장이 욱신거렸다. 하지만 애써 아무렇지 않은 척했다.

이 시간선으로 돌아왔을 때 엄마와 우먀오는 우리가 며칠 전에 왔다고 말했다. 처음엔 믿기지 않았지만 두 사람은 그전 시간선에서 일어난 일들을 어렴풋이 기억했다. 그리고 딩 팀장도 나를 보자마자 낯이 익다고 했고, 이 사건에 강렬한 기시감을 느꼈다. 그렇다면 이 두 놈도 마찬가지로 그런 환영을 본 것 아닐까?

두 시간선이 교차점에 가까워지면서 시간의 소용돌이에 휘말려 우리 주변 사람들에게까지 영향을 미친 게 틀림없었다. 범인들도 예외가 아니었다. 탄자오와 나는 미래를 알고 있다는 자신감에 계속 덫을 놓다가 오히려 놈들이 파놓은 함정에 빠지고 말았다. 이번에야말로 하늘이 철저히 우리를 버렸다.

나는 내 발로 놈들의 함정에 뛰어들었지만, 탄자오는 어떻게 됐을까?

내가 입을 다물고 별 반응을 보이지 않으니 천싱젠은 기분이 상한 것 같았다. 내가 철저히 좌절하는 모습을 원했겠지. 놈이 내 옷깃을 쥐고 있던 손을 놓고 칼로 어깻죽지를 찔렀다. 살이 찢기는 고통에 절로 신음이 터져 나왔다. 천싱젠은 음흉한 미소를 지으며 칼을 비틀었다. 극심한 통증에 온몸이 격렬하게 떨렸다.

"크크크……. 어때? 이제 무섭지? 네가 어떤 사람을 열 받게 했는지 알겠어?"

나는 가쁜 숨을 몰아쉬며 씩 웃었다.

"어떤 사람? 쓰레기지……."

연쇄 살인을 저지르는 사이코패스를 분석하며 탄자오가 했던 말이다. 탄자오를 떠올리니 칼에 찔린 통증도, 온몸을 휘감았던 두려움도 일순 사라졌다. 내 얼굴에는 고요한 경멸의 표정만 남았을 것이다.

"겁 많고 나약한 놈들이지……. 그러니까 여자들만 골라서 음지에서 이런 더러운 짓이나 하고, 거기에서 성취감을 느꼈겠지. 그런데 막상 일이 끝나면 허무해서 점점 더 잔인해지고, 그럴수록 허무함은 더 깊어지고……. 가소롭고 불쌍한 놈들……."

천싱젠이 눈을 홉뜨고 불같이 화를 냈다.

"헛소리 지껄이고 있네! 곧 죽을 놈이!"

그러고는 내 어깨에서 칼을 뽑아 들고 잔인하게 웃으며 이번에는 허벅지를 수차례 찔렀다.

엄청난 고통이 밀려왔다. 절로 고개가 푹 숙여지고 온몸이 부르르 떨렸다. 의자에 묶이지 않았다면 이미 바닥에 널브러졌을 것이다. 의식과 의지가 무너지기 일보 직전인데도 살이 찢기고 핏방울이 떨어지는 소리가 또렷이 들리다니, 신기했다. 툭, 툭. 핏방울이 바닥에 떨어지는 소리가 마치 내 운명 같았다. 필사적으로 노력하고 죽을힘을 다해 앞으로 나가려는 나를 자꾸 밑바닥으로 끌어내리는 운명.

아무래도 이번에는 빠져나갈 수 없을 것 같았다.

이제 다 끝났다.

아무도 내가 여기 있는 줄 모를 테니 구조를 기대할 수도 없고, 다른 시간선으로 이동하려면 며칠이나 남았으니 그 사이 기적이 일어나지도 않을 것 같았다.

우리는 타임 슬립이라는 기적을 만났지만 운명이 바뀌는 기적은 끝내 일어나지 않았다.

내 운명은 애초에 탄자오와 우먀오를 끝까지 지키지 못하는 것이었을까? 캄캄한 이 지하실에서 죽을 운명이었을까? 내가 죽은 후에 탄자오 혼자 그 동굴로, 유람선으로 돌아가는 걸까? 탄자오는 날 기억하겠지. 절대 잊지 않겠지. 얼마나 괴롭고 슬플까……. 결국 내가 탄자오 인생을 망쳐버린 셈이었다. 그리고 엄마와 우먀오도 결국 정해진 운명을 맞이하겠지?

언젠가 탄자오가 썼던 문구가 떠올랐다.

'검은 구름이 휘영청 밝은 달을 만났으나, 구름 흩어지면 달은 알 길이 없네.'

천싱젠이 또 다시 칼을 휘둘렀다.

눈앞은 온통 흐릿하고 시뻘겠다. 천싱젠의 목소리가 아주 가까이에서 들렸다.

"네 여자가 어떻게 됐는지 알고 싶지 않아?"

"어떻게 됐는데?"

"지금 내 친구가 여기 없다는 거 못 느꼈어?"

"……."

"네 여자는 지금 그 친구랑 같이 있어."

잠시 후, 나는 잔뜩 쉰 목소리로 웅얼거렸다.

"뭐라는 거야……. 잘 안 들려……."

천싱젠이 답답하다는 듯 바짝 다가와 내 귀에 대고 또박또박 말했다.

"네 여자는 지금 내 친구랑 같이 있다고."

난 머리를 홱 들고 눈앞의 흐릿한 그림자를 힘껏 들이받았다. 놈은 내가 다 죽어간다고 생각해 방심한 상태였다. 놈이 뒤로 나자빠지자마자 나는 의자를 매단 채 벌떡 일어났다. 온몸이 부서지는 것 같았다. 고통이 극에 달하며 모든 감각이 사라졌다. 내 몸과 육중한 의자가 함께 천싱젠 몸 위로 쓰러졌다. 천싱젠은 처참한 비명을 지르며 쥐고 있던 칼을 떨어뜨렸다.

나는 피범벅이 된 얼굴로 놈을 보며 씩 웃었다. 놈이 공포에 질린 표정으로 팔다리를 버둥거렸지만 빠져나가지는 못했다.

"난 탄자오 곁으로 돌아갈 거야."

놈에게 말했지만 나 자신에게 하는 말이기도 했다. 의식을 잃으며 중얼거리는 소리처럼 들렸겠지만, 분노에 찬 맹세였다.

탄자오가 이렇게 말했으니까.

'검은 구름이 휘영청 밝은 달을 만났네. 구름 짙어졌으니 달이 무엇을 더 바랄까?'

탄자오는 사랑과 미래, 자신의 모든 운명을 내게 걸었다. 여기에서 이대로 죽을 순 없었다. 내가 죽으면 탄자오는 어떻게 하라고…….

아무도 날 죽일 수 없다. 이 음침한 지하실에서, 1년 전 과거에서 죽는 일은 결코 없을 것이다. 반드시 탄자오 곁으로 돌아갈 것이다. 상처투성이 몸이라도 반드시 그녀 곁으로 돌아갈 것이다. 그리고 1년 후, 다시 만날 것이다. 탄자오가 카센터로 찾아오게 만들고 다시 사랑에 빠질 것이다.

아무도 우리를 갈라놓을 수 없다.

55

탄자오

무서웠다. 너무 무서웠다.

창밖으로는 숲이 내다보였고, 인기척은 전혀 없이 새소리만 들렸다. 막 비가 내린 뒤라 나뭇잎은 물기를 머금었고 하늘은 아직 끄물끄물했다. 확실히 도시와 다른 풍경이었다.

나를 어디로 데려온 거지?

도시 한복판에서 납치해 눈 깜짝할 새에 이런 곳으로 데려온 걸 보면 치밀하고 과감한 놈인 게 틀림없었다.

창밖 구름 높이로 보아 대략 산중턱인 것 같았다. 내가 누워 있는 곳은 깔끔하게 잘 정리된 작은 집인 듯했는데, 오래되었는지 집뿐만 아니라 탁자와 의자도 많이 낡아 보였다. 하긴, 연쇄 살인범들은 워낙 쥐새끼 같아서 사냥감을 포획하고 도망가고 숨는 데 선수지.

조용히 생각하다 보니 헛웃음이 났다. 범죄자 심리를 분석하겠다고 잘난 척하다가 결국 내가 이렇게 사냥감이 돼버렸다니.

나는 밧줄로 두 손이 꽁꽁 묶인 채 작은 판자 침대에 누워 있었다. 내 힘으로는 도저히 밧줄을 풀 수 없었다.

난생처음 느껴보는 묘한 기분이었다. 주위는 아주 고요하고 평온한데 발가락 끝에서부터 종아리로, 허벅지로, 아랫배, 가슴, 목, 정수리까지 해일처럼 밀려오는 두려움…….

우위가 했던 말이 생각났다.

'직접 겪어본 사람이 아니면 결코 알 수 없어. 이 고통이 영원히 끝나지 않을 거라는 사실을.'

앞으로 어떤 일이 벌어질지 상상조차 할 수 없었다. 그저 기적이 일어나길, 우위가 날 구하러 오기만을 바랐다. 하지만 그럴 가능성은 거의 없었다. 우위가 여길 어떻게 찾겠는가.

필사적으로 공포를 억누르려는 노력과 불가능에 가깝지만 기적을 바라는 마음이 번갈아가며 나를 괴롭혔다. 너무 고통스러웠지만 울지 않으려고 기를 쓰고 버텼다. 울면 안 된다. 놈은 내가 울기를 바라고 있을 테니까. 내가 울면 놈은 더 흥분해서 날뛰고, 그럴수록 나는 더 처참해질 것이다.

내 평생 이렇게 집이 그리운 적이 없었다. 카센터 수리 기사 우위와 함께했던 나의 도시로, 엄마 아빠 곁으로 돌아가고 싶었다. 미래의 우먀오와 다른 피해자들도 이런 무력한 절망감을 느꼈겠지…….

인간으로서 도저히 할 수 없는 이런 범죄를 저지르는 살인마들은 타인의 감정을 철저히 무시하고 짓밟는다.

끝내 눈물이 흐르고 말았다.

이때였다. 마치 내 감정이 무너지길 기다렸다는 듯 끼이익 소리와 함께 문이 열리고 한 남자가 들어왔다. 흠칫 몸이 떨렸다.

흐린 날씨에 빛을 등진 데다 챙이 넓은 모자를 쓰고 있어 얼굴은 잘 보이지 않았다. 그나마 보이는 건 하얗고 평범한 턱 선뿐이었다. 얼굴과 목에 상처가 있는 것 같지만 확실치 않았다. 눈에 띄지 않는 평범한 스타일이었다. 크지도 작지도 않은 키에, 몸은 조금 마른 편이지만 다부져 보였다. 전체적으로 천싱젠과 느낌이 비슷했지만 분명히 다른 놈이었다. 아마도 더 악랄하고 독한 놈일 것이다.

놈이 침대 가까이 다가왔다. 얼굴은 여전히 보이지 않았다. 놈은 팔을 뻗어 샌들이 벗겨진 내 맨발을 발가락 하나하나 천천히 만지기 시작했다. 난 온몸이 돌처럼 굳어버렸다.

놈은 혼자만의 감정에 도취된 듯 한참 동안 내 발가락을 만지다가 침대 끝에 걸터앉았다.

놈도, 나도 아무 말도 하지 않았다. 간간이 지저귀던 새들도 날아가 버렸는지 창밖도 고요했다.

신기하게도 마음이 차분하게 가라앉았다. 차분하다기보다 독한 고집이라고 해야 할까. 나를 한낱 사냥감으로 여기고 고통에 빠뜨리려 하는 놈 앞에서 내 마음이 외치기 시작했다. '굴복하면 안 돼. 애원하면 안 돼. 무릎 꿇으면 안 돼!'

나는 이런 놈을 잘 안다. 내가 정말 증오하는 이런 비겁한 인간 앞에서 절대 무릎 꿇지 않을 것이다.

이렇게 버티다 보니 눈물이 멈췄다. 나는 여전히 입을 꾹 다문 채 허공을 응시했다. 놈도 인내심이 대단해 역시 침묵을 지키며 앉아 있다가 담배를 꺼내 물었다. 나는 담배를 물고 있는 놈의 입과 바닥에 떨어지는 담뱃재를 힐끔거렸다. 그런데 놈은 담배를 다 피우고 나서 담배꽁초와 담뱃재를 작은 비닐봉지에 쓸어 담아 주머니에 넣었다. 나를 바라보는 놈의 입가에 미소가 번졌다.

내 의중을 들켜버렸다.

"탄자오, 우위도 우리 손에 있어."

몸 옆으로 늘어뜨린 놈의 손은 어떠한 흔적도 남기지 않겠다는 듯 장갑을 끼고 있었다.

머릿속으로 여러 가지 일들이 떠올라 나뭇가지처럼 어지럽게 뒤얽

헸다가 뚝뚝 부러졌다.

우위 어머니와 우먀오는 보름 후에 일어날 일을 어렴풋이 기억했다.

과거와 미래의 경계가 모호해졌다.

딩 팀장은 어떤 예감을 느꼈다고 했다.

우먀오는 꿈에서 혼자 새빨간 망망대해를 헤엄쳤다고 했다. 피처럼 새빨간 망망대해를 하염없이…….

놈은 우위와 내 이름을 정확히 알고 있다. 우위도 놈들의 함정에 빠졌다고? 정말일까?

우위와 나는 타임 슬립이 시작된 후 가장 큰 위기를 맞닥뜨렸다.

나는 한참 후에야 웃으며 대꾸했다.

"그럴 리가……. 우위는 아주 예민하고 똑똑한 사람이야. 너희한테 잡힐 리가. 우위는 나랑 달라."

나는 두려워하거나 비웃는 기색 없이 담담하게 당연한 사실을 이야기했다. 어쩌면 이 방법이 먹힐 수도 있다. 사이코패스는 아이 같은 면이 있어서 상대가 나약하고 두려워하는 모습을 보이는 것보다 자신을 평범한 사람으로 대해주길 바란다.

"내가 왜 거짓말을 하겠어?"

"날 겁주려고. 하지만 안 믿어."

놈에게서 더 많은 정보를 얻어내야 했다.

"나중에 그놈 뼛조각을 보면 믿겠지."

한순간에 심장이 얼어붙었지만 이를 악물고 버텼다. 거짓말이 분명하다. 우위의 웃는 얼굴, 나를 바라보는 깊고 맑은 눈빛, 나를 끌어안고 침대를 뒹굴던 우위 모습이 주마등처럼 눈앞을 스쳤다.

만약 우위가 정말 놈들 손에 죽는다면…… 내 평생 이보다 더 무서운 일이 있을까?

나는 웃으며 천천히 눈을 감았다. 그리고 다시 입을 다물었다. 얼음산과 불바다를 오가는 지옥에 누워 있는 기분이었다. 내 모든 뼈와 살과 피가 벼랑 끝에 몰렸다. 참아야 해. 우위가 무사하다고 믿어야 해. 절대 무릎 꿇지 않을 거야. 결코 놈이 원하는 대로 무너지지 않을 거야.

잠시 후 놈이 다시 내 발을 만졌다. 내가 살짝 피하자 놈은 내 발을 세게 움켜쥐고는 손톱으로 발등을 훑었다. 그 손이 허리까지 올라왔다. 도저히 참을 수 없어 눈을 번쩍 뜨니 놈이 바로 손바닥으로 내 얼굴을 가렸다. 아무것도 보이지 않았다. 장갑의 고무 질감과 냄새만 느껴졌다.

놈이 허리를 숙여 내 귀에 얼굴을 가까이 댔다.

"실은 늘 궁금했어. 사람이 허리가 끊어져도 살 수 있을까? 살 것 같지 않아? 영화에서 보면 폭탄에 맞아 몸이 두 동강 난 사람이 기어가기도 하잖아. 실제로 누군가 그런 사진을 찍어놓기도 했고……. 우리도 한번 해볼까? 과정이 좀 길고 고통스럽긴 하겠지. 소리는 마음껏 질러도 돼. 어차피 아무도 못 들을 테니까. 그래도 소리가 너무 크면 내가 입을 틀어막을 수도 있어. 하지만 널 구하러 올 사람은 진짜 없어. 우위가 다 죽어갈 때쯤 이리로 데려와서 널 보여줄까 해. 사랑하는 여자가 반 토막으로 누워 있는 걸 보면 어떤 느낌일까? 도망가고 싶지 않을까? 그런데 걱정할 필요 없어. 우위도 도망갈 수 있는 상태는 아닐 테니까."

온몸의 피가 거꾸로 솟고 벌써부터 허리에 기분 나쁜 냉기가 감도는 듯했다. 애써 참은 눈물이 기어이 터져 나와 놈의 손바닥으로 흘러내렸다. 순간 놈에게 애원하고 싶은 강한 충동에 사로잡혔다. 제발 살려달라고, 나한테 이러지 말라고……. 하지만 이를 악물고 참았다. 그래도 숨이 막힐 듯한 공포는 어쩌지 못했다.

나 너무 무서워, 아위……. 너무 무서워.

아위, 어디 있어? 혹시 너도 고통받고 있어? 난 이제 어떻게 해야 해?

나 지옥에 떨어지려나 봐. 이대로 캄캄한 어둠의 지옥으로 떨어지려나 봐.

아위…… 나 정말 너무 무서워.

놈이 내 눈을 가린 손을 거뒀지만 눈물이 앞을 가려 아무것도 보이지 않았다. 방 안에는 내 흐느낌 소리만이 떠돌았다.

놈은 도구를 가져온다며 밖으로 나갔다.

난 울고 또 울었다. 놈은 내 안의 원초적인 두려움까지 건드렸다. 똑똑한 척, 잘난 척 다 하며 범죄 심리학을 들먹이고 우위가 범인을 잡으러 갈 때마다 쫓아가겠다고 고집을 부렸으면서, 막상 내 일이 되니 나도 두려움에 떠는 것 말고는 할 수 있는 게 없었다. 놈은 날 짓밟고 고통스럽게 할 것이다. 극심한 공포 속에 서서히 죽어가게 할 것이다.

잠시 후 놈이 커다란 상자를 끌며 요란하게 돌아왔다. 도구 상자인 모양이었다. 이 집에 숨겨놨거나 줄곧 차 안에 싣고 다녔을 것이다.

눈물이 멈췄다.

놈이 톱을 들고 다가왔다. 가면을 쓰고 있었다. 아무 무늬도 없는 새카만 가면이 놈의 눈과 코와 입을 삼켜버린 것 같았다. 이때 놈의 귀 뒤에서 목까지 이어지는 큰 흉터가 똑똑히 보였다. 놈은 줄곧 쉰 목소리를 냈는데 놈의 본래 목소리일까 위장일까? 놈은 피해자 앞에서 욕망은 거침없이 드러냈지만 겉모습은 철저히 숨겼다.

"피해자를 똑바로 보는 게 무서워?"

"뭐?"

"그렇게 감춘다고 달라지는 건 아무것도 없어."

놈은 말없이 날 응시했다. 가면 뒤에 숨은 눈이 어둡게 빛났다.

"날 죽이고 토막 내도, 그리고 더 많은 사람을 죽여도 마찬가지로 달라지는 건 아무것도 없고, 네 마음은 여전히 공허할 거야. 네가 진심으로 원하는 걸 가져본 적이 없을 테니까. 널 두렵게 만드는 건 네 안의 두려움이야. 넌 지금 아무 소용 없는 짓을 하고 있어. 한번 발을 들이면 멈출 수가 없을 거야. 예전의 삶으로 돌아갈 수 없다고. 그럼 결국 경찰에 잡힐 거고 이번 생은 그걸로 끝이야. 지금이라도 톱을 내려놔. 아직 늦지 않았어. 난 네 얼굴을 못 봤고 아무도 네 정체를 몰라. 지금 멈추면 평온한 삶으로 돌아갈 수 있어."

놈은 잠시 가만히 있다가 씩 웃으며 입을 열었다.

"맞아, 이번이 처음이긴 해. 어렴풋이 떠오르는 미래의 기억을 제외하면. 하지만 해보지도 않고 어떻게 알아? 솔직히 넌 좀 특별해. 내가 생각했던 거랑 완전히 달라. 죽이기 아까울 정도야. 그리고 넌 나를 아주 잘 아는 것 같고. 맞지? 그럼 내가 이미 멈출 수 없다는 것도 알겠네. 아주 오랫동안 꿈꿔온 일이거든."

놈이 천천히 톱을 들이밀었다. 얇은 여름옷이라 톱날의 서늘한 기운이 이미 피부로 느껴졌다.

이렇게 죽는 걸까. 혹시 목숨은 건진다 해도 죽느니만 못하겠지.

톱이 점점 가까워지면서 놈의 입가에서도 미소가 사라지고 긴장한 표정이 되었다. 내 몸은 의지와 상관없이 덜덜 떨렸다.

창밖의 바람이 멈췄다. 새들도 떠나고 나무도 고요해졌다. 깊은 산속에는 인적이라고는 없었다.

그때였다. 어렴풋이 들려오는 자동차 소리에 놈도 나도 멈칫했다. 난 누군가 우연히 이곳을 지나간다는 사실에 놀랐고, 저 자동차가 이 집을 그냥 지나쳐 가지 않기를 간절히 바랐다. 내가 막 소리를 지르려는데 놈이 먼저 내 입을 틀어막았다. 놈을 걷어차며 발버둥 쳤지만, 놈은 다른 한 손으로 가볍게 내 다리를 붙잡고 온몸으로 날 찍어 눌렀다. 놈은 체격이 크지는 않아도 다부지고 힘이 있는지라 나는 꼼짝도 할 수 없었다.

자동차가 가까워졌다가 다시 멀어지는 소리를 들으며 또 한 번 눈물이 흘렀다. 내 평생 가장 절망적인 순간이었다. 그리고 내 평생 최대한의 힘으로 저항한 순간이었다. 놈은 보란 듯이 웃었지만 얼굴엔 땀방울이 맺혔다.

자동차 소리가 완전히 사라졌다. 나는 정지 화면처럼 여전히 놈에게 깔려 있었다. 한쪽은 처음으로 범죄를 저지르는 똑똑한 사이코패스고 다른 한쪽은 처음으로 피해자가 된 추리소설 작가였다. 나는 직감적으로 놈이 나만큼 긴장하고 있음을 알았다.

그 이후 벌어진 일들은 정말 순식간이었다.

쾅!

누군가 문을 걷어차고 뛰어 들어왔다. 눈물 때문에 시야가 흐릿했지만 강직한 선스옌 얼굴이 보였다. 그 뒤로는 결연한 표정의 창위도 따라 들어왔다. 실내 상황을 확인한 두 사람은 경악과 분노를 감추지 못했다. 그 둘을 보는 순간, 놈에게 짓눌려 완전히 수그러들었던 에너지가 다시 희미하게 타오르기 시작했다.

두 사람이 어떻게 날 찾았을까? 두 사람이 놈을 제압할 수 있을까? 순간 내 머릿속에서 어떤 생각 하나가 폭죽처럼 펑 터졌다.

어머니와 우먀오, 그리고 딩 팀장과 범인 모두 미래에 관한 흐릿한 기억 혹은 잔상이 있었으니, 선스옌과 창위도 조각조각 흩어진 미래를 봤을지 모른다.

내가 흐느끼는 것과 동시에 놈은 벌떡 일어나 선스옌과 뒤엉켜 싸우기 시작했다. 태권도 검은 띠 유단자 창위도 전혀 주눅 들지 않고 놈의 주먹을 가볍게 피한 뒤 내게 다가와 작은 칼로 밧줄을 잘라주었다. 나는 말없이 가만히 보고만 있었다. 내 손발에 묶인 밧줄을 다 끊어낸 뒤 챵위는 날 일으키며 두서없이 중얼거렸다.

"잘했어, 따주 여신……. 정말 대단해. 이젠 괜찮아……."

우린 꼭 끌어안았다.

일대일 싸움이면 놈은 당연히 선스옌을 이길 수 없다. 잠깐의 틈을 노려 놈은 휙 돌아서서 밖으로 도망쳤다. 하지만 선스옌이 순순히 보내줄 리 없었다.

"둘은 여기 있어."

"조심해!"

챵위가 선스옌 등에 대고 소리치고는 날 부축해주었다.

"걸을 수 있겠어?"

내 몸은 아직도 덜덜 떨렸다.

"응."

챵위와 함께 밖으로 나온 후에야 이 깊은 숲속에 좁다란 찻길이 나 있다는 것을 알았다. 아마 평소에는 이 길을 지나가는 차량이 거의 없을 것이다. 시력 좋은 챵위가 어딘가를 가리켰다.

"저쪽에 있네."

놈이 도망가고 있었다. 길 끝에 흰 자동차가 보였는데, 눈에 띄게 세워져 있는 걸로 보아 챵위와 선스옌이 타고 온 차 같았다. 그리고 조금 더 멀리 숲속에 검은 자동차 한 대가 숨겨져 있는 게 어렴풋이 보였다. 놈은 엄청 빨랐지만 선스옌도 만만치 않았다. 추격전이 한참 이어졌다.

챵위가 내 손을 꼭 잡았다. 난 아직 꿈을 꾸는 것처럼 몽롱하고, 다시 땅을 밟고 있다는 사실이 실감나지 않았다. 지금 선스옌을 지켜보는 챵위 마음을 알 것 같았다. 나도 빨리 우위 곁으로 가고 싶으니까. 하지만 놈에게 휴대전화를 뺏겼고 우위가 어디 있는지도 모른다.

나는 살았다. 죽지 않고 멀쩡히 살아서 여기 서 있었다. 내 가장 친한 친구가 나를 지옥에서 구해주었다. 아위, 혹시 고통받고 있더라도 꼭 버텨줘. 절대 포기하면 안 돼.

탕!

갑자기 들려온 날카로운 파열음에 머릿속이 하얘졌다. 이 소리는…….

쫭위도 멍하니 한 곳을 바라보고 있었다.

뒤쫓던 사람이 푹 고꾸라졌다. 쫓기던 놈은 순식간에 사라졌다.

이 소리는, 총성이었다.

익숙한 장면이 머릿속에 떠오르면서 마음 깊이 잠들어 있던 슬픔이 다시 내 심장을 할퀴기 시작했다.

안 돼! 선스옌, 죽으면 안 돼. 이렇게 또 보낼 순 없어.

쫭위는 내 손을 놓고 선스옌을 향해 있는 힘껏 달려갔다. 난 머릿속이 새하얘진 채로 쫭위 뒤를 따라갔다.

우리가 막 선스옌 가까이 갔을 때 선스옌이 팔을 움직이더니 바닥을 짚고 몸을 일으켜 앉았다. 쫭위가 선스옌을 와락 껴안았다.

"괜찮아? 다친 데 없어?"

선스옌은 얼굴이 창백하고 가슴에는 총알구멍이 보였지만 피는 흐르지 않았다. 선스옌이 쫭위를 응시하며 말했다.

"방탄조끼 입었거든."

두 사람은 서로를 꼭 끌어안았다.

눈앞의 두 사람을 보며 안도감에 눈물이 터져 나올 것만 같았다. 이때 멀리서 자동차 소리가 들렸다. 놈은 도망쳤다.

쫭위의 휴대전화를 빌려 우위에게 전화했지만 계속 연결이 되지 않았다.

"지금은 전화를 받을 수 없으니……."

창위가 내게 다가왔다. 선스옌은 조금 떨어진 곳에서 현지 경찰과 계속 통화를 하고 있었다.

창위는 아직 눈가가 빨갰다. 우린 서로를 꼭 껴안았다.

"따주, 정말 걱정했어. 무슨 일 생겼을까 봐 얼마나 무서웠다고 ……."

"두 사람이 날 살렸어……. 두 사람 아니었으면 내 몸은 이미 두 동강 났을 거야. 상반신만 남은 상태로 만날 뻔했어."

창위가 내 머리를 헝클어뜨리며 말했다.

"지금 농담이 나와?"

"그런데 여긴 어떻게 찾았어?"

"우위 집에 찾아갔더니 약 사러 나갔다고 해서 전화했는데 계속 안 받잖아. 그래서 위치 공유 어플 열어봤지."

"거기에 이 위치가 찍혔어?"

"여기 산자락에서 신호가 끊겼더라고. 그놈이 거기다 따주 휴대전화를 버렸을 거야. 선스옌이 보더니 신호가 끊긴 지 얼마 안 됐으니까 차 바퀴자국이든 버린 휴대전화든, 사람 발자국, 목격자, 뭐든 흔적이 남아 있을 거라고 당장 찾으러 가자고 하더라고. 늦어서 흔적이 사라지면 더 찾기 힘들어진다고. 다행히 비온 뒤라 바퀴 자국이 선명히 남아 있었어. 산으로 올라가는 차를 봤다는 마을 사람도 있었고. 그렇게 뒤쫓아서 여기까지 온 거야."

창위는 차분하게 말했지만 나는 손에 땀이 났다. 두 사람이 나를 찾아내줘서 얼마나 다행인지……. 이 두 사람이 손을 잡았기에 일어날 수 있는 행운이었다.

나는 창위 손을 꼭 잡았다. 울컥해서 아무 말도 할 수 없었다. 창위는 또 선스옌 쪽을 흘끔 보았다. 선스옌을 바라보는 눈빛에 수많은 감정이 스쳐 가는 게 느껴졌다.

"두 사람……."

챵위는 내가 뭘 물을지 안다는 표정을 짓더니 고개를 숙이고 잠시 말이 없었다. 이렇게 순수하고 슬픈 표정의 챵위는 처음 봤다.

그날 챵위는 내 부탁을 받고 당당하게 경찰서에 가서 선스옌을 찾았다고 한다. 하늘이 핏빛으로 물드는 저녁 무렵이었는데 밖으로 걸어 나오는 선스옌을 보자마자 넋이 나갔다고.

"그런 느낌 알아? 분명히 처음 본 사람인데 왠지 어디선가 본 것 같은 기분……. 전생에 만났었나 싶고, 심장이 막 두근거리고……."

나는 아무 말도 하지 않았다. 그때 선스옌은 어떤 기분이었을까?

교차점에 가까워지면서 두 시간선과 관련된 모든 사람이 영향을 받은 게 분명해 보였다. 챵위 말을 듣다 보니 더욱 그런 확신이 들었다. 어쨌든 챵위가 횡설수설하며 내가 부탁한 말을 전했는데 그 돌부처 같은 선스옌이 챵위 손을 덥석 잡으며 이렇게 말했다고 한다.

"우리 어디서 만나지 않았나요? 꿈에서 만났나……. 아니면 전생에서? 분명히 처음 만났는데, 처음이 아닌 것 같은 묘한 느낌이에요. 이대로 보내고 싶지 않네요."

챵위는 차분하게 이야기를 들려주었지만 간간이 희미하게 눈물이 비쳤다. 나도 두 사람이 다시 만나 기뻤지만 슬픈 예감을 지울 수가 없어 가슴이 아팠다.

"그리고?"

챵위 볼이 살짝 빨개졌다.

"음……. 그리고 같이 저녁 먹었어. 근데 나쁜 놈이야. 갑자기 기습 키스를 하잖아. 아, 이 몸은 심지어 첫 키스였단 말이야. 젠장! 경찰이 그래도 되는 거야? 난 아직 대학생인데……."

'너도 이미 첫 키스가 아니란다.'라고 말하고 싶어 입이 근질거렸다. 첫 키스뿐이야? 이미 첫 경험도……. 하지만 두 사람은 다시 한번

'처음'을 맞이하겠지.

"키스도 익숙한 느낌이었던 거 아니야?"

좡위는 살짝 머뭇거리다가 대답했다.

"응. 그리고 그날 밤 이상한 꿈을 꿨어. 희한한 일이 계속 이어지는……."

나는 순간 흠칫했다.

"혹시, 선스옌이 총에 맞았어?"

"응. 그것 말고도 많아. 도저히 잠을 잘 수가 없어서 다시 그 사람을 찾아가려고 했는데…… 기숙사 앞에 와 있었어. 그 사람도 엄청 혼란스럽다고 하면서 내 손을 꼭 잡더라고. 절대 놓지 않을 거라면서……."

좡위는 당황스럽기도 하고 슬퍼 보이기도 했는데 어쨌든 기쁨과 행복이 더 커 보였다. 난 좡위를 꽉 안았다.

"선스옌은 네 운명의 남자야. 다시 만났으니 절대 헤어지지 마."

"우리가…… 다시 만난 거라고?"

난 고개를 끄덕였고 좡위는 더 이상 묻지 않았다. 만약 물어봤다면 어디서부터 대답해야 했을까? 이미 몇 번이나 설명했고, 이야기는 매번 더 길어졌다. 좡위는 매번 선스옌을 알게 됐고, 난 매번 이 혼란스러운 상황을 좡위한테 설명했다. 아마도 그래서 미래의 내가 좡위에게 지난 1년 동안 우리가 뭘 했느냐고 물었을 때 좡위는 전혀 이상하게 생각하지 않았던 것이다. 희미하긴 해도 좡위의 과거와 미래의 나에 대한 기억이 존재했으니까.

그런데 왜 갑자기 슬퍼질까.

좡위와 선스옌은 뭔가 이상하다고 생각되는 게 너무 많아서 그 희미한 기억의 답을 찾으려고 우위와 나를 찾아온 것이다. 갑자기 쑤저우행 비행기에 몸을 실은 탓에 내내 마음이 복잡했고, 그래서 나한테 미리 전화도 못 했다고. 그렇게 두 사람이 쑤저우에 온 덕분에 내 목숨을 구할 수 있었다.

나는 내가 겪은 일들을 처음부터 다시 이야기했고, 창위는 조용히 들었다. 이렇게 복잡한 일들과 상식을 초월하는 시공간 이야기를 이해해줄 수 있는 사람은 창위뿐이었다. 예전에는 흥분하고 놀라더니 이번에는 몇 번 눈이 휘둥그레졌을 뿐 대체로 침착했다.

선스옌이 통화를 마치고 우리에게 걸어왔다. 그의 시선은 대부분 창위에게 머물렀다. 서로를 바라볼 때, 두 사람의 눈빛은 확실히 특별했다. 우위와 나도 그렇겠지?

그런데 선스옌 표정이 심각해 보였다.

"우위 씨는 다른 놈한테 잡혔는데 다행히 탈출했고 놈은 체포됐다고 합니다. 천싱젠이라는 놈이라고 하네요."

잘됐다! 하지만 내가 안도의 숨을 내쉬기도 전에 선스옌이 말을 이었다.

"우위 씨가 많이 다친 모양이에요. 병원으로 이송됐답니다."

56

우위

이런 꿈은 처음이었다.

끊임없이 무너지는 미래도, 우먀오와 탄자오의 울음도 없었다. 밝은 태양이 비추는 모래사막을 하염없이 걸었다. 지치거나 갈증이 나지는 않았다. 오히려 마음이 평온했다.

그렇게 걷다가 오아시스를 만났다. 물은 맑고 투명했고, 시원한 바람이 불어왔다. 뭔가 익숙한 느낌이었다. 내 인생에도 분명히 이렇게 평온한 순간이 있었는데…….

오아시스 맞은편에 여러 사람이 서 있었다. 우먀오, 탄자오, 엄마, 쟝위, 선스옌, 딩 팀장, 그리고 예전에 날 도와줬던 친구들……. 얼굴은 잘 보이지 않았지만 우리 사이에 흐르는 따뜻한 마음이 느껴졌다.

나는 물을 건너기 시작했다. 그들을 바라보며 밝은 빛과 희망을 향해 걸었다.

지난 1년 동안 이토록 평온한 적이 있었을까?

꿈이 멀어지고 다시 어둠 속으로 가라앉는 순간, 내가 뭔가를 이겨냈다는 사실을 깨달았다.

1년 가까이 날 괴롭히던 악몽을 이겨내고, 가슴 깊이 생겨난 블랙홀에서 빠져나왔다. 천싱젠과 목숨 걸고 싸울 때, 삶에 대한 강렬한 열망과 탄자오를 향한 거대한 사랑이 내 안에 가득 차오르면서 모든 마음의 상처가 치유된 것이다.

　　지난날의 내 인생은 범죄자에게 갈기갈기 찢겼지만 지금의 나는 목숨을 걸고 온전한 내 인생을 지켜냈다.

　　자오자오, 우먀오. 이제 더 이상 나에게 고통과 두려움은 없어. 두 사람 곁으로, 내 삶의 행복이 존재하는 곳으로 반드시 돌아갈 거야. 무엇도 날 막을 수 없어.

＊＊＊

　　눈을 떴다. 새하얀 천장이 보이고 병원 특유의 약 냄새가 맡아졌다. 온몸에는 붕대가 감겨 꼼짝도 할 수 없었다. 강렬한 통증이 몸 전체를 휘감았지만 마음은 평온했다.

　　창밖이 어두워 시간을 가늠할 수 없었다. 탄자오가 내 옆에서 침대에 엎드려 있었다.

　　깊은 안도감이 밀려왔다. 탄자오를 향해 손을 뻗으려고 꿈지럭거리는데 그녀가 고개를 들었다. 나는 탄자오 눈을 응시하며 말했다.

　　"자오자오, 이리 와."

　　목소리가 심하게 갈라져서 내 목소리가 아닌 것 같았다.

　　금세 눈물이 차오른 탄자오가 벌떡 일어나 침대 머리맡으로 와 앉아 내 손을 꼭 잡았다. 나는 천천히 탄자오 얼굴을 매만졌다. 탄자오가 고개를 살짝 돌려 내 손에 입을 맞췄다. 우리는 한동안 아무 말 없이 그렇게 서로를 느꼈다.

　　"많이 아프지? 병원에 도착했을 때 온몸이 피투성이였대."

나는 왠지 웃음이 났다.

"응. 아파 죽는 줄 알았어. 그런데도 온통 네 생각뿐이었어."

탄자오가 울먹거렸다.

"웃음이 나와? 급소를 찔리지 않아서 천만다행이라고 하더라고."

"날 천천히 괴롭힐 생각이었을 테니 급소를 찌르지는 않았겠지."

"그놈은 이제 끝났어. 네 덕에 이번엔 확실한 증거를 잡았으니까 아마 감옥에서 수십 년은 썩어야 할 거야. 아위, 네가 드디어 과거를 바꿨어."

지하 창고에 쓰러져 있던 여자가 떠올랐다. 천싱젠을 제압한 후 정신을 잃은 채 쓰러져 있는 여자의 상태를 살피는데 경찰이 도착했다. 이제야 마음이 벅차올랐다. 탄자오 말대로다. 과거가 바뀌었다.

한 놈은 해결됐고, 다른 한 놈은 어떻게 됐지? 그놈은 중간에 나타나 날 공격하고 다시 사라졌다.

'네 여자는 지금 내 친구랑 같이 있어.'

천싱젠의 말이 떠오르며 갑자기 머릿속이 하얘졌다. 그러고 보니 탄자오의 모습이 조금 이상했다. 어깨에 경찰복을 걸쳤는데 안에 입은 옷은 지저분하고 찢어진 곳도 있었다. 강하게 압박당했는지 손목에는 빨간 흔적도 남아 있었다. 탄자오 손목을 붙잡고 물었다.

"무슨 일 있었어?"

탄자오는 잠시 머뭇거리다가 내 손을 잡으며 대답했다.

"난 괜찮아. 다른 한 놈한테 잡혔는데 다친 데도 없고 쾅위랑 선스옌이 금방 달려와서 구해줬어. 그놈은 선스옌이 거의 잡을 뻔했는데 놓쳤어. 난 정말 하나도 안 다쳤어. 너야말로 이렇게……."

마음이 찢어질 것처럼 아팠다. 탄자오는 담담한 표정을 지어 보였지만 어두운 그림자가 드리운 게 느껴졌다.

"자오자오, 좀 더 가까이 와봐."

이미 가까웠지만 탄자오는 내 말대로 조금 더 다가왔다. 난 탄자오 뒤통수를 감싸고 더 가까이 끌어당겼다. 탄자오 눈이 바로 코앞에 있었다.

"많이 무서웠지?"

탄자오는 살짝 표정이 굳은 채 말없이 입술만 깨물었다.

"잘했어. 넌 내가 본 여자 중에 가장 용감하고 가장 똑똑해. 사랑해, 탄자오."

탄자오가 고개를 숙이고 숨죽여 흐느꼈다. 나는 팔을 뻗어 가만히 탄자오를 감싸 안았다. 탄자오가 무슨 일을 당했는지는 상상도 할 수 없지만 나와 마찬가지로 지옥 같은 경험을 했을 것이다. 그 무서운 순간을 탄자오 혼자 겪어야 했다니…….

도저히 감정을 주체할 수 없어 상처 따위 신경 쓰지 않고 탄자오를 더 세게 끌어안았다. 탄자오도 긴장이 풀렸는지 내 어깨에 얼굴을 묻고 맘껏 울었다. 나는 탄자오의 머리카락과 이마에 키스했다. 이어 그녀의 뺨을 지나 입술에 안착했다. 우리는 고요한 병실에서 강렬한 키스를 나누었다. 우리 둘 다 입술이 얼음장처럼 차가웠다. 나는 탄자오 입술을 간절히 원했다. 그녀의 눈물이 내 입 안으로 스며들어 짠맛이 느껴졌다. 나는 짠 입술로 그녀의 입술을 열렬히 탐했다.

"너무 무서웠어……. 아위, 정말 무서웠어. 고통당할까 봐, 살아도 죽느니만 못한 꼴이 될까 봐, 아플까 봐, 죽을까 봐, 그리고 다시는 널 못 볼까 봐……."

"미안해……."

"네가 뭐가 미안해?"

"널 지켜주지 못해서, 곁에 있어주지 못해서."

"네 잘못이 아니야. 게다가 넌 다른 놈을 잡았잖아. 네가 아니었으면 이 사건은 여전히 오리무중이었을 거야."

"앞으로는 우리 절대 떨어지지 말자. 이젠 네 곁을 떠나지 않을 거야."

탄자오는 꼭 잡은 우리 손을 내려다보며 대답했다.

"응. 영원히 너랑 함께할 거야."

탄자오의 이 한마디에 내 마음속 가득히 온기와 달콤함이 퍼졌다. 하지만 동시에 마음이 저리기도 했다. 순간, 아주 명확하고 강렬한 충동에 사로잡혔다. 나는 탄자오의 약지를 살포시 잡고는 떨리는 목소리로 말했다.

"탄자오, 나중에 나랑 결혼해줄 거지?"

탄자오가 흠칫하는 게 느껴졌다. 목이 타들어갔다. 병실은 우리 둘 숨소리가 들릴 정도로 고요했다.

"지금은 반지는 없지만, 집도 없고 차도 없지만, 앞으로 노력해서 다 해줄게."

탄자오가 울먹였다.

"이거 프러포즈야?"

웃음이 터지는 바람에 상처가 욱신거렸다.

"그럼 뭐겠어?"

"근데 왜 하필 지금이야?"

"지금부터 남은 모든 인생을 너랑 함께 보내고 싶으니까."

"엄청 엄청?"

"응, 엄청 엄청."

"후회 안 할 자신 있어? 평생 이렇게 잘해줄 거야?"

눈물이 나려는 걸 간신히 참았다.

"후회를 왜 해. 평생 잘할게."

탄자오가 눈물을 닦고 힘차게 대답했다.

"좋아. 그럼 약속한 거다."

잠시 후 선스옌과 챵위가 들어왔다. 나는 놀라지 않았다. 우리 주변 사람들 모두 시간선의 영향을 받아 어느 정도 미래를 감지하고 있으니 두 사람도 예외가 아닐 터였다. 두 사람에게 정중히 감사의 인사를 했다.

"탄자오를 구해줘서 정말 고마워요."

선스옌이 살짝 고개를 끄덕였다. 선스옌 입장에서는 나를 만나는 것이 또 처음이다.

"당연히 해야 할 일이었는데요 뭐. 두 분께 여쭤볼 게 있는데 그건 나중에 다시 얘기할게요."

"알겠습니다."

역시 나를 처음 보는 챵위가 나를 뚫어져라 보며 인사를 건넸다.

"카센터 기사님? 만나서 반가워요. 고맙다는 인사는 됐어요. 내 친구를 위한 일이었으니까. 초면에 실례지만 뭐 하나 물어봐도 돼요? 우리 따주랑 진도가 어디까지 나간 거예요?"

순간 훅 열이 오르는 기분이었다. 탄자오도 얼굴이 빨개졌다. 나는 탄자오 손을 잡으며 대답했다.

"챵위, 걱정 말고 탄자오는 나한테 맡겨. 우리…… 결혼할 거야."

선스옌은 약간 놀란 듯했지만 금방 미소를 지었다.

"축하드려요."

탄자오는 얼굴이 새빨갛게 달아올랐지만 눈은 웃고 있었다. 챵위는 탄자오의 수줍은 표정을 보며 뭔가 복잡 미묘한 표정을 지었다.

"세상에! 결혼한다고? 안 돼……. 따주, 이렇게 쉽게 넘어가는 거야? 따주가 나보다 먼저 가다니……. 잠깐, 뭐야? 내가 모르는 뭔 일이 있었던 거야?"

"숙녀분, 좀 진정하시죠?"

선스옌이 살짝 눈살을 찌푸렸지만 챵위는 전혀 신경 쓰지 않고 우리 둘을 번갈아 쳐다봤다. 우린 그저 웃었다.

나중에 딩 팀장의 동료 형사와 담당 의사가 들어왔다. 진찰받으랴, 조사받으랴 한참 정신이 없었다. 지치고 힘들었지만 경찰에 적극 협조하고 싶어서 내가 겪은 일을 최대한 자세히 설명했다. 탄자오와 창위는 자리를 피했고 선스옌은 용의자를 추격했던 경찰로서 함께 조사를 지켜봤다. 형사가 조사를 마치고 수첩을 덮으며 말했다.

"일단 몸조리 잘하세요. 딩 팀장님은 지금 수사팀을 이끄느라 정신이 없어서 나중에 병문안 오신댔어요."

형사가 돌아간 후 잠시 선스옌과 나만 남았다.

"지금 상황이 어떻게 돌아가고 있는 거예요?"

"우위 씨 쪽도, 탄자오 씨 쪽도, 갑자기 일이 터졌어요. 하지만 이미 추가 지원을 요청했고, 딩 팀장이 팀을 지휘해서 곧 대대적인 수색을 펼칠 거예요."

"사건 해결 가능성이 얼마나 될까요?"

선스옌이 조금 움찔했다. 아마도 내 말투가 너무 익숙하게 느껴진 모양이었다. 하지만 내색하지 않고 대답했다.

"제가 보기엔 해결될 가능성이 커요. 두 놈 다 현장을 미처 정리하지 못해서 증거를 많이 남겼고, 천싱젠은 현장에서 검거돼서 지금 심문 중이고요. 이렇게 된 이상 나머지 한 놈도 빠져나갈 구멍이 없죠."

나는 조용히 생각에 잠겼다. 선스옌 말에 동감한다.

이번 시간선에서 놈들이 흐릿하게나마 미래를 볼 수 있으리라고는 상상도 못 했고, 그 때문에 오히려 놈들의 함정에 빠져 탄자오와 내가 죽을 뻔했다. 하지만 놈들도 우리가 탈출에 성공하리라고는 생각지 못했을 것이다. 놈들도 우리만큼 마음이 급했던 것이다. 그래서 이전과 달리 적극적으로 공격하는 바람에 천싱젠이 잡혔고 다른 한 놈은 급히 도망치면서 많은 단서를 남겼다.

이제는 경찰이 결정적인 단서를 찾는 일만 남았고, 이 또한 시간문제일 것이다. 현장에서 발견된 수많은 증거품, 놈이 도망간 길에 설치된 감시 카메라, 무엇보다 공범 천싱젠이 가장 확실한 단서일 테니까.

점점 강한 확신이 들었다. 우리는 그토록 바라왔던 결말에, 그리고 진실에 아주 가까이 왔다. 이제 곧 운명의 전환점을 맞이할 것이다.

"그럼 좀 쉬세요. 두 사람 들어오라고 할게요."

병실을 나서던 선스옌이 문 앞에서 갑자기 걸음을 멈췄다.

"이 사건이랑은 상관없는 일인데, 한 가지 물어봐도 될까요? 이게, 저한테는 아주 중요한 문제라서요……. 저우샤오위랑 저, 도대체 무슨 사이인가요?"

선스옌이 이렇게 물은 건 처음이 아니었다.

지난번 시간선에 있을 때 호텔에서 버림받은 탄자오에게 들은 두 사람 이야기가 생각났다. 그리고 선스옌의 시체를 바라보던 챵위의 눈빛도.

탄자오와 나는 시공간을 떠도는 중이고 우리가 앞으로 어떻게 될지 전혀 예측할 수 없다. 하지만 이 두 사람은 과거와 미래, 어디에서든 꼭 행복하길 바라는 마음이었다. 두 사람이 서로를 잊지 않으면 좋겠다. 아마도 이번이 마지막 타임 슬립일 테니까.

"챵위는 이미 선스옌 씨 여자예요."

선스옌은 넋 나간 표정으로 병실을 나갔다가 두 여자와 함께 돌아왔다. 그리고 무표정한 얼굴로 조금 뒤에 떨어져 섰다. 챵위는 아무것도 모른 채 여전히 발랄했고, 탄자오는 들어오자마자 날 걱정했다.

"좀 쉬어야 하지 않아?"

"엄마랑 우먀오는?"

"조금 전에 어머니한테 전화드렸어. 바로 오신대."

조금 마음이 놓였다.

이때 좡위와 선스옌이 대화를 시작했다.

"선스옌 씨, 표정이 왜 그래?"

"……."

"뭐 잘못 먹었어?"

"쓸데없는 소리 하지 마."

"근데 왜 자꾸 날 째려봐? 어, 어, 왜 잡아당겨?"

선스옌이 좡위 손을 붙잡은 채 난처한 표정을 지었다. 얼굴이 빨
갰다.

"나가서 얘기 좀 하고 올게요."

좡위는 억지로 끌려가는 표정이었지만 눈빛은 은근히 부드러웠다.
탄자오가 두 사람을 보며 손을 흔들었다.

"얼른 가요. 하고 싶은 거 다 하고, 여긴 다시 안 와도 돼요."

두 사람이 나가고 나자 병실은 다시 조용해졌다. 피로가 밀려와 눈
을 감으니 탄자오가 내 이마에 살짝 손을 올렸다.

"힘들 텐데 좀 자."

"엄마랑 우먀오 오는 거 보고. 내 걱정 많이 했을 거야."

탄자오가 갑자기 내 입술에 쪽 하고 입을 맞춰 깜짝 놀라 눈을 떴
다. 탄자오 눈빛이 애잔해 보였다.

"어머니 오시면 못 할 거 같아서."

웃음이 났다. 탄자오는 언제나 날 즐겁게 해준다. 심지어는 생사의
기로에서도.

마음속이 희망으로 가득찼다. 탄자오와 내가 함께할 행복이 점점
가까워지는 느낌이었다.

탄자오는 나와 평생을 함께하기로 약속해줬고 엄마와 우먀오는 무
사히 살아 있다. 잔혹한 범죄자들은 이미 정체가 드러났으니 더 이상
숨지 못할 것이다. 우리는 곧 왜곡된 시간선의 종착점에 도착할 것이

고, 모든 비밀을 풀어내고 평범한 삶으로 돌아갈 것이다.

조용히 탄자오 손을 잡고 탄자오를 응시했다. 탄자오는 침대 옆에 턱을 괴고 앉아 날 올려다봤다.

"왜 자꾸 처다봐?"

"내 와이프 보는 건데."

탄자오는 쑥스러운지 두 손으로 얼굴을 가리고 쿡쿡 웃었다. 나도 웃으며 탄자오 손을 잡아당겼다.

"엄마 오면 바로 말씀드릴 거야."

"뭘?"

"우리가 약속한 거. 평생 함께하기로 한 약속."

57

탄자오

이날 밤을 영원히 잊지 못할 것이다.

우위와 평생을 함께하자고 약속한 밤.

하지만 바로 그 밤, 우위는 또 다시 모든 것을 잃을 뻔했다.

병원에 도착한 우위 어머니는 우위를 보자마자 눈물을 쏟았다.

"이게 다 어떻게 된 거니? 어쩌다 이렇게 많이 다쳤어?"

우위는 많이 아프고 힘들 텐데 오히려 어머니를 위로했다.

"나쁜 놈들 잡으려다 조금 다친 거야."

쫭위가 팔꿈치로 쿡쿡 찌르자 선스엔도 한마디 거들었다.

"어머니, 정말 감사드립니다. 우위 씨가 큰 도움을 줬어요. 우위 씨 아니었으면 정말 큰일 날 뻔했습니다."

그래도 우위 어머니는 눈물을 그치지 못했다.

"그렇게 베이징에서 공부나 열심히 하지. 혹여나 잘못됐으면 어쩔 뻔했어?"

우위는 따뜻하고 부드러운 눈빛으로 어머니를 바라보며 손을 꼭 잡았다.

"엄마, 날 그냥 믿어줘."

그러고는 나를 바라봤다. 지금 그의 마음속에 뒤얽힌 복잡한 심경을 알 수 있는 사람은 나뿐이었다. 나도 어머니를 안심시키려고 몇 마디 거들었다.

"의사 선생님이 위험한 상태는 아니라고 했으니까 너무 걱정 마세요."

어머니는 그제야 눈물이 잦아들었다.

"우먀오는?"

"엄마가 전화했어. 금방 올 거야."

"이 밤에 같이 안 있었어?"

"그게…… 탄자오가 안 보이고 전화도 안 되니까 걱정돼서 찾으러 나갔어. 너도 전화가 안 되고……."

우위는 말없이 병실 문을 응시했다. 왜 이렇게 불안하지? 우위가 다시 날 바라봤다. 난 우위 뜻을 눈치채고 휴대전화를 건넸다. 우위는 우먀오 전화번호를 누르고 스피커폰을 켰다. 다들 숨죽이고 휴대전화만 쳐다봤다.

연결음이 열 번 넘게 울리도록 우먀오는 전화를 받지 않았다. 우위는 침착하게 다시 전화를 걸었다.

다시 한번.

또 다시 한번.

"얘가 왜 이렇게 전화를 안 받지?"

설마…… 아니겠지……. 아닐 거야. 우먀오, 빨리 전화받아, 얼른. 혹시 벨소리를 못 들었나?

시간은 1분 1초 계속 흘러갔다. 우위는 무표정한 얼굴로 휴대전화 연결음을 들으며 꿈쩍도 하지 않았다. 우위 마음 깊은 곳에 단단히 자리 잡은 그 어두운 그림자가 다시 꿈틀대는 게 느껴졌다.

이때, 우리 모두의 바람이 통했는지 전화가 연결됐다. 표정이 싹 바뀐 우위가 고함을 쳤다.

"우먀오! 너 어디야? 왜 이렇게 전화를 늦게 받아?"

수화기 너머에서는 바로 대답이 없었다. 몇 초 뒤에야 우먀오 목소리가 들려왔다. 휴대전화에서 조금 떨어져 있는지 목소리가 작았지만 분명히 우먀오였다.

"오빠…… 미안해……."

우위 표정이 확 굳었다.

"나…… 그 사람 마주쳤어……. 결국 마주쳤어……. 도망칠 수가 없었어……. 잘 있어, 오빠. 엄마 잘 부탁해……."

우먀오는 흐느끼느라 더 이상 말을 잇지 못했고 잠시 후 전화가 끊어졌다.

순간, 병실에는 깊은 침묵이 내려앉았다. 가장 먼저 입을 연 사람은 우위 어머니였다. 어머니가 휴대전화를 빼앗아 들며 물었다.

"무슨 일이니? 우먀오가 왜? 어떻게 된 거야?"

어머니는 이미 눈물을 흘리기 시작했다. 창위는 하얗게 질렸고 선 스옌은 다급하게 뛰어나가며 소리쳤다.

"딩 팀장한테 알릴게요."

난 머릿속이 멍했다. 무슨 일이 벌어졌는지 실감 나지 않았다. 잠시 후, 강렬한 분노와 슬픔이 내 심장을 쥐어뜯기 시작했다.

결국 일이 벌어지고야 말았다.

어떻게 이럴 수가 있지? 놈이 왜 도망치지 않고 더 강하게 반격해 온 거지?

우위와 나를 노린 게 분명했다. 모든 걸 걸고 우리와 정면 승부를 벌이려는 것이다.

"우위!"

어머니와 챵위가 동시에 소리를 지르는 바람에 정신이 번쩍 들어 우위를 쳐다봤다. 우위는 가슴을 부여잡고 피를 토했다. 침대 시트가 빨갛게 젖었다. 우위가 손으로 얼굴을 가렸지만 손가락 사이로 흘러내리는 눈물이 똑똑히 보였다.

"괜찮아? 의사 선생님! 여기요!"

챵위가 의사를 부르러 병실 밖으로 뛰어나갔다. 어머니가 우위를 붙잡고 상태를 살피려 했지만 우위는 끝내 얼굴을 가린 손을 떼지 않았다.

어지러웠다. 우위에게 다가가고 싶은데 다리가 움직이지 않았다. 지금은 어떤 말로도 우위를 위로할 수 없다는 걸 잘 알았다…….

힘없이 돌아서서 밖으로 나갔다. 허공을 걷는 것처럼 발밑이 붕 뜬 기분이었다. 그렇게 아무도 없는 복도 끝까지 걸어가 난간을 붙잡고 창밖 먼 곳을 응시했다. 이 도시가 이렇게 컸구나. 정말 크네. 이 큰 도시에 얼마나 많은 범죄가, 얼마나 많은 슬픔과 불행이 도사리고 있을까?

우먀오의 밝은 미소가 떠올랐다. 나를 향해 늘 유쾌하게 "따주 여신!"을 외치던 우먀오, 우위에게 쫓겨나 거실에서 자면서도 불평 한마디 없던 우먀오, 다음 날 아침이면 짓궂게 눈을 깜빡이던 우먀오, 오빠의 눈치를 보며 책상 앞에는 앉았지만 좀이 쑤셔 가만있지 못하던 우먀오, 슬그머니 "새언니, 우리 오빠랑 언제 결혼할 거예요?"라고 물어 나를 내심 기쁘게 했던 우먀오, 맑고 투명한 눈빛으로 가족들과 나를 바라보던 우먀오…….

그런 우먀오가 울먹이며 우위에게 작별 인사를 했다.

눈물이 하염없이 흘렀다. 우먀오, 절대 아무 일도 없어야 해. 우리가 얼마나 노력했는데, 우위가 시공간을 오가며 너를 되찾으려고 얼마나 고생했는데……. 지금 얼마나 무서울까. 우먀오는 어쩌면 이미 고통을 당하고 있을지도 모르는데, 나는 뭘 할 수 있을까? 부디 잘 버텨줘, 우먀오. 절대 죽으면 안 돼. 우리가 널 구해낼 거야. 기다려줘. 그 과거가 반복되는 건 절대 받아들일 수 없어. 특히 우위는 더 이상 견디지 못할 거야…….

그놈을 정말 죽어버리고 싶었다. 내가 납치당했을 때보다 더 증오스러웠다. 놈은 우위의 모든 희망을 꺾어버렸다. 어떻게 하면 우리를 철저히 무너뜨릴 수 있는지 잘 아는 것이다.

격해진 마음을 추스르기도 전에 누군가 다가왔다. 촹위였다. 눈이 시큰거리고 입은 떨어지지 않았다.

"여기 숨어서 뭐 해?"

"그냥……."

"그만하면 됐어. 지금 가장 위로가 필요한 사람은 따주 남친이잖아."

다시 눈물이 왈칵 쏟아졌다. 촹위가 내 머리를 끌어안았다. 나는 촹위 어깨에 얼굴을 묻고 울먹였다.

"촹위, 우위는 그동안 정말 힘들었어. 얼마나 의지가 강하고 좋은 사람인데…… 우위가 이렇게 다시 무너지는 건 도저히 못 보겠어. 가슴이 찢어질 것 같아. 우위가 행복할 수 있다면 정말 뭐든지 할 수 있는데……."

촹위가 내 머리를 쓰다듬으며 말했다.

"그러니까 따주가 더 힘을 내야지. 어제 나한테 했던 말 생각나? 우위가 따주한테 '나만의 작은 태양'이라고 했다며? 우위한테는 지금 그 태양이 필요하다고."

"하지만 그 태양도 에너지가 있어야 빛을 내뿜지……."

촹위가 따뜻한 미소를 지었다.

아, 촹위에 대한 내 마음을 어떻게 표현해야 좋을까? 내가 정말 사

222

랑하는 친구. 평소에는 덜렁거리고 무심한 것 같지만, 내가 손을 내밀면 언제나 한걸음에 달려와주고, 진심을 다해 날 위로해주는 친구.

"바보……. 우위가 따주의 태양 아니야? 따주가 빛을 낼 수 있도록 에너지를 주는 사람이 우위잖아. 사랑에 빠진 따주 모습이 어떤지 모르는 거야? 예전이랑 완전히 다르다고. 태양처럼 밝고 눈부신 데다 용감하고 정의롭기까지 해."

나는 조금 민망했고 쾅위의 미소는 여전히 부드럽고 따뜻했다. 덕분에 마음이 많이 진정되었지만 막상 입을 떼니 다시 견딜 수 없이 마음이 아팠다.

"하지만…… 우리가 아무리 과거로 되돌아가도 우먀오는 늘 나쁜 일을 겪었어. 이번에는 구할 수 있을까? 이게 마지막 기회일지도 모르는데……."

"따주 여신님, 냉정하게 생각해. 지금 가장 중요한 게 뭔지 알아? 미래를 아는 사람은 따주와 우위뿐이야. 경찰들은 아무것도 몰라. 그리고 우리 중에서 따주가 범인의 심리를 가장 잘 알아. 우먀오가 살아 있는지, 구할 수 있을지, 따주가 판단하고 우리한테 알려줘야 하지 않겠어? 실낱같은 희망이라도 존재하는 한, 우린 따주 곁에서 끝까지 싸울 거야. 그러니까 따주도 마음 굳게 먹고 우위 곁을 지켜줘. 방금 우위가 퇴원하겠다고 난리를 쳐서 의사가 진정제를 놨어. 훌륭한 여자는 자기 남자가 울게 내버려두지 않아. 다시 힘을 내게 해줘야지."

우위 병실로 돌아갔다.

어머니는 우먀오를 마지막으로 목격한 사람이어서 경찰서에 참고인 조사를 받으러 갔고 병실엔 아무도 없었다.

우위는 깊이 잠들어 있었다. 늘 강하고 듬직했던 우위가 이 순간에는 한없이 여리고 안쓰러워 보였다. 이렇게 핼쑥한 모습도 처음이었다. 거뭇거뭇한 턱수염, 살짝 찡그린 눈, 앙다문 입술을 부드럽게 어루만지다가 손을 꼭 잡고 볼을 마주 대고 비볐다.

간호사가 들어와서 나를 보고는 소파에라도 누워 좀 쉬라고 권했다. 얼마나 피곤했는지 눕자마자 까무룩 잠이 들었다.

눈을 뜨니 이미 서너 시간이 지나 있었다. 그래도 밖은 아직 깜깜했다. 지끈거리는 머리를 누르며 몸을 일으키다가 흠칫 놀랐다. 우위가 언제 깨어났는지, 부릅뜬 눈으로 천장을 노려보고 있었다.

신발을 신을 정신도 없이 맨발로 달려가 우위 손을 잡았다. 우위가 천천히 고개를 돌려 나를 보았다. 우리 둘 다 눈물은 흘리지 않았다.

"아위……."

"나 때문에 놀랐어?"

잔뜩 갈라진 목소리가 애처로워 목이 멨다.

"피를 토하는 건 처음 봐서……."

나는 어색하게 웃었지만 우위는 전혀 웃지 않고 내 손을 꼭 잡았다. 우위의 표정이 너무 안쓰러워 곁으로 더 바짝 다가갔다.

"아위, 아직 우먀오를 구할 수 있어. 절대 포기하지 마. 우먀오가 우리를 기다리고 있잖아."

우위는 말없이 내 손을 더 꼭 잡았다.

"정말이야. 방금 자면서도 계속 생각했어. 놈이 이러는 이유가 뭔지. 놈은 원래 신중하고 주도면밀한 놈인데, 너랑 날 잡았다가 놓치고 경찰이 쫙 깔린 상황에서 우먀오를 잡아갔어. 노출될 위험이 큰데도 말이야. 선스옌이 그러는데 실제로 놈이 단서를 많이 흘려서 잡는 건 시간문제래. 놈도 그걸 분명히 알 테니 목숨 걸고 도망가야 하는 상황인데 도망은커녕 오히려 우먀오를 잡아갔어. 왜 그랬을까? 내가 보기에는, 놈이 냉철하고 머리가 비상하긴 하지만, 자존심도 세고 오만해서인 것 같아. 놈이 저지른 사건만 봐도 갈수록 수법이 잔인해졌잖아.

처음엔 시체 일부를 훼손했다가 그다음엔 사지를 절단하더니 나중엔 완전히⋯⋯. 사이코패스들은 범죄를 거듭할수록 정신분열 상태가 심해져. 흥분과 자극이 강해질수록 열등감이 커지는데 이 모순이 절정에 달하면 내적으로 무너지든 외적으로 폭발하든, 둘 중 하나가 되는 거지. 지금 놈은 미래를 어렴풋이 자각하고 있어. 자기가 뭘 얻게 되는지, 뭘 할 수 있는지 알고 있을 거야. 놈한테 얼마나 매력적인 미래겠어? 그런데 느닷없이 우리가 나타나서 그 미래를 망쳐버린 거야. 그러니 그놈 기분이 어떨까? 우리가 엄청 증오스럽지 않겠어?"

우위의 눈빛이 차갑게 얼어붙었다.

"지금 경찰이 대대적으로 수색을 하고 있으니 놈이 꿈꾼 미래는 더 이상 없어. 우먀오가 놈의 마지막 타깃이 된 거야. 본인이 곧 잡힐 거라는 걸 알면서도 기어이 우먀오를 납치한 건 우리를 도발하고 복수하겠다는 뜻이야. 우먀오는⋯⋯ 어쩌면 지금 엄청 고통받고 있겠지만, 놈이 절대로 바로 죽이지는 않을 거야. 우먀오를 죽이면 다 끝나버리는데, 이렇게 빨리 끝내고 싶지 않을 테니까. 놈이 오랫동안 꿈꿔온 일이잖아. 아마도 우리한테 연락을 해올 거야. 우먀오를 이용해서 우릴 계속 괴롭히겠지. 분이 풀리려면 우리를 더 고통스럽게 만들어야 하니까. 이제 물러설 곳이 없으니 최후의 발악을 하는 거야."

우위가 몸을 일으키려고 애를 쓰기에 얼른 달려가 부축하니 와락 날 끌어안았다.

"자오자오, 네 말이 맞아. 우먀오가 우릴 기다리고 있을 거야."

갑자기 심장이 쿵쾅거렸다. 내 추측이 틀리면 어쩌지? 우위의 확신이 틀리면 어쩌지? 아니야, 냉정하고 객관적으로 분석한 건데, 틀리지 않을 거야. 나 스스로 이 정도 확신도 없으면 안 돼. 난 힘차게 고개를 끄덕였다.

"아위, 걱정 마. 내가 있잖아."

드디어 우위 얼굴에 미소가 번졌다. 쓸쓸함이 담긴 미소이긴 했지만.

"경찰에선 뭐래?"

다행이다. 나의 우위, 희망을 잃고 주저앉았던 우위가 다시 일어섰다. 그럴 거라고 믿었다. 우위는 그런 사람이니까. 결국엔 엄청난 힘을 폭발시켜 운명의 멱살을 틀어쥘 사람이니까.

"선스옌이 갔으니까 곧 소식이 올 거야."

"빨리 나가고 싶어. 이렇게 가만히 누워서 소식만 기다리고 있을 순 없어."

우위의 온몸을 휘감은 붕대에 아직도 피가 스미고 있었지만 난 이를 악물었다.

"알았어. 방법을 찾아보자."

"우먀오가 실종된 정황, 마지막 통화 위치, 현장 CCTV, 그리고 천싱젠 조사 상황…… 경찰이 확보하고 있는 모든 단서가 필요해."

"선스옌한테 부탁해뒀어. 전례가 없는 일이지만 그렇게 해주겠다고 했어."

"고마워."

"고맙긴. 넌 나한테 몸과 마음을 다 바쳤잖아."

우위가 웃었다. 즐거워서 웃는 건 아니어도 웃는 걸 보니 마음이 놓였다. 우위 가슴에 살짝 머리를 기댔다. 우위와 조금이라도 더 가까이 있고 싶었다. 우위가 나지막이 속삭였다.

"자오자오, 영원히 내 곁을 떠나면 안 돼. 난 절대 널 잃을 수 없어."

우리 사이에 처음인 말은 아니었다. 내가 우위에게 고백할 때 했던 말이다.

"아위, 내가 이렇게 한결같은데 아직도 불안해? 난 영원히 네 곁을 안 떠나. 지금까지처럼 앞으로도 영원히. 다른 남자는 이제 눈에 들어오지도 않아. 내 남자가 최고거든. 이 세상에서 가장 멋진 남자인데 어떻게 네 곁을 떠나?"

우위가 피식 웃었다.

"내가 뭐가 최고라는 거야."

"너니까. 내 평생에 너보다 좋은 남자는 없어."

잠시 후 선스옌이 돌아왔다. 비장하고 진지한 표정의 창위도 함께였다. 두 사람 표정을 보니 상황이 급박하게 돌아가는 모양이었다. 우위 표정도 심각해졌다.

선스옌이 복사한 종이를 내밀며 말했다.

"한 시간 전에 우위 씨 집 우편함에서 발견된 겁니다. 원본은 경찰에서 감식 중이고 이건 복사본이에요."

우위가 받아 든 종이에는 이렇게 적혀 있었다.

　　우위, 탄자오.

　　우린 피차 뭘 원하는지 알고 있어.

　　네 여동생은 결국 내 손에 들어왔어. 아주 귀엽고 사랑스러워. 지금 나하고 즐거운 시간을 보내고 있어.

　　사흘을 주지. 사흘 동안 네 여동생은 본래 있어야 할 그곳에 있을 거야.

　　사흘째 일몰이 지나면 다시 내가 데려갈 거야.

58

우위

　한밤중에 깜짝 놀라 잠에서 깼다. 깨고 나서도 한참을 가슴이 답답했다. 세상에는 깊이 생각할 수 없는 종류의 일도 있다. 생각하려고 하면 바로 어둠의 구렁텅이에 빠져버리는.

　하지만 더 이상 당하지 않겠다.

　어둠 속에서 누군가 창문 앞에 서 있는 게 보였다. 사복 차림의 선스옌이었다.

　"가시죠. 둘은 차에서 기다리고 있어요."

　침대를 짚고 몸을 일으키니 선스옌이 다가와 부축해주었다. 한밤중이라 병원 복도에는 오가는 사람이 거의 없었다. 우린 모자를 눌러쓰고 의사와 간호사 눈을 피해 병원을 빠져나갔다.

　우리 넷이 사전에 계획한 일이었다. 병원에서는 경찰과 의사의 시선에서 자유롭지 못해 우먀오 일에 전혀 손을 쓸 수가 없었다. 처음에 선스옌과 창위는 내 상태를 걱정해 주저했는데 탄자오는 바로 오케이 해주었다.

　"네 말대로 하자. 이 일이 너한테 얼마나 중요한지 잘 알아. 그래서 목숨까지 거는 거잖아. 마침 사흘 후면 우린 이 시간선을 벗어나니까 그때까지만 잘 버티면 죽지 않을 거야."

사흘 뒤면 지금으로부터 보름 전인 지하 동굴로 돌아가게 된다. 보름 전의 육체로 돌아가는 것이다.

쫭위가 탄자오에게 엄지손가락을 들어 보였다.

"멋있어! 역시 우리 여신…… 아니, 우위 여신이지."

다 함께 웃음을 터뜨렸다. 선스옌과 눈이 마주쳤는데 나와 같은 마음이 느껴졌다. 이 암담하고 답답한 상황에서도 활짝 웃을 수 있는 건, 바로 이 두 여자가 있기 때문이라고.

선스옌과 함께 병원 뒷문으로 나가니 차 한 대가 기다리고 있었다. 운전석에 앉은 탄자오가 걱정스러운 눈으로 날 바라봤다. 선스옌의 부축을 받아 뒷좌석에 앉자마자 탄자오가 물었다.

"괜찮겠어?"

이 정도 걷는 것만으로도 식은땀이 줄줄 흐르고 온몸이 부서질 것처럼 아팠다.

"생각보다 괜찮아."

조수석에 앉은 쫭위가 휘파람을 휙 불었다.

탄자오가 마련한 '베이스캠프'는 교통이 편리한 시내 호텔 탑층 스위트룸이었다. 방이 두 개고 거실도 꽤 넓었다. 책상에는 이미 각종 자료가 산더미처럼 쌓여 있었다. 내가 천천히 소파에 기대앉은 뒤 다들 둘러앉아 회의를 시작했다. 탄자오가 먼저 입을 열었다.

"조금 아까 경찰서에 다녀왔는데, 딩 팀장님은 너무 바빠서 얘기를 나눌 상황이 아니었어. 하루 사이에 머리가 반백이 됐더라."

딩 팀장은 원래도 사명감이 불타는 사람인데, 거기에 희미한 미래의 기억까지 더해졌으니 지금 어떤 모습일지 상상이 갔다.

"범인은 아주 신중한 놈이더라고요. 어딜 가든 항상 모자를 쓰고 장갑을 착용해서 지문이나 머리카락 같은 중요한 단서가 전혀 없어요. 하지만 천싱젠 거처에서 놈이 다녀간 흔적을 발견해서 발자국, 놈이 사용한 컵, 피해자 자료와 사진이 담긴 프린트물 등을 수거해 지금 정밀 조사 중이에요. 사람이라면 분명히 뭔가 나올 겁니다. 그런데 천싱젠이 의외로 쉽지 않은 모양이에요. 입이 무겁고 정신력도 강해서 공범에 대해 한 마디도 하지 않나 봐요. 의리가 대단해요. 그리고 우먀오가 실종된 장소는 확인됐어요."

"어디죠?"

"집에서 1.2킬로미터 떨어진 좁은 길에서 납치당했어요. 늦은 시간이라 사람도 거의 없고 주변에 감시 카메라도 없는 곳이었어요. 그나마 어떤 가게 주인이 멀리서 모자 쓴 남자가 여자를 끌고 가 차에 태우는 걸 봤다는데, 부부싸움인 줄 알고 그냥 모른 척했답니다. 어두워서 인상착의나 차종은 자세히 보지 못했고요."

나도 모르게 주먹을 꽉 쥐었다.

"아위, 진정해. 놈이 계속 모습을 드러낼수록 우리가 찾을 수 있는 단서도 더 많아지는 거니까 곧 잡힐 거야."

"탄자오 씨 말이 맞아요. 여러분이 어떻게 생각할지 모르겠지만, 형사들은 사건을 수사하면서 해결할 수 있겠다는 직감과 확신이 들 때가 있어요. 지금 내 직감은 이 사건과 관련해 흐릿하게 떠오르는 기억들과 달라요. 흐릿한 기억 속에서는 놈들에게 빈틈이 없어서 뭔가 다른 전환점이 생기지 않는 한은 해결할 수 없을 것 같았죠. 아마 딩 팀장도 당시에는 같은 생각이었을 겁니다. 그런데 지금은 확실히 달라요. 사건 현장도 여러 곳이고 조사할 단서도 많아졌어요. 이제 모든 건 시간문제예요. 이 사건은 분명히 해결될 겁니다. 놈은 꼭 잡힐 거예요."

"저도 그렇게 생각해요."

나도 똑같이 느끼고 있던 차였다. 놈은 지금 궁지에 몰린 쥐처럼 최후의 발악을 하는 중이고 이제는 시간 싸움이다. 놈도 이 점을 분명히 알고 있을 것이다.

탄자오가 다시 입을 열었다.

"하지만 우리한테 주어진 시간은 사흘뿐이에요. 경찰은 사흘 안이든 사흘 후든 사건을 해결하면 되겠지만, 우먀오를 구할 수 있는 시간은 사흘뿐이라고요. 반드시 사흘 안에 우먀오를 찾아야 해요."

마침 내가 하려던 말이었다.

한동안 침묵이 흘렀다. 이 도시의 화려한 야경이 호텔 창에 비쳐 보였다.

쟝위가 주저하며 말을 꺼냈다.

"놈이…… 약속을 지킬까? 정말 사흘 동안 우먀오를 살려둘까? 우릴 가지고 노는 건 아니고? 혹시라도 우리가 헛고생하게 만들려는 거라면……."

"아닐 거야. 우릴 가지고 노는 정도로 만족할 놈이 아니니까. 놈이가장 원하는 건 우리가 좌절하는 모습이야. 자기 계획을 방해한 우위와 나를 원수로 생각할 테니까. 그래서 우리한테 철저한 실패를 맛보게 한 다음…… 우먀오를 죽일 거야. 그래야 자신의 완벽한 승리를 확인할 수 있잖아."

탄자오 목소리가 점점 작아졌다. 놈의 심리를 이 정도로 분석하다니, 정말 대단했다. 선스옌도 쟝위를 향해 고개를 끄덕여 보였다.

"탄자오 씨 해석이 일리가 있어. 나도 같은 생각이야."

"그렇구나."

탄자오가 날 돌아봤다. 말하지 않아도 그 눈빛에 담긴 마음을 이해할 수 있었다. 깊고 고요한 눈빛 너머 확고한 의지가 엿보였고, 초롱초롱한 눈망울에서는 말로 다 표현할 수 없는 다정함이 느껴졌다. 혼신의 힘을 다하겠노라는 무언의 약속. 탄자오는 이렇게 용감하고 멋진 사람이다.

탄자오가 말을 이었다.

"그런데 놈이 보낸 편지 말이야, 우먀오가 '본래 있어야 할 그곳'이 어딜까?"

갑자기 심장이 빠르게 뛰었다. 놈이 남긴 메시지를 이미 몇 번이나 읽어봤는데, 볼 때마다 몸서리가 쳐졌다.

우린 피차 뭘 원하는지 알고 있어.

네 여동생은 결국 내 손에 들어왔어. 아주 귀엽고 사랑스러워. 지금 나하고 즐거운 시간을 보내고 있어.

사흘을 주지. 사흘 동안 네 여동생은 본래 있어야 할 그곳에 있을 거야.

사흘째 일몰이 지나면 다시 내가 데려갈 거야.

갑자기 손에 온기가 느껴졌다. 창가에 서 있던 탄자오가 내 손을 잡고 지그시 날 내려다봤다.

"아위, 내가 꼭 우먀오를 구해 올게."

맹세 같기도 하고 위로 같기도 했다. 나는 손을 들어 탄자오 얼굴을 어루만졌다.

"바보."

"내가 왜 바보야? 내가 범죄 심리학 분야는 거의 전문가인 거 몰라? 학교 공부는 못했지만 책을 얼마나 많이 읽었는데. 여기저기 부탁해서 읽은 사건 파일도 엄청 많아. 범인 편지가 짧아서 좀 아쉽네. 길게 쓸수록 알아낼 수 있는 게 많은데……. 이 편지를 보자마자 몇 가지 떠오른 게 있어.

일단 '우린 피차 뭘 원하는지 알고 있어.' 이 말은 사실일 거야. 놈은 우리의 최종 목적이 법의 심판이라는 걸 잘 알고 있어. 그런데 어떻게 해서 미래의 일들이 느껴지는지, 우리가 왜 미래의 자신과 얽혔는지는 모르는 것 같아. 하지만 우리가 자신을 쫓고 있다는 사실은 확실히 알아. 내가 놈에 대해서, 놈이 뭘 원하고 어떤 생각을 하는지 알고 있다는 사실도 놈이 알고 있더라고. 이 첫 문장은 그래서 쓴 거라고 생각해. 놈의 오랜 바람을 이루는 과정에서 우리 둘, 아니 우리 넷이 아주 큰 장애물이야. 그래서 지금은 원래 목표 대신 우리를 무너뜨리는 일이 새로운 목표가 된 거야. 우먀오를 바로 죽이지 않을 거라고 생각하는 것도 바로 이 때문이야. 우먀오를 괴롭히는 건 다음 문제고, 우릴 괴롭히는 게 우선이거든. 우리를 자기 계획에 끌어들여 피해자로 만들고, 우리가 철저히 무너져 울부짖는 모습을 보고 싶은 거야."

"대박, 나 지금 소름 돋았어."

쟝위가 감탄하듯 내뱉자 선스옌이 쟝위 머리를 살짝 쥐어박았다.

탄자오는 진지하게 사건을 분석할 때면 완전히 딴사람 같았다. 문득 유람선에서 처음 만났을 때가 생각났다. 투명하게 반짝이던 예리한 눈빛으로 그때 이미 강한 듯 나약한 내 마음을 꿰뚫어봤을 것이다. 지금 탄자오가 분석하는 상대는 잔인하기 그지없는 사이코패스다. 탄자오가 다시 범인의 편지를 뚫어져라 쳐다봤다.

"타자를 쳐서 필체는 알 수 없지만 단어 선택만 봐도 알 수 있는 게 많아. 이런 쪽지에도 '피차', '일몰' 같은 문어체를 사용한 걸 보면 교육 수준이 낮지 않을 거야. 이렇게 일을 크게 벌이고 천싱젠 같은 재력가를 끌어들일 정도면 놈도 경제적으로 여유가 있을 거고."

우린 모두 고개를 끄덕이며 귀 기울였다.

"그다음이 가장 중요한데, 대체 우먀오가 '본래 있어야 할 그곳'이 어딜까?"

이번엔 선스옌이 나섰다.

"처음에 우먀오가 실종된 장소는 춘시로 부근이고 시체는…… 집에서 3킬로미터 떨어진 모텔 냉장고에서 발견됐잖아요. 바로 딩 팀장한테 연락해서 이 두 곳에 순찰, 감시를 강화하라고 해야겠어요. 수상한 놈이 있으면 바로 체포하라고."

탄자오가 살짝 눈살을 찌푸렸다.

"그곳이 우먀오가 본래 있었던 곳이 맞긴 한데…… 우리가 그 장소를 안다는 걸, 놈도 알잖아요. 우먀오를 데리고 그곳에 간다는 건, 자기 무덤을 파는 짓이죠."

나도 한마디 보탰다.

"아니면 비슷한 다른 장소 아닐까요? 우리 집 근처에 모텔이 여러 개인데 지난번과 다른 모텔이라면 경찰 시선도 피하고 원래 계획에도 들어맞으니까."

"그럴 가능성도 아주 없지는 않은데……."

"알겠어요. 딩 팀장한테 그렇게 전할게요."

하지만 탄자오 생각은 다른 듯했다.

"본래 있어야 할 곳, 지금까지 계속 이 말을 생각하고 또 생각했는데…… '있어야 할 곳'을 어떻게 이해해야 할까? 놈이 말하는 건 애초 사건에서 우먀오가 있었던 곳이 아니야. 지금 우먀오는 놈이 확보할 수 있는 유일한 피해자니까, 놈이 피해자들을 죽였던 곳들을 다 생각해봐야 해. 지난번 시간선에서 피해자들은 쓰레기통, 본인 집, 공터, 모텔 등에서 발견됐어. 여기에 뭔가 공통점이 있을 것 같아. 그리고 우먀오는 원래 다섯 번째 피해자이지만 지금은 몇 번째일까?"

난 잠깐 생각해보고 대답했다.

"두 번째."

"맞아. 천닝멍 대신 내가 첫 번째였으니까. 그렇다면 원래 두 번째 피해자가 있어야 할 그곳은 아닐까?"

원래 두 번째 피해자 류샤오장은 사지가 잘린 채 집 근처 쓰레기통에서 발견됐다. 선스옌이 나하고 눈을 마주쳤다.

"알았어요. 그 지역도 감시를 강화하라고 말해둘게요."

"아니, 내 말은 그런 뜻이 아니에요. 감시를 강화를 한다는 게 류샤오장 집 근처 쓰레기통이에요, 우위 집 근처 쓰레기통이에요?"

선스옌도 창위도 눈만 끔뻑거렸다.

"어느 쪽인지 우리는 알 수 없어요. 어디까지나 그놈 마음이니까. 그 순간 내키는 대로 하겠죠."

다들 잠시 말이 없었다. 맞는 말이다. 범인 심리를 쉽게 파악할 수 있다면 이 사건은 진작 해결됐을 것이다. 심리 분석은 수많은 가능성을 따져봐야 하는 일이다. 넷이서 한참 머리를 맞댔지만 세 가지 가능성을 추리했을 뿐이고 그나마도 확실하지 않았다.

탄자오는 여전히 진지하고 심각한 표정에 날카로운 눈빛을 반짝이고 있었다. 아직 원하는 답을 찾지 못했지만 조금씩 가까워지고 있다는 자신감이 엿보였다. 얼마 전 탄자오가 했던 말이 생각났다.

'내 운명은 내가 만들 거야.'

자신 있는 모습으로 집요하게 운명에 맞서는 탄자오를 아무도 막을 수 없다.

탄자오 덕분에 내 마음에도 희망이 생겨나고, 우먀오를 구할 수 있다는 자신이 생겼다.

내 인생에서 가장 중요한 이 순간, 절망의 늪에 빠진 날 구해준 사람이 내 여자 탄자오라는 사실이 정말 감격스러웠다.

그러나 이 벅찬 감동은 일단 마음에 새겨뒀다. 탄자오를 향한 내 사랑과 마음은 나중에 꼭 고백할 것이다.

탄자오는 마지막으로 매우 의미심장한 문제를 제기했다. 사실 나는 주목하지 못한 부분이었다.

"일몰이라……. 왜 하필 일몰일까?"

"해가 저물 시간이 놈에게 특별한 의미가 있어서?"

내 추측에 탄자오가 빙긋 웃었다.

"어쩌면 그럴 수도 있지. 하지만 범행 패턴을 보면 일몰 시간이 특별한 의미가 있는 것 같진 않아. 엄밀히 따지면 놈이 말한 사흘이 끝나는 시간은 자정이어야 하잖아. 치밀한 계획을 좋아하는 놈이고, 사람들 눈을 피하기에도 한밤중이 좋으니 자정에 일을 벌여야 더 자연스러울 것 같은데, 왜 굳이 '일몰'로 정했을까?"

"혹시, 일몰 경치가 아름다워서? 너무 감성적인데?"

"또 쓸데없는 소리."

쾅위가 중얼거린 말에 선스옌이 면박을 줬다.

"아뇨, 쾅위 말도 일리가 있어요. 만약 일몰이 가장 아름다운 장소를 택한 거라면요? 좀 전에 일기 예보를 검색해봤는데 사흘 후 날씨는 '아주 맑음'이에요. 사흘 후 일몰 시간을 선택한 건 분명히 놈의 마음을 움직일 만한 뭔가가 있어서겠죠. 일몰은 하루가 마무리되는 시간이에요. 낮이 끝나고 어둠이 시작되는 시간. 놈이 살인을 저지를 수 있는 기회는 이번 한 번뿐이고, 놈이 우리를 이기는 순간 하늘이 핏빛으로 물들겠죠. 그리고 마지막 석양빛이 사라지는 순간, 성대한 파티를 벌일 생각인 거예요. 바로 그 일몰 장면이 놈한테 어떤 상징적인 의미가 있거나 강한 자극을 주는 거 아닐까요? 그래서 일몰 시간을 선택했을 가능성이 있어요. 그리고 어두운 실내보다 웅장하고 아름다운 풍경 속에서 살인을 저지르는 게 더 자극적이겠죠. 놈에겐 이번이 처음이자 마지막이니까 더 과감하고 확실한 자극을 즐기고 싶을 거예요. 그래서 결론은…… 놈은 이 도시에서 일몰이 가장 잘 보이는 고층 건물이나 교외로 우먀오를 데려갔을 거예요."

탄자오

아직 날이 밝지 않은 시간, 호텔 탑층은 살짝 싸늘했다. 통유리 창 밖으로 별빛처럼 반짝이는 시내 야경이 한눈에 들어왔다.

하루 사이 정말 많은 일이 일어났다. 우위를 구출했고, 우위가 깨어 났고, 우마오가 실종됐고, 병원을 빠져나와 이곳에 '베이스캠프'를 마 련했다. 긴 하루를 보내느라 다들 지쳤다.

챵위가 입이 찢어져라 하품을 하며 안쪽 방으로 들어갔다.

"나 잠깐 눈 좀 붙일게. 움직이게 되면 깨워줘."

그런데 챵위는 문을 닫지 않고 잡고만 있었다. 이때 선스엔이 백팩 을 들고 일어섰다.

"난 딩 팀장한테 다녀올게."

챵위가 날카롭게 쏘아붙였다.

"사람이 잠도 없어?"

"내가 가서 직접 확인해야 마음이 놓이니까. 다들 먼저 쉬어요."

'다들'이라고 말하면서 눈은 챵위만 보고 있었다.

"그러시든지. 난 잡니다."

창위는 선스옌 시선을 외면하고 매몰차게 방문을 닫았다. 선스옌은 멍하니 방문을 보다가 우리에게 고개를 끄덕이고 나갔다.

이 넓은 공간에 우위와 나만 남았다.

우위는 내가 본 중 가장 약한 모습을 하고 있었다. 예전에, 아니 미래에도 큰 부상을 당한 적이 있지만 그땐 단단한 근육질 몸이어서 붕대를 감아도 여전히 에너지 넘쳐 보였다. 그런데 이번에는 유람선에서 처음 만났을 때의 모습이었다. 깡마른 것까진 아니고 키도 크고 건강한 편이지만, 피부가 하얗고 근육도 거의 없었다. 이런 몸에 붕대를 칭칭 감고 깊은 고뇌에 빠져 있으니 보기만 해도 가슴이 저렸다.

우위는 침대 머리맡에 기대 뚫어져라 서류 뭉치를 들여다봤다. 하지만 자꾸 눈꺼풀이 내려오면서 집중이 안 되는 것 같았다. 나는 신발을 벗고 조심스럽게 침대에 올라갔다. 바짝 붙어 앉지는 못하고 살짝 떨어져 앉았다.

"안 자?"

"조금만 더 보고. 뭔가 놓친 게 있을까 봐."

"응."

나는 침대 옆 스탠드만 남겨놓고 다른 불은 다 껐다. 우먀오가 몇 시간 전에 실종된 상황이니 우리는 지금 같은 침대에 앉아서도 침묵에 잠겨 있었다. 무겁게 내려앉은 공기에서 깊은 슬픔이 느껴졌다.

부상을 입지 않은 우위 팔에 조심스럽게 기대며 그의 손을 잡았다. 우위가 날 돌아봤다.

"자오자오, 고마워. 네가 없었으면 난 정말 아무것도 못했을 거야."

"사실, 오늘 정말 머리 많이 썼어. 그전에는 그냥 생각나는 대로 소설에 쓴 거지 실제로 경험해본 건 아니었잖아. 오늘은 정말 깊이 고민했어. 수많은 가능성을 생각하고 불필요한 가능성은 지우고, 생각하고 또 생각하고…… 정말이지 평소의 내 머리로는 생각해낼 수 없는 것까지 생각해낸 거 같아. 우먀오를 구하려면 반드시 생각해내야 하니까⋯⋯."

말을 마치기도 전에 우위가 고개를 숙여 입을 맞췄다. 나는 우위 가슴을 건드릴 수 없어 한 손은 우위 뒷목에 살짝 얹고 다른 한 손은 침대를 짚었다. 여전히 부드럽고 강렬한 우위의 키스는 내 모든 숨결을 사로잡았다. 우위와의 키스는 테크닉이니 힘이니 욕망이니 하는 것들을 모두 잊게 만들었다. 우위의 영혼이 내게 키스하는 것 같고, 나도 순수하고 열정적인 우위의 영혼에 키스하는 기분이었다.

우위와 키스할 때면 내가 우위 인생의 전부인 것처럼, 우위가 내 인생의 전부인 것처럼 느껴졌다.

"아위⋯⋯."

애타게 그의 이름을 불렀다.

하지만 우위는 힘에 부치는지 날 풀어주고 침대에 누웠다. 그러고는 내 얼굴을 끌어당겨 목에 입을 맞췄다. 이 순간 우위에게는 내가 필요했다. 나도 우위의 목에 키스했다. 이어 팔과 손과 붕대를 감지 않은 곳을 차례로 돌아가며 나의 온기를 전했다. 우리의 숨소리만이 들릴 뿐, 방 안은 아주 고요했다. 이 키스는 정욕을 채우기 위한 것이 아니었다. 그냥 그 자체만으로 의미가 있었다.

나는 마지막 남은 스탠드를 껐다. 우리는 어둠 속에서 서로를 느끼며 사랑의 밀어를 속삭이다가 손을 잡고 나란히 누웠다. 따뜻하고 부드럽고 친밀하고 열정적인 숨결이 우리를 감쌌다. 그 숨결 안은 우리만의 세상이었다. 아픔도, 시간도, 잃어버린 기억도 없고, 오로지 우리 둘뿐이었다.

예전에 우위가 했던 말이 확실히 옳았다. 영원히 날 잊지 않겠다는 그 말을, 이제는 온전히 믿을 수 있었다.

가슴에 새겨질 만큼 깊이 사랑하는 사람이라면, 시공간을 떠돌며 기억이 사라져도, 내가 가진 모든 것을 잃는대도, 심지어 목숨을 잃는다 해도, 절대 잊을 수 없을 테니까.

이렇게 서로에게 위로를 전하다가 우위는 결국 잠들었다. 지칠 대로 지쳤는지 깊은 잠에 빠진 듯했다. 창밖에서 들어오는 희미한 달빛 아래 우위 얼굴을 한참 동안 들여다보았다. 우위와 함께 있으면 매 순간이 아쉬웠다. 진심으로 사랑하는 사람과 함께 있으면 아무것도 하지 않아도, 바라만 보고 있어도, 최고의 행복을 느낄 수 있다.

다음 날 아침에 눈을 뜨니 '중환자' 우위는 벌써 일어나 자료를 보고 있었다. 나는 벌떡 일어나 수건에 물을 적셔 와서 우위 얼굴을 닦아주었다. 그리고 룸서비스로 아침을 주문하고 우위 옆에 앉았다.

"무슨 자료 봐?"

천싱젠에 관한 자료였다. 주소, 차량 번호, 회사 등록 정보 등이 담겨 있었다.

경찰에서 얻을 수 있는 자료는 다 얻었고, 자료 분석도 이미 다 해서 더 이상 할 수 있는 것은 없었다. 천싱젠에 대한 새로운 정보를 얻으려면 놈의 입을 열어야 했다. 그래서 오늘 선스옌과 함께 경찰서에서 가서 어떻게든 천싱젠을 만나볼 계획이었다.

"천싱젠 차는 경찰에 압류돼 있고 주범은 자기 차가 따로 있어. 저번에 그 차로 나를 납치했던 건데 우리 다 번호판을 제대로 못 봤어. 근처 감시 카메라에 찍히지도 않았고."

"감시 카메라에 분명히 찍혔을 거야. 아직 못 찾았을 뿐이지. 오늘 경찰서에 가면 천싱젠 차에 블랙박스 있는지 확인해줘. 있으면 꼭 복사해와."

"그 생각을 못 했네!"

두 놈은 공범이고 같이 움직였으니 천싱젠 차 블랙박스에 주범 차량이 찍혔을 가능성도 컸다.

아침 식사가 도착했는데 창위는 일어날 기미가 없었다. 하지만 시간을 더 지체할 수도 없어 일단 깨우기로 했다. 살짝 노크만 했는데 문이 제대로 닫혀 있지 않아서 스르르 열렸다. 창위는 지난번 시간선에서 빛나는 역사를 만든 날 입은 섹시한 잠옷을 입고 침대 한가운데에 대자로 엎어져 있었다. 이불을 덮은 게 아니고 깔아뭉개서 허연 등짝과 허벅지가 그대로 드러나 있었다. 우리 창위는 자는 모습도 참 터프하지. 사람이 없으니 이불을 덮쳐버렸네.

그런데 침대 옆 소파에 또 한 사람이 누워 있었다. 선스엔이 언제 돌아왔지? 180센티미터가 넘는 큰 키라 소파가 작아 보였다. 옷도 갈아입지 않고 경찰 모자로 얼굴을 가린 채 가볍게 코를 골고 있었다.

난 조용히 돌아 나와 문을 닫은 후 크게 헛기침을 하고 방문을 두드렸다.

"창위! 일어나."

안에서 한참 부스럭거리는 소리가 들린 후에야 창위가 차분하게 대답했다.

"응, 일어났어."

난 웃으며 돌아섰다.

딩 팀장은 인정 많고 융통성 있는 사람이었다. 우위가 병원에서 몰래 빠져나간 사실을 알고도 화를 내기는커녕 선스엔을 통해 필요할 때 꼭 조사에 협조해달라는 말을 전해왔다. 게다가 호텔로 믿을 만한 의사도 보내줘 하루에 두 번 상처를 치료하고 수액을 맞을 수 있었다. 우먀오를 생각하며 버티는 것인지, 삶에 대한 의지가 워낙 강한지, 어쨌든 우위는 의사도 놀랄 만큼 회복 속도가 빨랐다. 정신적으로도 많이 안정돼 보였다.

정오 무렵에 창위, 선스옌과 함께 경찰서에 갔다. 범인이 예고한 우 먀오 살해 시간까지 이틀 반 남았다.

천싱젠은 중범죄자라 직접 만날 수는 없었고 딩 팀장의 허락하에 심문 과정 일부를 지켜볼 수 있었다.

놈이 만만치 않은 상대라는 사실은 지난번 시간선에서 이미 경험 했지만, 노련한 형사들을 상대하면서도 전혀 위축되지 않고 공범에 대한 어떤 단서도 흘리지 않아서 놀라웠다. 딩 팀장조차 천싱젠의 정 신력에 혀를 내두를 정도였다.

화면 속 천싱젠은 매우 지쳐 보였지만 정신 상태는 비정상적일 만 큼 침착해 보였다. 회유든 위협이든, 어떤 질문에도 즉답을 피했고 아 예 입을 다물기도 했다.

"네 친구가 피해자를 어디에 숨겼을 것 같아?"

남부러울 것 없이 호강하며 자란 재벌 2세 천싱젠이 음흉하고 거만 하게 웃었다.

"또 잡아갔어요? 하긴 이대로 주저앉을 놈이 아니지. 이 상황에서 또 일을 벌였다면 뭔가 특별한 의미가 있는 사람이겠네. 어디 보자, 우위 여동생 우먀오?"

천싱젠은 놈을 정확히 파악하고 있었다. 그리고 이미 놈들의 계획 에 우먀오가 존재했다는 뜻이기도 했다.

두 놈은 아주 많이 닮았다. 성격이나 원하는 바가 같기 때문에 서로 의 행동과 심리를 정확히 알았을 것이다. 마치 쌍둥이처럼.

처음 질문했던 형사가 말문이 막히자 다른 형사가 나섰다.

"천싱젠, 지금 놈이 숨어 있는 곳만 말하면 넌 감형받을 수 있어. 지 금 밖에 네 부모님이 와 있어. 부모님 얼굴을 어떻게 보려고 그래?"

부모를 언급하자 천싱젠도 흠칫했으나 이내 날카로운 눈빛으로 형 사들을 노려볼 뿐 입은 열지 않았다. 잠깐의 동요도 놓칠 리 없는 형사가 더 적극적으로 부모를 들먹였지만 천싱젠은 끝내 형사를 외면하고 덤덤하게 대꾸했다.

"아무리 가족들 들먹여도 소용없어요. 어차피 난 우먀오를 어디 숨겼는지 모르니까. 모든 계획은 그 자식이 세웠어요. 대상도 장소도 다 그 자식이 정했고 현장에도 직접 나갔어요. 난 그냥 시키는 대로 했을 뿐이고요."

이 말을 얼마나 믿을 수 있을지 생각해봤는데, 사실일 것 같았다. 만약 뭐라도 알고 있다면 다른 질문을 받았을 때처럼 그냥 입을 다물면 그만일 터였다. 천싱젠은 부모 얘기만큼은 피하고 싶은 것이 분명했다.

이후로 천싱젠은 경찰이 뭘 물어도 입을 열지 않았다.

모니터실을 나오는데 조사실에 있는 천싱젠 부모가 보였다. 차림새는 품위 있었지만 상황이 상황인지라 몹시 초조하고 괴로워 보였다. 아버지는 분노를 감추지 못했고 어머니는 계속 경찰을 붙들고 읍소했다.

"그럴 리가 없어요. 닭 목도 못 비틀 앤데 사람을 해치다니요? 그 애가 얼마나 착하고 올바른지 세상이 다 안다고요. 그리고 우리 애가 뭐가 부족해서 그런 짓을 해요? 본인 회사도 날로 번창하고 있고, 엊그제 나랑 통화하면서는 회사 조금만 더 키워놓고 연애도 할 거라고 했는데. 그런 애가 왜 범죄를 저질러요?"

우리 셋은 이 모습을 지켜보며 침묵에 잠겼다.

지난번에 우리가 직접 천싱젠을 잡았을 때가 생각났다. 그때도 경찰 조사 결과 주변 환경이 지극히 정상적이고 혐의점은 전혀 없었다. 누가 봐도 성실한 청년 사업가일 뿐, 사이코패스 살인마와는 거리가 멀었다.

천싱젠은 부모와 지인들 앞에서는 정말 그렇게 반듯한 모습만 보인 걸까? 아니면 맹목적으로 자식을 감싸고도는 비뚤어진 모정일까?

어쨌든 이 부분은 범죄 심리학 이론에 완전히 어긋났다. 집안 배경, 가족 관계, 주변 환경 등을 볼 때 천싱젠은 범죄 성향을 띠거나 정신 이상을 일으킬 만한 부분이 전혀 없었다. 도대체 천싱젠은 왜 이렇게 됐을까?

***

창위와 나는 경찰서 맞은편에 있는 작은 가게에서 음료수를 마시며 선스옌을 기다렸다.

창위는 내내 굳은 표정이었다. 방금 전 경찰서에서도 거의 말이 없었다. 아무래도 무슨 걱정이 있는 것 같았다.

"왜 그래? 다 늦게 사춘기야? 아니면 어젯밤에 너무 아쉬웠어?"

창위는 평소와 달리 발끈하지 않고 고개를 푹 숙였다.

"젠장, 나 자신이 실망스럽고 우울해."

"왜?"

창위가 쉐이크에 꽂힌 빨대를 한 번 쭈욱 빨고 힘없이 중얼거렸다.

"다 같이 힘을 모아 우먀오를 구하자고 했잖아. 그런데 난 아무 도움이 안 돼. 선스옌은 이 일이 직업이니 말할 것도 없고, 따주는 이 분야에 전문가나 마찬가지고, 우위는 워낙 똑똑한 데다 사건 당사자잖아. 그런데 나만 아무런 도움이 안 돼. 내 자신이 이렇게 쓸모없게 느껴지긴 처음이야."

이런 이유였다니, 살며시 웃음이 났다.

"사람마다 전문 분야가 다르잖아. 넌 과학 전문! 나중에 결정적인 순간에 창위 여신의 능력이 필요할지도 몰라. 그리고…… 넌 아무것도 안 해도, 내 옆에 있는 것만으로도 엄청 힘이 돼. 네가 곁에 있어주면 마음이 편하고 기분이 좋아져. 선스옌도 그래서 열심히 뛰어다니는 걸 거야."

"그러니까 내가 모두의 자양 강장제 같은 거란 말이야?"

하마터면 음료를 뿜을 뻔했다. 쾅위는 두 손으로 턱을 받치고 경찰서 쪽을 뚫어지게 바라봤다. 마침 반듯하게 제복을 차려입은 젊은 경찰이 지나갔다.

"뭐랄까…… 알다시피 선스옌이랑 몇 번을 다시 만났어도 우리 사이에서는 늘 내가 주도권을 쥐고 있었거든. 몇 번 기습 키스를 당하긴 했지만 어쨌든. 그런데 이 사건 앞에서는 완전히 달라. 선스옌은 모르는 게 없고 나는 계속 한 박자 느리고……. 젠장, 완전히 주도권을 넘겨준 기분이야. 어색하다고!"

결국은 그놈의 사랑이 문제네. 나는 두 사람 관계에 더 이상 참견하지 않기로 했다.

내 휴대전화가 울렸다. 호랑이도 제 말하면 온다더니, 선스옌이었다. 말투는 여전히 나무토막 같았다.

"선스옌 씨?"

"두 사람 어디 있어요? 일이 끝나서 나가려고 하는데."

내가 대답하려는데 쾅위가 혼잣말하듯 투덜댔다.

"쳇……. 이젠 전화도 나한테 안 하네. 왜 임자 있는 여자한테 전화해? 내가 수사 용어를 못 알아들어서?"

나는 쾅위 머리통을 한 대 쥐어박으며 대답했다.

"기다려요. 우리가 그쪽으로 갈게요. 한 가지 더 물어볼 게 있어서요."

물어볼 말이란 당연히 천싱젠에 대한 것이었다. 다행히 경찰이 적극적으로 협조해준 덕분에 우위가 원했던 블랙박스 복사본도 구했고 천싱젠이 체포될 당시 입수한 증거품도 볼 수 있었다.

하지만 큰 의미는 없었다. 경찰이 이미 블랙박스를 확인했는데 며칠 전 천닝멍이 일하는 식당 앞에 갔던 영상만 남아 있었고, 그 영상 속에는 딱히 의심스러운 차량은 찍혀 있지 않았다. 그 이전 것은 이미 거의 삭제하고 없었다. 역시 신중한 놈이었다. 우위한테 별 도움이 안 될 것 같았지만 일단 챙겼다.

천싱젠을 볼 때마다 뭔가 감추고 있다는 생각이 드는데, 그저 직감일 뿐 정확한 이유는 나도 알 수 없었다. 내가 두 놈에게서 받은 인상이 굉장히 비슷해서일 수도 있다. 범죄 심리학에서는 행동 분석이 매우 중요하다. 천싱젠의 직접 행동은 이미 몇 번이나 확인했고, 이번엔 간접 행동을 눈여겨볼 차례였다. 평소 어떤 물건을 사용하는지, 어떤 물건을 휴대하는지를 보면 독특한 행동 패턴이나 중요한 단서를 포착할 수도 있다.

조사실 아래층에 있는 증거물 보관실로 가니 당직 경찰이 기다리고 있었다. 선스엔이 대표로 사인하고 증거품 가방을 건네받았다. 당직 경찰은 자기 할 일을 하고 우리 셋은 밝은 조명이 있는 책상으로 가 앉았다. 규정대로 장갑을 끼고 증거품을 하나하나 꺼냈다.

고급 라이터와 반쯤 남은 담뱃갑은 이미 감식을 했는데 천싱젠 지문 외에 발견된 것이 없다고 하니 제쳐뒀다. 다음으로 다이어리를 폈다. 성실한 청년 사업가답게 회의, 미팅, 발주 내역 등 회사 일과 관련된 내용이 빼곡하게 적혀 있었는데 어느 순간 공백이 이어졌다. 엄지손가락만 한 작은 보석이 달린 화이트골드 목걸이도 있었는데, 무슨 보석인지 광채가 대단했다. 마지막으로 신분증과 운전면허증, 약간의 현금이 든 지갑이 있었다.

"뭐 하는 거야?"

선스엔 고함 소리에 돌아보니 창위가 자기 가방에서 꺼낸 듯한 이상한 물건에 천싱젠 라이터를 집어넣고 있었다. 창위는 살짝 얼굴이 빨개졌지만 침착하게 대꾸했다.

"우리 실험실에서 사용하는 미니 자력 측정기야. 자기장, 반자기장, 전류를 이용해서 물질 속성을 테스트하는 거야. 봐봐."

선스옌과 나는 할 말을 잃었다.

그동안 아무 도움이 안 된다고 정말 답답했나? 쑤저우에 나를 도와주러 오면서 이런 물건은 왜 가져온 거야? 그런데 가만 생각해보니 유용할 수도 있을 듯했다.

"그거 괜찮은데? 나중에 나 좀 빌려줘."

이틀 후 다시 타임 슬립 할 때 가져가고 싶었다. 시공간을 이동하면서 물건도 가져갈 수 있는지는 모르겠지만 혹시 모르니 챙겨볼 생각이었다.

쾅위는 내 뜻을 알아차리고 고개를 끄덕였다.

"당연히 빌려주지. 따주를 위해 가져온 거니까."

"그런데 거기 라이터는 왜 넣어?"

"그게……"

선스옌이 참다 못해 외쳤다.

"무슨 짓이야? 어서 증거품 내려놔."

하지만 고분고분 말을 들으면 쾅위가 아니다. 하지 말라면 더 기를 쓰고 하면 모를까. 쾅위는 천천히 라이터를 내려놓는가 싶더니 재빨리 목걸이를 낚아채 측정기에 넣고 흔들었다.

"이게 무슨……"

선스옌이 말을 하다 멈췄다. 우리 셋은 눈을 휘둥그레 뜨고 측정기를 쳐다봤다. 쾅위가 목걸이를 넣자마자 측정기 바늘이 순식간에 빙글 돌아 가장 높은 숫자를 가리키며 멈췄다. 무슨 상황인지 어리둥절해하는데 갑자기 목걸이에서 깜빡깜빡 빛이 났다.

"제기랄, 이거 뭐야!"

챵위가 흥분해서 외쳤다. 이때 측정기 바늘이 왔다 갔다 요동치기 시작했고 챵위 눈이 더 휘둥그레졌다.

"챵위, 이건 무슨 의미야?"

챵위가 침을 꿀꺽 삼키고 대답했다.

"그러니까, 이건…… 내 측정기가 맛이 갔다는 뜻이지……. 이 목걸이 도대체 뭘로 만든 거야? 저놈은 평소에 전자 신호 발신기를 목에 걸고 다닌 거야?"

갑자기 심장이 덜컥 내려앉았다. 다시 깊은 심연으로 추락해 또 다른 어둠을 헤매는 기분이었다.

이때 위층에서 여러 사람이 다급하게 뛰어다니는 소리가 들렸다.

무슨 일이지?

선스옌이 벌떡 일어났다.

"가서 보고 올게요."

챵위와 나도 증거품을 내려놓고 보관실에서 나왔다.

잠시 후 선스옌이 심각한 얼굴로 돌아왔다.

"방금 천싱젠이 이유 없이 쓰러져 기절했답니다. 병원으로 옮겼대요."

60

우위

"갑자기 쓰러지다니, 그 이상한 목걸이랑 혹시 무슨 관계가 있는 건 아닐까?"

다시 시작된 탄자오의 추리에 나는 간단히 대답했다.

"난 유물론자야."

탄자오가 어이없다는 듯 피식 웃었다.

"지금 우리 상황에서? 유물론자?"

"어쨌든 네 추측일 뿐이야. 관계가 있든 없든, 진실을 밝혀내야 그 답을 알 수 있지. 단순한 추측은 사고의 폭을 좁게 만들 수 있어."

탄자오가 입을 삐쭉거렸다.

"항상 이렇게 이성적이세요? 내가 말한 적 있는지 모르겠는데, 솔직히 너 되게 재미없어."

"재미없어도 이젠 못 물려."

옆에 있던 창위가 고개를 홱 돌렸다.

"저기요, 여기 댁들 말고 숨 쉬는 사람 또 있거든요. 애정 행각은 좀 삼갑시다."

"능력되면 너도 하세요."

탄자오의 말에 창위는 어이없다는 듯 코웃음만 쳤고 선스옌은 침묵했다.

나는 이제 일어나 앉거나 설 수는 있었지만 아직 걷는 건 무리였다. 작은 탁자에 노트북을 올려놓고 열심히 마우스를 움직였다. 천싱젠 차량 블랙박스 영상을 살펴보는 중이었다. 이전 자료는 모두 삭제됐고 단 이틀 분량뿐이었다. 탄자오는 두 사이코패스가 자신의 범죄 행각을 기록해두고 싶어서 이틀 분량은 지우지 않았을 거라고 추측했다. 남아 있는 영상만으로는 우리가 원하는 단서를 찾기에 역부족이었다.

영상의 시작은 원래 천닝멍 사건이 일어나기 이틀 전이었다.

깊은 밤, 좁은 골목길이 보였다. 천싱젠이 운전대를 잡았고 골목을 돌아 어느 정도 직진하자 천닝멍이 일하는 음식점이 보였다.

천싱젠은 도로변에 차를 세웠다. 음식점 입구가 보이는 위치였다. 유니폼을 입은 천닝멍이 자주 등장했다. 영상에 대화는 전혀 녹음되지 않은 것으로 보아 천싱젠 혼자인 것 같았다.

잠시 후 카메라 앞에 하얀 연기가 피어올랐다. 천싱젠은 담배 한 대를 다 피우고 시동을 껐다가 한두 시간 후 다시 시동을 켜고 차를 돌려 떠났다. 이미 음식점 영업이 끝나고 천닝멍도 퇴근한 시간이었다.

천싱젠은 똑같은 과정을 이틀 연속 반복했다. 추측건대 시동이 꺼진 동안 차에서 내려 천닝멍을 미행했을 것이다.

"아무 단서도 없지?"

탄자오 물음에 가만히 고개를 끄덕였다. 탄자오가 피해자로 가장해 경찰에 신고하기 전에 우리도 이 음식점에 갔었다. 그때 뭔가 놓친 부분이 있는 거 같았는데 생각이 날 듯 말 듯했다.

그래서 동영상을 반복해서 보고 또 보고 있는데 갑자기 탄자오가 내 어깨를 툭 쳤다. 뭔가 진지하고 심각한 표정이었다.

"새로운 생각이 떠올랐어."

다들 하던 일을 멈추고 탄자오를 바라봤다. 좡위는 내내 망가진 자력 측정기에 매달려, 이 측정기 수치를 뛰어넘는 강력한 자력을 지닌 물질과 에너지가 뭐가 있는지 열심히 자료를 검색하던 중이었다. 선스옌은 용의자 진술서를 꼼꼼하게 다시 살펴보고 있었다. 탄자오는 천싱젠 심문 영상을 돌려보면서 턱을 괴고 있기에 딴생각하는 줄 알았는데 새로운 추리에 빠져 있었던 모양이다.

"'본래 있어야 할 곳' 말인데, 저번에는 너무 논리적으로만 접근해서 감정적인 요소랑 피해자들의 공통점을 간과했던 거 같아."

탄자오가 벽에 걸린 지도에 동그라미 몇 개를 그렸다. 피해자들의 집과 시체가 발견된 곳이었다.

"아위, 모든 피해자의 시체가 집 근처에서 발견됐다고 그랬잖아? 천닝멍이랑 류샤오장은 집 근처 쓰레기통, 쉬징먀오는 집, 예쉰이는 학교 맞은편 공터, 우먀오는…… 집 근처 모텔. 놈들은 피해자 시체를 모두 각자의 집이 보이는 장소에 버렸어."

순간 뭐라 표현하기 어려운 감정이 북받쳐 올랐다. 좡위와 선스옌도 굉장히 집중해서 듣고 있었다. 탄자오의 눈빛이 예리하게 빛났다.

"천싱젠이 조사 중에 무심코 흘린 말이 있어. 범행 대상, 장소, 범행 수법 모두 그 주범이 정했고 현장에도 직접 나갔다고. 그놈한테 집은 아주 특별한 의미가 있을 거야. 이건 딱히 대단한 발견은 아니야. 실제로 많은 사이코패스들이 집을 모든 죄악, 상처, 욕망, 쾌락의 근원으로 생각하니까. 그리고 우먀오는 지금 놈한테 아주 중요한 마지막 사냥감이야. 그래서 말인데, 그 '본래 있어야 할 곳'이란 건 '집'이랑 관련이 있지 않을까. 모든 사건의 종착점인 셈이지."

선스옌이 조심스럽게 입을 열었다.

"하지만 이 편지를 받은 후에 우위 씨 집 근처 경계를 강화했고 주변의 모텔, 후미진 골목, 그리고 일전에 말했던 일몰이 보이는 고층 건물까지 다 조사했는데 아무것도 발견하지 못했어요."

나도 뭔가 느낌이 왔다.

"우리 집이 아니에요."

선스옌과 쾅위는 어리둥절한 표정이었고 탄자오는 눈을 빛내며 날 바라봤다.

"맞아, 피해자 집이 아니야. 궁지에 몰린 마지막 범죄, 과연 놈이 어디로 갔을까?"

쾅위가 무릎을 탁 쳤다.

"자기 집!"

"맞아."

"그런데…… 우린 놈에 대해 아는 게 전혀 없는데 그놈 집이 어딘지 어떻게 찾아?"

탄자오가 다시 지도를 주시했다.

"아직 단정 짓긴 힘들지만 생각해볼 여지는 있어. 천싱젠이 우위를 끌어들인 카페는 천싱젠 명의였어. 우위가 절대 도망치지 못할 거라고 생각해서 그냥 거기서 손을 썼을 거야. 그럼 내가 끌려간 곳은? 인적 드문 산속에 그런 오두막집이 있다는 걸, 놈은 어떻게 알았을까? 그리고 주변 지리를 어떻게 그렇게 잘 알고 재빨리 도망쳤을까? 나도 놈의 최종 목표였을 텐데, 그 오두막집으로 데려갔어. 왜일까?"

나는 천천히 생각을 정리하며 대답했다.

"집으로 돌아간 거야. 그 주변에 놈의 집이 있는 거 아닐까?"

"나도 그렇게 생각해. 그리고 그 주변 어딘가에서 웅장하고 멋진 일몰을 볼 수 있지 않을까?"

선스옌이 서둘러 노트북으로 검색을 시작했다.

"그 부근에 작은 마을이 있어요. 상주인구가 1,000명 정도. 바로 딩 팀장한테 연락해볼게요."

하지만 딩 팀장과의 통화 결과는 긍정적이지 않았다. 지금까지 우리가 용의자에 대한 가능성을 몇 번 제기했지만 번번이 허탕이었고, 이제는 경찰도 자체적으로 수사를 진행 중이라 인력 동원에 한계가 있다고 했다. 탄자오 추측은 어디까지나 주관적인 판단일 뿐이라 주요 인력을 투입하기는 어렵다는 거였다. 하지만 최소한의 지원은 약속받았다. 관할 경찰서에 연락해 용의자 수색을 요청하겠다는 말에 탄자오는 고개를 내저었다.

"어림없어요. 놈은 보통내기가 아니에요. 정말 그 산 근처에 숨어 있더라도 관할 경찰 수색만으로는 놈의 그림자도 못 찾을 거예요."

"하지만 우리가 직접 가서 찾는 건 더 불가능해요. 아무리 작은 마을이라도 인구가 1,000명이 넘고 범위가 넓어요. 그리고…… 이제 하루하고 반나절밖에 안 남았어요."

모두들 말없이 날 쳐다봤다.

시계를 확인하니 벌써 오후였다. 다음 날 일몰까지는 30시간도 안 남았다.

냉정하고 침착하게, 가장 합리적인 판단을 내려야 했다.

"시내 검문, 현장 검증, 천싱젠 취조는 경찰이 하고 있고, 우리도 여기 가만히 있을 게 아니라 다른 방법으로 다른 가능성에 대비해야 해요. 탄자오 추측에 명확한 근거는 없지만 여러 가지 가능성을 종합해볼 때 확실히 한 방향을 가리키고 있으니 무시할 수는 없을 것 같아요. 당장 그 마을로 가죠."

"그런데 네 상태가……."

나는 탄자오 손을 꼭 잡았다.

"난 괜찮아."

저녁 무렵, 산 근처 마을에 도착했다. 마을이 작고 도로도 몇 없지만 가구 수는 몇백이었다. 그 외에 주변 산자락에도 집이 여러 채 흩어져 있었다. 확실히 몸을 숨기기에 좋은 곳이었다.

우린 일단 여관을 찾아 들어갔다.

날이 이미 어두워져 선스옌이 오늘은 간단히 둘러보고 본격적인 수색은 내일 하자고 제안했다.

나는 탄자오와 같은 방을 썼다. 내가 방에서 쉬는 동안 저녁밥을 사러 갔던 탄자오가 심각한 표정을 하고 돌아왔다.

"세상에, 선스옌이 방을 하나만 달라고 한 거 알아? 너도 창위 표정을 봤어야 하는데. 싫다고도 할 수 없고 좋다고도 할 수 없고……."

"선스옌은 자기 생각이 확고하면 강하게 밀고 나가는 스타일이야."

"아……. 그럼, 넌? 확고해?"

"선스옌은 이제 겨우 같은 방에 들어갔고, 난 이미 내 사람으로 만들었잖아. 이 정도면 엄청 확고하지 않아?"

탄자오가 피식 웃더니 다시 걱정스러운 표정을 지었다.

"많이 아프지 않아?"

"괜찮아. 내일 나도 같이 갈 거야."

"……."

이곳으로 출발하기 전에 의사에게 부탁해 국소 마취제와 진통제를 맞았다. 사실 주사를 맞은 직후에는 맞기 전보다 훨씬 아팠다. 하지만 탄자오가 바로 옆에서 지켜보고 있어 신음 소리 한번 내지 않았다. 그때 탄자오는 당장 안아주고 싶다는 눈빛이었다.

"내일 밤이면 다시 동굴로 돌아가겠네."

"응. 그전에 우먀오를 구하면 더 이상 바랄 게 없겠는데……."

탄자오는 잠시 아무 말 없다가 어깨를 쫙 펴며 힘차게 말했다.

"그래. 일단 다른 생각은 하지 말자. 잘 먹고 잘 자면 힘이 생길 거야. 먹여줄까?"

"됐어."

탄자오는 도시락 뚜껑을 열어 내 앞에 놔주고 반찬을 집어주랴 물을 따라주랴 바빴다. 우리는 든든하게 식사를 마쳤다.

잠시 후 탄자오가 날 부축해 소파에 앉히고 약을 먹여줬다. 왠지 뭉클한 마음에 탄자오 손을 꼭 잡았더니 탄자오가 방긋 웃으며 입을 맞춰왔다. 그녀의 키스는 따뜻하고 섬세했다.

"내일은 엄청 힘든 하루가 되겠지? 네가 목숨 걸고 뛰어들 거라는 거 알아. 하지만 약속해줘. 네 목숨까지 위험하게 만들지는 않겠다고. 이제 넌 혼자가 아니야. 무슨 일이 있어도 내가 기다리고 있다는 거 잊으면 안 돼. 나랑 결혼하겠다고 한 거, 잊지 마."

탄자오의 말투가 차분하고 덤덤해서 더 마음이 아팠다. 아마도 며칠동안 참고 참다가 말하는 거겠지.

"약속할게. 자오자오, 절대 너 혼자 기다리게 하지 않을게. 꼭 네 곁으로 돌아올 거야. 난 네 남편이니까."

탄자오가 눈물을 닦으며 버럭 외쳤다.

"꿈 깨! 아직 결혼한 거 아니거든? 그리고 우리끼리 정한 거잖아. 우리 아빠 엄마가 마음에 들어 하실지 모르겠네!"

다시 탄자오 손을 꼭 잡았다.

"너희 부모님이 허락해주실까?"

탄자오가 입을 삐죽거리다 한숨을 내쉬었다.

"우리 엄마 아빠는 공부 잘하는 사람 엄청 좋아해. 칭화대 본과에 대학원까지…… 쥐면 꺼질까 불면 날아갈까 좋아서 어쩔 줄 몰라 하는 모습이 상상이 되네. 아이고, 앞으로 우리 집에서 내 신세 처량해지겠어. 지금까지 엄마 아빠 참견만으로도 골치 아팠는데 이제 셋이라니……."

나도 탄자오도 웃음을 터뜨렸다. 탄자오 눈에서 별이 반짝이는 것만 같아 눈을 뗄 수가 없었다. 차가운 내 마음에 희망을 불어넣어준 아름다운 눈동자.

저녁 식사를 마치고 세 사람은 주변 상황을 둘러보러 나갔고, 나는 체력을 비축하기 위해 숙소에 남았다. 침대에 기대 블랙박스 영상과 관련 자료를 보고 또 봤다.

뭔가 중요한 점을 놓치고 있다는 생각이 머릿속을 떠나지 않았다.

블랙박스 영상에도, 음식점 주변 감시 카메라에도 주범의 차량은 찍히지 않았다. 어떻게 해야 주범의 꼬리를 잡을 수 있을까? 완벽하게 흔적을 지울 수 있는 사람은 없다. 놈의 차량이 찍힌 영상이 분명히 존재할 것이다. 도대체 어디에 있을까?

너무 피곤해서인지 약 기운 때문인지 까무룩 잠이 들었다. 잠들기 전까지도 계속 그놈 생각을 한 탓인지 꿈으로까지 이어졌다.

처음으로 놈을 쫓아갔던 그날 밤이 재현됐다. 좁고 어두운 골목, 친구들의 외침, 놈의 뒷모습, 부딪히는 행인…… 그리고 술집 골목에서 사라진 놈. 잠시 후 천싱젠이 술집에서 걸어 나오고, 저 멀리 어둠 속에서 멀어져가는 다른 한 놈이 보였다.

탄자오와 함께 경찰서에 갔다. 탄자오가 납치를 당했다가 탈출했다며 신고했다.

첫 번째 피해자 천닝밍이 일하는 음식점에도 갔다. 탄자오가 무슨 말을 했다. 무슨 말이었지…….

눈을 번쩍 떴다. 창밖 하늘이 희부옇게 밝아오고, 탄자오는 내 옆에 깊이 잠들어 있었다. 나는 잠이 완전히 달아났다.

잠든 탄자오 얼굴을 가만히 들여다보는데 탄자오가 그 음식점 앞에서 했던 말이 생각났다.

'여기, 왠지 와본 거 같아.'

내가 뭐라고 대답했더라?

'우리 여기 왔었어. 쉬징먀오 납치하려던 놈을 쫓아왔던 술집 골목이 바로 옆이야.'

천싱젠 차가 지나간 길이다.

난 그 일대 지리를 아주 잘 알고 있다. 순간 머릿속이 환해지면서 지도가 눈앞에 펼쳐졌다. 그리고 천싱젠 취조 영상에서 들은 말도 떠올랐다. 범행 대상, 장소, 범행 수법 모두 그 주범이 정했고 현장에도 직접 나갔다고.

눈을 감고 처음 천싱젠을 뒤쫓았던 날의 기억을 떠올렸다. 좁은 골목으로 계속 도망가던 놈이 호신봉에 맞아 휘청거리는데 갑자기 학생으로 보이는 남자가 나타나 내 앞을 가로막았다.

나중에 경찰에서 공고까지 내 그 남자를 찾으려 했지만 찾지 못했다. 근처에 사는 주민이라면 왜 찾지 못했을까?

내가 쫓아갔던 놈이 당연히 천싱젠이라고 생각했는데 정말 천싱젠이었을까? 혹시 주범 아니었을까? 그날 밤 가방을 메고 나타난 젊은 남자는 대체 누구였을까? 그 남자의 얼굴은 제대로 보지 못했다.

어쨌든 그날 밤, 주범은 분명히 그곳에 있었고, 우리가 천싱젠을 둘러싼 사이 재빨리 현장을 벗어났을 것이다.

주범의 차는 그 술집 뒤편에 있었을 가능성이 크다. 제법 번화한 곳이고 근처가 주택 단지여서 감시 카메라도 반드시 있을 것이다.

지금은 쉬징먀오 사건이 일어나기 전이다. 아마 영원히 일어나지 않을 것이다. 그러니 그날 밤 감시 카메라 영상은 존재하지 않는다. 하지만 천닝멍 사건은 진행 중이었다. 쉬징먀오 사건과 아주 가까운 곳에서. 그렇다면 놈의 차는 쉬징먀오 때와 같은 곳에 세워져 있지 않았을까? 술집 뒤편 어딘가, 천닝멍이 일하는 음식점을 지켜볼 수 있는 위치에. 어쩌면 술집 골목과 음식점 골목이 연결되는 지점에. 주범은 천싱젠과 같은 위치에 차를 세우지 않았다.

놈은 또 한 번 천싱젠을 방패막이로 세우고 자신과의 연결고리는 완벽하게 차단했지만, 정말 모든 감시 카메라를 피할 수 있었을까?

사람이라면 백퍼센트 완벽할 수 없다.

가슴에 격정이 휘몰아쳤다. 드디어 놈을 찾았다.

바로 딩 팀장에게 전화를 걸었다. 탄자오가 눈을 비비며 일어나 멍한 표정으로 통화 내용을 들었다.

모든 사정을 자세히 설명하진 못했지만 딩 팀장은 내가 말한 장소에 사람을 보내 우리가 천싱젠을 뒤쫓던 날 밤의 감시 카메라 영상을 모두 조사하겠다고 말했다.

하지만 답이 언제 올지는 알 수 없었다. 날이 밝자마자 우리 넷은 가까운 곳부터 시작해 의심 가는 집과 사람을 조사했지만 아무 소득이 없었다.

정오 무렵 딩 팀장이 전화를 걸어왔다. 목소리가 굉장히 심각했다.

"그날 밤 감시 카메라 영상에서 수상한 차를 찾았어요. 술집 뒤편에 세워놓은 차는 딱 하나였는데, 술집 바로 뒤에는 감시 카메라가 없고 골목을 나올 때 골목 입구 카메라에 찍혔어요. 차종과 번호판까지 제대로. 놈이 들어오고 나간 시간이 천싱젠 이동 시간이랑 거의 일치해요. 차종도 선 형사랑 탄자오 씨가 진술한 거랑 비슷하고요. 차량 번호랑 사진 바로 전송할게요. 그런데 가짜 신분증으로 렌트한 차여서 계속 조사 중이에요. 이미 쑤저우 전역에 수배령 내려놨어요."

딩 팀장 말을 듣는 내내 가슴이 떨렸다.

"이쪽 마을로 들어오는 도로 감시 카메라 먼저 조사할 수 없을까요? 만약 놈이 우먀오를 여기로 데려왔다면, 아무래도 차를 찾는 게 빠를 것 같아요."

딩 팀장이 그러마고 약속하고 전화를 끊었다. 무심결에 하늘을 올려다봤는데 탄자오가 말했던 대로 날씨가 아주 맑아 일몰이 장관일 듯했다. 온 하늘에 핏빛 노을이 번지겠지. 우먀오를 구하는 일은 이제 시간과의 싸움이었다.

시간은 빠르게 흘러갔다. 오후 내내 의심 가는 장소들을 조사했지만 여전히 오리무중이었다.

해가 점점 기울었다. 우리는 차 옆에 모였다. 약효 덕분인지 팽팽한 긴장감 때문인지 육체의 고통은 거의 느껴지지 않았다. 다들 지친 표정이지만 눈빛만은 살아 있었다. 상황이 어려워지자 다들 말없이 내 눈치만 살폈다.

초조해진 나는 손톱을 씹으며 미간을 찌푸렸다. 선스옌도 조금 떨어져 복잡한 표정으로 생각에 잠겼고, 두 여자는 가만히 기다리고 있었다.

난 드디어 결단을 내리고 입을 열었다.

"아직 시간은 있어요. 마을에 없다면 산에 있을 거예요. 도로 주변이 분명하고요. 일단 산으로 가서 흩어져 찾아보죠."

선스옌이 고개를 끄덕였다.

"그래요. 일몰까지 아직 한 시간도 더 남았으니 계속 찾아봅시다."

막 차에 타려는데 휴대전화가 울렸다. 딩 팀장이었다.

"딩 팀장님, 어떻게 됐습니까?"

"그 차 찾았어요. 어제 그 마을에서 산길로 들어가는 게 감시 카메라에 찍혔어요. 마을에서 2킬로미터 떨어진 우룽산이에요. 바로 출동할 테니 함부로 움직이지 마세요. 그리고 천싱젠 집에서 제3자 DNA를 발견해서 지금 확인하고 있는데······."

딩 팀장이 계속 얘기했지만 뒷말은 귀에 들어오지 않았다. 난 당장 소리쳤다.

"출발하죠!"

선스옌이 힘껏 엑셀을 밟아 우룽산 방향으로 달렸다. 탄자오와 창위는 긴장한 기색이 역력했다.

열어놓은 차창으로 바람이 기세 좋게 불어 들어왔다. 만감이 교차하면서 온몸의 피가 들끓어 아무것도 눈에 들어오지 않았다. 저 멀리 우룽산 정상을 뚫어져라 노려봤다. 울창한 나무로 뒤덮인 그 안에서 과연 뭐가 기다리고 있을지…….

붉은 해가 서서히 서편으로 기울고 있었다.

61

탄자오

이날 해 질 무렵 경치는 정말 거짓말처럼 아름다웠다. 태양이 산 정상을 빨갛게 물들이고 노을은 구름을 뚫고 아련하게 퍼졌다. 숲속은 이미 어스름했고 바람이 불어와 나뭇가지가 가볍게 흔들렸다. 빽빽하고 깊은 숲은 끝이 보이지 않았다.

차는 산중턱에서 멈춰야 했다. 우리가 멈춘 도로 끝에서 놈의 차를 발견했다. 선스옌이 총을 들고 조심스럽게 접근하고 우위가 바짝 뒤따랐다. 선스옌이 빠르게 한 바퀴 돌아보고 트렁크를 발로 걷어찬 뒤 고개를 흔들었다. 아무도 없었다.

놈은 어딘가에서 이미 최후의 결전을 준비하고 있을 것이다.

"올라갑시다."

우리는 오솔길을 따라 숲으로 들어갔다. 외길이었다. 선스옌이 오솔길 진흙을 자세히 살폈다.

"지나간 지 얼마 안 된 발자국이에요. 길이와 폭이 범행 현장에서 발견된 것과 일치해요."

우위 표정은 그 어느 때보다도 차갑고 단호했다. 마치 상처를 안고 잠시 움츠렸지만 언제 에너지를 폭발시키며 달려 나갈지 모르는 표범 같았다.

우먀오는 반드시 구해야 하지만, 우위가 정말 목숨까지 걸까 봐 두려웠다. 목숨을 내던지는 일은 없을 거라고 약속했어도 여전히 불안해 우위 뒤에 바짝 붙었다.

30분쯤 지났을 때 우위 상태가 좋지 않다는 게 느껴졌다. 선스옌이 빠르게 앞서 나가고 우위가 그 뒤를 바짝 따르고 좡위와 내가 두 사람 뒤를 따라가는 상황이었다. 우위는 아직 선스옌 속도를 쫓아가고는 있었지만 티셔츠에 피가 배기 시작했다.

"아위, 정말 괜찮아?"

"괜찮아."

우위 이마에 땀이 송골송골 맺혔다. 마음이 너무 아팠다. 진통제를 맞았다고는 해도 큰 부상을 당한 지 며칠 안 됐으니 건장한 형사 체력을 따라가는 건 무리였다. 하지만 멈추라고 말할 수도 없었다.

선스옌은 한 번 돌아볼 뿐 묵묵히 속도를 유지하며 나아갔다.

드디어 숲을 통과하고 눈앞에 과수원이 펼쳐졌다. 석양에 물든 과수원은 유난히 고요하고 울창하게 느껴졌다.

과수원이 있다면 관리하는 사람도 분명히 있을 것이다.

저 멀리 살짝 솟은 위치에 집 한 채가 보였다. 깊은 산에 지은 것 치고는 꽤 고상하고 멋진 집이었다. 크기가 제각각인 돌로 쌓은 집인데 위쪽에는 나무 창문을 냈고 연회색 지붕은 멋스럽게 기울어졌다. 키큰 나무들이 집 뒤를 병풍처럼 둘러쌌다.

과수원 사이 오솔길을 따라 쭉 올라갔다. 날이 어스름해져 서늘하고 적막한 느낌이 들었다. 선스옌이 우리를 돌아보며 소리 죽여 말했다.

"조심해요."

우리가 고개를 끄덕이는데 선스옌이 이번엔 챵위를 보며 말했다.

"샤오위, 내 옆으로 와."

챵위가 두어 걸음 앞으로 나가자 선스옌이 챵위 손을 잡고 끌어당겼다.

나도 우위 손을 잡았다. 티셔츠의 핏자국이 더 짙어졌다. 우위가 날 돌아보는데 순간 1년 후 정비 기사 우위의 모습이 보였다. 수많은 아픔을 겪으며 단단하고 거칠어진 강한 얼굴…….

"자오자오, 조심해. 내 뒤에 있어."

"응."

우리는 금방 과수원을 통과했고 집까지는 100미터쯤 남았다. 발소리를 내지 않으려고 살금살금 걸었다.

이때 집 안에서 우당탕 요란한 소리가 들렸다. 뭔가 부딪히고 바닥에 떨어지는 소리에 이어 무언가가 질질 끌리는 소리도 들렸다. 갑자기 눈앞의 세상이 멈춰버리는 기분이었다. 선스옌이 집을 향해 쏜살같이 달렸고, 챵위도 순발력 좋게 바짝 뒤따라갔다.

우위도 소리에 반응해 바로 달렸다. 처음엔 선스옌과 거의 비슷하게 달려 나갔지만 금방 눈에 띄게 느려졌다. 나는 그 옆을 따라 달렸다. 우위가 인상을 찡그리며 이를 악무는 모습과 티셔츠 자락으로 흘러내리는 핏방울을 봤지만 아무 말도 할 수 없었다. 그토록 찾던 장소가 눈앞에 있는데 이 고집 센 남자가 두 손 놓고 지켜볼 리가 없다.

선스옌과 챵위가 거의 문 앞에 도착했을 때 우위가 돌부리에 걸렸는지 크게 휘청거리며 넘어졌다. 하지만 짧은 신음만 내뱉고는 바로 땅을 짚고 다시 일어섰다. 내가 손을 내밀었지만 잡지 않았다.

"자오자오, 난 괜찮아."

나는 그저 지켜보며 따라가는 수밖에 없었다.

우위가 넘어졌다 일어나는 동안 문 앞에 도착한 선스옌과 챵위는 뭘 봤는지 안색이 확 바뀌었다. 나뭇가지와 커튼 때문에 우리 위치에서는 집 안 상황이 전혀 보이지 않았다. 곧이어 선스옌의 고함 소리가 들렸다.

"거기 서!"

선스옌이 먼저 뛰어들고 창위도 뒤따랐다. 심장이 주체할 수 없이 빠르게 뛰었다. 당장 문 앞까지 날아가고 싶은 심정이었다. 집 안에서 몸싸움을 벌이는 소리와 함께 창위의 비명이 들렸다.

탕! 탕!

깊은 산중에 총소리가 울렸다.

떨리던 심장이 멈춰버린 것 같았다. 총이라니……. 우위 표정도 완전히 굳었다.

"넌 여기 있어. 들어오지 마."

우위가 다시 뛰기 시작했다. 하지만 나도 가만히 있을 수는 없었다. 당장 우위를 쫓아갔다. 우위는 앞만 보고 달리다 내가 따라가는 것을 알고는 걱정스러운 눈길로 힐끗 돌아봤다.

"네가 어딜 가든 나도 함께 갈 거야."

우위는 말없이 팔을 내밀어 내 손을 잡았다. 우위 손바닥이 축축했다. 피가 소매를 타고 손바닥까지 흘러내리고 있었다. 목이 메고 가슴이 아팠지만 그저 우위 손을 힘껏 잡았다. 무슨 일이 있어도 이 손을 놓지 않을 것이다.

문 앞에 신발 두 켤레가 있었다. 남자 신발은 경찰이 찾아낸 발자국의 주인공일 테고, 다른 하나는 앞쪽에 피와 진흙이 묻어 있는 낯익은 여자 신발이었다. 우먀오 신발……. 우위도 신발을 발견하고는 눈빛이 싸늘하게 변했다. 집 안으로 시선을 돌리자마자 심장이 덜컥했다. 선스옌이 한 손에 총을 들고 한 손으로는 다리를 붙잡은 채 고통스러운 얼굴로 바닥에 주저앉아 있었다. 왼쪽 다리에서 피가 흘렀다. 다행히 촹위는 다치지 않았지만 넋 나간 표정으로 선스옌을 붙잡고 있었다.

선스옌이 우리를 보자마자 다급하게 외쳤다.

"놈도 총에 맞고 뒷문으로 도망갔어요. 우먀오는 없었어요."

"괜찮겠어요?"

"우리 신경 쓰지 말고 빨리 쫓아가요, 어서요!"

선스옌이 우위에게 총을 건넸다.

"조심해요."

촹위도 내게 고개를 끄덕여 보였다. 난 이를 악물고 우위를 따라 뒷문으로 달려 나갔다.

어느새 어둠이 깔리기 시작했다.

집 뒤편은 바로 깊은 산으로 이어졌다. 한 사람이 겨우 지나갈 정도의 좁은 길이 암벽을 따라 구불구불 이어졌다. 그 길 위로 점점이 떨어진 핏방울이 보였다.

"우위, 여기 봐."

우위도 핏방울을 확인하고 고개를 들었다. 눈에서 냉기가 뿜어져 나왔다.

좁은 길을 따라 10분 정도 달리니 탁 트인 풀밭이 나오고, 그 앞으로 계곡물이 세차게 흐르는 골짜기가 보였다. 바로 거기에 소름 끼치는 광경이 펼쳐져 있었다.

물가에 놓인 탁자 위에 톱, 가위, 칼, 전기 드릴 등 온갖 공구가 늘어져 있었다. 피가 잔뜩 묻은 채였다. 그 옆에는 내가 본 적 있는 커다란 상자가 놓여 있었다.

그리고 물속에 사람이 있었다. 사람 주변의 물이 빨겠다. 빨간색은 물감을 풀어놓은 것처럼 점점 퍼져 나갔다. 멀리서도 손이 묶인 것이 보였다. 물 안에 잠겨 있는 걸 보니 다른 부위도 물속 어딘가에 묶여 있는 듯했다. 긴 머리카락이 물살을 따라 흔들렸고 물 위로 드러난 발가락은 물에 하얗게 불어 있었다.

눈앞이 아득해졌다.

우위가 바로 계곡을 향해 내달렸다. 돌부리에 걸려 몇 번이나 넘어졌다 일어나길 반복하며 뛰어가 물속의 사람을 안아 올렸다.

"우먀오!"

우위의 애절한 외침이 산골짜기에 울려 퍼졌다.

참을 수 없이 눈물이 터져 나왔다. 나도 계곡을 향해 뛰어 내려갔다. 뭔가에 세게 부딪혔지만 아픔을 느낄 새도 없었다. 그때였다. 우위 품에 안긴 우먀오가 살짝 움직인 것 같았다. 짙은 절망으로 뒤덮인 골짜기에 한 줄기 희망이 비추는 느낌이었다. 난 허둥지둥 달려가며 소리쳤다.

"안 죽었어. 살아 있다고!"

우위는 우먀오를 안고 물가에 앉아 부들부들 떨며 우먀오 얼굴을 어루만졌다.

"우먀오! 우먀오……."

우먀오를 부르는 잔뜩 갈라진 목소리에 내 가슴도 갈가리 찢기는 기분이었다.

우먀오는 얼굴에 핏기도 없고 호흡도 아주 약했지만 천천히, 아주 천천히 눈을 떴다. 정신을 잃었다 깨어난 직후라 반응이 느린 것인지, 눈앞의 상황이 믿기지 않는 것인지, 우위를 보고도 잠시 말이 없었다. 하지만 이내 약하게나마 미소를 지으며 들릴 듯 말 듯 작은 목소리로 말했다.

"오빠…… 나, 안 죽었어……. 끝까지 오빠 기다렸어……. 절대 죽지 않겠다고 다짐했어……. 오빠랑 엄마가…… 슬퍼할 테니까……."

나는 눈물을 흘리며 두 사람 옆에 주저앉았다. 우위도 울고 있었지만 우먀오를 바라보며 따뜻한 미소를 지었다.

"그래, 우리 우먀오 잘했어. 끝까지 살아줘서, 다시 돌아와서 고마워……. 정말 잘했어."

나는 울음소리를 내지 않으려 입을 틀어막았다. 힘없이 우위 품에 안겨 있는 우먀오는 온몸이 상처투성이였고, 여기저기 뼈가 드러나 보였다. 눈은 금방이라도 다시 감길 듯했지만 숨은 쉬고 있었다. 우위는 우먀오를 꼭 끌어안으며 눈을 감았다. 우위도 피투성이였다. 피투성이 두 남매는 서로를 의지하며 버텼다.

우위가 다시 눈을 뜨고 날 돌아봤다. 이미 어두워져 표정은 잘 보이지 않았지만 가슴이 뭉클해 나도 두 사람을 꼭 끌어안았다. 우위는 한쪽 팔을 들어 나를 안아주었다.

잠시 후 우위가 손을 풀었다. 우먀오는 다시 정신을 잃었고 숨소리가 미약했다. 우위는 잠시 우먀오를 지켜보다가 조심스럽게 내 품에 안겨줬다. 난 심장이 덜컥 내려앉았다.

"자오자오, 우먀오 좀 봐줘. 부탁해."

나는 내 체온으로 우먀오를 따뜻하게 해주려고 꼭 끌어안았다. 그리고 말없이 우위를 올려다봤다. 우위가 무슨 생각을 하는지 잘 알았다.

우위도 내 마음을 알 것이다.

우위는 내 머리를 품에 안았다. 나를 지키기 위해 나를 떼어두고 홀로 위험 속으로 뛰어들던 때처럼. 하지만 이번은 그때와 달랐다. 이순간 우린 서로에게 전부였다.

"반드시 놈을 잡아야 해. 그래야 완전히 끝낼 수 있어. 그래야만 앞으로 우먀오가 평안하게 살고 다른 피해자가 생기지 않을 거야. 기다려. 꼭 돌아올게."

우위는 내 턱을 잡고 열정을 다해 키스를 했다. 키스가 끝나면 바로 떠나겠지. 너무 슬프고 마음이 아팠다. 우위의 등 뒤로 저물고 있는 태양처럼 내 마음도 가라앉았다. 눈물을 참을 수가 없었다.

"다녀와. 조심해야 해."

우위는 벌떡 몸을 일으켜 뒤 한번 돌아보지 않고 좁은 진흙길로 올라가 천천히 달리기 시작하더니 금세 어두운 숲속으로 사라졌다.

나는 우먀오를 안은 채 꼼짝 않고 앉아 있었다. 어스름한 계곡엔 물소리와 바람에 나뭇잎 흔들리는 소리뿐이었다. 계곡물을 비추던 마지막 빛이 마침내 산등성이로 넘어가고 짙은 어둠이 내려앉았다.

일몰, 드디어 해가 졌다.

난 우먀오 얼굴을 가만히 지켜봤다. 희미하지만 호흡과 심장 박동이 느껴져 다행이었다. 겉옷을 벗어 우먀오 몸을 감싸고 다시 꼭 끌어안았다.

잠시 후 좁은 길 끝에서 발소리가 들렸다. 서로를 부축하며 걸어오는 두 실루엣을 보니 선스옌과 창위였다. 두 사람은 나와 우먀오를 발견하고 깜짝 놀라 계곡으로 내려왔다.

"우위는?"

"놈을 잡으러 갔어."

"우먀오 씨는 어때요?"

"살아 있어요. 괜찮을 거예요."

난 창위에게 우먀오를 넘겼다.

"우먀오를 부탁해."

선스옌은 다리 상처를 꾹 누르며 탁자에 기대앉았다.

"그놈 이제 못 빠져나가요. 딩 팀장도 산 밑에 도착했대요. 구급차도 왔다니 우먀오 씨도 괜찮을 겁니다. 그리고 DNA 결과가 나왔는데 쑤저우에 사는 된윈잉이라고 하네요. 사진도 전송받았는데 얼마 전에 얼굴에 화상을 입었답니다."

난 벌떡 일어섰다.

"우위 찾으러 갈게요."

"안 돼!"

"안 돼요!"

두 사람이 거의 동시에 소리쳤다. 창위가 내 손을 꼭 잡았다.

"경찰이 곧 올 거야. 따주가 가도 어차피 도움도 안 되고 오히려 우위 걱정만 시킬걸."

하늘을 올려다봤다.

"곧 달이 뜨겠네. 오늘이 우리가 이 시간선에서 보내는 마지막 날이야. 달이 차고 기우는 주기랑 같아. 보름이란 시간과 타임 슬립 사이에 무슨 연관이 있는 건지는 모르겠지만, 어쨌든 나랑 우위는 곧 여기를 떠날 거야. 두 사람도 몸조심해. 이제 서로를 잊지 말고. 다음에 다시 만나자."

난 걷잡을 수 없이 눈물이 흘러내렸고 두 사람은 아무 말도 없었다. 창위가 다시 내 손을 꼭 잡았다. 나도 힘을 주어 창위 손을 꼭 잡았다가 놓고는 우위가 사라진 방향으로 달렸다.

좁은 숲길은 유난히 고요하고 깜깜했지만, 막 떠오른 달이 길을 비춰주었다. 희미하기는 해도 길을 걷기엔 충분했다. 뒤쪽에서 요란한 소리가 들리는 것 같아 돌아보니 불빛 여러 개가 어지럽게 움직였다. 난 선스옌 말을 믿는다. 돤윈잉이라는 그놈, 아니 그 악마는 절대 빠져나가지 못할 것이다.

난 우위 곁으로 가야 한다.

우위가 무사한지, 마음 깊이 뿌리내렸던 슬픔은 쫓아버렸는지, 큰 슬픔과 기쁨을 연이어 겪은 후 어떤 상태인지, 확인해야 했다.

드디어 우위와 놈이 내 시야에 들어왔다.

두 사람은 굽이진 계곡 옆에 서 있었다. 저 앞에 계곡이 시작되는 폭포가 보였다. 피투성이 남자가 큰 돌에 짓눌려 있었고, 우위 상태도 나을 것이 없었다. 총 두 자루가 두 사람 근처에 떨어져 있었다. 방금 전까지 치열한 몸싸움을 벌인 것 같았다. 우위가 맹수처럼 놈에게 달려들어 목을 졸랐다. 놈은 금방이라도 숨이 넘어갈 듯 컥컥거렸다.

전에 놈이 내 앞에서 가면을 쓴 이유는 화상 때문이었던 모양이다. 지금은 가면이 벗겨져 얼굴이 그대로 드러났다. 희미한 달빛 아래 잔뜩 일그러진 얼굴을 뒤덮은 흉터가 보였다. 원래 모습이 어땠는지 알아보기 어려울 정도로 심했다.

놈은 당연히 쉬운 상대가 아니었다. 총을 맞았는지 양팔 모두 피가 잔뜩 흘러내린 상태로 축 처져 있었지만 기어이 팔을 들어 올려 우위 상처를 세게 가격했다.

"조심해!"

우위는 고통스러워하며 움츠렸지만 놈의 목을 조르는 손은 놓지 않았다. 놈의 눈이 점점 커지며 금방이라도 눈알이 튀어나올 것 같았다.

놈은 계속 우위 상처를 공격했다. 하지만 우위도 이미 이성을 잃었는지 온몸으로 피를 흘리면서도 고집스럽게 놈의 목을 졸랐다. 그러다 갑자기 감정이 폭발한 듯 놈의 머리채를 잡아 바위로 힘껏 내리쳤다.

한 번, 두 번…….

너무 충격적이었다. 우위에게서 이런 잔인한 모습은 처음 보았다. 이러다 우위를 잃는 건 아닌지 두려워 정신없이 우위에게 달려갔다. 놈은 이미 고개가 축 늘어졌고 우위도 기진맥진해 놈을 바닥에 내던졌다. 돤원잉은 연체동물처럼 진흙바닥에 늘어졌고 우위도 몸이 서서히 뒤로 넘어갔다. 숨이 멎을 듯한 두려움이 나를 덮쳤다. 두 팔을 내밀어 우위를 붙잡았지만 내 힘으로는 버티지 못해 같이 쓰러졌다.

"아위! 아위!"

우위가 천천히 눈을 뜨고 나를 보며 웃었다. 드디어 끝났다는 기쁨의 미소일까? 가슴이 갈가리 찢기는 것 같았다.

"아위, 괜찮아? 괜찮은 거지? 눈 감지 마. 제발, 안 돼!"

우위가 왈칵 피를 토하고는 다시 웃으며 희미한 목소리로 중얼거렸다.

"놈이 죽는 걸 보기 전에는…… 나도 안 죽어…….."

우위의 시선이 돤윈잉에게 향했다. 놈은 눈동자가 미세하게 움직이긴 했지만 몸은 꿈쩍도 하지 않았다. 등 뒤에서 요란한 발소리가 들렸다.

그때 놈의 얼굴에서 유일하게 화상을 입지 않은 턱이 미세하게 움직이는 것이 보였다.

죽음을 앞두고, 놈은 웃었다.

"탄자오, 우위, 지옥에서 기다리지."

놈의 머리가 옆으로 돌아갔고 그것으로 끝이었다. 등골이 서늘했다. 경찰들이 달려와 우위와 나를 일으켰다. 나는 우위를 끌어안고 피와 땀으로 뒤덮인 우위 얼굴에 볼을 맞댔다. 가냘픈 숨소리가 들렸다.

"죽었어?"

"응, 죽었어. 구급차도 왔으니 우먀오도 괜찮을 거야."

우위는 눈도 제대로 뜨지 못했지만 입가에는 미소가 번졌다. 다시 우위를 끌어안았다. 몸은 얼음장처럼 차가웠지만 심장은 강하게 뛰었다. 우위 꼴이 말이 아닌데도 안도의 웃음이 났다. 나는 울면서 웃었다. 옆에서 부축하던 경찰들이 머쓱해하며 우리를 내버려두고 잠시 뒤로 물러났다. 나도 우위를 안은 팔에 더 힘을 주었다.

"정말 다행이야……. 아위, 우리가 드디어 해냈어…….."

우위는 혼미한 상태에서도 내 허리를 꼭 끌어안았다.

"응……. 자오자오, 정말 기뻐…….."

문득 하늘을 보니 달이 머리 꼭대기에 있었다. 하얀 달빛이 온 세상을 비추고 산봉우리는 더없이 고요했다.

이제 곧 그 시간이 다가올 것이다. 하지만 지금 이 순간 과거가 바뀌었다. 놈은 우리 앞에서, 이 시간선에서 확실히 죽었다. 이제 다른 피해자도 없을 테고 우먀오도 평안하게 살 수 있다. 하지만 우위의 미래는 어떻게 될까? 역시 바뀔까? 그렇다면 내가 사는 도시의 정비 기사가 되는 일은 없을지도 모른다. 우리의 만남은, 우리가 함께한 시간은 모두 꿈처럼 사라지는 걸까? 우리는 사람들 목숨을 구하기 위해, 과거를 바꾸기 위해 그렇게나 노력했는데…….

너무 깊이 생각하지 말자. 이 순간 내가 안고 있는 사람이 우위라는 사실이 중요하니까. 미래가 어떻게 바뀌든 우리는 서로를, 서로에 대한 이 마음을 절대 잊지 않을 테니까. 나는 반드시 그러리라 믿었다.

"아위, 동굴에서 나오면 어머니와 우먀오, 우리 아빠 엄마, 그리고 좡위랑 선스옌 곁으로 꼭 돌아가자."

"그래……. 앞으로는 우리 행복하게 살자. 이제는 하루하루 미래로 나아가는 날일 거야. 우리 두 사람의 미래로."

62

우위

습하고 서늘한 이 느낌도 어느덧 익숙해졌다.

눈을 떠보니 역시나 눈처럼 새하얀 바위가 층층이 쌓인 동굴이었다. 넓은 동굴 전체에 싸늘한 공기가 감돌았다. 팔다리가 저려 감각이 둔했지만 통증은 전혀 없었다. 몸의 상처는 모두 사라졌다.

내 품에 안겨 있던 우먀오 모습, 의식을 잃기 전 산자락에 나타난 구급차 불빛이 생각났다. 이제야 긴장이 풀리며 미소가 지어졌다.

탄자오는 내 다리를 베고 모로 누워 있었다. 침까지 흘리며 깊이 잠든 모습이었다. 내가 침을 닦아주는데도 세상모르고 잤다.

조심스럽게 일어나 앉았다.

동굴 안은 온통 바위가 발산하는 몽롱한 빛에 싸여 있었다.

가장 가까이 보이는 사람은 천루잉이었다. 천루잉이 대형 거미에 물리던 모습이 이곳에서의 마지막 기억이었다. 천루잉은 두 팔로 무릎을 감싸고 얼굴을 묻고 있었는데, 거미에게 물린 목 상처에 벌써 딱지가 앉은 게 보였다. 사모님은 그 옆에 바짝 붙어 앉아 걱정스러운 표정으로 무슨 말인가를 하고 있었다. 천루잉이 고개를 들더니 귀찮다는 듯 사모님 손을 쳐내고는 가슴을 움켜쥐고 헛구역질을 했다. 그러다 시선을 느꼈는지 날 돌아보며 눈물을 글썽였다.

"아위……."

사모님도 힘없이 날 쳐다봤다. 난 천루잉에게 들리도록 크게 말했다.

"걱정할 거 없어. 우울해하지도 말고. 이미 벌어진 일이니까, 앞으로 무슨 일이 있더라도 자신을 소중히 아끼고 어머니한테 걱정 끼치지 않도록 해."

천루잉은 어리둥절한 표정을 지었다가 다시 어두운 얼굴로 고개를 숙였다.

엔위안과 주지루이는 바닥이 평평한 구석에 자리를 잡고 앉아 있었다. 잠시 귓속말을 속삭이더니 주지루이가 바위에 몸을 기대자 엔위안이 고개를 숙여 키스했다. 주지루이는 엔위안에게 전적으로 의지하면서 사랑과 신뢰를 드러냈고 엔위안도 주지루이를 꽤 아끼는 듯 보였다. 그렇게 키스를 하던 두 사람은 주변에 사람이 있는데도 아랑곳하지 않고 더 밀착해 서로를 더듬기 시작했다. 나는 엔위안 표정이 너무 거슬렸다.

저우웨이는 계속 류솽솽 옆에 붙어 있었다. 가까이 붙어 앉은 그 두 사람도 보통 사이로 보이지 않았다. 혼자 떨어져 앉은 주위퉁은 시종일관 말이 없었다. 잠깐 나와 눈이 마주쳤지만 역시 침묵으로 일관했다.

이중에는 내가 전혀 모르는 사람도 있고 잘 알지만 악의가 분명한 사람도 있다. 하지만 나는 이미 평생의 바람을 이뤘으니 지금은 탄자오를 데리고 이 동굴을 안전하게 빠져나가는 것이 유일한 목표였다. 신중하고 조심스럽게 행동해야 한다.

어쨌거나 우먀오를 구하고 나니 마음이 가벼워졌다. 지난 1년 동안 내 삶을 짓누르던 무거운 짐을 마침내 훌훌 털어버린 기분이었다.

다시 주위를 살폈다. 어디에서도 본 적 없는 정말 독특하고 이상한 동굴이었다. 사람의 발길이 전혀 닿지 않은, 신비로운 대자연의 에너지로 가득한 비밀스러운 공간. 이곳에서 많은 사람의 인생이 뒤틀리고 내 운명도 바뀌었다. 하지만 덕분에 탄자오를 다시 만나 평생을 약속하게 됐다.

땅 밑에서는 고도와 방향을 정확히 따지기 어려웠다. 지금 우리가 얼마나 깊은 곳에 있는지, 어느 방향으로 가고 있는지, 확실한 건 아무것도 없었다. 다만 호수 밑바닥인 것은 분명해 보였고, 공기가 충분히 공급되는 것으로 보아 바깥으로 통하는 길이 있을 터였다.

탄자오가 나지막이 신음을 내뱉으며 꼼지락거렸다. 나는 두 팔로 바닥을 짚고 그녀를 내려다봤다.

눈을 뜬 탄자오는 나를 보고는 만감이 교차하는 표정으로 와락 안겨왔다. 그러고는 주위를 둘러보고 내 귀에 조용히 속삭였다.

"아위, 이번엔 우먀오를 확실히 구했겠지?"

"확실히 구했어. 이번이 마지막 타임 슬립이니까 이제 바뀌지 않을 거야."

우린 마주 보며 웃었다. 생과 사의 위기를 이겨내고 수많은 시련 끝에 맞이한 이 기쁨과 행복은 오롯이 우리 둘만의 것이었다. 우린 이마를 맞대고 환하게 웃었다. 이 순간만큼은 지금 이곳이 어디인지, 주위에 누가 있는지, 아무 상관 없었다.

기운을 차리고 길을 찾아 나서려면 일단 배를 채워야 했다. 동굴 밖에 다행히 물줄기가 흘러서, 다른 사람들과 상의해 물고기를 넉넉히 잡아 비상식량을 준비하기로 했다. 지금까지 불을 피우는 일은 줄곧 옌위안의 방수 라이터 덕을 봤다. 이번에도 동굴 밖의 넝쿨 식물을 잘라 와서 불을 피우면 될 터였다.

주위통, 저우웨이, 류솽솽과 함께 물고기를 잡으러 나가려는데 주지루이가 옌위안에게 하는 말이 들렸다.

"자기는 어떻게 못하는 게 없어? 불도 쉽게 피우고. 예전에 불 피우는 거 한 번 해본 적 있는데 엄청 어렵던데."

"어렸을 때 고생을 좀 했거든. 정말 힘들 땐 당장 끼니도 못 때울 정도로. 불 피우는 것쯤이야 아무것도 아니지. 가장 기본적인 생존 기술이니까."

나는 돌아보지 않고 밖으로 나갔다. 옌위안은 아직 새 떼를 부리는 능력이 나타나기 전인 듯했다.

물고기를 처음 잡아보는지 저우웨이는 허둥거리기만 하다가 류솽솽의 도움으로 간신히 한 마리 잡았다. 주위통이 두 마리, 내가 다섯 마리를 잡았다. 류솽솽이 놀라워하며 물었다.

"우와, 우위 씨, 물고기를 어떻게 이렇게 잘 잡아요?"

"저도 어렸을 때 고생 좀 했거든요."

이 물에 사는 물고기는 잉어와 거의 비슷했다. 며칠 전에 너무 배가 고파서 한번 잡아먹어봤는데 별 이상이 없어 마음 편히 먹고 있었다.

잡아온 물고기를 한 마리씩 넝쿨 가지에 꿰어 불에 구웠다. 옌위안이 먼저 주지루이에게 한 마리 주고, 난 천루잉과 사모님을 챙긴 후 탄자오에게 한 마리 건넸다.

탄자오가 주위 사람들을 힐끔 둘러보고 나지막이 속삭였다.

"난 네가 다른 사람들 다 먹인 다음에 우리 몫 챙길 줄 알았어."

"무슨 소리야? 물고기 제일 많이 잡은 사람도 나고 구운 사람도 난데. 당연히 내 여자 먼저 챙겨야지."

탄자오가 반달눈으로 밝게 웃으며 물고기를 한입 베어 물었다. 그런데 먹는 속도가 영 느렸다.

"별로 배가 안 고파."

간을 전혀 못 했으니 맛이 없을 것이다.

"안 돼. 안 먹고 어떻게 기운 내서 길을 찾겠어?"

얼마 전까지만 해도 나와 함께 어떤 고생도 마다하지 않던 탄자오는 우먀오를 구한 후 마음이 편해져서인지 어리광을 부리기 시작했다. 탄자오는 진심이라는 눈빛으로 나를 쳐다봤다.

"정말 배 안 고파. 기운이 없지도 않아."

나는 탄자오 손을 가볍게 잡고 입을 맞췄다.

"말 들어."

"그럼 먹여줘."

마음이 약해진 나는 물고기 살을 발라 탄자오 입에 넣어주었다. 탄자오는 왜인지 약간 어이없다는 표정을 짓더니 대충 씹어 삼키고는 혼잣말하듯 투덜거렸다.

"입으로 먹여주진 못하더라도, 이건 좀 아니지……. 이건 뭐 하나도 안 다정하고 느낌도 하나도 안 나고……."

"무슨 느낌?"

"그게……. 됐어. 네가 뭘 알겠어?"

탄자오가 짓궂은 눈빛으로 피식 웃었다.

탄자오의 밝고 쾌활한 미소가 도대체 얼마만인지. 활기 넘치는 눈빛과 미소가 눈부시게 아름다웠다. 탄자오를 번쩍 안아 무릎에 앉혔다. 탄자오는 깜짝 놀랐는지 순간적으로 숨을 멈췄다. 나는 탄자오 손에 들린 물고기를 가져다가 내 입에 물고 그녀 입 앞으로 들이밀었다. 탄자오는 얼굴이 빨갛게 달아올랐으면서도 한 입 한 입 얌전히 물고기를 먹었다.

둘이서 물고기 한 마리를 금방 먹어치웠다. 난 탄자오를 무릎에 앉힌 채로 벽에 기댔다. 그녀를 놓아주고 싶지 않았다. 탄자오가 내 목에 머리를 비비며 속삭였다.

"아위, 그냥 이대로 쭉 앉아 있고 싶어. 아무 데도 안 가고 그냥 이렇게."

"그래. 계속 앉아 있자."

"언제든 하루 종일 우리만의 공간에 있었으면 좋겠다. 우리 집도 좋고, 어디가 됐든 우리 둘만 있으면 좋겠어. 방해하는 사람도, 신경 쓸 일도 없이 서로만 바라보면서, 아침부터 밤까지 온종일 이렇게 같이 있기만 하는 거야. 아, 얼마나 좋을까? 우리 한 번도 그런 적 없잖아."

그 말에 조금 마음이 아팠다. 탄자오 말대로 우리는 카센터에서 다시 만난 후로 하루도 편안한 날이 없었다. 탄자오에게 그런 바람이 있었다니……. 그런데 사실은 내 바람도 같았다. 나는 탄자오 손을 꼭 잡으며 대답했다.

"그래. 우리 여기에서 나가면, 제일 먼저 아무도 우리를 찾지 못할 곳으로 가서 아무것도 신경 쓰지 말고 하루 종일 단 둘이 있자. 우리 둘의 바람을 모두 이루는 거야."

나는 다른 뜻 없이 한 말이었는데 탄자오는 무슨 생각을 하는지 몸을 꿈틀거리며 야릇한 눈빛으로 날 쳐다봤다. 자기도 다 안다는 듯한 눈빛이었다.

"음……. 바람도 바람인데…… 너무 열심히 하지 않아도 돼."

하마터면 크게 웃음을 터뜨릴 뻔했다. 그런데 탄자오 말을 들으니 우리 집에서 탄자오와 함께 보낸 밤들이 생각났다. 우리 둘이 아주 은밀하고 친밀한 교감을 나눈 밤들. 탄자오가 이렇게까지 말하는데 내가 굳이 '나의 바람'을 숨길 필요는 없지.

탄자오 손을 끌어다 내 셔츠 안으로 넣어 배 위에 올려놓았다. 탄자오가 눈을 동그랗게 떴다. 지금은 근육이 별로 없어서 탄자오와 다시 만난 1년 후와는 거리가 한참 멀었다.

"집에 돌아가면 바로 헬스 시작하고 카센터에서 아르바이트도 할 거야. 조금만 기다려."

얼굴이 새빨개진 탄자오는 손은 그대로 둔 채 얼굴을 내 품에 묻었다.

"뭐야, 놀리는 거야?"

"너 그런 남자 좋아하잖아?"

"음……. 그거야 경험해봐야 알지."

***

우리는 계속 한 방향으로 이동했다.

류솽솽과 다른 몇 명이 먼저 길을 살펴보러 갔다가 한참만에야 돌아왔는데, 길을 잃고 빙빙 돌다보니 제자리로 돌아왔다고 했다. 당황스러운 상황이었지만 다시 되돌아갈 수도 없는 노릇이니 그냥 계속 앞으로 가보기로 했다. 이때 천루잉이 불쑥 한마디 했다.

"우위는 어떤 미로든 길을 찾아낼 수 있어요. 수학 천재거든요."

사람들이 일제히 날 쳐다봤다. 탄자오도 눈이 휘둥그레졌다.

"정말이야?"

"그게, 출구가 있는 미로라면 이론상으론 가능해."

류솽솽이 크게 기뻐했다.

"정말 잘됐네요. 그럼 우위 씨만 믿을게요."

다들 얼굴에 미소가 번졌다.

"최선을 다해볼게요."

나는 탄자오와 함께 앞장서서 길을 찾기 시작했다. 옌위안과 주지루이가 바로 뒤를 따라왔고, 그 뒤를 사모님과 천루잉이 따라왔다. 류솽솽과 두 남자는 후미를 자처했다. 작은 동굴로 들어서자 길이 점점 좁아지고, 사방이 온통 얼음으로 뒤덮여 반짝거렸다. 바닥에서 올라오는 강한 습기로 보아 여전히 깊은 지하 같았다. 이 길에는 식물도, 작은 동물도 보이지 않았다.

나는 천천히 앞으로 나아가며 중간중간 물고기 뼈를 떨어뜨려 지나온 길을 표시했다. 그리고 머릿속으로 좁은 동굴의 길이와 방향을 그렸다. 이렇게 여러 길이 연결됐다.

천루잉 말이 틀린 건 아니었다. 수학 전공자들은 공식을 이용해 미로 출구를 찾을 수 있다. 물론 시간은 좀 걸리겠지만. 그런데 머릿속 동굴 지도가 커질수록 느낌이 이상했다.

천연 동굴이라면 규칙성이 나타나지 않아야 하는데, 걸으면 걸을수록 똑같은 형태가 반복된다는 느낌이 들었다. 하나의 구심점을 중심으로 규칙적으로 뻗어나간 길이 반복적으로 이어졌다. 류솽솽 일행이 길을 잃고 돌아온 것도 이해가 됐다.

수학에서는 이런 현상을 자기 유사성이라고 부른다. 자연계에서 종종 볼 수 있긴 하지만 이렇게 크고 정교한 자기 유사성은 상상도 해보지 못했다. 이건 마치 신의 작품 같았다.

어렴풋이 신비한 에너지의 존재가 느껴졌다. 그 에너지가 이 길을 만들었고 이 길은 에너지가 가리키는 방향으로 뻗어나갔다. 지금 우리도 그 방향으로 가고 있는 것이다.

이 신비한 에너지에 경외심을 느끼는 순간 나도 모르게 손바닥에 땀이 배어났다. 탄자오가 내 감정 변화를 눈치챈 듯 물었다.

"괜찮아?"

나는 탄자오 손을 더 꼭 잡았다.

"응."

"정말 출구를 찾을 수 있을까? 길이 너무 복잡해서 어지러워."

"찾을 수 있어."

사실 조금 전이었으면 이렇게 확신에 찬 대답을 하지 못했을 것이다. 하지만 지금은 머릿속에서 미로 지도가 완성됐다.

"그런데 수학자들은 어떻게 미로 출구를 찾는 거야? 이런 것도 계산이 돼?"

"그렇다고 볼 수 있지. 출구가 존재하는 이차원 평면 미로는 이론상 트레모 알고리즘으로 다 해결할 수 있거든. 엄청 간단해. 그런데 지금 다른 규칙성을 발견했어. 굉장히 불가사의한 일인데, 이 미로는 완벽에 가까운 자기 유사성을 나타내고 있어. 덕분에 지름길을 찾을 수 있을 것 같아."

탄자오는 아무 말이 없었다.

"왜 그래?"

탄자오가 가만히 날 쳐다보다가 씩 웃었다.

"아니야. 똑똑한 남친을 사귀는 건 이런 느낌이구나 하는 생각을 하고 있었어. 무슨 소린지 하나도 모르겠는데, 암튼 엄청 멋있어!"

한 치 앞을 알 수 없는 불안한 상황이지만 탄자오 덕분에 웃었다. 나는 탄자오 손에 가볍게 입을 맞췄다.

"넌 아무것도 신경 쓸 거 없어. 그냥 날 따라오기만 하면 돼."

이제 곧, 미로의 출구를 찾을 것이다.

63

탄자오

우위는 그 어느 때보다 냉철하고 차분했다. 우위의 지혜로운 눈빛이 어스름한 동굴에서 밝게 빛났다. 솔직히 그동안 내 마음 속 우위는 정비 기사 시절의 남자다운 이미지가 강했기 때문에 이런 상황에서 자연스럽게 드러난 우위의 원래 모습이 낯설긴 했지만 마찬가지로 무척 매력적이었다. 나도 모르게 우위를 잡은 손에 힘이 들어갔다. 이 남자가 더 좋아졌고 더 소중하게 느껴졌다.

우리는 작은 동굴로 더 깊이 들어갔다. 어느 순간부터 점점 새로운 광경이 펼쳐졌다. 얼음으로 덮인 벽에 드문드문 진흙과 푸른 이끼 같은 것이 보이기 시작하더니, 조금 더 가자 어린아이 팔뚝만큼 굵은 넝쿨 식물이 동굴 곳곳에 퍼져 있었다.

저 앞에 빛이 보였다.

모두 숨을 죽였다.

"도착했어요. 자오자오, 넌 내 뒤에 있어."

우위가 날 등 뒤로 바짝 끌어당겨 보호해주었다. 우위의 듬직한 뒷모습을 보니 마음이 따뜻하고 편안해졌다.

동굴 출구는 가느다란 넝쿨 가지와 잎으로 뒤덮여 있었지만 그 너머에 희미하게 일렁이는 빛이 보였다. 눈부신 정도는 아니어도 호수 밑바닥에 들어온 이후 본 것 중 가장 밝았다. 눈앞의 어둠 속에 작은 등불 하나가 감춰져 있는 것 같았다. 땅 속에 어떻게 그런 불빛이 있는지 의아했다.

우위가 넝쿨을 헤치고 가장 먼저 출구를 빠져나갔다.

그 순간이었다. 우위가 맹렬하게 고개를 돌리더니 재빨리 손으로 눈을 가렸다. 출구 밖에서 떠돌던 빛도 순식간에 사라졌다. 우위에게 무슨 일이 생겼다는 생각에 정신없이 출구를 빠져나가 보니 조금 전에 있던 곳처럼 얼음에 반사된 희미한 빛만 떠돌 뿐이었다.

"아위, 무슨 일이야?"

우위 손을 붙잡고 묻자 우위는 눈을 가린 채 천천히 고개를 들었다. 난 조심스럽게 우위 손을 눈에서 떼어냈다.

다른 사람들도 모두 따라 나왔다. 우위와 내 옆에 서서 걱정스럽게 지켜보는 사람도 있고 주위를 둘러보며 나지막이 감탄하는 사람도 있었다.

우위 얼굴은 상처도 없고 크게 이상한 점은 없었다. 우위가 천천히 눈을 뜨고 날 쳐다봤다. 이럴 수가! 우위의 동공이 비정상적으로 커져 눈동자 전체가 새카맸다. 눈동자에 초점이 없어 어딜 보는지도 알 수 없었다. 나는 순간 몹시 당황했다.

"너…… 네 눈이…….""

우위가 내게로 손을 뻗었지만 방향이 빗나갔다. 심장이 덜컥 내려앉았다. 우위는 몇 초간 굳어 있다가 천천히 손을 내렸다.

"자오자오, 나 눈이…… 안 보이는 거 같아."

정말이지 가슴이 무너지는 기분이었다. 머릿속으로 수많은 생각이 지나갔다. 우리 둘 다 잠시 아무 말도 하지 않았다. 다른 사람들도 크게 놀란 눈치였다. 잠시 후 내가 다시 물었다.

"지금은 어때? 아프진 않아?"

"아무 느낌도 없어. 걱정하지 마."

우위는 나에게 몰래 신호를 주는 것처럼 내 손을 한 번 꼭 잡았다. 난 우위를 부축해 천천히 바닥에 앉혔다. 주위를 둘러보던 다른 사람들도 전부 우위 곁으로 몰려왔다. 류솽솽이 가장 먼저 물었다.

"눈이 잘못됐어요?"

"방금 빛이 너무 강했나 봐요. 아무것도 안 보이네요."

"제가 좀 볼게요."

류솽솽은 우위 앞에 쪼그려 앉아 한참을 살펴보더니 살짝 이마를 찌푸렸다.

"예전에 같이 배낭여행 하던 친구가 설맹증 증상이 나타난 적이 있는데, 그때랑은 또 다르네요. 일단 좀 쉬세요. 쉬고 나면 괜찮아질 수도 있어요."

류솽솽이 주머니에서 손수건을 꺼내어 건넸다.

"눈을 좀 가리고 있는 게 어때요? 자극을 최대한 줄이는 게 좋을 거 같은데."

고맙다고 인사하고 손수건을 받아 우위 눈에 묶어주었다. 류솽솽은 처음부터 인상이 좋았다. 적극적이고 시원한 성격에 리더십도 있고 배려심도 좋았다. 어쩌다 보니 서로 모르는 이들이 이렇게 모이게 된 것인데 류솽솽은 처음부터 적극적으로 사람들을 안심시키고 분위기를 띄워주었다. 위기 앞에서 이기심만 앞세우고 서로 의심하고 배신하는 경우를 여러 번 봤는데, 여기에서는 류솽솽 덕분에 모두가 긍정적인 마음을 유지할 수 있었다. 류솽솽이 따뜻한 미소를 지었다.

옌위안도 관심을 가져주었다.

"괜찮아요?"

"갑자기 앞이 안 보이네요."

우위의 말에 옌위안은 뭐라고 해야 좋을지 모르겠다는 표정이 되었다.

"음……. 너무 걱정 마세요. 우리 모두를 위해 길을 찾다가 이렇게 됐으니, 이후 일은 우리한테 맡기세요."

"고맙습니다."

천루잉은 줄곧 우리 가까이에서 우위를 지켜봤지만 나는 천루잉에게 신경 쓰지 않았다. 천루잉은 한참 우위를 쳐다보다가 결국 눈물을 흘렸다. 우위는 보이지 않으니 모르겠지만 나는 마음이 복잡했다. 천루잉이 우위 앞에 무릎을 꿇고 앉았다. 우위는 기척이 느껴진 쪽으로 고개를 돌렸다.

"아위, 어떻게 이런 일이……. 괜찮아질 거니까 걱정하지 마. 앞으로 계속 연구도 해야 하는데, 아위 눈은 절대 다치면 안 돼."

천루잉이 흐느끼며 말했다.

천루잉에게 우위는 여전히 전도유망한 엘리트 명문대생이었다.

모두의 시선이 우리에게 쏠렸다. 이 순간 우리 셋의 관계는 누가 봐도 명확했다. 펑옌도 아무 말 하지 못했다.

우위가 천루잉을 외면하며 대꾸했다.

"내 걱정은 안 해도 돼. 너는 어머니랑 너만 잘 챙겨."

천루잉이 입술을 깨물고 차갑게 날 노려보며 벌떡 일어섰다.

난 아무래도 상관없었다. 어차피 우위는 내 사람이니까. 노려볼 테면 노려보라지. 아무리 노려봐도 우위 손끝 하나 건드릴 수 없을 테니까.

다들 고맙게도 우리를 배려해줘 내게는 우위를 보살피라고 하고 각자 흩어져 주변을 살피러 갔다. 사람들이 멀어진 후 우위 손을 잡고 물었다.

"대체 무슨 일이 있었던 거야? 눈이 갑자기 왜……."

"사실 나도 제대로 못 봤어. 이 공간 전체가 강한 빛으로 뒤덮여 있었는데, 내가 한 발 내딛자마자 갑자기 그 빛이 어딘가로 빨려 들어간 것처럼 싹 사라졌어. 그게, 뭐랄까, 내가 들어오는 순간 원래 여기 존재했던 빛의 막에 균형이 깨진 것 같았어."

"엘리트 씨, 알아듣게 얘기해."

우위는 이런 상황에서도 웃음을 터뜨렸다.

"그러니까 원래 얇은 막 형태의 빛이 이 공간을 덮고 있었는데 내가 들어오는 순간 막이 깨지면서 눈이 강한 자극을 받은 거 같아. 그냥 어떤 미지의 에너지라고 생각하면 돼."

"그럼, 이게 우리가 추측했던 그 상황인가?"

"맞는 거 같아. 내가 다시 시력을 회복하면 뭔가 달라질 거야."

나도 그렇게 생각하지만 우위 눈이 언제 다시 회복될지는 알 수 없었다. 동굴 세계에 들어온 후 줄곧 우위한테 기대고 있었는데 갑자기 의지할 곳을 잃은 느낌이었다. 문득 예전에 창위가 날 격려하며 했던 말이 생각났다. 다시 힘을 내며 심호흡을 한 번 하고 우위 어깨를 탁탁 두드렸다.

"걱정 마. 네가 안 보일 땐 나만 따라와. 내가 널 지켜줄게."

우위 얼굴에 부드러운 미소가 번졌다.

"그래."

나는 우위 어깨에 기대 주위를 살폈다. 우리가 도착한 곳 역시 동굴이었지만, 이번 동굴은 훨씬 강한 생명력이 느껴졌다. 그래서 조금 전에 사람들이 신기해하며 둘러본 것이다.

벽은 얼음과 진흙이 뒤섞여 있고 한쪽에는 풀밭도 있었다. 정면 앞쪽에 작은 연못도 있는데 새파란 맑은 물속에 물고기와 수초가 있었다. 깊이를 알 수 없을 만큼 깊어 보여 감히 들어갈 생각은 들지 않았다. 동굴 전체는 농구장만 했고 높이가 20미터쯤 돼 보였다. 사방을 둘러싼 얼음 벽이 층층이 꽤 높게 이어졌다. 이름 모를 넝쿨 식물이 동굴 천장을 뒤덮었는데 뿌리가 어디에 있는지는 알 수 없었다.

여기가 끝이었다. 이 동굴은 입구를 제외한 사방이 벽이고 더 이상 길이 없었다.

이제 어떻게 해야 하지? 나중을 생각해보면 분명히 나갔을 텐데, 도대체 어떻게 나갔던 걸까? 지금 이곳이 최종 비밀 장소일 것이다. 우위는 무슨 빛의 막, 미지의 에너지가 사라진 느낌이었다고 했다. 그리고 여기까지 오는 미로가 매우 특이하다고도 했다. 대체 이 동굴엔 어떤 힘이 숨겨져 있을까? 우위와 내게, 그리고 다른 사람들에게 어떤 영향을 끼칠까?

주변 바닥도 자세히 살펴봤는데, 지금까지 지나온 어떤 동굴보다도 밝았다. 부분 부분 표면이 반짝거릴 정도였다. 하지만 가까이 다가서면 반짝임이 사라져 도대체 어디에서 오는 빛인지 알 수 없었다. 연못도 반짝거리는 것 같아 가까이 가봤지만 역시 아무것도 발견하지 못했다.

류쌍쌍은 물고기가 내는 빛일 수도 있다고 추측했고, 다른 사람들은 그저 신기하다고 느낄 뿐 더 이상 깊이 생각하지는 않는 듯했다.

나는 나중에야 이 특이한 현상의 비밀을 알게 됐다. 이 빛들은 벽 틈에서 나온 것이 아니고 신기한 구경거리도 아니었다. 빛은 원래 무(無)에서 나타나는 것이 아니고 이유 없이 사라지는 것도 아니다.

다만 이 동굴에서는 빛이 우리가 알고 있는 자연 법칙대로 움직이지 않았던 것이다.

시간도 마찬가지였다.

우리가 타임 슬립을 하게 된 이유가 바로 여기에 있었다. 하지만 그 모든 것을 나중에야 깨달았다.

나는 이 동굴 풍경을 우위에게 자세히 설명해주었다. 우위는 심각한 표정으로 조용히 듣기만 했다. 얼핏 생기가 넘쳐 보이지만 기이하게 폐쇄된 곳이니 아무래도 의심스러울 것이다.

"다들 여기 좀 봐요!"

누군가 흥분해서 소리쳤다. 얼굴이 벌겋게 달아오른 저우웨이가 위를 가리켰다. 다들 저우웨이를 둘러싸고 위를 쳐다봤다. 사람들 얼굴에 흥분과 두려움, 호기심 등이 떠올랐다.

"자오자오, 우리도 가보자."

우위가 몸을 일으켰다. 나는 우위를 부축해 울퉁불퉁한 암석 길을 걸어갔다. 우리는 아주 천천히 걸었다. 눈이 보이지 않는 우위가 내 손을 꼭 잡고 걸음마하는 아이처럼 휘청거리는 모습이 안타까우면서도, 내가 우위를 인도하고 있다는 생각에 마음이 뿌듯하기도 했다.

"나중에 늙었을 때도 내가 이렇게 부축해줄게."

"아마 할아범이 할멈을 더 자주 안아줄걸."

사람들이 모인 곳에 도착해 위를 올려다봤는데…… 세상에!

저건…….

설마, 물?

어지러이 얽힌 넝쿨 가지와 층층이 이어진 암석 벽 사이에 가로 세로 2미터 크기의 얇고 새하얀, 거의 투명에 가까운 막이 있었다. 막처럼 생긴 엄청 얇고 투명한 암석이었다. 그 너머로 흔들리는 물살과 유유히 헤엄치는 물고기까지 또렷하게 보이고, 간혹 희미한 빛이 반짝이기도 했다. 우위는 처음부터 이곳이 호수 아래일 것이라고 추측했는데, 그 말이 이제야 실감 났다. 우리가 정말 호수 밑바닥에 접근한 모양이었다. 그럼 이제 저 암석을 뚫고 나가면 되는 걸까?

내 눈으로 본 상황을 우위에게 그대로 묘사해주었다. 우위는 조용히 생각에 잠겼다. 웅성거리던 사람들 중 옌위안이 가장 먼저 상황을 파악했다.

"저 위가 호수 아니에요? 이제 나갈 수 있어요!"

항상 옌위안을 신뢰하고 의지하는 주지루이는 이 말에 놀라면서도 기뻐하는 얼굴이었다. 천루잉과 펑옌은 아직 어리둥절한 듯 보였고, 주위퉁은 역시나 아무 말 없이 위를 올려다보기만 했지만 감격한 표정이었다. 이 막을 발견한 저우웨이는 기대에 찬 표정으로 류솽솽만 바라봤다. 류솽솽이 무슨 말을 해주길 바라는 것 같았다. 류솽솽은 진지하게 한참 막을 쳐다보다가 고개를 끄덕였다.

"그러게요, 호수 밑바닥 같아요. 그런데…… 어떻게 물이 안 샐까요? 엄청 얇아 보이는데…….'"

"구조와 장력이 완벽하게 균형을 이루면 아주 얇은 막이라도 강한 수압을 견딜 수 있어요."

우위는 다시 엘리트 모드로 전환됐다. 하지만 이번엔 나도 우위 말을 알아들었다. 예전에 예능 프로그램에서 종이에 엄청 무거운 물을 담는 실험을 본 적이 있다. 미로 출구도 수학적으로 찾더니, 엘리트 세계에서는 불가능이 없는 모양이었다.

호수 밑바닥을 발견한 덕에 사람들은 큰 힘을 얻었다. 하지만 이번엔 보다 현실적인 문제에 직면했다. 저 천장까지는 얼핏 봐도 30미터는 되어 보이는데 어떻게 올라가지?

"넝쿨."

우위와 옌위안이 거의 동시에 외쳤고 나머지 사람들도 알겠다는 표정을 지었다. 우리의 옷을 벗어 밧줄을 만든다 해도 한참 부족할 터였지만, 이 동굴엔 넝쿨 식물이 아주 많았다. 튼튼하고 긴 밧줄을 만들기에 전혀 문제없는 양이었다.

역시, 하늘이 무너져도 솟아날 구멍은 있는 법이다. 다들 표정이 밝아졌다. 며칠을 헤매다가 겨우 길을 찾았는데 막상 와보니 막다른 곳이어서 다들 낙담한 참이었다. 그러다 다시 출구를 찾았으니 어찌 안 기쁠까. 내 마음에도 희망이 싹트기 시작했다.

우리는 잠시 쉬었다가 각자 움직이기로 했다.

우위가 눈에 묶었던 손수건을 풀고 천천히 눈을 떴다. 커졌던 동공이 조금 작아지긴 했지만 아직 정상으로 돌아오진 않았다. 우위가 고개를 저었다. 아직 안 보이는 모양이었다. 다시 손수건을 묶어주었다.

"빛의 명암 정도는 느껴지는 것 같아."

그나마 다행이었다. 문득 또 다른 일에 생각이 미쳤다.

"우리가 여기에서 나가면 몇 월 며칠일까? 네 눈, 방금 변화가 일어났지만 실제로는 1년 동안 변한 상태였던 거잖아. 그럼, 여기에서 나간 후엔 원래대로 돌아올까?"

우위가 내 손을 잡았다.

"그럴 거라는 예감이 들어……. 이제 모든 게 정상으로 돌아가겠지. 시간선이 뒤엉킨 1년을 다 건너왔으니까."

"그 말은, 이제 돌아가면 넌 카센터에, 난 내 집에 있을 거라는 뜻이야?"

사실 물어보는 나도 뭐가 뭔지 혼란스러웠다.

"아마도. 하지만 어디에서 뭘 하고 있는지는 중요하지 않아. 과거가 바뀌었어도 상관없어. 모든 것이 끝나도 다시 또 내일이 시작될 테니까. 이번에 돌아가서도 같이 있으면 제일 좋겠지만 아니면 또 어때? 타임 슬립을 할 때마다 우린 항상 함께였잖아. 한 번도 떨어지지 않았어. 만약 잠시 떨어진다면…… 카센터에서 기다려. 내가 널 찾으러 갈게."

가슴이 뭉클했다.

"알았어. 올 때까지 기다릴게."

우위가 내게 고개를 돌리고 마른침을 삼켰다. 나는 자연스럽게 입을 맞췄다. 천루잉, 주지루이, 옌위안 등 여러 사람의 시선이 느껴졌다. 우리가 제멋대로라고 생각할지 모르겠지만 지금 우린 남들의 시선 따위 상관없었다.

휴식을 마치고 다시 움직이기로 했다. 넝쿨 식물은 대부분 우리가 지나온 길에 자라고 있어서 다시 길을 되돌아가야 했다. 우위는 눈이 안 보이고 펑옌은 다리가 불편해 움직이기 힘들었다. 난 우위를 돌보고 싶었지만 연약해 보이는 주지루이까지 모두 가는데 내가 안 간다고 할 수는 없었다. 그리고 한시라도 빨리 밧줄을 만들고 싶었다.

우위가 내 손을 잡고 당부했다.

"길이 비슷비슷해서 헷갈릴 수 있으니까 여러 번 왕복하더라도 멀리 가지는 마."

"응."

"만약 무슨 일이 생기면 무조건 크게 소리 질러. 잘 듣고 있을게."

문득 대형 거미가 떠올라 살짝 무서워졌다.

"응……."

다들 빨리 탈출하고 싶은 마음에 효율성을 높이려고 팀을 나눴다. 류솽솽은 혼자라도 괜찮다고 했고 옌위안과 주지루이, 저우웨이와 천루잉, 주위퉁과 나, 이렇게 네 팀으로 흩어져 각기 다른 길로 들어갔다. 길을 잃지 않도록 수시로 크게 외치고 20미터 이상 들어가지 않기로 했다.

주위퉁과 나는 오른편 작은 길로 들어갔다. 주위퉁은 원래 성격이 과묵해 말이 없을 뿐, 듬직한 편인 듯했다. 물을 건널 때나 미로를 지날 때도 줄곧 침착했고, 필요할 때는 다른 사람을 돕기도 했다. 10미터쯤 들어가니 넝쿨 식물이 많이 보였다. 주위퉁이 가지를 꺾고 내가 운반을 했다.

30분쯤 지난 뒤에는 동굴 입구에 넝쿨 가지가 꽤 많이 쌓였다. 내가 가지를 나르는 동안 우위는 이쪽을 향하고 한자리에 앉아 있었다. 간간이 옆에 앉은 평옌과 대화를 나누기도 했는데, 내가 이름을 부르면 그때마다 미소를 지어주었다. 그 미소에 마음이 편안해지고 더 힘이 났다.

잠시 후 주위퉁이 조금 더 안으로 들어가자고 했다. 입구 가까이에 남은 넝쿨은 너무 굵어서 꺾기 힘들거나 너무 가늘어서 쓸모가 없었기에 나도 선선히 그러자고 했다. 안으로 들어갈수록 살짝 가라앉는 느낌이 들면서 더 어둡고 조용했다. 다른 길과 교차하는 지점에서는 간혹 다른 사람들이 지나가는 모습도 보이고 말소리도 들렸다.

주위퉁이 넝쿨을 제법 많이 꺾어 끌고 왔다. 넝쿨을 받아 들며 보니 주위퉁 이마에 땀이 줄줄 흘렀다.

"좀 쉬었다 하세요. 컨디션 조절도 중요해요."

주위퉁이 씩 웃으며 대꾸했다.

"네. 탄자오 씨도 좀 쉬세요."

"저는 이것만 갖다놓고 쉴게요."

주위퉁은 그 자리에 앉아 벽에 등을 기댔다. 꽤 피곤해 보였다. 사실 그동안 우위와 시간선을 오가며 사건을 해결하느라 정신없어서 주위퉁을 제대로 본 적이 없었다. 크지도 작지도 않은 키에 외모도 지극히 평범했지만 체격은 좋고 건강해 보였다. 조금 우울해 보이는 건, 직장과 일상에서 스트레스를 받거나 잘 안 풀리는 일이 있어서가 아닐까. 우직하고 묵묵한 성격이어서, 자기보다 힘이 약한 나하고 일하면서 세심히 배려해주는 것까지는 아니더라도 최소한 내가 도움을 청하면 적극적으로 해결해줬다. 이 사람에 대해 잘 알지는 못했지만 엔위안이나 천루잉보다는 마음이 편했다.

넝쿨 가지를 동굴 입구에 끌어다놓고 잠시 쉬었다가 다시 돌아갔는데 주위퉁이 보이지 않았다.

"주위퉁 씨?"

몇 번을 불러도 대답이 없었다. 길이 여러 갈래로 갈라지는 데다 워낙 구불구불해서 좀 더 깊은 곳은 잘 보이지 않았다. 주위를 둘러봤지만 근처에는 아무도 없었다.

갑자기 불안해졌다. 무슨 일이 생겼나? 넝쿨을 꺾으러 간 건가? 어떻게 된 거지? 다시 이 길 저 길을 둘러보는데, 문득 주위가 너무 조용하다는 생각이 들었다. 다른 사람 소리도 전혀 들리지 않았다. 갑자기 머릿속에 대형 거미와 거미가 내던 소리가 떠올랐다.

설마 그럴 리가……. 그렇게 깊이 들어온 것도 아니고 근처에 다른 사람들도 있으니, 만약 무슨 일이 생겼다면 소리를 질렀을 테고 다른 사람들이 듣고 달려왔을 것이다.

안으로 더 들어가 찾아봐야 할 것 같았지만 혼자 들어갔다가 길을 잃으면 주위퉁도 못 찾고 나까지 헤맬까 봐 걱정됐다. 우위는 앞이 안 보여 나를 찾으러 올 수도 없는 상황이었다. 아마 주위퉁도 너무 깊이 들어가서 길을 잃어버렸는지도 모른다.

다른 사람들에게 도움을 청하기로 하고 바로 뒤를 돌았다.

그런데 돌아서자마자 동굴 벽에 붙어 있던 검은 그림자가 맹수처럼 달려들어 날 붙잡았다. 순간 머릿속이 하얘졌다. 이 상황, 왠지 익숙했다. 나는 무방비 상태에서 힘없이 무너졌다. 놈은 뒤에서 날 붙잡고 팔로 내 목을 조였다. 나는 아무 소리도 낼 수 없었다. 놈이 다른 한 팔로 내 허리를 단단히 휘감았다.

짧은 순간이었지만 놈의 팔에 땀이 축축히 맺힌 게 느껴졌다. 다음 순간 내 두 다리가 허공에서 버둥거렸다. 점점 숨이 막혀왔다. 동굴 벽과 넝쿨 식물이 눈앞을 지나갔지만 마치 꿈을 꾸는 것 같았다. 사냥 감을 낚아채는 맹수 같은 이 손길이 낯설지 않아 더 무서웠다. 딱 한 번뿐이었지만 결코 잊을 수 없었다.

온몸이 얼어붙었다. 마치 얼음 벽에 파묻힌 느낌이었다. 내 의지와 상관없이 눈물이 흘러내렸다. 두 발이 다시 땅에 닿았지만 여전히 몸을 움직일 수는 없었다. 놈은 동굴 입구에서 더 멀리 나를 끌고 들어 갔다. 나는 아무 소리도 내지 못했다. 거대한 바위에 짓눌린 것처럼 호흡이 가빠졌다. 동굴 입구의 빛은 점점 멀어지고 놈의 묵직한 발소 리와 내 호흡 소리만 들렸다.

순간 정신을 차리고 고개를 돌려 놈의 얼굴을 확인하려 했지만 놈 이 눈치를 채고 반사적으로 고개를 돌렸다. 전에 그놈이 그랬던 것처 럼. 놈은 내 등에 머리를 대고 이상한 소리를 내며 웃었다. 도대체 누 구 목소리지?

놈의 손이 미끄러져 내려와 내 허리에 멈췄다가 옷 속으로 쑥 들어 왔다. 내가 흠칫하자 놈이 내 살을 힘껏 꼬집었다. 온몸이 부르르 떨 릴 만큼 아프고 곧이어 몸에서 힘이 쭉 빠졌다. 놈은 흥분한 듯 컥컥 거리며 웃었다.

틀림없다. 정말…… 그놈이었다.

내 몸이 두 동강 날 뻔했던 그 사건, 놈과 나만 아는 그 일.

끔찍한 악몽을 꾸는 기분이었다. 정말 그놈이라니, 놈도 유람선에 타고 있다가 우리와 같이 지하 동굴에 떨어졌단 말인가? 우리 아홉 명 중에 섞여 전혀 내색하지 않고 있었다고? 아마 이름은 가짜로 소 개했을 테고, 얼굴은 화상을 입기 전이었을 것이다. 이제 이곳을 빠져 나갈 방법을 찾았으니 날 처리하기로 한 걸까?

놈이 죽기 바로 직전에 웃으며 한 말이 떠올랐다.

'지옥에서 기다리지.'

놈은 우먀오와 나를 사냥감으로 삼았는데, 뭐가 원인이고 뭐가 결과인지 이제는 알 수가 없었다.

순간, 또 한 가지 무서운 생각이 들었다. 놈도 기억을 하는 걸까? 내 허리를 꼬집은 건 그날의 공포를 불러일으키기 위한 게 분명했다. 옌위안, 주지루이, 천루잉, 펑옌은 미래에 대한 기억이 전혀 없는데 이 놈은 어떻게 기억하는 걸까?

우리가 마지막으로 타임 슬립을 했을 때 놈은 옌위안이나 천루잉과 달리 미래에 대한 모호한 기억이 있었다. 그리고 두 시간선의 교차점 가까이에서 죽었다. 이 교차점은 모든 사건의 시작점이자 종착점이고 과거와 미래의 경계가 명확하지 않다.

그렇다면 지금 놈은 모든 것을 다 기억하고 있을까?

며칠 전 우위와 내게 쫓기다가 결국 우위 손에 죽은 사실까지도?

이제 난 죽어가는 짐승처럼 신음하기 시작했다. 기를 쓰고 놈의 팔에서 벗어나려 했지만 소용없었다. 순간 머릿속에 공허한 생각이 떠올랐다.

우위와 함께 힘들게 여기까지 왔는데 이 동굴에서, 이놈 손에 죽어야 한단 말인가. 우위와 겨우 20미터 떨어진 곳에서? 겨우 우먀오를 구했는데, 이제 내가 죽는 걸까.

우위 말이 틀렸다. 과거는 또 바뀔 수도 있는 거였다. 지난번 시간선이 마지막이 아니었다.

여기, 이 지하 동굴에서의 마지막 순간이 그 교차점이다!

시간이 멈춰버리는 것 같던 그 순간, 갑자기 놈이 나지막이 비명을 내뱉는가 싶더니 나를 잡았던 손을 놓았다. 나는 그대로 바닥에 주저앉았다. 황급히 뒤를 돌아보니 소름 끼치는 장면이 보였다. 대형 거미가 놈의 등에 매달려 있었다. 놈은 거미와 함께 무성한 넝쿨 안으로 넘어졌다. 어둠 속이라 잘 보이지는 않았지만 서로 뒤엉켜 치열하게 싸우는 소리가 들렸다.

대형 거미가 갑자기 왜 나타났을까? 놈과 내가 움직이는 소리를 듣고 다가왔을까? 거미가 사는 곳까지 깊이 들어왔던 모양이다. 어쨌든 이 괴물 같은 거미가 내 목숨을 구해주었다.

하지만 놈과 거미, 둘 중 누가 이기든 내겐 또 다시 불행이 닥칠 터였다. 놈의 얼굴을 확인하고 싶었지만 그럴 겨를이 없었다. 목숨을 건질 유일한 기회였기에 재빨리 돌아서서 동굴 입구 쪽으로 이를 악물고 달렸다.

어느 정도 달리니 동굴 입구에서 새어나오는 빛이 보였다. 우위는 입구 근처에 앉아 있다가 다급한 발소리에 놀랐는지 벌떡 일어섰다. 펑옌도 이쪽을 돌아봤다.

드디어 우위가 있는 동굴로 돌아가 눈물범벅이 된 채 우위 품에 안겼다.

"아위! 놈이, 여기 있었어……. 놈이 우리 중에 있어……. 어두워서 얼굴은 못 봤어……."

우위 몸이 돌처럼 굳는 게 느껴졌다.

64

우위

눈앞은 여전히 뿌옜다. 탄자오가 한 줄기 빛처럼 나타나 내 품으로 뛰어들었다. 부들부들 떠는 탄자오를 꼭 끌어안는데 탄자오 눈물이 내 손등으로 떨어졌다. 분노가 치솟았다. 어떻게 된 일인지는 명확했다.

놈이 여기 나타난 것이다.

지옥에서 기다리겠다는 말은 단순히 악에 받친 저주가 아니라 죽기 직전의 깨달음이자 조롱이었다.

동굴에 있던 사람들은 왜 다들 죽기 직전에 기억이 되살아나는 걸까?

죽음이 곧 종착점이기 때문에? 생명의 종착점이자 시간선 왜곡의 종착점이기 때문에?

탄자오를 더 꼭 끌어안았다. 탄자오는 손톱이 내 살을 파고들만큼 세게 내 팔을 붙잡았다. 나는 이성적으로 현실을 직시했다. 옆에 있는 사모님도 완전히 믿을 수는 없기 때문에 거리를 둬야 했다. 내가 등을 꾹 누르자 내 뜻을 알아차린 탄자오가 한쪽으로 날 데리고 갔다.

"무슨 일이야?"

탄자오는 울음은 그쳤지만 여전히 떨리는 목소리로 방금 전 동굴에서 있었던 일을 들려주었다. 그놈이 허리를 꼬집었다는 이야기까지. 나는 아직 앞이 보이지 않아 천천히 탄자오 허리 부분을 더듬었다. 살짝 닿았을 뿐인데 탄자오가 흠칫하며 몸을 움츠렸다. 시퍼런 멍과 손톱자국이 머릿속에 그려졌다.

분명히 그놈이라고 했다.

그놈이 다 기억하고 있다고.

놈은 절대로 우리가 무사히 이곳을 떠나도록 놔두지 않을 것이다.

온갖 감정이 들끓는 중에 갑자기 불길한 예감이 뇌리를 스쳤다. 탄자오는 거기까지는 미처 생각하지 못한 듯했다.

눈앞은 여전히 희뿌옇고 싸늘한 한기가 온몸을 휘감았다. 예전에 탄자오와 나눈 대화들이 떠올랐다.

'무슨 일이 있어도 안 잊을 거지?'

'죽어도 안 잊어.'

'여기에서 나가면, 제일 먼저 아무도 아무도 찾지 못할 곳으로 가서 하루 종일 단 둘이 있자.'

'만약 잠시 떨어진다면, 카센터에서 기다려.'

"아위, 무슨 생각해?"

난 정신을 차리고 불길한 생각을 떨쳐버렸다.

"아무것도 아니야. 자오자오, 그놈 무슨 다른 특징 없었어? 더 자세히 말해봐."

"제대로 못 봤어. 너무 어둡고 정신없이 도망치느라……."

"그날은 기억나? 놈한테 납치당했던 날, 무슨 특이한 점 없었어?

혹시 오늘이랑 비슷한 부분은?"

그동안 탄자오에게 상처가 될까 봐, 그리고 우먀오 일로 정신이 없어서 그날 일은 자세히 물어본 적이 없다. 탄자오는 잠시 생각에 잠겼다가 말했다.

"그날, 놈도 처음이라 많이 긴장한 것 같았는데 의지는 엄청 확고했어. 공구 상자를 가지고 다녔고 담배를 피운 뒤에는 꽁초까지 챙길 만큼 신중했어. 처음에는 내 발을 만졌는데, 왠지 발에 집착하는 것 같았어. 놈 말로는 호기심 때문에 나한테 그런 짓을 하는 거라고 했어……."

심장이 덜컥 내려앉았다. 놈이 탄자오 발을 만지고 집착했다니.

얼마 전 동굴에서 자고 있는 사이 탄자오 양말이 벗겨져 있던 일이 떠올랐다. 그때 탄자오에게 물어봤는데 잠결에 벗은 건지 탄자오도 잘 모르겠다고 해서 더 깊게 생각하지는 않았다.

"그놈도 여기 있었던 거야. 아직 화상을 입기 전이고 가짜 이름을 말했겠지. 아마 출구를 찾을 때까지 기다렸을 거야."

"그럼 이제 어쩌지?"

잠시 생각을 정리했다. 지금 우리 옆엔 사모님뿐이고 나머지 사람들은 미로 같은 길에 들어가 있다. 생각할수록 등골이 서늘했다.

"최대한 빨리 여기서 나가는 수밖에 없어."

"저우웨이일까? 아니면 주위퉁? 방금까지 나랑 가장 가까이 있던 사람은 주위퉁인데."

"엔위안도 완전히 배제할 순 없어. 두 사건은 각기 다른 시간선에서 일어난 별개의 일이니까."

탄자오는 조용히 듣고만 있었다.

"내가 널 꼭 무사히 내보낼 거야. 다들 모여 있으면 놈도 감히 손쓰지 못할 거야. 적어도 밧줄이 만들어질 때까지는 기다리겠지."

다시 탄자오를 꼭 안았다.

"아위, 숨 막혀. 걱정하지 마. 절대 놈 앞에서 무너지지 않을 거야. 겁먹지도 않을 거고. 앞으로 무슨 일이 있어도 네 곁에서 떨어지지 않고 나도 널 지킬 거야."

나는 말없이 탄자오를 안은 팔에 더 힘을 주었다. 부드럽고 따뜻했다. 나는 온몸으로 그녀를 느꼈다. 깊고 고요하게, 오직 탄자오에게만 집중했다. 앞으로 무슨 일이 벌어질지 알 수 없으니 탄자오에게 더 이상 해줄 말이 없었다. 대신 탄자오가 내 품에 있는 이 순간을, 이 느낌을 영원히 잊지 않겠다고 다짐했다.

자오자오, 난 우리가 꿈꾸는 미래가 현실이 되길 간절히 바라고 있어. 너무나 간절히…….

"탄자오 씨? 왜 갑자기 말도 없이 사라졌어요?"

주위퉁이 돌아왔다.

탄자오가 천천히 내 품을 벗어나며 대답했다.

"주위퉁 씨는 방금 어디 있었어요? 들어갔는데 안 보여서 바로 나왔어요."

"구석에서 볼일 좀 보느라……."

"아, 네. 저는 좀 지쳐서 쉬어야 할 것 같아요."

"그럼 좀 쉬세요. 저는 가서 계속하고 있을게요."

잠시 후 또 누군가 돌아온 것 같았는데 푸드득 날갯짓 소리가 났다. 탄자오가 상황을 설명해줬다.

"옌위안이 다친 새 한 마리를 데리고 왔어. 그 검은 새야."

곧이어 옌위안와 주지루이의 대화가 들렸다.

"여기에 어떻게 새가 있지?"

"우리처럼 물에 휩쓸려 왔는지도 모르지. 다리가 부러졌어."

"어떻게 해?"

"대충 내가 할 수 있는 건 해줬는데, 살 수 있을지 모르겠네."

"우리도 어떻게 될지 모르는데…… 새까지 신경 쓸 여유가 있어?"

"이것도 생명이잖아. 하찮다고 생각하면 안 돼. 생명은 다 소중한 거야."

주지루이는 더 이상 대꾸하지 않았다.

나머지 사람들도 하나둘 돌아왔다. 다들 새를 보고 크게 놀라는 듯했다.

"좀 전에 동굴에서 무슨 소리가 들리더니, 이 새였나 봐요."

"구워 먹을까요?"

저우웨이와 주위퉁이 한마디씩 했다.

"이 새도 여기에서 죽을 수 없다는 강한 의지로 이 끝까지 오지 않았을까요……. 우리처럼요. 다른 먹을거리가 없는 것도 아닌데 굳이 이 새를 잡아먹을 필요는 없잖아요? 함께 데리고 나가고 싶어요."

옌위안 말이 끝나자마자 새가 맑은 울음소리를 냈다. 마치 옌위안 말에 화답하는 것 같았다. 다들 새 얘기는 더 이상 하지 않았다.

탄자오와 나는 줄곧 조용히 있었다.

이때 저우웨이가 류솽솽을 찾았다.

"그런데, 솽솽이 왜 안 보이죠?"

"좀 전에 저 안에서 마주쳤는데."

저우웨이가 다급하게 동굴 입구로 뛰어가며 외쳤다.

"솽솽! 류솽솽!"

대답이 없었다. 옌위안이 차분히 말했다.

"혼자라도 겁이 없으니 멀리 갔나 봐요. 좀 기다려보죠. 돌아올 거예요."

다들 일단 배를 좀 채운 뒤 모아온 넝쿨로 밧줄을 꼬기 시작했다. 난 아직 눈이 보이지 않아 탄자오 옆에 앉아 가만히 소리만 듣고 있었다. 조금 떨어진 곳에서 천루잉과 사모님이 대화하는 소리가 들렸다.

"루잉, 아직도 몸이 안 좋아? 좀 누울래?"

"응……."

"뭐 좀 먹지."

"아니. 속이 울렁거려. 나 신경 쓰지 말고 얼른 그거나 해."

"네가 이러고 있으니 걱정되잖아……."

천루잉은 더는 대답하지 않았다.

여기 있는 사람들의 미래는 이미 발생했다. 우리가 지나온 그 시간 선에서. 우리는 이제 그 불행을 막을 수도 바꿀 수도 없다. 그들의 운명은, 그들의 미래는 이미 정해졌다.

"자오자오, 오늘 얼마나 만들 수 있겠어?"

"음, 최소한 10미터는 될 거 같아. 아위, 너 조금 전부터 좀 이상해. 나한테 뭐 말 안 한 거 있지?"

"…… 그런 거 없는데."

"정말?"

나는 손을 내밀어 탄자오 머리를 쓰다듬으며 대답했다.

"당연하지. 이제 우리 둘은 여기에만 있다가 밧줄 다 만들면 바로 나가자. 네가 첫 번째로 나가."

탄자오가 피식 웃었다.

"다른 사람들이 동의해야지."

"다른 사람 신경 쓸 거 없어."

탄자오가 내 어깨에 머리를 기댔다.

"아위, 사랑해."

"나도 사랑해."

"자, 더 힘내서 해볼까."

나는 잠시 누웠다. 바닥이 울퉁불퉁해 등이 배겼다. 놈을 다시 만났는데 신기하게도 마음이 평온했다.

무슨 일이 있어도 탄자오만은 꼭 무사히 내보낼 것이다.

설령 내가 그 음침하고 흉악한 놈과 함께 이곳에 남게 되더라도. 탄자오는 내 마음속 작은 태양이니까, 그녀가 무사해야 영원히 날 비출 수 있으니까.

그렇게 생각하니 절로 웃음이 났다.

가까운 곳, 먼 곳에서 여러 가지 소리가 들려왔다. 밧줄 꼬는 소리, 넝쿨 가지 끄는 소리, 천루잉이 끙끙 앓는 소리······. 천루잉은 이미 변화가 시작됐는지도 모른다. 그리고 머리 위로 새가 날아다니는 소리도 들렸다.

"이게 뭐예요?"

옌위안의 질문에 이어 주위통의 대답이 들려왔다.

"암석이 굉장히 특이하길래 저는 작은 거 하나 주워 오고, 저우웨이는 좀 더 큰 걸로 여러 개 주웠어요."

"솽솽이 마음에 들어 해서요. 처음 보는 신기한 돌이라고 가져가고 싶어 하더라고요. 그런데 솽솽이 아직도 안 오네요."

동굴 안이 잠시 조용해졌다.

난 천천히 일어나 앉았다.

다 같이 상의한 결과 나를 제외한 세 남자가 류솽솽을 찾으러 가고 나머지 사람들은 계속 밧줄을 만들기로 했다.

30분쯤 지나 남자들이 류솽솽을 찾지 못하고 돌아왔다. 주지루이가 머뭇거리며 말을 꺼냈다.

"혹시, 무슨 일 생긴 건 아니겠죠? 갑자기 그 거미가 나타났다거나······."

이번엔 옌위안이 조심스럽게 말했다.

"길은 우위 씨가 제일 잘 아는데······. 우리끼리는 깊이 못 들어가겠더라고요. 여기까지 오는 동안 류솽솽 씨가 정말 큰 역할을 했는데 이렇게 내버려둘 수는 없잖아요. 우위 씨, 눈은 좀 어때요? 길을 안내 해주면 좀 나을 거 같은데."

"아직 아무것도 안 보여요."

"그렇군요……."

하루 종일 바쁘게 움직인 탓에 모두들 지친 데다 함부로 동굴 깊이 들어갈 수 없어 류솽솽을 찾는 건 잠시 미뤘다. 일단 앉아서 밧줄을 만들며 체력을 회복한 뒤 다시 찾아보기로 했다.

밧줄 만드는 속도가 생각보다 빨라서 벌써 15미터쯤 만들었다고 탄자오가 말해주었다. 주위퉁과 저우웨이의 도움을 받아 옌위안이 매 듭을 만들어 있는 힘껏 위로 던졌다. 밧줄이 동굴 벽에 부딪혔다 떨어 지는 소리가 들렸다. 여러 번 시도한 끝에 드디어 성공했는지 환호성 이 들렸다. 탄자오가 상황을 알려줬다.

"밧줄이 중간에 튀어나온 돌 끝에 걸렸어. 호수 바닥까지 7~8미터 만 더 올라가면 돼."

바로 옌위안의 설명이 이어졌다.

"밧줄을 하나 더 만들고, 날렵한 사람이 먼저 올라가서 그 밧줄을 제일 꼭대기 바위에 묶은 다음에 천장을 깨뜨리면 돼요. 물이 쏟아져 내릴 때 물살에 휩쓸리지 않도록 다들 밧줄을 꼭 붙잡고요. 하지만 살 아 나갈 수 있을지 없을지는 운에 맡길 수밖에요."

진정한 사투는 뒤에 시작되는 것이다. 다들 그 순간을 위해 체력을 비축해야 한다는 사실을 잘 알았다.

잠시 후, 여기저기에서 고른 숨소리가 들렸다. 모두들 깊이 잠든 듯 했다. 저우웨이는 동굴 입구를 서성이며 계속 류솽솽 이름을 불렀지 만 대답이 없자 결국 포기하고 바닥에 눕는 것 같았다.

탄자오는 내 품에 기대앉았다. 나는 눈을 가렸던 손수건을 풀고 앞을 바라봤다. 흐릿하지만 동굴 벽에 늘어진 굵은 선이 보였다. 모두 힘을 합해 만든 밧줄이다. 탄자오가 조용히 속삭였다.

"아무것도 안 보인다며?"

난 탄자오에게 바짝 붙어 속삭였다.

"내가 왜 사실대로 말해야 해?"

탄자오가 고개를 푹 숙였다. 내 의도를 알아채고 몰래 웃고 있을 것이다. 나는 비장한 각오와 강렬한 충동을 느끼며 탄자오를 눕히고 격렬한 키스를 퍼부었다.

"아, 아위……."

"다른 사람들 신경 쓰지 마. 키스하게 해줘."

"대체……."

탄자오가 뭐라고 하려다가 그냥 날 꼭 끌어안았다.

"아위, 꼭 같이 나가겠다고 약속해. 여기에서 놈과 같이 죽을 생각 같은 건 절대 하지 마. 절대 안 돼."

아마도 참고 참았을 말을 탄자오가 힘겹게 내뱉었다. 난 탄자오를 힘껏 끌어안았다.

"내가 왜 그런 생각을 하겠어? 너랑 함께하는 것보다 나한테 중요한 건 없는데."

"응, 그럼 됐어."

탄자오는 그제야 마음이 놓였는지 금세 잠이 들었다. 탄자오의 편안한 숨소리를 들으며 이런저런 생각을 했다. 놈은 사람들 앞에서 대놓고 손을 쓰지는 않을 것이다. 그리고 아직 밧줄도 완성되지 않았다.

까무룩 잠이 들었다가 느낌이 이상해 눈을 번쩍 뜨고 손을 뻗었는데 옆자리가 비어 있었다. 난 벌떡 일어나 소리쳤다.

"탄자오!"

주위의 다른 사람들이 뒤척이는 소리가 들렸다. 다들 나 때문에 깬 모양이었다. 난 한 번 더 소리쳤다.

"탄자오!"

내 쪽으로 발소리가 다가오고 누군가 내 손을 잡았다. 탄자오였다. 손은 차가웠고 목소리는 이상하리만치 차분했다.

"방금 류쌍쌍을 본 거 같아서 쫓아가려고 했는데…… 저 안쪽으로 뛰어 달아났어."

65

탄자오

　정신을 가다듬고 다시 생각해보니 꼭 꿈을 꾼 것 같았다. 나는 손이
차갑게 언 채로 원래 자고 있던 우위 옆자리가 아니라 동굴 입구 앞
에 서 있었다. 날 깨운 사람은 분명 류쌍쌍이었다.

　나는 지친 데다 머릿속이 복잡해서 선잠을 자고 있었다. 간간이 다
른 사람들 코고는 소리가 들려왔다. 그런데 갑자기 다급한 목소리가
나를 불렀다.

　"탄자오 씨!"

　번쩍 눈을 뜨고 돌아보니 류쌍쌍이 동굴 입구에서 눈물 맺힌 눈으
로 날 바라보고 있었다. 깜짝 놀라 주위를 둘러봤는데 깬 사람은 나뿐
이었다. 줄곧 경계심을 유지했던 우위도 깊이 잠들어 류쌍쌍 목소리
를 듣지 못한 듯했다. 일어나서 류쌍쌍에게 다가갔다.

　"어디 갔었어요? 무슨 일 있어요?"

　"누군가…… 절 쫓고 있어요."

　류쌍쌍 목과 손에 상처가 있고 옷도 지저분했다. 뭔가 불안한 예감
이 들었다.

"누가요?"

류솽솽이 고개를 숙이고 눈물을 닦았다.

"누군가 우위 씨와 탄자오 씨를 죽이려고 상의하는 걸 들었어요."

떨리는 마음으로 류솽솽에게 한 걸음 다가섰다.

"누가 그런 얘길 했어요?"

"날 쫓아온 그 사람들……."

고개를 들던 류솽솽의 표정이 확 바뀌었다. 류솽솽은 몇 걸음 뒤로 물러서다가 그대로 도망가버렸다. 내 등 뒤로 뭔가 무서운 것을 본 것 같았다.

"류솽솽 씨!"

서둘러 쫓아갔지만 류솽솽은 구불구불한 어두운 동굴 속으로 눈 깜짝할 사이에 사라져버렸다. 오싹한 기분에 뒤를 돌아보니 몇 사람이 일어나 앉아 있었다. 우위도 벌떡 일어나 손수건을 풀고 새카만 눈동자를 반짝이며 날 불렀다.

"탄자오!"

얼른 우위에게 달려가 손을 꼭 잡았다. 우위가 날 끌어안고 등을 쓰다듬어주었다.

"방금 류솽솽을 봤어."

다른 사람들도 모두 깨어났다.

"류솽솽을 봤다고요? 지금 어디 있어요?"

저우웨이가 걱정스러운 목소리로 물으며 주위를 두리번거렸다. 사람들 시선이 내게 쏠렸다. 류솽솽이 한 말 때문인지, 그녀가 홀연히 나타났다가 사라진 때문인지는 모르겠지만 갑자기 오싹했다. 귀신에 홀린 기분이었다.

"다시 저 안으로 뛰어 들어갔는데 금방 사라져버렸어요."

"희한하네요. 기껏 돌아와서는 왜 다시 들어갔죠? 무슨 말은 안 하던가요?"

"혹시…… 그 거미를 만난 거 아닐까요?"

옌위안과 주지루이가 한마디씩 한 후 다시 침묵이 흘렀다.

잠시 후 천루잉이 조심스럽게 말했다.

"밧줄은 거의 다 만들었는데…… 류솽솽 씨 찾으러 또 들어가야
하나요?"

"설마 버리고 가려고요? 솽솽이 없었으면 우리가 지금까지 버티지
도 못했을 거예요."

저우웨이의 항변에 주위퉁이 힘을 보탰다.

"찾으러 가보죠. 아직 멀리 못 갔을 거예요."

"생명은 모두 소중해요. 죽어도 상관없는 생명은 없어요. 류솽솽 씨
찾아서 함께 나가야죠."

옌위안도 확실히 뜻을 밝혔다. 검은 새는 마치 주인을 섬기듯 옌위
안 팔에 얌전히 앉아 있었다.

다리가 불편한 펑옌만 남고 다 함께 동굴에 들어가 류솽솽을 찾아
보고, 이번에도 찾지 못하면 포기하기로 했다. 우위는 아직 시력이 회
복되지 않았지만 우위가 없으면 길을 찾기 어렵기 때문에 다들 우위
가 함께 가주길 바랐다. 솔직히 그 끔찍한 거미가 도사리고 있는 음침
한 동굴에 다시 들어가고 싶지 않았지만, 류솽솽을 생각하니, 그리고
이들 중에 그놈이 있다고 생각하니 이대로 포기할 수도 없었다. 나는
류솽솽에게 들은 말을 우위에게 전하려고 초조하게 기회를 엿봤다.
우위는 내 불안한 마음을 느꼈는지 손을 꼭 잡아주었다.

"자오자오, 괜찮으니까 나만 따라와."

우위가 무슨 생각을 하는지는 모르겠지만 마음을 진정시키고 우위
말에 따르기로 했다.

우위가 앞장서서 천천히 걸었다. 10분쯤 지났을 때 옌위안이 물

었다.

"저번이랑 다른 길 같은데요?"

"저번에는 지름길이었고, 지금은 류솽솽 씨를 찾으려고 미로 전체를 돌아보는 거예요. 그때랑 다른 길이 맞아요."

"이렇게도 길을 찾을 수 있어요?"

주위퉁이 의아해하자 천루잉이 대신 대답했다.

"아위가 얼마나 천재인데요. 얕잡아보지 마요."

천루잉 말이 좀 거슬렸지만, 우위는 별말 하지 않았다.

다시 30분쯤 지났다. 미로를 얼마나 돌았는지 다들 지친 기색이었다. 어슴푸레 빛을 내는 벽이 사면을 둘러싼 걸 보니 미로 한복판으로 들어온 듯했다. 우리는 여러 갈래로 갈라진 갈림길 앞에 섰다.

저우웨이가 조심스럽게 물었다.

"길을 잘못 든 건 아니죠? 길을 잃은 기분이 드는데……. 솽솽은 대체 어디로 갔을까요?"

"길은 맞아요. 지금 절반쯤 돌았어요."

우위는 왠지 평소와 다른 느낌이었고, 뭔가 확고한 의지와 결심이 엿보였다.

다들 앉아 잠시 쉬었다. 우위는 내 손을 잡고 조금 떨어진 갈림길로 갔다. 내가 바닥에 앉으려는데 우위가 갑자기 날 끌고 모퉁이를 돌아 갈림길 중 하나로 들어갔다. 뒤에서 누군가 소리쳤다.

"두 사람, 어디 가요?"

우위는 눈에 묶은 손수건을 벗어던지고 내 손을 잡고 달리기 시작했다. 모퉁이를 돌고 돌아 한참을 달렸다. 난 놀라기도 하고 기쁘기도 했다.

"우위, 이제 보이는 거야?"

"응. 저 사람들 한동안 못 나올 거야. 빨리 여길 벗어나자."

"그런데…… 굳이 이렇게까지 해야 해?"

"내가 말했잖아. 널 첫 번째로 내보내겠다고. 동굴 위쪽을 살펴봤는데 쉽진 않겠지만 올라갈 수는 있을 것 같아. 지금 바로 우리 먼저 올라가서 밧줄을 늘어뜨리고 사람들이 나오자마자 천장을 깨뜨릴 거야. 물이 쏟아져도 밧줄을 꼭 잡으면 다들 죽지 않을 거고 우린 가장 먼저 나갈 수 있어."

난 우위 손을 꼭 잡았다. 생각해보니 그 방법이 가장 안전하고 확실했다. 그나저나 도대체 그놈은 누굴까? 동굴 안에 남겨진 남자들은 어쩌면 우리가 모르는 복잡한 관계로 얽혀 있는지 모른다. 그중에는 이미 우리가 상대해본 만만치 않은 놈들도 포함돼 있다. 그러니 우리 자신을 지키기 위해서는 이게 가장 확실한 방법이다.

하지만 계속 류쌍쌍의 모습이 생각났다. 난 우위와 함께 달리면서 조금 전 류쌍쌍에게 들은 말을 전했다. 우위 표정이 더 심각해졌다.

"빨리 가자."

"그럼 류쌍쌍은 어쩌고?"

이때 우위가 우뚝 멈춰 섰다. 우위 시선을 따라간 곳에 끔찍한 광경이 펼쳐졌다. 동굴 벽 아래 사람 머리가 나뒹굴고 있었다.

내 평생 이렇게 무서운 광경은 처음이었다. 류쌍쌍 머리였다. 상처투성이 얼굴, 헝클어진 머리카락, 꼭 감은 두 눈. 얼굴은 시퍼렇고 입가에 흐른 피는 이미 굳어 있었다. 머리는, 토막 난 시체 더미 한가운데에 있었다. 피는 다 말라붙어 검은 빛을 띠었다.

극심한 공포에 사로잡혀 온몸에서 힘이 쭉 빠졌다. 우위가 내 몸을 붙들며 차가운 목소리로 내뱉었다.

"그놈 짓이야."

"그런데…… 우리가 다른 사람들이랑 떨어진 지 10분 정도밖에 안 됐는데? 그 짧은 시간에 사람을 죽이고 이렇게 할 수 있어? 피도 다 말라붙은 걸 보면 죽은 지 최소한 반나절은 넘은 거 같은데……. 하지만 30분 전에 분명히 류솽솽을 봤어. 대화도 나눴다고. 도대체 어떻게 된 일이지?"

우위가 잠시 날 똑바로 응시했다. 우위도 당황스러운 표정이었다. 굽이굽이 깊은 동굴 속에는 여전히 얼음 벽에서 반사된 어스름한 불빛이 떠돌았다. 어디에서 오는지, 어디로 가는지 알 수 없는 불빛.

"확실해?"

"확실해. 그 정도는 시체 상태로 금방 알 수 있어."

우위는 잠시 생각을 정리했다.

"우린 비정상적인 시간 흐름 속에서 이미 이상한 일들을 많이 겪었어. 지금 이곳은 두 시간선이 교차하는 지점이니까, 한 가지 가능성밖에 없어. 네가 본 건 30분 전의 류솽솽이 아니라 죽기 전의 류솽솽이야."

심장이 쿵 내려앉았다.

"오늘의 내가 어제의 류솽솽을 만났다고?"

우위가 고개를 끄덕였다.

우리가 겪은 시간 왜곡이 이 동굴 안에서도 일어났다고? 류솽솽을 만난 순간을 떠올려보니, 류솽솽이 나를 소리쳐 부르고 우리 둘이 동굴 입구에 서서 대화하는 소리를 다른 사람들은 전혀 듣지 못했다.

내가 다른 사람들과 분리된 시공간에 있었던 걸까? 우위가 설명한 대로 이해해보면, 난 류솽솽과 같은 시공간에 있었다. 이때는 우위를 비롯해 다른 사람들과 분리된 상태였을 것이다. 그리고 류솽솽이 뭔가를 발견하고 도망치는 순간, 우리 둘만의 시공간을 감싼 막이 깨지고 나는 다시 다른 사람들이 있는 시공간으로 돌아온 것이다. 그때 류솽솽이 본 것도 30분 전의 광경이 아니라 류솽솽이 살아 있던 때의 광경이었을 것이다.

생각할수록 무서웠다.

그동안 우리가 겪은 모든 신비로운 일의 출발점이 이 동굴이라는 사실이 확실해졌다.

"그런데 다른 사람들 시간은 정상적으로 흘러가는 것 같은데, 왜 하필 류솽솽만⋯⋯."

"그건 나도 잘 모르겠어. 일단 여기서 나가자."

우리는 다시 달리기 시작했다. 류솽솽은 우리 뒤에, 깊은 동굴 속에 남겨졌다. 그렇게 정신없이 달리는데 동굴이 점점 어둡고 깊어지는 느낌이 들었다.

우리는 류솽솽 시체가 있는 곳으로부터 멀지 않은 지점에서 습격을 당했다.

모퉁이를 도는 순간이었다. 우위가 갑자기 돌아서서 날 끌어안았다. 모퉁이 너머, 대형 거미가 우리 쪽으로 다리를 뻗으며 천장에서 내려오고 있었다. 난 너무 놀라 그대로 얼어붙었고 우위가 재빨리 몸을 돌려 거미의 공격을 피했다. 거미는 땅에 내려앉자마자 다시 우리에게 달려들었다. 우위가 날 뒤로 밀어내며 소리쳤다.

"먼저 가!"

절대 그럴 수는 없지. 거미를 공격할 만한 것을 찾아 바닥을 더듬었지만 자잘한 돌멩이뿐이었다. 거미가 벽을 타고 우위 코앞까지 빠르게 다가왔다. 하지만 우위는 더 빠르게 움직여 거미 머리를 세게 걷어찼다.

"가라니까! 네가 여기 있으면 내가 집중할 수 없어. 앞에 보이는 길이 지름길이야. 오른쪽으로 계속 가면 출구가 나올 거야. 거기서 기다려."

날 돌아보는 우위 눈빛이 얼음장처럼 차가웠다. 쓰러졌던 거미가 눈 깜짝할 사이에 다가와 우위 다리에 달라붙었다. 우위는 거미 등을 힘껏 내려치고 앞발을 꽉 틀어쥐었다. 보는 것만으로도 소름이 쫙 끼쳤다. 우두둑. 거미 다리가 부러지는 소리가 들렸다. 우위가 조금 우세에 있는 듯해, 우위 말대로 하기로 했다. 내가 있으면 오히려 방해만 될 뿐이었다.

"빨리 와야 해. 네가 안 오면 나도 안 가."

"알았어."

난 결국 먼저 도망쳤다.

"자오자오!"

뒤를 돌아보니 우위가 거미를 멀리 걷어차고 날 돌아봤다.

"아무도 믿지 마. 멈추지 말고 계속 달려."

"응……."

얼마 안 달린 것 같은데 뒤에서는 아무 소리도 안 들리고 앞에 희미한 불빛이 보였다. 마치 이곳에 아무도 없고, 아무 일도 없었던 것처럼 느껴졌다. 눈물이 왈칵 쏟아졌다. 또 다시 무고한 피해자의 끔찍한 시체를 봤기 때문일까? 우위가 우리의 미래를 위해 사투를 벌이고 있기 때문일까? 우위의 마지막 당부를 떠올렸다.

그래. 동굴 입구에서 기다리자. 우위는 반드시 올 것이다. 우린 1년 후에 재회했으니까 이곳에서 함께 빠져나간 게 분명했다.

하지만 동굴 벽을 어지러이 휘감은 넝쿨 가지처럼 불길한 생각이 스멀스멀 올라왔다.

이미 과거가 바뀌었잖아? 그렇다면 우리의 미래도 바뀌지 않을까?

눈을 질끈 감고 불길한 생각을 떨쳐냈다. 그리고 우위의 당부만 생각했다.

'자오자오, 멈추지 말고 계속 달려.'

'만약 잠시 떨어진다면, 카센터에서 기다려.'

좁은 동굴 입구에 사람 그림자가 어른거렸다.

가냘프고 시커먼 실루엣.

우뚝 멈춰 섰다.

천루잉이 어떻게 길을 찾아왔을까? 날 기다렸나? 어둠 속에서 천루잉이 한 걸음 한 걸음 다가왔다. 산발이 된 머리카락이 야윈 얼굴을 뒤덮었고, 머리카락 사이로 보이는 두 눈은 차갑고 음침하게 빛났다.

심장이 쿵쾅거렸다. 요 며칠 천루잉은 입을 꾹 다물고 그림자처럼 조용히 있었는데, 어쩌면 이미 변화가 시작된 까닭일 수도 있다.

"왜 언니 혼자 여기 있어요? 아위랑 길이 엇갈렸어요?"

반사적으로 뒷걸음쳤다. 하필 이런 상황에서 천루잉을 마주치다니. 아무리 시공간이 바뀌고 기억이 사라져도 천루잉이 날 증오하는 마음은 변함없을 것이다. 거미에게 물린 일도, 우위와 나의 애정 행각을 목격한 일도 꽤 충격적이었을 테니 말이다. 만약 변화가 끝났다면…….

천루잉은 내가 위축된 것을 느꼈는지 크크 웃었다.

"그래. 내가 거미를 조종해서 아위를 공격하게 했어. 그리고 거미와 교감해서 미로에서 길을 찾았지. 내가 길을 찾을 거라고는, 두 사람 다 상상도 못 했겠지. 그동안 두 사람이 사귀는 걸 과연 내가 받아들일 수 있는지, 이대로 아위를 포기할 수 있는지 수없이 자문했어. 근데, 안 되겠더라고. 탄자오, 넌 내 인생에서 가장 큰 걸림돌이야. 내가 이 모양 이 꼴이 된 마당에 사랑까지 포기하면 내 인생은 뭐가 돼? 앞으로 네가 아위 앞에 나타나지 못하게, 아위가 널 보지 못하게 만들 거야. 아위 곁에는 내가 있을 거야. 그러니 네가 포기해. 네가 여기에서 잘못되면 아위 마음이 아프겠지? 아플 거야. 그런데, 아위도 좀 아파봐야지."

지금까지 줄곧 천루잉에 대한 감정이 좋지는 않았지만, 그래도 가끔은 가엾고 안쓰럽기도 했다. 하지만 이 순간에는 강한 혐오감뿐이었다. "아위도 좀 아파봐야지."라고 말하는 천루잉의 이기적인 말에 분노가 치솟았다. 네가 뭔데 우위를 아프게 해?

이를 악물고 긴장을 유지하며 뒷걸음쳤다. 천 교수 집에서 천루잉이 무섭게 변했던 모습이 떠올랐다. 천루잉이 음흉하게 웃었다.

"탄자오 언니, 나한테 새로운 능력이 생겼는데, 한번 볼래요?"

말이 떨어지기가 무섭게 긴 머리카락에 가려진 천루잉 얼굴에서 하얀 실이 튀어나왔다. 실은 점점 길게 늘어나 내 얼굴 앞까지 왔다. 너무 징그럽고 무서웠지만 옆으로 돌아 벽에 바짝 붙어 피했다. 천루잉은 방향까지는 조절할 수 없는지 일단 실을 거둬들였다.

"흥, 네가 오늘 여기서 도망칠 수 있을 거 같아?"

가슴이 쿵쾅거리고 불길한 예감이 엄습했다. 그 사이 하얀 실 두 줄이 내 다리를 향해 날아왔다. 재빨리 옆 동굴로 도망쳤다.

천루잉도 뛰었다. 하얀 실은 마치 눈이 달린 생명체처럼 끈질기게 날 쫓아왔다. 등 전체가 찌릿찌릿했다. 까딱하면 바로 실에 휘감기고 말 것 같았다. 다행히 천루잉은 달리기가 빠르지 않았다. 하지만 실의 추격에서 벗어나기는 쉽지 않아 몇 번이나 위기가 있었다. 하얀 실이 내 팔과 등을 강하게 때려 넘어질 뻔했지만 이를 악물고 계속 달렸다.

드디어 몸을 숨길 만한 곳을 발견하고 전속력으로 달렸다. 잠시 천루잉에게서 벗어나 한숨 돌리는데 심장이 심하게 뛰고 온몸이 쑤셨다. 우위를 생각하니 가슴이 찢어지는 것 같았다. 제발 우위가 위험에 빠지지 않길, 천루잉이나 그놈과 마주치지 않길 간절히 기도했다. 나는 다시 우위가 알려준 방향으로 쉬지 않고 달렸다.

"탄자오 씨?"

갑자기 들려온 목소리에 식은땀이 쫙 흘렀다. 옌위안과 주지루이가 대각선 방향 좁은 동굴에 서 있었다. 둘 다 불만스러운 표정이었다.

"두 사람 왜 갑자기 도망간 거예요? 대체 무슨 일이에요? 다들 제각각 흩어져서 엉망진창이 됐다고요."

동굴에서 만난 이 두 사람은 줄곧 이성적이었고 악의가 전혀 느껴지지 않았다. 사실 미래에도 옌위안이 전혀 상관없는 사람을 해치려 한 건 아니었다. 하지만 우위의 당부가 떠올라 경계를 늦추지 않았다.

"위험해요. 빨리 도망쳐요."

두 사람이 어리둥절해하는 사이, 등 뒤에서 쉭쉭 소리가 들려왔다. 곧이어 하얀 실이, 이어 천루잉이 모퉁이를 돌아 모습을 보였다. 난 바로 달리기 시작했고 옌위안이 고함을 질렀다.

"저게 뭐야? 사람이야, 귀신이야? 천루잉? 왜 이렇게……."

"빨리 뛰어요!"

그런데 주지루이가 너무 느려서 금방 실에 감겨 비명을 질렀다. 옌위안이 칼을 꺼내 팽팽하게 당겨진 실을 자르자 천루잉이 벌러덩 자빠졌다.

"이 괴물!"

옌위안이 천루잉을 향해 욕을 내뱉으며 주지루이를 일으켜 세워 내 뒤를 따라 달렸다.

천루잉은 금방 다시 따라잡아 크크크 웃으며 새로운 실을 토해냈다. 이미 사람도 귀신도 아닌 괴물의 형상이었다. 옌위안은 주지루이를 내게 맡겼다. 난 주지루이를 끌고 달렸고 옌위안은 칼을 휘둘러 천루잉을 막으며 따라나왔다. 옌위안이 워낙 무술의 고수라 천루잉이 아무리 이상한 능력으로 덤벼들어도 그를 제압하기는 힘들었다.

10분쯤 달려 겨우 천루잉을 따돌렸다. 기진맥진한 우리 셋은 동굴 벽에 기대 거친 숨을 몰아쉬었다. 두 사람은 그나마 나아 보였지만 난 정말 한 발자국도 떼기 힘들었다. 하지만 우위가 떠올랐다. 우위를 생각하며 주먹을 불끈 쥐고 일어섰다.

"가요."

"대체 어떻게 된 거예요? 천루잉이 왜 그렇게 변했어요?"

"뭐라 설명할 수가 없네요."

옌위안 표정이 어두워졌다. 주지루이도 두려움과 걱정 가득한 얼굴이었다. 어찌 보면 주지루이는 아무 죄 없는 사람이니 꼭 살아야 한다.

"걱정 마요. 우린 반드시 여길 빠져나갈 거예요."

주지루이는 옌위안 팔을 붙들고 아무 말도 없었고, 옌위안은 주지루이를 꼭 안아주었다.

옌위안이 갑자기 고개를 홱 돌려 내 뒤를 쳐다봤다. 등골이 오싹했다.

내 뒤에 누군가 있다.

또 누군가 나타났다.

이렇게 쉬지 않고 도망가는 일이 숙명처럼 느껴졌다.

그리고 그 과정에서 만나야 할 사람을 모두 만나고 있다.

대체 무슨 의미일까?

옆으로 비켜서며 뒤를 돌았다. 어둠 속에 누군가 서 있었다. 검은 옷, 우울한 표정, 보통 체격의 남자, 주위통이었다.

지금 가장 마주치고 싶지 않은 사람이었다. 우위와 내가 그놈이라고 의심하는 두 사람 중 한 명이기 때문이다. 내가 동굴에서 습격당한 상황으로 보면 사실 주위통이 가장 의심스러웠고, 지나치게 과묵해서 도무지 속을 알 수 없었다.

"다들 왜 여기 있어요?"

옌위안이 대답했다.

"주위통 씨는 왜 여기 있는데요?"

주위통은 계속 어둠 속에 서 있었다.

"다들 각자 흩어져버려서 그냥 기억나는 대로 길을 찾던 중이에요. 다행히 만났네요."

"사람이 많을수록 좋아요. 방금 천루잉을 마주쳤는데…… 이상한 괴물로 변해버렸더라고요. 입에서 실을 내뿜으면서 우릴 공격했어요."

"뭐라고요?"

주위퉁은 도저히 믿지 못하겠다는 표정이었다. 주지루이가 겁에 질린 목소리로 말했다.

"정말이에요. 너무 무서웠어요."

주위퉁이 어둠 속에서 걸어 나와 우리 쪽으로 다가왔다. 그는 날 보지 않았고 나는 슬금슬금 움직여 최대한 멀리 떨어졌다. 이 상황에서는 달리 벗어날 방법이 없었다. 그나마 옌위안과 주지루이가 있어서 다행이었다. 만약 주위퉁이 진짜 그놈이라 해도 다른 사람 앞에서 정체를 드러내지는 않을 테니 일단 지켜볼 수밖에 없었다.

"가요."

난 앞장서서 동굴 입구 방향으로 걸음을 옮겼다. 옌위안과 주지루이가 내 뒤에, 주위퉁이 맨 뒤에 걸어왔다.

쉭, 쉭. 다시 거미 소리가 들렸다. 내가 꿈을 꾸는 건가? 아니다. 그 끔찍한 거미는 계속 우리 주위를 맴돌고 있었다. 난 반사적으로 달리기 시작했다. 옌위안과 주지루이도 따라 달렸다. 주위퉁이 큰 소리로 웃으며 외쳤다.

"탄자오, 왜 도망가? 천루잉이 무서워서? 아니면 내가 무서워?"

순간 온몸이 얼어붙어 그 자리에서 꼼짝하지 못했다. 쉭, 쉭. 거미 소리에 단단히 붙잡혀버린 기분이었다. 갑자기 류솽솽이 한 말이 뇌리를 스쳤다. 누군가 우위와 날 죽이려고 상의하는 소리를 들었다고 했다……. 주위퉁과 천루잉이었을까? 주위퉁이 그놈이라면 교활하고 예리한 놈이니 천루잉이 날 미워한다는 사실을 눈치챘을 게 분명하고, 둘이 손을 잡았을 가능성도 충분했다. 하지만 주위퉁이 이 시점에서 공개적으로 본색을 드러낸 것은 그의 성격과 맞지 않는데, 왜 그랬을까?

더 이상 기다릴 수 없어서?

아니면 옌위안과 주지루이가 있어도 천루잉과 연합하면 우리를 이길 수 있다고 생각해서?

나는 천천히 뒤를 돌아봤다. 옌위안과 주지루이는 어리둥절해했고 주위퉁은 악랄하게 웃으며 두 사람을 향해 말했다.

"두 사람은 상관없는 일이니 죽고 싶지 않으면 저리 비켜."

주위퉁은 표정도, 말투도, 지금까지와 완전히 다른 사람 같았다.

난 주위퉁을 뚫어지게 쳐다보며 뒷걸음쳤다. 정말 이 모습이 진짜 주위퉁일까? 과묵하긴 해도 순박해 보였는데, 지금까지 계속 연기였던 걸까? 출구를 찾을 때까지 기다려야 하니까? 날 해치려다 거미 때문에 실패했을 때 천루잉과 손을 잡은 모양이었다. 류솽솽은 우연히 두 사람 얘기를 들어서 살해당하고…….

이렇게 정리하니 앞뒤가 들어맞았다. 두려움과 증오가 앞섰지만 의지도 강하게 샘솟았다.

"옌위안 씨, 저놈이 날 죽인 뒤에 과연 두 사람을 그냥 놔둘까요? 저놈은 사이코패스 살인마예요. 우위와 나는 저놈을 잡으려고 계속 쫓고 있었어요. 두 사람은 이미 목격자예요. 주지루이 씨도 저놈이 좋아하는 스타일의 여성이죠. 두 사람도 어차피 벗어날 수 없어요. 나랑 힘을 모아요……."

주위퉁은 온몸으로 살기를 내뿜으며 마침 옌위안 앞을 지나던 참이었다. 두 남자 모두 멈칫했다.

내 말이 효과가 있는 듯했다.

"탄자오 씨 말이 맞네요. 자신의 범행을 다른 사람한테 들키고 싶은 사람은 없죠."

엔위안이 바로 칼을 꺼내 들고 주위퉁을 공격했다. 하지만 길이 좁아 칼을 제대로 휘두르지 못했고 주위퉁은 재빠르게 피했다. 이때 멀리서 천루잉의 하얀 실이 날아왔다. 엔위안이 주위퉁 허리춤을 걸어 차고 주지루이 손을 잡으며 소리쳤다.

"뛰어!"

우리 셋은 있는 힘을 다해 뛰었다.

이 동굴에서 엔위안 커플과 한 배를 타고 두 미치광이에게 쫓기게 될 줄은 몰랐다. 아무래도 천루잉보다 주위퉁이 빨랐다. 흘끔 뒤를 돌아보는데 놈의 살벌하고 광기 어린 얼굴과 함께 반짝이는 목걸이 같은 것이 눈에 들어왔다. 저렇게 반짝이는 뭔가를 어디서 본 거 같은데 금방 떠오르지 않았다.

은은하게 반짝이는 것, 목에 거는 것, 이 동굴과 느낌이 비슷한 것, 도대체 어디서 봤지.

우리 셋은 드디어 미로를 빠져나왔다.

눈앞이 탁 트이고 벽에 매달린 생명의 밧줄이 보였다. 구석에 기대 앉은 펑옌은 미동도 없이 눈을 감고 있었다. 우리가 요란한 소리를 내며 뛰어오는데도 반응이 없는 것을 보니 정신을 잃은 것 같았다. 누가 손을 쓴 것일까?

그리고 연못가에 또 한 사람이 서 있었다. 그는 우리를 돌아보고 반가워했다.

저우웨이였다.

"드디어 돌아왔네요. 대체 어떻게 된 거예요?"

우리 셋은 설명할 새도 없이 저우웨이 쪽으로 달려가며 뒤를 돌아봤다.

천루잉과 주위퉁도 바로 미로에서 빠져나와 우리 쪽으로 걸어왔다.

천루잉은 실을 거둬들였지만 여전히 머리카락으로 얼굴을 가린 채였고, 주위퉁은 어두운 얼굴에 음흉한 미소가 남아 있었다. 저우웨이는 아무것도 눈치채지 못한 듯했다.

"다들 돌아왔네요. 다행이에요. 그런데, 우위 씨는요?"

그때 주위퉁 목에 걸린 물건이 확실히 보였다. 동굴에서 저우웨이와 같이 주웠다던 암석 조각이었다. 그리고 모양은 다르지만 다른 곳에서도 저 암석 조각을 본 적이 있다.

천싱젠!

집안과 사회 배경, 성격까지 나무랄 데 없는 천싱젠이 냉혈한 연쇄살인마의 얼굴을 드러내고 돤원잉과 쌍둥이처럼 행동했다. 강력한 자력을 내뿜는 목걸이 펜던트를 보고 좡위는 "왜 전자 신호 발신기를 목에 걸고 다닌 거야?"라고 말했고, 그 펜던트를 자력 측정기에 넣자마자 천싱젠은 혼수상태에 빠졌다…….

그렇다면 여기가 그 시작일까? 주위퉁이 이곳에서 신비로운 에너지를 지닌 암석 조각을 손에 넣었고, 펜던트를 만들어 천싱젠을 조종한 걸까?

그럴듯했지만 왠지 아닐 것 같았다.

어렴풋이 내가 아주 무섭고 중요한 뭔가를 놓치고 있다는 느낌이 들었다.

"다들, 왜 그래요?"

저우웨이의 질문에 옌위안이 대답했다.

"보면 몰라요? 저 두 사람이 우릴 죽이려고 하잖아요."

주위퉁과 천루잉이 차갑게 웃었다. 펑옌은 여전히 움직임이 없었다. 여섯 명이 양쪽에 서서 대치했다.

당황하지 말자. 두려워하지 말자. 우리 쪽이 수적으로 우세하니까, 우위만 돌아오면 저 두 사람을 제압하고 무사히 나갈 수 있다.

동굴 입구를 바라봤다. 우위는 거미의 공격에서 벗어났을까? 얼마나 더 기다려야 돌아올까? 이번에는 동굴 벽에 걸린 밧줄을 힐끔 쳐다봤다. 우위가 날 첫 번째로 내보내겠다고 했는데…….

빠르게 머리를 굴리며 가능성을 타진해봤다. 아직 희망이 있었다. 그런데 왠지 뼛속을 파고드는 강렬한 한기가 온몸을 휘감아 손이 덜덜 떨렸다.

"탄자오, 우위 기다리는 거야?"

등 뒤에서 섬뜩한 목소리가 들려왔다.

이어 가벼운 웃음소리도.

익숙한 웃음소리였다.

정면에 서 있는 주위통을 보는 순간, 모든 것이 명확해졌다.

주위통은 돤원잉이 아니었다.

돤원잉은 이 웃음소리의 주인공이다.

주위통은 천싱젠처럼 목걸이를 통해 조종당했을 뿐이다.

놈은 기억했다. 이 물건의 신비로운 위력을 기억하고 이곳에서 다시 이용했다. 그래서 줄곧 과묵하고 순박해 보였던 주위통이 갑자기 사납게 변해 우릴 공격했던 것이다.

천천히 뒤로 돌았다. 옌위안 커플은 평소와 다름없었다. 그 뒤에 서 있는 저우웨이를 보는 순간, 심장이 쿵 내려앉으며 나도 모르게 뒷걸음쳤다. 순수하고 따뜻한 미소를 짓던 준수한 청년은 온데간데없고 살짝 고개 숙인 저우웨이의 입가에 비웃음이 번졌다.

온몸을 덜덜 떨며 뒷걸음치다 멈칫했다. 뒤에는 천루잉과 주위통이 있으니 그야말로 진퇴양난이었다.

저우웨이는 주머니에 손을 찔러 넣고 거만한 자세로 서서 여유롭게 사람들을 훑어봤다.

"다들 실컷 놀았지? 저 여자는 불쌍한 새끼 양처럼 이리 뛰고 저리 뛰고, 이 사람 믿다가 저 사람 의심하다가, 혹시나 희망도 품어보고…… 크크, 다들 재밌었지? 이제 복수할 때가 됐어. 우리 오래 참았잖아. 출구도 이미 찾았겠다, 이제 우리도 하고 싶은 거 해야지.”

머릿속이 하얘졌다. 팔다리에서 시작해 온몸이 천천히 굳어갔다.

‘우리 오래 참았잖아.’

‘다들 재밌었지?’

나는 눈앞에 있는 사람들을 한 명 한 명 훑어보며 그들이 왜 낯설게 느껴졌는지 깨달았다. 처음부터 다들 목적을 숨긴 채 두 얼굴을 하고 있었던 것이다.

무뚝뚝한 표정에 눈빛이 멍한 주위퉁, 증오와 분노에 휩싸인 천루잉, 차갑고 거만한 저우웨이, 그리고 옌위안과 주지루이까지…….

주지루이는 고개를 돌렸고 옌위안은 나와 눈이 마주치자 눈빛이 흔들렸다.

방금 전 동굴에서 일어난 일은 모두 연극이었다. 앞이 안 보인다는 우위에게 기어이 길 안내를 부탁한 것도 그들의 계획이었다. 그들은 거미와 검은 새와 암석 조각의 힘으로 길을 찾을 수 있었다.

도망치는 나를 만나 도운 것도 결국 날 조롱한 것이었다. 미래에 우위와 나에게 쫓겼던 사람들이 입장을 바꿔 날 쫓은 것이다.

심호흡을 하고 천천히 옌위안을 보며 물었다.

“언제부터였어?”

이들은 도대체 언제 기억을 되찾은 걸까?

옌위안이 침착하게 대답했다.

“내가 죽은 후부터지. 유람선에 있을 때 갑자기 미래에 일어날 일들이 생각났어. 내년 여름, 너랑 우위가 계속 내 뒤를 쫓으며 계획을 다 망쳐놓고 쉬쯔펑을 죽였지. 내 오랜 소원을 산산조각 냈어. 너한텐 안 됐지만 난 꼭 해야 할 일이 있어서 저 사람 제안에 동의할 수밖에 없었어. 여기 있는 사람들, 다 너희 둘 때문에 죽게 되니까 우리도 나가서 미래를 바꿔야 해. 너희한테 또 방해받을 순 없어!"

주지루이는 줄곧 옌위안 뒤에 숨어 날 쳐다보지 않았다. 옌위안은 어떻게 주지루이를 설득했을까? 설마 주지루이가 모든 사실을 알고도 옌위안을 선택한 걸까? 그와 같은 편에 서서 날 죽이기로? 뭐, 주지루이의 선택이 어땠는지는 이미 중요하지 않았다.

이때 천루잉이 차갑게 웃으며 입을 열었다.

"나도 죽은 후에야 알았어. 그날 밤의 모든 일이 똑똑히 기억나. 우위를 구한 건 나였는데 우위는 끝까지 널 선택했어. 그리고 너희 때문에 엄마가 날 죽였어! 내가 아무것도 모르는 줄 알고 우위는 날 위로까지 하더라? 크크크……."

정신을 잃고 구석에 기대앉아 있는 펑옌을 쳐다봤다.

천루잉은 차마 자신의 엄마를 죽일 수는 없어서, 다 함께 내게 복수하는 모습을 보지 못할 정도로만 손을 썼을 것이다.

나는 다시 저우웨이에게로 시선을 돌렸다. 심장이 떨렸지만 용기를 내 물었다.

"주위퉁이랑 천싱젠은 네가 조종한 거지?"

저우웨이, 아니 돤원잉이 씩 웃으며 고개를 끄덕였다.

"이 돌 정말 신기하지 않아? 이것만 있으면 내 일을 대신해줄 분신을 얼마든지 만들 수 있어. 최대한 많이 들고 나가야지. 크크크. 주위퉁이 첫 번째 분신이지. 천싱젠은 두 번째가 될 거고. 젠장, 원래 더 많은 분신을 만들 수 있었어. 평생 내가 하고 싶은 건 다 할 수 있었다고! 탄자오, 내가 말했잖아. 내가 그 일을 얼마나 오랫동안 원했는지, 나한테 얼마나 중요한 일인지. 그런데 너희 둘이 다 망쳐놨어. 이제 알겠어? 너희가 여기 있는 사람들 미래를 망가뜨렸어. 우리가 애써서 이루려던 것들을, 너희는 그 알량한 정의를 내세워서 시공간을 오가며 전부 망쳐버렸다고. 아직도 우위를 기다려? 지금 우위가 나타난다 한들, 너희 둘이 달아날 수 있을까?"

66

우위

무슨 소리지?

동굴 천장에서 쇠붙이가 부딪히는 것처럼 묵직한 소리가 희미하게 들려왔다. 하지만 당장 탄자오에게 가야 한다는 생각뿐이어서 깊게 생각할 겨를이 없었다.

숨을 헐떡이며 고개를 들었다. 다 죽어가는 대형 거미가 우거진 넝쿨 식물 너머 깊은 동굴로 사라졌다. 나는 동굴 벽에 기대 힘없이 웃었다.

그런데 마음이 편치 못했다. 사람들을 깊은 미로에 잠시 가뒀지만 왠지 불안이 떨쳐지지 않았다.

천루잉과 옌위안이 기억하지 못하면 다행이지만, 만약 놈처럼 미래를 기억하는데 숨기고 있는 거라면? 사실 이 생각은 탄자오에게 솔직히 말하지 못했다.

빨리 탄자오를 안전하게 내보내야 한다.

다시 기운을 내서 동굴 입구로 힘껏 달렸다.

애타게 날 기다리고 있을 탄자오 모습이 머릿속에 맴돌았다. 부디 너무 늦지 않았기만을 바랄 뿐이었다.

동굴 입구에 도착했을 때 누군가의 목소리가 들렸다.

저우웨이 목소리가 분명한데 분위기는 완전히 달랐다. 조금 잠긴 목소리로 뭐가 그렇게 즐거운지 웃음소리가 이어졌다. 불안한 마음에 심장이 떨렸다.

"아직도 우위를 기다려? 지금 우위가 나타난다 한들, 너희 둘이 달아날 수 있을까?"

난 동굴 벽을 탁 치고 뛰어나갔다.

다들 날 보고 흠칫했다. 눈앞에 펼쳐진 장면에 가슴이 미어지는 것 같았다. 천루잉, 주위퉁, 저우웨이, 옌위안, 그리고 주지루이까지 모두가 한편에 서서 탄자오를 몰아붙이고 있었다. 연못가까지 밀려난 탄자오가 날 쳐다보는데 얼굴에 핏기가 하나도 없었다.

그래, 좋아. 다들 한편이었단 말이지? 미래에 죽은 자들은 처음부터 속내를 숨긴 채 죄 없는 사람들까지 한편으로 만들고 이 순간을 기다려온 것이다.

예상했던 중 최악의 상황이었다.

결국 이렇게 됐다.

내가 다가가도 아무도 날 막지 않았다. 내가 온들 아무것도 바뀌지 않을 거라고 생각하는 게 분명했다. 탄자오를 와락 끌어안았다. 탄자오는 울지 않고 의외로 차분했다. 오히려 거미에 할퀸 내 상처를 걱정했다.

"괜찮아?"

"난 괜찮아. 넌?"

"나도 괜찮아. 네가 하라는 대로 계속 달려서 빠져나왔어."

말할 수 없이 큰 슬픔과 안타까움이 밀려왔지만 애써 웃음을 지었다.

"무서워하지 마. 내가 한 말 기억하지?"

탄자오 귀에 바짝 입을 대고 아주 작게 속삭였다.

"올라가서 밧줄을 풀어버려. 최대한 높이, 꼭대기까지 올라가야 해. 저 위에 소리 들려? 아마 구조선일 거야. 있는 힘껏 헤엄쳐. 알겠지?"

탄자오는 그제야 눈물을 흘리며 말없이 내 팔을 붙잡았다.

"탄자오, 내일도 나만의 작은 태양은 다시 떠오를 거야."

난 어리둥절해하는 탄자오를 힘껏 밀쳤다.

"뛰어!"

뒤돌아보니 다들 표정이 싹 바뀌었다. 저우웨이와 주위퉁이 칼을 꺼내 들고 가장 먼저 달려왔다. 주지루이는 한쪽으로 비켜섰고 천루잉과 옌위안은 눈빛을 주고받은 후 내 뒤로 돌아가 탄자오를 뒤쫓았다.

나는 저우웨이 얼굴에 주먹을 날리는 순간 주위퉁에게 걷어차였다. 뒤돌아보니 밧줄 방향으로 달려가는 탄자오를 천루잉과 옌위안이 바짝 뒤쫓고 있었다. 탄자오는 끝내 옌위안에게 붙들렸고 천루잉이 몇 걸음 뒤에서 하얀 실을 토해내기 시작했다.

난 포효하며 주위퉁의 칼을 맨손으로 덥석 잡았다. 놈의 목에 걸린 돌이 은은하게 빛났다. 주위퉁이 멈칫한 사이 칼끝을 돌려 놈의 가슴에 꽂았다. 주위퉁은 뒷걸음치고 저우웨이의 칼이 내 등을 찔렀다. 난 고개를 돌려 저우웨이 머리를 강하게 들이받은 뒤, 비틀거리는 놈을 힘껏 밀치고 탄자오에게 달려갔다.

천루잉이 날 돌아봤다. 그 가증스러운 얼굴에 주먹을 날리자 천루잉은 털썩 쓰러졌다. 옌위안이 탄자오 팔을 잡고 뒤로 끌어당기고 있었다. 난 날듯이 달려가 돌을 주워 들고 옌위안 머리를 내려쳤다. 옌위안이 비명을 지르며 손을 놓았다. 비틀거리며 나를 쳐다보는 탄자오를 향해 힘껏 소리쳤다.

"탄자오, 올라가! 어서 올라가서 사람들 불러와!"

이렇게 말해야 탄자오가 움직일 것이다. 우리 둘의 눈이 마주쳤다. 탄자오의 눈동자에 내가 꿈꾸는 세상이 담겨 있었다. 탄자오는 바로 돌아서서 밧줄을 잡고 기어오르기 시작했다.

옌위안이 일어나 사나운 표정으로 내게 달려들었다. 주먹이 몇 번 오가고 옌위안이 다시 나자빠졌다. 옌위안의 표정에는 살짝 두려움이 실려 있었다. 나는 싸늘한 웃음을 지었다. 그때 갑자기 뒤통수에 강한 통증이 느껴지면서 나도 그대로 쓰러졌다. 저우웨이와 주위퉁이었다. 저우웨이 손에 들린 칼에서 피가 뚝뚝 떨어졌고 주위퉁은 나한테 찔린 상처를 손으로 꽉 누르고 있었다. 두 사람 눈빛에 살기가 번뜩였다. 그 뒤로는 천루잉이 몸을 일으키는 게 보였다.

돌아보니 탄자오는 이미 절반쯤 올라갔다. 씩 웃는데 머리가 어질했다. 다가오는 놈들이 흐릿하게 보였다. 돌을 꽉 쥐고 벌떡 일어나 밧줄 앞을 막아섰다.

내가 주위퉁 머리를 박살낼 때 옌위안이 칼로 내 허벅지를 찔렀다. 이번에는 옌위안 머리채를 쥐고 힘껏 벽에 찧었다. 저우웨이가 섬뜩하게 웃으며 내 얼굴에 주먹을 날렸다. 나는 그대로 쓰러졌다. 천천히 눈을 뜨니 주지루이가 옌위안을 부둥켜안고 울다가 바닥에 떨어진 칼을 집어 들고 내게 다가왔다. 저우웨이는 내 머리채를 잡아 올렸고 천루잉은 차가운 표정으로 내 앞에 서 있었다.

시야가 흐릿했지만 탄자오가 꼭대기까지 올라간 것이 보였다. 이제 곧 밧줄을 풀어버릴 수 있겠지. 아무도 탄자오를 잡으러 갈 수 없도록 밧줄 앞을 막아섰다. 난 눈을 감고 웃었다.

"누가 할래? 저놈 끝장내버려야지."

저우웨이가 거친 숨을 몰아쉬며 물었지만 아무도 대답하지 않았다.

잠시 침묵이 흐른 뒤 입을 연 사람은 천루잉이었다.

"내가 할게. 내 손으로 죽일 거야."

"저우웨이, 직접 할 능력은 안 되나 보지?"

내가 차갑게 비웃자 저우웨이가 내 목에 칼을 들이대며 위협했다.

"이제 미래가 바뀔 거야. 내가 여기서 널 죽일 거니까. 이제 너희 두 사람은 끝장이야."

"아니, 내가 먼저 널 죽였어. 너희는 이미 다 죽었어. 다들 제 손으로 무덤을 팠지. 정말 지금이 과거라고 생각해? 크하하……. 이 동굴의 시간은 환상에 불과해. 시간의 흐름은 너희가 아는 게 전부가 아니거든."

잠시 침묵이 흘렀다.

저우웨이가 포효하며 달려들었다. 곧 놈의 칼이 내 목에 꽂히겠지.

그런데 뭔가 묵직한 것이 아래로 떨어지는 소리가 들렸다. 번쩍 눈을 뜨니 밧줄을 잡고 바닥을 구르는 탄자오가 보였다. 하늘이 무너지는 기분이었다. 탄자오가 돌을 주워 들고 내 쪽으로 달려왔다. 눈에 눈물이 가득했다.

"탄자오!"

저우웨이가 날 걷어차고 험악한 표정으로 탄자오에게 걸어갔다. 옌위안, 천루잉, 주위퉁이 그 뒤를 따랐다. 난 이미 온몸이 상처투성이고 기진맥진한 상태였지만 이를 악물고 일어서려 했다. 그런데 등에 또 한 번 칼을 맞고 다시 힘없이 고꾸라졌다. 고개를 돌리니 주지루이가 칼을 쥔 채 눈물을 쏟으며 바닥에 주저앉는 게 보였다.

이번에는 도저히 일어설 수 없었다.

고개만 겨우 들고 탄자오를 향해 기어가기 시작했다. 탄자오가 돌로 저우웨이를 내려쳤다. 저우웨이는 한 발 뒤로 물러났다가 탄자오 손을 움켜쥐었다. 천루잉이 내뿜은 하얀 실이 탄자오 몸을 휘감고 옌위안은 탄자오 머리채를 휘어잡았다. 탄자오는 고통으로 얼굴이 일그러졌지만 내게서 시선을 떼지 않았다.

"왜 내려왔어?"

난 고통스럽게 외쳤다.

탄자오는 어쩔 수 없었다는 듯 해맑게 웃었다. 이 어수선하고 혼란스러운 상황에서도 탄자오 목소리만큼은 똑똑히 들렸다.

"아위, 너 혼자 죽어가는 모습을 내가 어떻게 보고만 있어? 난 그렇게 못 해. 말했잖아. 네가 어딜 가든 무조건 따라간다고……. 나 혼자는 살 수 없어."

마음이 너무 아팠다. 눈물이 흘러내렸다.

저우웨이가 피식 비웃는 소리가 들렸다.

"우위, 눈 크게 뜨고 똑바로 보시지."

엔위안과 주위퉁이 탄자오 손발을 붙잡고 저우웨이는 탄자오 머리채를 잡아 연못으로 끌고 갔다. 탄자오는 신음 소리 한번 내지 않고 계속 날 바라봤다. 하지만 연못가에 도착하자 고개를 획 돌려 날 외면했다.

저우웨이가 탄자오 머리를 물속으로 밀어 넣었다. 탄자오의 고통스러운 기침 소리가 들렸다. 심장이 갈기갈기 찢어지는 것 같은 아픔을 느끼며 미친 듯이 울부짖었다.

"자오자오! 자오자오!"

이때 천루잉이 하얀 실로 날 휘감아 꼼짝 못 하게 만들었다. 이제는 탄자오에게 기어갈 수조차 없었다.

저우웨이가 탄자오 머리를 물속에 넣을 때마다 탄자오의 고통스러운 신음이 들려왔다. 그러다 신음 소리가 점점 작아지더니 어느 순간부터 거의 들리지 않았다. 다들 냉혹한 표정으로 가만히 보기만 했다.

갑자기 모든 소리가 사라지고 눈앞이 하얘졌다. 탄자오와 나의 세계를 가로지르던 시간이 그대로 멈춘 것 같았다. 다음 순간 우리가 카센터에서 재회하던 모습이 떠올랐다. 예쁜 티셔츠를 입고 차 옆에 서서 날 훔쳐보던 탄자오. 차를 몰고 떠나기 전 가만히 날 응시하던 탄자오.

하얀 눈밭에서 끈질기게 묻던 말도 떠올랐다.

'아위, 무슨 일이 있어도 날 잊지 않을 거지?'

난 죽어도 잊지 않을 거라고 대답했다.

이번에는 우리가 서로 기대앉아 있는 장면이었다.

'아위, 내 존재가 왜 다른 사람들 기억 속에서는 흐릿한 허상이 돼버린 걸까?'

'아위, 내일이, 과연 정말 내일일까?'

'자오자오, 이제는 하루하루 미래로 나아가는 날일 거야.'

그런데 그 내일이 네가 없는 내일이라니…….

내가 울부짖는 소리가 동굴 전체에 울려 퍼졌다. 놈들이 탄자오를 물속에 던져버렸다. 탄자오는 표정 없는 얼굴로 꿈쩍도 하지 않았다. 그 작고 예쁜 얼굴에 머리카락이 휘감겼다. 그리고 물속으로 천천히 가라앉았다.

잠시 후 수면이 고요해졌다.

난 바닥에 엎드린 채 눈을 감았다.

그래, 좋아. 나도 곧 죽을 테니 바로 탄자오 곁으로 갈 수 있을 거야. 우리 죽어서 다시 만나자. 저 세상에서 다시 만나. 그것도 나쁘지 않아. 탄자오와 함께 있을 수만 있다면. 용감한 것 같지만 사실 겁쟁이인 내 여자가 차가운 물속에서 혼자 외롭지 않게 내가 지켜줄 거야. 자오자오, 내가 곧 갈게. 이대로 모든 게 끝나버려도 좋아. 이제 아무것도 상관하지 않을 거야. 나는 너와 함께 있을 거야.

영원히 너와 함께 있을 거야.

다들 제자리에 붙박인 채 아무 말도 하지 않았다.

이때 동굴 천장 위로 큰 배가 지나가는가 싶더니 얼음판 깨지는 듯한 소리가 들렸다. 수압을 견디지 못한 얇은 암석이 깨지면서 거대한 폭포수처럼 엄청난 양의 물이 쏟아졌다. 다들 물에 휩쓸리며 비명을 지르다가 호수 위로 올라가려고 필사적으로 헤엄쳤다. 나도 물에 휩쓸렸지만 별 느낌이 없었다. 그저 탄자오 곁으로 가고 싶을 뿐이었다.

하지만 물이 불어날수록 탄자오와 점점 멀어졌다. 진공청소기가 먼지를 빨아들이는 것처럼 우리는 동굴 천장 구멍으로, 밝은 빛줄기가 쏟아져 내리는 그 구멍으로 빠르게 빨려갔다.

탄자오가 가라앉은 연못은 천장에서 쏟아진 호수 물과 뒤섞여 잘 보이지 않았다. 탄자오 혼자 동굴에 남겨졌다.

동굴 아래로 돌아가려고 죽을힘을 다해 버둥거렸지만 소용없었다. 눈물과 호수 물이 내 시야를 가렸다. 순간 환영이 보였다. 연못가에 도착한 내가 탄자오를 끌어안고 함께 가라앉았다. 그것은 영원히 탄자오와 함께하고 싶은 나의 생명, 나의 영혼이었다.

물이 계속 불어나면서 환영마저 사라졌다. 그리고 필름이 끊기듯 눈앞이 깜깜해졌다. 온 세상이 짙은 어둠과 적막에 휩싸이고, 모든 고통과 상실감이 사라졌다. 난 어느새 평온한 세상에 와 있었다. 부드럽고 따뜻한 탄자오 목소리가 귓가에 울렸다.

"아위, 난 너의 작은 태양이니까 영원히 널 비출 거야. 영원히, 영원히……."

67

우위

2017년 8월 1일.

단조롭고 깨끗한 벽에 걸린 달력을 확인했다. 실험실 안은 쥐 죽은 듯 조용했다.

"우위 선배, 진짜 학교에 남을 생각이야?"

"응."

옆에 앉은 후배는 도무지 이해할 수 없다는 표정이었다.

"아니, 그 좋은 투자은행에서 오라는데, 연봉도 엄청 높다며. 근데 학교에 남는다고? 정말 대단하십니다."

나는 피식 웃었다.

"난 이렇게 사는 게 좋아."

왠지 기시감이 들어 멈칫했다. 언젠가 이런 비슷한 말을 했던 것 같은데……. 하지만 너무 희미한 느낌이라 금방 스쳐갔다. 다시 달력을 쳐다봤다.

"벽은 왜 자꾸 쳐다봐? 뭐 있어?"

난 다시 고개를 돌렸다.

"아냐. 아무것도."

자꾸 시간과 날짜가 신경 쓰이는데, 나도 왜 그런지는 몰랐다.

한여름 대학 교정은 학기 중에 비해 조용했다. 학생들은 대부분 집에 돌아갔지만 학교에 남아 공부하는 학생들도 적지는 않았다.

나는 올해 7월에 석사를 마치고 박사 과정을 시작했다. 그리고 실력 있는 교수님들이 이끄는 연구 프로젝트에도 합류했다. 이제 미래나 금전적인 문제로 고민할 일은 없었다.

며칠 전 우먀오가 엄마와 함께 베이징에 놀러오겠다고 전화를 걸어왔다. 당연히 반가운 일이었다. 우먀오는 작년에 있었던 일로 많이 힘들어했는데 지금은 다행히 밝은 모습을 되찾았다. 우먀오를 잃지 않고 마지막 순간에 구할 수 있어서 정말 다행이었다. 그저 하늘에 감사할 따름이었다.

그런데 그 사건을 떠올릴 때마다 뭔가 중요한 것을 잊고 있다는 생각이 들었다. 아무리 기억을 떠올려보려 해도 도무지 떠오르지 않고, 너무 바쁘다 보니 평소에는 거의 잊고 지냈다.

작년 유람선 여행에서 사고가 나서 나하고 우먀오는 호수를 표류하다가 극적으로 구조됐고, 우먀오는 그 후에 또 다른 사고도 겪었다. 다행히 우리 둘 다 무사히 살았지만 그 후로 엄마는 걱정이 끊이지 않아서 가끔 그 얘기를 꺼냈다.

"엄마, 걱정 마. 앞으로는 그런 일 없을 거야."

그런데, 난 도대체 뭘 놓치고 있는 걸까?

이어진 며칠은 또 변함없이 평온한 일상을 보냈다. 매일 교수님 연구실에 출근했다가 돌아와서는 내 공부도 하고 밤이 되면 침대에 눕자마자 바로 잠들어 숙면을 취했다.

다만 꿈속에서 늘 한 장소가 나왔다. 따뜻한 햇살이 비추고 잔잔한 물결이 반짝이는, 조용하고 평화로운 곳이었다. 그리고 누군가 내 귀에 끊임없이 무슨 말을 속삭였다. 하지만 모든 것이 흐릿하고 모호했다. 마치 끝없이 이어진 동굴을 걷는 느낌이었다.

깨고 나면 꿈에 대한 기억은 자연스럽게 사라졌는데, 늘 뭔가 아쉬웠다. 깨고 싶지 않을 정도였다. 꿈을 꾸고 이런 기분을 느끼기는 처음이었다.

갑자기 왜 꿈에 매달리는지 내가 생각해도 이상했다. 언젠가 우먀오랑 통화하면서 꿈 얘기를 했더니 우먀오가 키득거리며 말했다.

"오빠, 다 늦게 사춘기야? 하긴, 아직 20대 중반이니까…… 푸하하. 로맨스 소설이라도 읽어볼래? 아, 그나저나 우리의 따주 여신이 새 작품을 안 낸 지 벌써 1년이네……."

난 갑자기 숨이 막히는 듯한 기분이 들어 대충 얼버무리고 전화를 끊은 뒤 창밖의 맑고 푸른 하늘을 내다봤다. 요즘 일이 너무 힘들어서 몸도 마음도 허해진 걸까.

꿈에 대한 미련은 날이 갈수록 깊어졌다. 언제부터인가 잠자리에 드는 순간이 기다려졌다. 꿈은 여전히 흐릿하고 모호했지만 부드럽고 따뜻한 손길이 날 이끌고, 누군가 내 귓가에 끊임없이 달콤한 말을 속삭였다. 아침에 일어나면 왠지 기분이 좋고 활기찬 느낌이 들었다.

어느 날 교수님이 지금 진행 중인 프로젝트의 핵심 단계를 앞두고 있으니 한 달 정도 미국 연수를 다녀오면 어떻겠냐고 제안했다. 이런 좋은 기회를 마다할 이유는 없었다.

그날 밤, 내 꿈속 장면이 또렷해졌다.

나는 한 여자를 품에 안고 연못가에 앉아 있었다. 비단 같은 머리카락을 늘어뜨린 여자에게서 포근한 온기가 느껴졌다.

"아위, 가지 마. 날 떠나지 마."

"그래. 안 갈게. 내가 어떻게 너 혼자 남겨두겠어? 네가 여기 있는 한, 난 아무데도 안 가."

난 그녀의 입술과 목에 입을 맞추고 그녀의 머리카락을 어루만졌다. 그 부드러운 느낌이 왠지 무척 익숙했다. 도대체 누구지? 수천 번, 수만 번 안았던 것처럼 익숙한데…….

"아위, 죽어도 잊지 않을 거라고 했잖아. 그런데 왜 날 잊었어?"

눈물을 흘리며 잠에서 깼다. 벌떡 일어나 앉아 머리맡 스탠드를 켰다. 창밖 하늘은 아직 어두웠다. 사춘기 소녀도 아니고 꿈을 꾸면서 눈물까지 흘리다니, 내가 정말 왜 이러지……. 그렇게 한참 앉아 있는데 나도 모르게 손톱을 물어뜯었다. 뭐지? 한 번도 이런 적 없는데? 나는 몸에 상처를 내는 행동은 하지 않는 편이었다. 이상한 기분에 사로잡힌 나는 밖으로 나갔다. 밤바람을 맞으며 담벼락에 기대 밤하늘의 별을 보고 깊은 숨을 토해냈다.

사람이 죽으면 별이 되어 사랑하는 사람을 지켜본다던데, 저 밤하늘에 나를 보는 별도 있을까?

순간 멈칫했다. 왜 이런 생각이 들었을까?

갑자기 머릿속이 하애졌다. 누군가와 함께 밤하늘을 올려다보던 흐릿한 기억이 떠올랐다.

난 손가락으로 이마를 꾹꾹 눌렀다. 순간 어떤 기억이 섬광처럼 뇌리를 스쳤으나, 나는 여전히 아무 갈피도 잡지 못했다.

그 여자…… 도대체 누구지?

어디서 봤더라?

왜 아무것도 생각이 안 나지?

난 결국 집에 사정이 있다는 핑계를 대고 미국행을 거절했다. 꿈에서 본 여자 때문이라고는 아무에게도 말할 수 없었다. 그리고 며칠 휴가를 내고 원난에 다녀오기로 했다.

원난성, 다리시.

지난 1년 간 내가 겪은 특별한 경험이라고는 다리시에서 출발한 유

람선 여행뿐이다. 내가 정말 중요한 뭔가를 잊고 있다면, 그 비밀의
열쇠는 분명 그곳에 있을 것이다.

2017년 8월 5일.

비행기에서 내리는 순간 뭐라 말로 표현하기 어려운 기분이 들었
다. 이 도시가 너무 친근하고 익숙했다. 살면서 딱 한 번 와본 곳인데,
꼭 자주 와본 듯한 느낌이었다.

내가 여길 또 언제 왔었지?

내가 다리시에 간다고 했을 때, 우먀오는 약간 의외라는 반응을 보
이긴 했지만 꼭 가보라고 했다.

"우리 따주 여신이 거기 살거든. 그런데 지금은 완전히 증발했어.
소식을 아는 사람이 아무도 없어."

나는 뭐에 홀린 것처럼 물었다.

"너의 그 여신, 이름이 뭔데?"

"아, 오빠한테 여러 번 뺏겼던 그 책들 쓴 작가인데 필명이 칠주야."

택시 창밖으로 얼하이 호수와 그 너머 푸른 산이 스쳐갔다. 우뚝 솟
은 산봉우리들이 길게 이어졌다. 하얀 구름을 뚫고 쏟아지는 햇살까
지 더해져 꽤 장관이었다.

칠주가 누굴까?

이곳에 살다가 사라졌다고?

본명은 뭘까?

우먀오에게도 물어봤지만 알아내지 못했다.

"그건 나도 모르지. 우리 따주 여신은 아주 겸손하고 신중해서 사
진이나 이름을 공개한 적이 없거든."

다리시는 크지 않아서 택시를 타고 하루면 돌아볼 수 있었다. 햇살
과 바람은 강하지만 새파란 하늘이 아름다운 조용한 도시였다. 여기

저기 돌아다니다 보니 왠지 익숙한 느낌이 드는 곳이 많았다. 저 좁은 골목길을 한밤중에 달렸던 것도 같고, 저 멀리 산자락으로 난 도로와 길모퉁이 식당에 걸려 있는 커튼도 낯설지가 않았다.

내가 정말 여기에 온 적이 있나?

아니다. 작년에 유람선 여행을 위해 온 것 말고는 없다. 줄곧 베이징에서 공부하느라 바빴는데 언제 또 왔었겠는가.

하지만 짙은 구름에 감싸인 듯 도저히 벗어날 수 없는 이 모호하고 강렬한 느낌은 뭔지 도무지 알 수가 없었다. 이성과 감성이 충돌하는 이 순간에 대체 어느 쪽을 선택해야 하는 걸까?

사실 그 선택은 내가 할 필요가 없었다.

그날 밤 얼하이 호숫가 숙소에서 잠든 나는 호수의 물결 소리를 들으며 다시 꿈에 빠졌다.

또 그녀와 함께였다.

"아위, 어떻게 날 기억 못 해? 네가 그랬잖아, 시간은 환상이라고. 어서 환상에서 벗어나서 나를 봐. 죽어도 잊지 않겠다고 했잖아. 영원히 날 떠나지 않겠다고……."

꿈인데도 마음이 너무 아팠다.

"잊지 않을 거야. 절대 잊지 않아. 자오……."

번쩍 눈을 떴다. 온몸에서 식은땀이 흘렀다. 밖은 아직 어두웠다. 나는 베란다로 나가 얼하이 호수를 바라봤다. 갑자기 우먀오가 한 말이 생각났다. 우먀오가 좋아하는 그 작가도 여자인데……. 물론 말이 안 된다는 건 알지만 그래도 휴대전화를 꺼내 '칠주'를 검색해봤다.

칠주. 윈난성 다리시 출생. 웹소설 작가. 인기 웹소설 여러 편을 저술했다. 2016년 7월, 돌연 자취를 감추고 작품도 중단되었다.

그 이상의 상세 정보나 사진은 없었다. 대신 몇 가지 관련 정보를 찾았다. 웹소설 작가 '창위'와 절친한 사이라는 것, 칠주가 남긴 '어록', 독자들과 주고받은 SNS 댓글 캡처 사진 등이었다.

관련 정보를 하나하나 읽어 내려가다가 결국 꼬박 밤을 새웠다.

웨이보에 접속해 그녀의 계정도 검색해봤다.

칠주의 마지막 게시물은 1년 전 것이었다. 몇 개월 전도, 며칠 전도 아니고, 무려 1년 전이라니. 그 마지막 게시물은 유람선 사진이었다. 나는 '덴메이런 호'를 한눈에 알아봤다. 사진 구도가 꽤 멋있었다. 뱃머리에 쏟아지는 햇살과 맑은 호수를 배경으로 희고 가느다란 손이 술잔을 쥐고 있었다. 난 그 손을 한참 동안 응시했다. 갑자기 나도 모르게 눈시울이 뜨거워졌다.

사진 밑에 덧붙인 문장을 읽어봤다.

오늘 아주 특별한 사람을 만났다.(웃음)

그 아래 댓글이 수천 개가 달려 있었다. 스윽 훑어보다가 '좋아요'가 가장 많은 댓글을 발견했다.

칠주네 운전기사 토마스: 따주 여신님, 대체 언제 돌아올 거예요? 다들 엄청 기다리고 있어요. 아무 말도 없이 사라지면 어떡해요? 돌아올 때까지 계속 기다릴 거예요.

쭈욱 읽어보니 독자들 반응은 거의 비슷했다. 댓글은 대부분 작년 날짜였다. 작년 7월 이후 몇 달 간 집중됐다가 점점 줄었고, 마지막엔 20명 정도가 반복적으로 댓글을 달며 그녀를 기다렸다.

왠지 마음이 편치 않았다. 이 칠주라는 여자는 대체 누굴까? 나와 같은 유람선을 탔고, 그 후 사라졌다니……. 혹시 나하고 무슨 관계가 있는 건 아닐까? 사실 나는 여행 중에 겪은 사고 후유증인지 유람선에서 있었던 일을 하나도 기억하지 못했다.

웬지 이 여자가 나와 연관되어 있을 것 같다는 확신이 들었다. 다시 칠주의 웨이보를 살펴봤다. 하지만 이 사진 말고는 도움이 될 만한 게 없었다. 그때 화면에 '걷는사람창위'라는 웨이보 계정이 추천으로 떠 있는 걸 발견해 터치했다.

화면이 바뀌는 순간, 조금 당황스러웠다.

창위의 웨이보는 깔끔했다. 거의 똑같은 문장이 반복적으로 올라와 있었다.

　

360일째, 따주 소식이 없다.

352일째, 따주 소식이 없다.

330일째, 따주 소식이 없다.

300일째, 소식이 없다.

290일째, …….

250일째, …….

133일째, 따주는 여전히 소식이 없다.

　

칠주가 실종된 지 100일째 되는 날부터 이 문장을 올리고 있었다. 댓글은 차단해놓았고 다른 내용은 없었다. 처음에는 '좋아요' 수가 꽤 많았는데 점점 줄었다. 하지만 창위는 계속 같은 문장을 올렸다.

휴대전화를 내려놓으려는데 가슴 한구석에서 뜨거운 것이 치밀었다. 그녀는 돌아오지 않았다.

'검은 구름이 휘영청 밝은 달을 만났으나, 구름 흩어지면 달은 알 길이 없네.'

불현듯 뇌리를 스친 문장이었다. 난 다시 칠주 웨이보로 돌아갔다. 분명히 여기에 있는 문장일 텐데 아무리 찾아봐도 없었다. 왜 없지?

눈을 감고 천천히 호흡을 골랐다. 어떻게 해야 칠주를 찾을 수 있을까? 내 꿈에 떠 있던 휘영청 밝은 달을 어떻게 찾아야 할까? 칠주는 어디로 사라졌을까? 혹시 우리가 서로 사랑했을까? 내가 기억을 잃고도 이렇게 강한 끌림을 느끼는 걸 보면, 비록 유람선에서 짧은 며칠이었다 해도 가슴 깊이 새겨질 만큼 열렬한 감정이었을 게 분명한데, 그녀는 왜 날 찾지 않았을까? 나는 기억을 잃었다지만, 그녀는 왜……?

나는 흥분을 가라앉히고 칠주의 웨이보 계정에 메시지를 보내보기로 했다.

〈자오……〉

이 글자를 입력하는 순간 소스라치게 놀랐다. 그리고 자연스럽게 그다음 글자를 입력했다.

〈자오자오, 어디 있어?〉

답변은 오지 않았다. 메시지를 읽었다는 표시도 뜨지 않았다.

초조하게 기다리다가 문득 창위에게 메시지를 보내봐야겠다는 생각이 들었다.

〈안녕하세요. 뭘 좀 물어보고 싶어서 메시지 보냅니다.〉

10분쯤 지나 메시지를 읽었다는 표시는 떴지만 답은 없었다.

다시 메시지를 보냈다.

〈자오자오에 대한 일이에요.〉

곧바로 답장이 날아왔다.

〈누구세요? 따주 소식을 알아요?〉

순간 뭐라고 대답해야 할지 막막했다. 하지만 창위는 분명히 뭔가 알고 있을 것이다. 난 잠시 고민하다 이렇게 대답했다.

〈만나서 얘기할 수 있을까요? 자오자오를 위해서요.〉

이번에는 한참 뒤에야 답장이 왔다.

〈좋아요. 탄자오를 위한 일이라면. 만약 장난이면 가만 안 둬요.〉

메시지를 읽는 순간 가슴에 날카로운 통증이 느껴졌다. 탄자오. 그녀의 이름은 탄자오였다. 희미했던 꿈속의 속삭임이 갑자기 또렷하게 떠올랐다.

'난 탄자오야. 말씀언 변이 붙는 탄에 달이 밝다는 뜻의 자오.'

'필명은 말해줄 수 없어. 아직 그렇게 친해진 건 아니니까.'

'아위, 절대 날 잊으면 안 돼.'

다시 정신을 차렸을 때 나는 울고 있었다. 흐릿한 기억 속의 여자, 갑자기 사라져버린 그녀는 대체 어디 있을까? 다시 웨이보 메시지를 확인했다. 창위가 보내온 주소 역시 낯설지 않았다. 언젠가 가본 곳인가?

시간의 장난 같았다. 도대체 무슨 일이 있었던 거지?

불현듯 그 주소가 어딘지 알 것 같았다.

〈여기, 탄자오가 살았던 곳이죠?〉

잠시 후 답이 왔다.

〈네, 탄자오 집이에요. 지금은 내가 머물고 있어요. 탄자오를 기다리면서. 확실히 뭔가 좀 알고 있나 보네요.〉

정신없이 뛰어나가 택시를 잡아타고 탄자오 집으로 달려갔다. 막 태양이 떠올라 다리시 전체가 은은한 황금빛에 휩싸였다. 하지만 내 마음엔 한겨울 북풍이 불어치는 듯했다. 지금껏 한 번도 느껴보지 못한 격정이 휘몰아치며 머릿속에 수많은 장면이 스쳐갔다. 꿈속의 흐릿한 그림자, 모호한 속삭임, 다정한 감촉…….

탄자오, 자오자오. 이 이름이 끊임없이 내 가슴에 울렸다. 그녀는 날 이곳으로 이끌고 내 기억을 되살아나게 했다. 내가 뭘 찾아야 하는지, 뭘 잊고 있는지 끊임없이 생각하게 했다.

내 인생의 어느 시간에도 탄자오란 여자의 흔적은 없지만, 시간의 흐름은 우리가 아는 게 전부가 아닐지도 모른다.

다시 그녀의 속삭임이 들렸다.

'아위, 시간을 믿지 마.'

정말 미칠 것만 같았다. 이 흐릿한 여자의 존재가 날 미치게 만들고 있다.

그 주소에 곧 도착한다. 그녀가 살던 집이 점점 가까워지면서 차창 밖 풍경이 모두 익숙하게 느껴졌다. 그리고 또 흐릿한 기억들이 떠올랐다.

오토바이를 운전하는 나. 내 뒤에 앉아 가볍게 허리를 붙잡은 그녀.

나는 식당에서 그녀에게 키스했고, 그녀는 "무슨 의미야?"라고 다그치듯 물었다.

그녀의 집. 가벼운 잠옷을 걸친 그녀가 방문을 열고 가만히 날 바라보고, 난 문을 밀고 재빨리 들어갔다.

그녀 방의 넓은 침대에서 그녀를 안았다.

'자오자오, 나 너무 행복해.'

그녀는 내 품에 얼굴을 묻고 대답했다.

'나도 행복해.'

그녀가 내 손을 잡고 물었다.

'후회 안 할 자신 있어? 평생 이렇게 잘해줄 거야?'

'후회를 왜 해. 평생 잘할게.'

'좋아, 그럼 약속한 거다.'

우리는 그렇게 평생을 약속했다.

고요한 태양이 떠오르는 다리시의 새벽, 나는 택시 뒷좌석에서 왈칵 눈물을 쏟았다. 마음을 가라앉히려 손으로 얼굴을 감쌌지만 전생처럼 흐릿한 기억이, 수많은 기억의 파편이 물 밀 듯 밀려왔다. 내가 잊은 게 또 뭐가 있을까? 탄자오는 도대체 어디 있을까?

탄자오의 집, 지금 챵위가 탄자오를 기다리며 살고 있는 집이 점점 가까워지고 있다. 택시가 코너를 돌 때 나도 모르게 소리쳤다.

"잠깐만요!"

택시가 급정거했다.

지붕 위로 눈부신 아침 햇살이 쏟아지는 저곳은 지극히 평범한 카센터였다. 생긴 지 얼마 되지 않았는지 가게는 깔끔했다. 입구 쪽에 서 있던 직원들이 무슨 일인가 싶어 날 쳐다봤다.

나는 택시에서 내려 몇 걸음 걷다가 멈추고 눈을 감았다. 희미하게 그녀와 나의 목소리가 들렸다.

'만약 잠시 떨어진다면, 카센터에서 기다려.'

'올 때까지 기다릴게.'

이어 수많은 문장들이 내 머릿속을 점령했다.

'세상에서 가장 괴로운 일, 나는 조각달, 당신은 검은 구름. 검은 구름이 휘영청 밝은 달을 만났으나, 구름 흩어지면 달은 알 길이 없네.'

'아위, 사랑해.'

'검은 구름이 휘영청 밝은 달을 만났네. 구름 짙어졌으니 달이 무엇을 더 바랄까?'

'너 혼자 죽어가는 모습을 내가 어떻게 보고만 있어? 네가 어딜 가든 무조건 따라갈 거야. 나 혼자는 살 수 없어.'

'아위, 난 너의 작은 태양이니까 영원히 널 비출 거야.'

'아위, 꼭 살아남아야 해.'

눈물이 앞을 가려 아무것도 보이지 않았다. 나는 바닥에 주저앉았다. 모든 기억이, 뼈에 사무치는 기억이 소용돌이치는 호수처럼 정신없이 밀려들었다.

어두운 동굴 속으로 빨려 들어간 기분이었다. 동굴 안에서 펼쳐지는 모든 장면에 탄자오와 나의 환영이 보였다. 자오자오, 나의 자오자오.

자오자오!

드디어 생각났어. 그 시간은 이미 모래성 무너지듯 사라져버렸고 우리의 시공간은 완전히 뒤바뀌었지만, 수없이 되풀이되는 꿈속에서 결국 너를 생각해냈어. 1년 전 모든 것의 시작이자 종착점이었던 그 동굴에서 죽어간 너를. 너와 나의 모든 것을.

나는 처음부터 너를 잃었던 거야. 이후 다시 만났고 서로 알아가며 다시 사랑에 빠졌어. 넌 주변 사람들의 기억 속에 흐릿한 환영으로

만 남았고. 너와 함께한 그 1년은 실제로 존재했던 시간일까, 아니면 나만의 환상일까?

아니, 그것은 실재했던 게 분명해.

시공간이 바뀌었다 해도, 기억이 사라졌다 해도, 과거와 미래가 달라졌다 해도…….

자오자오, 우리의 사랑만큼은 분명히 존재했어. 시간의 칼날이 내 심장에 너란 존재를 새겨놓았어.

자오자오, 내가 왔어. 널 찾으러 왔어.

68

우위

사실 이제 창위를 만날 필요는 없어졌다.

해가 점점 떠오르면서 따사로운 햇살이 탄자오 집을 포근하게 내리비쳤다. 나는 탄자오 집 앞에 한참 동안 서 있었다. 탄자오가 아직저 집에 살고 있을 것만 같았다. 나를 모르는 채로, 나와 상관없는 낯선 사람으로. 그랬다면 이런 불행을 당하지도 않았을 텐데⋯⋯.

약속 시간에 맞춰 아파트 부근 카페로 갔다. 어느새 손톱 주위로 피가 배어나고 있었다. 상처를 내고 날카로운 통증이 느껴져야 어수선한 마음이 가라앉는 것 같았다.

잠시 후 창위가 왔다. 예전과 분위기가 전혀 달랐다. 검은 티셔츠에검은 바지를 입고 긴 머리는 하나로 묶었는데 표정이 굉장히 차가웠다. 이런 모습의 창위를 보니 꼭 이렇게 털털하던 탄자오가 생각났다. 이미 모든 기억이 떠올라 탄자오 친구를 만나는 것이 별 의미 없었지만, 창위는 탄자오와 가장 친한 친구이고 탄자오에게 소중한 사람이니까 만나고 싶었다. 탄자오와 관련해서 내가 지금 당장 할 수 있는일은 창위를 만나는 것뿐이니까.

쟁위는 자리에 앉아 잠시 내 얼굴을 골똘히 바라보다 입을 열었다.

"우리 어디서 만난 적 있지 않아요?"

나는 아침 햇살이 내리비추는 창밖을 바라보며 희미하게 웃었다.

"맞아. 우리 꽤 많이 만났어. 난 줄곧 탄자오 곁에 있었으니까. 기억 안 나?"

쟁위는 어리둥절해했다.

갑자기 시간이 아주 느리게 흐르는 것 같았다.

"그게 무슨 말인지……."

막상 얘기를 꺼내려니, 우리 둘의 추억을 다른 누군가에게 말하고 싶지 않았다. 그 추억은 오롯이 나와 탄자오만의 것이다. 그래서 상세한 이야기는 그만두고 핵심만 말했다.

"1년 전에 이미 죽은 사람이 있는데, 계속 우리 주위에 나타난다면 그 이유가 뭘까? 모두에게 그저 흐릿하고 모호한 기억만 남길 뿐인데. 그녀 자신도 시간의 존재가 모호하다고 여겼어. 결국 죽는 그 순간에서야 진실을 알게 됐고."

쟁위가 멍하니 날 바라보다가 갑자기 눈물을 흘렸다. 이를 악무는 게 보였지만 눈물은 멈추지 않았다. 쟁위가 어디까지 기억을 떠올렸는지는 모르겠다. 어떻게 보면 생각나지 않는 게 더 좋을 수도 있다. 내가 기억하면 되니까.

쟁위가 흐느끼며 말했다.

"어쩌면…… 그 사람은 우리가 알고 있는 시간의 개념을 뛰어넘어 존재하는지도 모르죠. 아인슈타인도 시간은 단지 환상일 뿐이라고 말했잖아요. 인간의 보편적인 사고로 보면 시간이 직선 형태지만 실제로는 아니에요."

쟁위는 두 손에 얼굴을 묻었다. 아마 습관적으로 사용하는 과학 용어였겠지만 쟁위의 말을 들으며 가슴이 아팠다.

시간은 단지 환상일 뿐이라는 건 나도 많이 들어본 말이다. 과거와 미래도 모두 환상이고, 그 동굴에 인류의 상식을 뛰어넘는 시간 에너지가 존재했기 때문에 탄자오와 나의 시간이 거꾸로 흐르고 이 모든 사건이 일어난 것이다. 시간이 직선으로 존재하지 않기 때문에 우리는 그녀가 죽고 1년 후에 다시 만날 수 있었다.

눈시울이 뜨거워져 다시 창밖으로 시선을 돌렸다. 마음도, 머릿속도 텅 비어버렸다.

"따주는 어디 있어요? 따주 어디 있냐고요!"

울부짖는 쫭위를 보려니 마음이 찢어지는 것 같아 벌떡 일어섰다.

"탄자오는 내 곁에 있어."

내가 몸을 돌리는데 쫭위가 팔을 내밀어 손을 붙들었다.

"따주는 우위 연인이지만 내 친구이기도 해요. 방법이 없어요? 따주를 구할 방법이 정말 없어요?"

"나도 모르겠어. 하지만 찾아볼 거야. 쫭위, 걱정 마. 난 절대 포기하지 않아. 우린 결혼을 약속했어. 탄자오가 없이는 나에게도 삶의 의미가 없어."

쫭위는 하염없이 눈물만 흘렸다. 나는 순수하고 마음 착한 쫭위를 보며 힘을 얻어 웃으며 쫭위 어깨를 두드렸다.

"탄자오는 내가 책임지고 찾아낼 거야. 소식 있으면 바로 연락할게. 쫭위도 해야 할 일이 있어. 동부경찰서 형사1팀 선스옌 형사를 찾아가봐. 만나보면, 그 형사도 쫭위를 기다리고 있었다는 걸 알게 될 거야."

카페에서 나와 내리쬐는 햇볕 아래 서서 붐비는 거리를 바라봤다. 예전에는 탄자오와 내가 선스옌과 쫭위보다 운이 좋다고 생각했다. 우리는 시간을 오가는 동안 단 한 번도 서로를 잊은 적이 없으니까. 하지만 앞으로는 선스옌과 쫭위가 서로를 잊는 일이 없을 것이다. 그렇게 생각하니 두 사람이 우리보다 운이 좋은 것 같았다.

베이징으로 돌아왔다.

지도 교수님 연구실 일을 그만두고 휴학 신청서를 냈다. 그 후 매일 도서관에 가서 그 호수에 대한 자료와 우주, 지구, 시간에 대한 책을 모조리 살펴봤다. 그리고 우리 학교와 국가 과학원의 상대성 이론 전문가를 찾아가 시간에 대해 더 깊이 공부했다. 2주에 한 번씩은 그 호수를 찾아가 직접 살펴봤다. 호수는 늘 고요했고 역류 현상 같은 건 없었다. 호수 주변에서 발견된 동굴도 전혀 없었다.

유람선과 관련된 자료도 조사해봤는데, 사고 당시 여러 사람이 죽었기 때문에 여행사와 시정부 분위기가 상당히 좋지 않았고, 이후 사고 수습 상황은 공개되지 않았다. 탄자오가 실종자 명단에 있다는 것밖에 알 수 없었다.

사고 당시 배가 가라앉은 위치와 생존자 구조 위치를 알아내, 배를 타고 직접 그 근처에 가서 잠수도 해봤다. 그때 구조선이 지나가면서 무너졌던 암벽이 어디쯤인지를 찾아냈지만, 이미 크고 단단한 암석에 가로막혀 안으로 들어갈 수는 없었다.

우리가 바꾼 과거는 그대로 존재했다. 탄자오를 죽인 주범 저우웨이, 본명 돤윈잉은 원래대로 2016년 7월 그때 그 산에서 죽었다. 내가 경찰과 함께 놈을 잡고 우먀오를 구해냈다. 기억을 되찾은 후 혹시나 해서 딩 팀장을 찾아가 물어봤지만 탄자오를 전혀 기억하지 못했다.

탄자오가 죽기 전 모습을 뚜렷이 기억하는 사람이 없었다.

죽은 후에도 마찬가지였다.

천 교수님 집도 원래대로 2017년 1월, 설 전날 밤에 화재가 일어났다. 집 전체가 불길에 휩싸였고 생존자는 교수님과 탕란란뿐이었다. 천루잉은 칼에 찔려 죽은 채 발견됐다.

나는 탄자오가 분명히 존재했다는 사실을 알고 있다. 그날 밤, 탄자오와 내가 그 집에 함께 있었으니까. 이 사건의 내막을 아는 사람은 이제 아무도 없었다.

엔위안과 쉬쯔펑은 내 기억대로 2017년 7월에 죽었다. 정확한 타이밍에 도착한 선스옌과 현지 경찰이 주펑셴 가족을 모두 구했다. 하지만 탄자오와 내가 그 자리에 있었다는 사실을 기억하는 사람은 아무도 없었다.

탄자오가 존재했던 시간과 장소가 모두 모호해 마치 다른 시공간에서 일어난 일처럼 느껴졌다.

이런 현상이 일어난 정확한 원인을 밝히면 탄자오를 구할 방법도 찾을 수 있지 않을까 하는 생각에 시간에 대한 과학 이론을 샅샅이 뒤져보았지만, 현재 과학으로는 이 현상이 제대로 설명되지 않았다.

평행 우주, 다중 우주에 대해서도 찾아봤는데, 어느 시간대에서 어떤 선택을 하느냐에 따라 다양한 평행 우주가 탄생한다는 내용이 있었다. 이것을 시간 전체 개념으로 확장하면 경우의 수가 무한대로 증가하기 때문에 무수한 평행 우주가 존재한다는 것이다. 아주 작은 새싹이 가지와 잎이 무성한 거목으로 자라는 것처럼 말이다.

우리가 살고 있는 이 세상은 그 수많은 이파리 중 하나일 뿐이다. 탄자오를 만나기 전에 나홀로 보냈던 1년의 기억은 다른 평행 우주에서 있었던 일일지 모른다. 탄자오와 재회한 이후와 탄자오가 동굴에 갇힌 일도 서로 다른 평행 우주에서 일어난 것이고, 탄자오는 두 평행 우주를 교묘하게 오갔던 것이다.

양자역학에서는 동일한 입자가 동시에 여러 장소에 나타날 수 있다고 했다. 보편적인 상식에서는 완전히 벗어나는 내용이지만, 시공이 뒤엉킨 동굴 속에서 탄자오만 이상한 연못에 빠져 호수 밑에 갇혀버렸다. 탄자오를 '입자'라고 생각한다면, 1년 전에 동굴에서는 죽었지만 동시에 다른 장소에 있던 탄자오는 죽지 않았을 수 있지 않을까? 동굴에 있던 다른 사람들도 미래의 일을 기억한 것은 그들 또한 하나의 입자처럼 다른 시간의 자신과 얽혀있기 때문 아닐까? 그리고 나는 탄자오와 연결된 또 하나의 원자인지도 모른다.

챵위가 말했던 아인슈타인의 상대성 이론에 따르면, 시간의 개념은 관찰자마다 다르고 현재 인류의 지식으로는 시간을 완벽히 이해할 수 없다. 우리는 시간을 직선 개념으로 인식하지만, 그 동굴의 시간은 굴절된 상태였다. 그래서 시간이 거꾸로 흐르기도 했던 것이다. 어쩌면 그 많은 사건들이 동시에 일어났기 때문에 사람들 기억이 뒤섞인 것인지도 모른다. 어쨌든 탄자오가 호수 밑에 갇힌 사건은 그해에 확실히 발생했다. 끝내 그 원인은 밝혀내지 못했지만 이미 답은 중요하지 않았다.

내가 전부 기억하니까. 탄자오와 내가 함께한 모든 날을, 탄자오의 아름다운 미소를, 내 손을 잡으며 "아위"라고 부르던 그 목소리를…….

탄자오에 대한 기억을 되찾은 그날부터 더는 꿈을 꾸지 않았다. 가끔은 도저히 믿기지 않고 너무 고통스러워 내일이 오는 것이, 다시 해가 뜨는 것이 싫기도 했다. 하루하루 시간이 흐를수록 탄자오와 멀어지는 것 같아 괴로웠다.

탄자오는 2016년 여름날에 머물러 있었다.

어느 날 선스엔과 챵위가 나를 찾아왔다.

"아직 희망이 있을까요? 아직 따주를 구할 기회가 있을까요?"

"있어."

내 확고한 대답에 두 사람은 아무 말도 하지 않았다. 어쩌면 두 사람은 내가 미쳤다고 생각했을 것이다.

"탄자오가 죽었다 살아나고 시간선이 왜곡된 건 분명히 그 동굴 때문일 거야. 그곳의 시간은 과거, 현재, 미래가 일직선으로 연결된 형태가 아니야. 모든 일은 원인과 결과가 있잖아? 그런데 도저히 원인을 알 수 없는 일이 하나 있어."

"그게 뭔데요?"

"그때 나는 다른 사람들과 같이 동굴에서 빠져나왔고 다시 돌아간 적이 없으니까 그들과 똑같은 상황이어야 해. 탄자오는 그곳에 남았기 때문에 시간선을 오가게 된 거고. 그러면 나는 왜 탄자오와 함께 시간선을 오갔던 걸까?"

두 사람은 흠칫하며 아무 말 하지 못했다. 잠시 후 좡위가 고함을 질렀다.

"안 돼요! 바보 같은 짓 하지 마요."

나는 씩 웃으며 대꾸했다.

"바보 같은 짓이 아니야. 탄자오를 찾으러 가려는 거야. 반드시 그 동굴에 들어가야 해. 어쩌면 내가 그곳에서, 탄자오와 같은 곳에서 죽을 운명인지도 모르지. 두 사람은 이해 못 하겠지만, 나는 이렇게 사는 것보다 그 편이 나아."

좡위는 욕을 내뱉으며 눈물을 흘렸고, 선스옌은 굳은 표정으로 말이 없었다.

"좡위, 물어볼 게 하나 있어."

"뭔데요."

"자료를 찾아봤는데 우주의 기현상이 지구에 크고 작은 변화를 일으킨다고 하더라고. 우리가 느끼지 못하는 경우가 많다던데……."

"맞아요."

"그런데, 혹시 그런 현상이 주기적으로 일어나지는 않을까? 예를 들면 작은 행성이 지구에 근접할 때 일련의 현상이 일어나잖아. 그러니까 어떤 행성이 지구와 가까워지거나 멀어질 때마다 동일한 현상이 반복되지 않겠느냐는 거지. 태양 흑점이 주기적으로 폭발하는 것처럼 말이야."

"그렇죠."

창위 목소리가 살짝 떨렸다.

깨알 같은 메모가 적힌 다이어리를 두 사람에게 건넸다. 2016년 6월에서 7월 사이, 지구 가까이에서 일어난 우주의 기현상을 기록한 것이다.

호수 주변에서 일어난 지진, 소행성 접근, 규모가 큰 유성우, 60년 만에 찾아온 최악의 장마…….

"그 호수는 분명히 다시 한번 소용돌이를 일으킬 거야. 나는 그때를 기다리고 있어. 1년이든 2년이든, 10년, 아니 60년이라도……. 살아 있는 한 반드시 기다렸다가 돌아갈 거야. 그 시간선에서 다시 한번 시간 왜곡이 일어나 과거, 현재, 미래가 뒤섞이는 순간, 암석을 부수고 동굴로 돌아가 탄자오를 만날 거야. 그 연못에서 탄자오를 구해낼 거야."

***

2018년 5월.

창위에게서 전화가 걸려왔다. 창위는 대학을 졸업하고 선스옌과 혼인 신고를 마친 상태였다. 창위가 덤덤하게 물었다.

"요즘 어떻게 지내요?"

"뭐 지도 교수님 연구 보조하고……. 아, 대출 받아서 작은 집 하나 마련하려고. 나중에 탄자오랑 같이 살 신혼집."

창위는 한동안 말을 잇지 못했다.

나도 말을 아꼈다. 나도 안다. 주변 사람들이 이런 나를 이해하지 못한다는 것을. 엄마와 우먀오도 내 마음속에 탄자오라는 여자가 있다는 것은 알지만 내 선택을 이해하지 못했다. 하지만 난 절대 미치지 않았다. 충분히 이성적이고 아주 멀쩡했다.

어느덧 1년이 지나고 차분하게 일상을 이어가고 있지만 탄자오가 했던 말을 자주 떠올렸다.

'난 너의 작은 태양이니까 영원히 널 비출 거야.'

그 말이 덧없는 약속이 아니었음을 이제야 알았다.

탄자오가 살아 있든 아니든 상관없다. 과거든 미래든 다시 만날 수만 있다면, 내겐 아무것도 중요하지 않다. 나는 늘 그녀가 내 곁에 있다고 느꼈다. 내 기억 속에, 머릿속에, 마음속에 늘 살아 있다고. 햇살이 좋은 날에도, 비 내리는 날에도, 밤하늘을 볼 때도, 나는 매 순간 그녀를 생각했다.

탄자오는 늘 나와 함께 있었다.

수화기 너머에서 다시 좡위 목소리가 들려왔다.

"천문 관측하는 친구한테 연락이 왔어요. 전에 지구에 근접했던 소행성이 다음 달에 다시 가까이 오는데, 태양계 소행성 폭발을 일으킬지도 모른대요."

"나도 천문대에서 일하는 친구한테 들었어. 다음 달 3일."

"또 갈 거예요?"

"당연하지."

"스옌이랑 나도 같이 갈래요."

"왜?"

좡위가 웃으면서 말했다.

"왠지 따주가 돌아올 때가 된 거 같아서요. 꽤 오래 안 가보기도 했고요."

우리 셋은 황혼이 깔리는 저녁에 호수에 도착했다. 그 소행성이 지구에 가장 근접하는 시간은 자정 무렵이라고 했다. 만약 어떤 현상이 일어난다면 그 시간일 것이다.

나는 산소통, 잠수 장비, 수중 랜턴, 밧줄 등 장비들을 최종 점검했다. 쟝위와 선스옌은 호숫가의 배에서 기다리기로 했다.

체력을 보충하려고 간단히 간식을 먹을 때 두 사람이 대화하는 소리가 들렸다.

"웨이보에 뭐라고 썼어?"

"몇 번을 말했어? 내 웨이보 보지 말라니까. 자기 보라고 올린 거 아니거든."

선스옌은 씩 웃고는 주머니에서 휴대전화를 꺼내 들여다보다가 멈칫하더니 날 돌아봤다.

나도 휴대전화를 꺼냈다. 탄자오 웨이보를 확인했지만 여전히 2년 전 우리가 만난 그날 올린 글이 마지막이었다. 기적은 아직 일어나지 않았다. 쟝위 웨이보로 들어가니 방금 쓴 글이 있었다.

검은 구름은 끝내 휘영청 밝은 달을 만나기를 바라네.
그녀가 마침내 모습을 드러내리니
그는 다시 밝은 달을 만나리라.

난 호수를 바라봤다. 잔잔한 물결 위로 검은 새가 날아갈 뿐, 사방이 고요하고 아무것도 보이지 않았다.

***

호수로 뛰어들었다.

자정 무렵이라 온 세상이 적막했다. 밤하늘 가득한 별빛이 물속까지 비쳐 들어 하늘과 호수의 경계가 모호했다.

미처 의식하지 못한 사이 날씨가 돌변했다. 배와 연결된 밧줄에 몸을 묶었으니 물살에 휩쓸려갈 일은 없었다. 나는 암석 막이 있던 위치로 온 힘을 다해 헤엄쳐 갔다. 여전히 암석에 층층이 가로막혀 있었다. 그런데 물살이 거세지면서 암석 층이 조금씩 밑으로 꺼지는가 싶더니 투명에 가까운 얇은 암석 막이 나타났다. 그 아래로 여러 사람의 실루엣이 어른거리고 늘어진 넝쿨 밧줄과 작은 연못이 보였다.

그 순간 모든 것이 명확해졌다. 밖에서 암석 막을 깨뜨려 호수 물을 쏟아지게 만든 사람이 바로 나였다. 나의 오늘과 동굴 속 사람들의 과거가 만나는 순간이었다.

갑자기 마음이 뜨거워지면서 강한 에너지가 솟구쳤다. 나는 준비해 간 공구로 암석을 깨뜨렸다. 호수 물이 폭포수처럼 아래로 쏟아졌고, 안에 있던 사람들은 부평초처럼 떠돌다가 천장 구멍으로 빨려나왔다. 나만, 2년 후의 나만 아래로 헤엄쳐 내려갔다.

탄자오가 가라앉은 연못을 향해 물살을 가르는 동안 익숙한 얼굴들이 스쳐 지나갔다. 그중에는 고통과 절망에 몸부림치는 나 자신도 있었다.

언젠가 창위에게 물어본 적이 있다.

"하나의 시공간에 두 명의 내가 나타날 수 있어?"

"당연히 일반적으론 불가능하지만, 하나의 시공간에 두 명의 내가 나타났다면 이미 시간이 뒤섞였다는 뜻이죠. 그 동굴은 이미 시간이 뒤섞인 곳이고, 어쩌면 블랙홀이 존재해서 시간 굴절이 일어날 수도 있고요. 그곳이라면 가능할 수 있어요."

2년 전에 탄자오에게 달려들어 그녀와 함께 연못으로 가라앉는 누군가를 봤는데, 알고 보니 그건 환영도 아니고 내 영혼도 아니었다.

그것은 또 다른 나였다. 2년 후의 나, 그러니까 지금 이 순간의 나다.

짙푸른 연못은 동굴 안에 소용돌이치는 물결 속에서도 아주 고요했다. 이제 나는 안다. 저곳이 바로 시간의 눈이다. 과거를 바꾸는 타임 슬립이 시작된 곳이다. 탄자오는 바로 그곳에 머물러 있었기에 죽지 않은 것이다. 탄자오의 생명은 그곳에서 잠시 멈췄을 뿐이다.

나는 연못으로 뛰어들었다.

드디어 탄자오를 다시 만났다. 그날 입었던 옷 그대로에 얼굴은 창백했고 새카만 머리카락이 물결 따라 흔들렸다. 막 물에 빠졌을 때의 모습이었다. 눈물이 앞을 가리고 심장이 마구 두근거렸다. 탄자오를 꼭 끌어안고 산소마스크를 씌웠다. 내 품에 안긴 탄자오가 흠칫 몸을 떨고 물을 토해냈다. 내 평생 가장 행복한 순간이었다. 탄자오를 힘껏 안고 동굴 천장으로 헤엄쳐 올라갔다.

69

탄자오

길고 긴 꿈을 꾼 것 같았다.

아니, 몇 분 혹은 몇 초밖에 안 되는 아주 짧은 시간이 스쳐간 것 같기도 했다.

어쨌든 꿈속의 모든 순간이 너무나 또렷했다.

저우웨이가 나를 연못으로 끌어가 머리를 물속에 밀어 넣었다. 내평생 그런 고통은 처음이었다. 1분 1초 매 순간이 참을 수 없이 괴로웠고 영원히 끝나지 않을 것처럼 느껴졌다. 점점 의식이 흐려지면서 머릿속엔 한 가지 생각만 남았다.

우위에게 이런 모습 보이기 싫어. 우위가 마음 아파할 거야. 우위는 날 살리려고 여기에서 죽을 각오까지 했는데…….

난 이 정도밖에 안 돼…….

누가 울고 있지? 나인가? 의식이 희미해지니 내가 어디에 있는지도 알 수 없었다. 나는 짙은 어둠과 깊은 정적 속에 있었다. 고요하고 평온했다.

눈앞으로 수많은 장면이 스쳐 갔다.

나는 차를 몰아 카센터로 들어갔다. 가볍게 불어오는 바람을 맞으며 카센터 구석에 앉아 그 남자를 힐끔거렸다. 남자는 온몸에서 우울함이 느껴졌다. 인정하고 싶지 않지만 남자의 침묵에 끌렸다.

남자가 내게로 걸어올 때 그의 얼굴을 봤다.

우리는 산길을 뛰어 올라가 수풀에 숨었다. 두 손을 꼭 잡고 주펑셴 가족의 추악한 얼굴을, 쉬쯔펑과 옌위안의 분노와 발악을 목격했다. 내가 언제 이런 일을 겪었지? 대체 언제 그 남자랑 이런 일이 있었지? 얼마 전인 것 같기도 하고 아주 오래전 같기도 했다.

우리는 동굴 속을 헤맸다. 구불구불 복잡한 미로를 걷고 또 걸었다. 돤윈잉이 어둠 속에서 우위와 날 바라보며 섬뜩하게 웃었다.

여러 사람이 동굴 깊은 곳에서 숙덕거렸다.

류샹샹이 그 대화를 엿듣다가 들켜 도망쳤지만 돤윈잉이 그녀를 쫓아가 단칼에 찔러 죽였다.

우위와 나는 천 교수 집 다락방에 숨어 있었다. 우위는 내게 옷장에 숨으라고 했다. 내가 나가 놈들을 유인하겠다고 우겼지만 우위는 이렇게 말했다.

'그건, 나보고 죽으라는 말이야.'

눈물이 흘렀다. 그 느낌이 너무 생생해서 아직까지 옷장에 숨어 있는 것 같았다. 이 순간은 대체 과거일까, 미래일까?

이 모든 일들이 동시에 일어난 것처럼 느껴졌다. 이 동굴에서 나는 죽음의 의미를, 시간의 의미를 불현듯 깨달았다.

이곳에서는 빛과 시간이 굴절되고 왜곡됐다. 내가 빠진 이 연못이 시공간이 뒤섞이는 시작점이었다.

창위에게서 들은 말이 떠올랐다. 인생은 아주 짧다고, 광활한 우주에서 모래알보다 작은 한 점에 불과하다고.

난 그 찰나의 순간에 빠졌다. 1년은 한순간에 불과했다. 과거가 곧 현재고, 현재가 곧 미래였다. 모든 일이 순식간에 벌어졌고, 난 이 연못의 '찰나의 순간'에 빠졌다.

길고 긴 꿈을 꾼 것 같았다. 아니, 아주 짧은 시간이 스쳐간 것 같기도 했다.

내 의식이 깊고 어두운 곳으로 가라앉는 순간, 누군가 날 꼭 끌어안았다. 누군가 내 몸에 얼굴을 묻고 눈물을 흘렸다. 차디찬 연못에서 갑자기 온기가 느껴졌다. 그가 날 꼭 끌어안았다. 살아 있을 때도 죽은 후에도, 바로 그 '찰나의 순간'에.

우위, 넌 처음부터 끝까지 날 포기하지 않았구나.

그의 두 손이 깊고 어두운 연못에서 날 끌어내 밝고 따뜻한 곳으로 이끌고 뭔가를 내 얼굴에 씌웠다. 맑은 공기를 들이마시는 순간 온몸의 세포가 깨어났다. 격렬하게 기침을 했지만 물속에서는 아무 소리도 나지 않았다.

온힘을 다해 눈을 떴다. 두 눈으로 그를 보고 싶었다. 하지만 소용돌이치는 물살 때문에 아무것도 보이지 않았다. 그의 팔이 날 꼭 끌어안았고 난 하염없이 눈물을 흘렸다. 서서히 몸의 감각이 돌아와 손을 움직여 그의 옷자락을 힘껏 움켜쥐었다.

아위, 네가 구하러 올 줄 알았어.

하늘에 감사하고 싶을 정도로 대단한 행운이었다. 하늘이 암석을 깨뜨려 우리를 구한 걸까? 어쨌든 우위는 놈들 손에 죽지 않았고 나도 죽지 않았다. 우린 여전히 함께 있다.

"아위, 우리한테 정말 내일이 있었구나. 아주 길고 긴 꿈을 꾸다가 깨어난 것 같아. 꿈에서 깨어난 순간 네가 왔어."

난 우위에게 속삭였다. 우위는 내 목소리를 들었는지 못 들었는지 아무 대답 없이 날 더 세게 끌어안았다. 한 줄기 빛이 보였다. 머리 위에서 쏟아지는 저 빛은, 햇살이다.

드디어 태양이 떠올랐다.

***

다시 눈을 떴을 때는 부드러운 햇살이 비추는 이른 아침이었다. 경쾌한 새소리도 들려왔다. 벌떡 일어나 앉았다. 내 집이었다.

벽에 걸린 달력을 확인했다.

2017년 8월 2일.

1년 후다.

우위 말대로 동굴에서 나온 뒤 모든 것이 정상으로 돌아가고 시간도 한 방향으로 흐른 것이다. 그 1년이 모두 지나가고, 마지막으로 옌위안 사건까지 끝난 뒤 새로운 하루가 시작된 걸까.

이제 난 과거가 어떻게 변했는지, 그 사건들이 어떻게 됐는지, 내가 정말 존재했는지, 아무것도에도 관심 없다. 휴대전화를 들고 우위에게 전화를 하려는데 전화벨이 울렸다. 창위였다.

"따주! 정말 돌아온 거야? 다시 살아난 거야?"

창위가 다짜고짜 대성통곡을 했다. 창위의 이런 모습은 정말 처음이었다.

나는 잠시 멍하니 있었다. 어떤 예감이 머리를 스치는데 뭐라고 표현해야 할지를 알 수 없었다.

"응. 나 아주 멀쩡해. 그런데 그 동굴에서 나온 다음에 어떻게 됐는지는 잘 생각이 안 나네……. 촹위, 나중에 다시 얘기하자. 나 가봐야 할 데가 있어서."

갑자기 눈시울이 뜨거워졌다. 촹위도 울먹이며 대답했다.

"응, 얼른 가봐. 목 빠지게 기다리고 있을 거야."

난 두 손으로 얼굴을 감싸고는 마음을 가라앉히려 애썼다. 길이 제대로 안 보일까 봐 울지 않으려고 이를 악물었다. 차 키를 쥐고 뛰어나가 차를 몰고 집 근처 카센터로 향했다.

카센터 지붕 위로 뜨거운 햇볕이 쏟아졌다. 샤오화가 문 앞에서 양치를 하다가 급브레이크 소리에 놀라 돌아봤다. 그러거나 말거나 신경 쓸 새도 없이 차 문을 벌컥 열고 뛰어내렸다.

카센터에 손님은 없었다.

가게 안에는 한 사람이 문을 등지고 서 있었다.

심플한 티셔츠와 면바지에 짧고 단정한 머리의 우위가 조용히, 침착하게 기다리고 있었다. 영겁의 시간을 기다려온 사람처럼.

우리는 서로 약속했다. 만약 잠시 떨어진다면 카센터에서 기다리기로.

인기척을 느꼈는지 우위가 천천히 뒤를 돌았다. 천천히, 아주 천천히, 온힘을 다해 집중하는 것처럼. 난 두 손에 얼굴을 묻었다. 손가락 사이로 눈물이 흘렀고 아무것도 보이지 않았다. 우위가 다가오는 소리가 들렸다. 난 눈물을 닦고 다시 미소를 지으며 우위를 바라봤다.

우위도 촉촉한 눈으로 나를 바라보며 웃었다.

"자오자오."

"아위."

"왔어?"

난 울먹이며 대답했다.

"응, 너무 늦은 거 아니지? 일어나자마자 왔는데."

"아니야. 하나도 안 늦었어. 나도 방금 왔어."

사방에 내려앉은 어둠, 꿈결처럼 빛나는 별들.
시간은 저 높은 창공에서 굴절되어
이 땅 모든 이들의 마음을 깊이 비추며
아무도 모르는 신기한 일들을 삼켜버렸네.
그녀는 휘영청 밝은 달,
그는 짙고 고요한 검은 구름.
검은 구름이 휘영청 밝은 달을 만났네.
구름 짙어졌으니 달이 무엇을 더 바랄까?

그 후의 이야기

첫 번째 이야기. 둘만의 행복

두 사람이 카센터에서 재회한 지 3일째 되는 날.

우위는 탄자오 집에서 지내는 중이다.

이날 탄자오는 부모님께 전화를 걸어 한바탕 대성통곡하고 저녁에 우위를 데리고 가겠다고 말했다. 오후에는 낮잠을 아주 달게 잤다. 해 질 무렵 눈을 뜨자 침대 옆에 앉아 있는 사람이 보였다. 등을 돌린채 사색에 빠진 남자.

"아위……."

조용히 그를 불렀다.

우위가 돌아봤다. 방 안이 어스름해서인지 그의 눈동자가 유난히 밝게 반짝였다.

탄자오가 눈을 비비며 몸을 일으켜 앉자마자 우위가 그녀의 손을 끌어가더니 반지를 끼워주었다. 금속 특유의 서늘함과 우위 손의 따스함이 동시에 느껴졌다.

가늘고 심플한 화이트골드 반지였다. 탄자오는 가슴이 뭉클해 우위에게 손을 잡힌 채 아무 말도 하지 못했다. 탄자오가 자는 동안 우위혼자 나가서 반지를 사온 것이다.

"내가 전에 약속했잖아."

탄자오는 눈시울이 뜨거워졌다.

"네 거는?"

우위가 주머니에서 반지 상자를 꺼냈다. 탄자오는 상자를 받아 반지를 꺼낸 뒤 우위 오른손을 잡고 네 번째 손가락에 반지를 끼웠다. 둘은 조용히 서로를 끌어안았다.

"여보……. 앞으로 여기에서 계속 살아도 좋고 나랑 같이 베이징으로 가도 되고, 너 원하는 대로 해."

"넌 지금은 카센터 직원이 아니고 공부 계속해야 하잖아. 여기에서 살게 되면 대학원이랑 연구소 일은 어쩌려고?"

"상관없어."

탄자오가 고개를 저었다.

"안 돼. 나 아직 박사랑 결혼해본 적 없단 말이야. 같이 베이징으로 가자."

"무슨 헛소리야? 너 아무랑도 결혼해본 적 없거든. 너랑 결혼할 사람은 나밖에 없어."

보름 후, 탄자오는 낭군을 따라 당당하게 베이징에 입성했다. 탄자오 부모님은 그동안 무슨 일이 있었는지 아무것도 모른 채 그저 좋아 어쩔 줄 몰라 했다. 탄자오는 바로 웨이보에 글을 올렸다.

오늘부터 우위 오라버니랑 베이징 시민이다!

독자들도 실시간으로 댓글을 남겼다.

우위&칠주 커플을 응원하는 칭칭: 맨날 연애만 하심? 따주가 연애 하더니 이젠 우리가 보이지도 않나 봄.

영원한 절세미인은 없어: 하하…… 지금 몇 달째 연재 쉬고 있는지 아세요? 빨리 연재 시작 안 하면 딴 작가로 갈아탑니다.

탄자오는 이 댓글을 보고 크게 긴장했다. 지난 몇 달 동안 새 연재를 시작하지 않아 작가로서 확실히 위태로운 상황이었다.

우위가 베이징에서 살고 있는 집은 쉐어하우스여서 둘만의 공간은 방 한 칸뿐이었다. 옆방엔 우위 후배들이 살았다. 우위가 탄자오를 데리고 간 첫날, 후배들은 아주 야단법석이었다.

"선배, 드디어 돌아왔네. 어디로 증발해버렸나 했더니 웬 미인을……. 누구셔?"

"형수님이다."

"형수라고 불러주세요."

후배들은 깜짝 놀라며 환호성을 질렀다.

"형수님? 세상에, 선배 능력 좋은데?"

후배들이 우위를 끌어당겨 소곤소곤 물었다.

"선배, 저렇게 멋진 여자를 어디서 만난 거야?"

우위는 실실 웃기만 했다.

두 사람은 방에 들어가 문을 꼭 닫았다. 우위가 방금 전 후배들의 말을 전해주자 탄자오는 어깨가 한껏 올라갔다.

"내가 좀 그렇지. 창위도 내가 귀엽고 섹시한 스타일이라고 그랬거든. 이렇게 멋진 여자 친구를 둔 기분이 어때? 좋지?"

"여자 친구 아니고 와이프."

우위가 탄자오의 말을 바로잡았다.

탄자오는 우위 방을 둘러봤다. 전형적인 듯 전형적이지 않은 공대 남학생 방이었다. 가구는 오래되어 보였고 딱 필요한 것만 있었다. 책상과 의자에는 온통 책이 쌓여 있었지만, 바닥은 먼지 하나 없이 깔끔했고, 물건들도 제자리에 반듯하게 정리돼 있었다. 탄자오는 침대에 풀썩 몸을 눕히고는 킁킁 냄새를 맡았다. 우위 방에서 우위 냄새를 맡으니 꼼짝도 하기 싫었다.

우위는 탄자오를 지켜보면서 마음이 푸근해졌다.

"내일 당장 방 알아볼게. 좀 큰 방을 구해야겠어."

"난 괜찮은데. 내가 자리를 많이 차지하는 것도 아니고. 그냥 여기 책상 절반만 나눠줘. 나도 내일부터 글 쓸 거야."

"그래."

두 사람은 이렇게 함께 살기 시작했다. 탄자오는 두 사람의 동거 생활이 이렇게나 호흡이 척척 맞을 줄 몰랐다. 우위는 한번 공부를 시작하면 무섭게 집중했다. 스탠드를 켜고 책상에 앉아 반나절 넘도록 탄자오를 돌아보지도 않았다. 하지만 탄자오도 만만치 않았다. 우위보다 더 오래, 온종일 컴퓨터 앞에 앉아 키보드를 두드렸다. 우위가 밤에 자려고 탄자오를 살살 건드리면 탄자오는 사납게 밀어냈다.

"건들지 마! 오늘 아직 마감 못 했단 말이야!!!!!"

우위는 이런 탄자오 모습이 신선하고 매력적으로 느껴졌다. 탄자오는 헐렁한 우위 티셔츠를 입고 머리를 산발한 채 컴퓨터 앞에 앉아 핏발 선 눈으로 모니터를 노려보곤 했다.

"정말 상상도 못 했어⋯⋯."

"뭘?"

탄자오가 퉁명스럽게 대꾸했다.

"이렇게 해서 따주 여신이 됐구나."

탄자오가 손을 멈추고 우위를 보며 또박또박 대답했다.

"나도 마음먹으면 장난아니거든!"

좡위가 탄자오를 잊지 않고 안부 전화를 했다.

"잘 지내? 베이징에서 매일 미세먼지 마시니까 좋아?"

"아위가 엄청 좋은 공기 청정기 설치하고 엄청 좋은 마스크 사줬거든. 그리고 난 거의 집에만 있고, 미세먼지가 매일 있는 것도 아니고."

"따주는 정말 사랑 지상주의구나. 지금까지 평생 살아온 곳을 뒤도 안 돌아보고 떠나버리다니. 아쉽지도 않아?"

"아쉽고 말고 할 게 뭐 있어? 어차피 거기에서도 맨날 집에만 있었으니 그냥 방만 바뀌었지 다를 게 없어."

"아, 그렇네."

좡위가 갑자기 음흉하게 웃었다.

"따주, 같이 사는 건 좋은데, 너무 무리하지는 마."

탄자오는 살짝 부끄러워하며 대답했다.

"우위가 매번 콘돔 사용해. 그리고 이미 계획도 세웠어. 집부터 장만하고 내가 지금 쓰는 작품 완성한 후에 아이 갖기로. 가만, 그런데 너도 선스옌 집에 들어간다고 했잖아? 내 걱정 말고 네 걱정이나 하셔."

좡위가 코웃음을 쳤다.

"나? 내가 무슨! 난 이제 겨우 스물이라고. 서른쯤 되면 생각해볼까, 지금은 말도 안 돼."

"네가 서른이면, 선스옌은 서른아홉인데 괜찮겠어?"

좡위가 푸하하 웃음을 터트렸다.

"서른아홉이면 또 그 나이대의 능력이 있지 않겠어? 솔직히 난 기대되는데?"

"……"

역시 좡위 여왕님은 아무도 못 이긴다.

두 달 후.

이날도 탄자오는 열심히 글을 쓰고 있었다. 새 작품 완결이 코앞이 었다. 우위는 학교에 가고 탄자오 혼자였다. 좡위에게서 전화가 걸려 왔다.

"따주."

"무슨 일이야? 글 쓰는 중이니까 용건만 말해."

"나……."

"응?"

탄자오는 잠깐 손을 멈추고 차를 한 모금 마시며 좡위 말을 기다 렸다.

"일단 컴퓨터 좀 치워버려. 내 일이 우선이야. 그까짓 글이 뭐라고! 나…… 생겨버렸어."

탄자오는 마시던 차를 모니터에 뿜었다. 얼른 휴지를 뽑아 모니터 를 닦았다.

"아이, 생겼단 말이야?"

좡위는 목소리에 힘이 하나도 없었다.

"응……. 6주래. 세상에…… 정말 말도 안 돼……. 이건 완전히 총 맞은 느낌이야."

"총 맞은 느낌이 뭐야! 얼른 퉤퉤퉤 해. 근데, 어떻게 된 거야? 서른 전에는 계획 없다더니."

선스옌이 좡위를 설득했을 리는 절대 없다. 좡위가 들릴 듯 말 듯 기어들어 가는 목소리로 말했다.

"그 사람 잘못은 아니고…… 저번에 한 번…… 내가 너무 기분이 좋아서 그만……."

몇 초 후, 탄자오가 풋 웃음을 터트렸다.

"그래서 어쩔 생각이야?"

372

"생명을 없애는 건 상상도 못 할 일이고……. 생각해보니까 우리 집에 스옌 주니어가 생겨도 나쁘지 않을 거 같아."

탄자오는 웃음을 꾹 참으며 물었다.

"선스옌은 뭐래?"

갑자기 쟝위 목소리에 생기가 돌았다.

"좋아 죽지 뭐. 그런데 내가 낳고 싶지 않다고 했더니 내 앞에서는 좋은 티도 못 내고 참고 있어. 나 보고 원하는 대로 하라고 해놓고는 요 며칠 축 늘어져 있는데 정말 못 봐주겠어. 암튼, 곧 이모가 될 테니 봉투 두둑이 준비하라고 알려주는 거야."

탄자오는 저녁때가 되도록 계속 기분이 좋았다. 집에 돌아온 우위는 탄자오가 살짝 상기된 얼굴로 실실 웃는 걸 보고 물었다.

"무슨 좋은 일 있어?"

"쟝위, 생겼대!"

우위는 놀라 멈칫했다가 웃으며 선스옌에게 축하 문자를 보냈다. 갑자기 탄자오가 우위 옷자락을 잡아당기며 묘한 눈빛을 보냈다.

"아위, 우리도 질 수 없어."

우위가 휴대전화를 내려놓고 탄자오를 품에 안았다.

"이번 소설 완성한 후에 생각해보겠다고 한 건 너였잖아."

"지금 거의 다 완성됐어……. 이 분야에서는 내가 계속 쟝위보다 앞서 있었는데……."

탄자오는 자기가 말하면서도 웃음을 참지 못했다. 우위가 진지하게 탄자오를 쳐다봤다.

"네가 원한다면, 나도 선스옌한테 지고만 있긴 싫어."

탄자오가 고개를 끄덕였다.

"사실 나도 원해. 그리고 네 어머니도 빨리 손자를 보고 싶어 하시는 눈치고. 무엇보다 오늘 쟝위 말을 들으면서 더 확실해졌어. 우리 사이에 아위 주니어가 있으면 얼마나 좋을까? 아이가 생기면 난 언제나 사랑해줄 자신 있어! 우리 아이는 아무 걱정 없이 늘 즐겁고 행복할 거야."

탄자오는 신이 난 아이처럼 주먹을 쥐고 폴짝거렸다. 그 모습을 바라보는 우위의 마음이 한없이 따뜻해졌다. 탄자오의 사랑을 듬뿍 받는 우위 주니어는 평생 행복할 것이다.

"그 애는 아빠처럼 행복할 거야."

우위가 탄자오 손을 꼭 잡으며 속삭였다.

두 번째 이야기. 요란한 만남

탄자오는 심각한 표정으로 손에 쥔 카드를 뚫어지게 쳐다봤다. 잠시 후 눈을 반짝이며 하트 K를 뽑아 힘차게 내던졌다.

탁!

탄자오 맞은편에 앉은 우위가 눈꼬리를 치켜올리고, 옆에 앉은 챵위는 씩 웃으며 카드를 버렸다.

"예스, 난 A! 스옌, 나 점수 올렸다!"

챵위 맞은편에 앉은 선스옌도 절로 웃음이 났지만 와이프처럼 오버하지는 않고 탄자오가 버린 K를 슬그머니 가져갔다.

탄자오 눈이 휘둥그레졌다.

"어떻게 챵위한테 A가 있었어?"

"패 안 외웠어?"

우위가 한 소리 하자 탄자오는 풀이 죽었다.

"응……. 혹시나 너한테 있지 않을까 하고 모험을 해봤지……."

우위는 인상을 쓰려다 겨우 참았다.

"나한테 A가 있었으면 앞에 그렇게 냈겠어?"

"쳇, 앞에서 다른 사람이 뭐 냈는지까지 어떻게 기억해? 다들 외우고 계산하기만 바쁘고 모험 정신이 없어요, 모험 정신이. 이러면 무슨 재미가 있어?"

우위는 잠깐 침묵하다가 말투를 누그러뜨렸다.

"그래. 넌 내고 싶은 대로 내. 내가 다 받쳐줄게."

탄자오는 기분 좋게 웃고, 챵위는 우위를 힐끔 쳐다봤다.

"갑자기 웬 애정 표현이야? 좋아. 스엔, 우린 키스 한 번."

"쓸데없는 소리."

선스엔이 무뚝뚝하게 반응하자 챵위가 카드를 내려놓고 팔을 뻗어 선스엔 옷깃을 잡아당겼다. 선스엔은 그동안 챵위에게 시달리며 많이 적응됐는지 결국 몸을 일으켜 키스했다. 챵위는 그제야 만족스러운 표정을 지으며 다시 카드를 잡았다.

"젠장, 졌다, 졌어……."

"카드에 집중해."

결국 슈퍼 엘리트가 보통 엘리트 코를 납작하게 만들었다. 탄자오는 남편의 놀라운 카드 실력에 혀를 내둘렀다. 초반에 탄자오가 대량 실점했지만 막판에 우위가 멋지게 반격하면서 챵위 부부를 큰 점수 차로 따돌렸다. 우위는 자기 패만이 아니라 탄자오가 어떤 카드를 들고 있는지도 다 파악했기 때문에, 탄자오가 내키는 대로 카드를 냈어도 결과적으로 우위가 조종한 것처럼 돼버렸다.

그렇게 탄자오 부부가 몇 번 이기고 나니 탄자오도, 챵위 부부도 꼭 뭔가에 홀린 기분이었다. 탄자오는 가만히 우위를 지켜봤다. 한 손에 몰아 쥔 카드에 시선을 집중하고 다른 한 손은 의자 팔걸이에 올려놓은 모습이, 미치게 멋있었다. 그동안 수많은 시간을 함께했는데 카드 게임에서 가장 멋진 우위 모습을 발견할 줄이야! 완전 패기 넘치고 앙큼하기까지 했다. 어쩌면 전에는 이렇게 놀아본 적이 없을 테니 탄자오 덕분에 발굴된 매력인 셈이다.

그렇다고 챵위와 선스옌의 카드 실력이 뒤떨어지는 건 절대 아니었다. 두 사람 다 눈치가 백단이고 평소에 카드 게임도 즐겨했다. 관찰력이 뛰어난 탄자오는 챵위와 선스옌 실력으로 왜 우위를 이기지 못하는지 알아냈다.

챵위는 똑똑하지만 성격이 급하고 모험을 즐겼다. 그래서 초반에는 점수를 따다가 곧 차분하면서 두뇌 회전이 빠른 우위에게 따라잡혔다. 선스옌은 기본적으로 차분한 성격인 데다 수비 성향이 강해 챵위랑 호흡이 안 맞았다. 두 사람은 성격은 이렇게 정반대인데 침대에서는 호흡이 잘 맞는 모양이었다.

우위와 탄자오가 대승을 거두며 카드 게임이 끝났고, 탄자오는 날아갈 듯 기분이 좋았다. 챵위는 당연히 시무룩했다. 게임을 더 하고 싶었지만 아무래도 우위를 이기긴 힘들어 보였다.

저녁 식사 준비가 걸린 내기 게임이었다. 당연히 이길 줄 알았던 챵위는 헛기침을 하고 변명을 늘어놓았다.

"난 밖에서 포장해 오는 음식 아니면 컵라면밖에 못 해. 요즘 세상에 갓 대학 졸업하고 요리 잘하는 사람 봤어? 그러니까 다들 괜찮다면 내가 나가서……."

나머지 세 사람이 자연스럽게 선스옌을 돌아봤다. 하지만 그 역시 어깨를 으쓱했다.

"나도 밥 못하는데."

그럴 것 같았다. 형사들은 매일 식당 밥이나 배달 도시락으로 끼니를 때우는 게 보통이니까.

사실 우위는 처음부터 두 사람을 부엌에 들여보낼 생각이 없었다. 여름 방학을 맞아 오랜만에 다리시의 탄자오 집에 돌아온 터라 두 사

376

람을 대접할 생각이었다. 우위가 손을 씻으며 탄자오에게 말했다.

"같이 놀고 있어. 금방 준비할게."

"응."

우위가 부엌에 들어가자마자 경쾌한 도마 소리에 이어 기름에 볶는 소리가 나고 금방 군침 도는 냄새가 풍겼다.

챵위는 휴대전화로 게임을 하면서 중얼거렸다.

"젠장, 따주 진짜 행복하겠다. 무슨 남자가 카드 게임도 잘하고 요리까지 잘해?"

챵위 말대로였다. 사실 탄자오도 아주 간단한 요리밖에 못해서 우위가 매일 퇴근 후 집에 돌아와 주방에 들어갔다. 우위처럼 요리를 할 줄 알고 기꺼이 요리를 해주는 남자와 함께 산다는 건 정말 행복했다. 우위가 요리를 끝내면 탄자오도 주방으로 가 같이 상을 차렸다. 우위의 음식 솜씨가 좋아서 탄자오는 늘 식사 시간이 신나고 즐거웠다. 식사가 끝나고 탄자오가 설거지를 하려고 하면 늘 우위가 선수를 쳤다.

"뭐야, 왜 설거지도 못 하게 해? 나도 설거지는 할 수 있단 말이야."

"네 손이 우리 엄마 손처럼 되는 게 싫어서."

이 말을 듣고 탄자오는 정말 너무 행복했다. 세상에 이렇게 아내를 아껴주는 남자라니!

탄자오는 이 행복을 당연히 친구에게 자랑하고 싶었다. 그래서 챵위 귀에 대고 이런 소소한 행복을 미주알고주알 들려주었다. 챵위는 확실히 자극을 받아 자신과 선스옌의 퇴근 후 일상을 떠올려봤다. 챵위는 일이 크게 바쁘지 않지만 선스옌은 주야 교대로 근무를 한다. 선스옌이 녹초가 되어 한밤중에 돌아오면 챵위는 미리 사다놓은 음식을 전자레인지에 데우곤 했다.

챵위는 코를 만지작거리며 골똘히 생각했다.

아무리 생각해도 선스옌이 모든 면에서 뒤처지는 것 같았다. 탄자오는 우위에게 이렇게 사랑받는데 자신은 선스옌 사랑이 부족한 것 같다는 생각도 들었다.

이래서는 안 돼!

그래, 괜찮은 가사도우미를 구해서 제대로 된 밥을 먹으면 되지.

그런데 탄자오의 자랑질과 오늘 카드 게임에서 연패한 것을 생각하니 도저히 이렇게 지고는 못 살 것 같았다. 쾅위는 베란다에 서 있는 듬직한 선스옌의 뒷모습을 바라보며 생각에 생각을 거듭했다. 마침내 쾅위가 활짝 미소를 지으며 탄자오 귀에 속삭였다.

"이거 하나는 따주가 패배를 인정해야 할걸?"

"뭔데?"

쾅위가 목소리를 더 낮춰 소곤거렸다. 탄자오 표정이 싹 바뀌었다.

"어때? 인정하지?"

"그래, 졌다, 졌어."

그날 저녁, 선스옌과 쾅위는 탄자오 집에서 배부르게 대접받고 산책 겸 걸어서 집에 갔다.

선스옌이 쾅위 손을 잡고 걸으며 말했다.

"저 두 사람 정말 부럽네. 매일 집에서 밥도 해 먹고."

쾅위는 별말 안 했다. 사실 선스옌은 성실하고 순정적인 남자여서 쾅위가 원하는 일은 거의 다 해줬다. 하지만 가부장적인 면이 좀 있어서 부엌에 들어가는 일은 절대 하지 않을 사람이었다. 오히려 매일 저녁 아내가 밥을 해놓고 기다리길 바랄 남자였다. 이 부분은 쾅위도 처음부터 알고 있었다.

"아, 앞으로 가사도우미 불러서 집에서 밥 해 먹으려고. 저 두 사람 두 달 동안 여기 있을 텐데 우위 요리가 맘에 들면 매일 여기 와서 먹어도 되고."

선스옌이 씩 웃었다. 은은한 가로등 불빛을 받아 더 청초하고 아름다워 보이는 쾅위를 바라보다 충동적으로 그녀를 안고 입을 맞췄다. 아직 그렇게 늦은 시간은 아니어서 거리에는 사람이 적지 않았다. 선스옌의 키스는 아주 절제된 평온한 키스였다. 하지만 쾅위는 제대로 몸이 달아올랐다. 키스가 끝나고도 쾅위는 선스옌 품을 떠나기가 아쉬웠다.

선스옌이 조용히 물었다.

"아까…… 탄자오랑 무슨 얘기 했어? 네가 뭘 이겼다니까 탄자오가 열 받은 표정이던데."

쾅위는 밤하늘을 올려다보며 여유롭게 미소 지었다.

"맞혀봐."

"내가 어떻게 맞혀?"

"따주한테 우위랑 첫 경험 몇 번 해봤냐고 물어봤지."

"……"

"푸하하, 내가 좀 짱이긴 해. 그치?"

"부끄럽게 그런 말을……"

"쳇, 뭔 상관?"

선스옌이 씩 웃으며 목소리를 한껏 낮췄다.

"당연히 내가 상관해야지. 첫 경험을 두 번이나 한 몸인데, 내가 상관 안 하면 누가 상관해?"

"……"

세 번째 이야기. 작가와 교수, 그리고 정비 기사의 일상 생활

탄자오는 흰 블라우스에 검은 정장 바지 차림으로 거울 앞에 한참 서 있었다. 우위는 옆에서 책을 읽고 있었다. 잠시 후 탄자오가 혼잣

말을 중얼거렸다.

"우와! 어떻게 이렇게 안 어울려? 이렇게 입었는데도 전혀 교수 같지가 않잖아. 이건, 무슨 금욕주의자 같아⋯⋯."

우위가 책을 내려놓았다.

"금, 뭐?"

"아니야. 솔직히 말해봐. 이 옷, 진짜 괜찮아?"

우위는 일어서서 탄자오 뒤로 돌아가 거울을 뚫어지게 쳐다봤다.

"이렇게 점잖게 차려입을 필요는 없지 않아? 인터넷 문학 창작 수업이잖아. 선택 과목이라 수강 신청한 학생들도 대부분 웹소설 좋아하는 학생일 거야. 네 스타일로 자연스럽게 입어."

"정말? 그래도 될까?"

"내 안목을 믿어봐."

탄자오는 우위 안목을 매우 신뢰했다. 워낙 잘생기기도 했지만, 아무 옷이나 걸치는 것 같은데도 고급스럽고 멋지니까. 탄자오는 당장 블라우스와 정장 바지를 벗어 던지고 원피스를 꺼내 입고 머리를 묶었다.

"어때?"

우위가 멍하니 보다가 씩 웃었다.

"나 살짝 후회하고 있어."

"뭐라고?"

"아니야."

베이징의 어느 전문대학에서 개설한 칠주의 첫 강의는 온라인, 오프라인 모두 대단한 인기를 끌었다. 강의실 앞에 도착한 탄자오는 밖에서 이미 강의실의 열기를 느꼈다. 그녀는 강의 자료를 옆구리에 끼고 코를 만지작거리며 강의실에 들어섰다. 강의 자료는 당연히 엘리트 씨의 도움을 받아 준비했다.

500명 규모의 강의실이라 처음엔 앞자리에 앉은 학생 몇 명만 눈을 반짝이며 흥분했고 대부분은 탄자오가 들어온 것을 알아차리지도 못했다.

탄자오가 강단에 올라서자 강의실 안이 순식간에 조용해졌다. 탄자오는 조금 긴장했다.

"안녕하세요. 저는 작가 칠주예요. 베이징시 작가 협회 초청으로 이번 강의를 맡게 되어 정말 영광입니다."

우레와 같은 박수 소리가 터져 나왔다. 당황한 탄자오는 눈앞에 빼곡히 앉은 수강생들을 천천히 훑어봤다. 소설책 여러 권을 책상 위에 올려놓고 흥분해서 얼굴까지 빨개진 학생들은 강의가 끝나면 사인을 받으려고 줄을 설 것이 분명했다. 탄자오는 문득 마음이 따뜻하고 편안해졌다.

'이렇게 강사로 사는 것도 꽤 괜찮은 인생이겠는데……'

처음에 그렇게 흥분하던 학생들은 놀랍게도 강의를 시작하자 바로 진지하게 경청했다. 탄자오는 강의 자료를 확인하며 문학 창작에 대한 자신의 견해를 진지하게 이야기했다. 꼼꼼하게 노트 필기까지 하는 일부 학생들은 웹소설 작가 지망생인 것 같았다.

탄자오는 나름대로 산전수전 다 겪어본 터라 겉으로는 차분함을 유지했지만 사실 속으로는 애써 흥분을 가라앉혀야 했다. 학창 시절에 열등생이었던 자신이 이렇게 대학 강단에 오를 줄이야! 우위가 끊임없이 격려해준 덕분에 겨우 용기를 낸 일이었다. 열등생 인생에 정말 잊을 수 없는 영광의 순간이었다. 탄자오는 흐뭇하게 우위를 떠올렸다.

'옛말에, 한 사람이 벼슬을 하면 온 식구가 권세를 누린다더니, 엘리트 후광이 나한테까지 왔네.'

강의는 물 흐르듯 자연스러웠고 학생들 분위기도 무척 좋았다. 탄자오는 인생의 꿈 하나를 이룬 기분이었다.

이때 누군가 강의실 뒷문으로 들어와 맨 뒷줄에 앉았다. 수백 명 인파 속에서도 바로 눈에 띄는 사람이었다. 탄자오는 한눈에 그를 알아봤다. 얇은 스웨터와 긴 바지에 검은색 트렌치코트를 걸친 이 남자는 최근에 다시 멋진 복근까지 완성했다. 조용히 앉아만 있는데도 또렷한 얼굴선과 눈매는 한 폭의 그림이었고 동년배 남자들과 달리 중후한 멋을 풍겼다. 탄자오는 갑자기 심장이 두근거려 잠시 할 말을 잊고 멍하니 서 있었다.

학생들은 강의가 이어지길 차분히 기다렸다. 탄자오는 얼른 정신을 차리고 헛기침을 하며 돌아서서 칠판에 글씨를 썼다. 하지만 머릿속은 온통 그 남자 생각뿐이었다. 분명히 날 보며 웃고 있겠지. 생각이 꼬리를 물면서 어젯밤 일까지 떠올랐다. 그가 단단한 두 팔로 그녀를 꼭 끌어안고 침대에 눕히며 물었다.

"내가 강의하는 모습이 좋아?"

탄자오는 얼굴을 붉히며 끄덕였다.

"응. 완전 멋있어. 내가 사진 찍어서 아빠 엄마한테도 보냈더니 엄청 좋아하더라고. 칭화대 교수 사진 처음 본다면서……."

탄자오 말에 우위는 고개를 숙이고 쿡쿡 웃었다. 탄자오가 도발하듯 말을 이었다.

"오늘 강의할 때 입은 이 옷 벗지 말고 그냥 이대로……."

우위 호흡이 빨라졌다.

"그냥 이대로?"

"응."

"너무 자극적인데?"

"이 정도로? 네가 우리 세계를 잘 몰라서 그래. 웹소설에서 이 정도는 아무것도 아니거든?"

우위가 아주 크게 웃었다.

이렇게 시도 때도 없이 온갖 잡생각이 떠오르는 게 탄자오의 단점이었다. 겨우 마음을 진정시키고 돌아섰는데 여전히 얼굴이 화끈거렸다.

앞줄에 앉은 학생이 손을 번쩍 들었다.

"교수님, 얼굴이 왜 그렇게 빨개졌어요? 긴장되세요?"

학생들이 와아 웃음을 터트렸다.

"아니요. 원래 좀 빨개요."

두 시간이 금방 지나갔다. 강의가 끝나자 진풍경이 벌어졌다. 많은 학생들이 탄자오 책을 들고 사인을 받으려고 한꺼번에 강단으로 몰려들었다. 대부분 여학생이지만 남학생도 몇 명 끼어 있었다. 한 남학생은 겸연쩍은 표정으로 "여자 친구한테 사인 받아다주려고요."라고 말했다. 얼굴이 빨갛게 상기된 탄자오는 한 명도 빼놓지 않고 일일이 사인을 해주었다. 어떤 여학생은 감격해서 눈물까지 흘렸다.

"저 닉네임이 샤오차오예요. 그때, 1년 동안 글 안 써서서 얼마나 걱정했는지 몰라요. 댓글도 많이 남겼는데, 혹시 기억하세요?"

탄자오는 잠깐 펜을 멈추고 여학생 머리를 쓰다듬었다.

"당연히 기억하죠. 고마워요. 이제 걱정 마요. 이렇게 돌아왔잖아요."

또 다른 여학생은 터져 나오려는 비명을 막으려는 듯 계속 입을 틀어막고 있었다.

"저 따주 여신 책 정말 너무 좋아해요. 저도 따주 소설 같은 글을 쓰고 싶어요. 제 닉네임은 따주네 샤오루예요."

탄자오는 밝게 웃으며 한 사람 한 사람에게 정성스럽게 메시지까지 적어줬다.

원래 두 시간짜리였던 강의는 갑작스러운 '사인회' 때문에 저녁 무렴에서야 마무리됐다.

탄자오는 강의동에서 걸어 나오며 마지막까지 남은 학생들에게 손을 흔들어 인사했다. 마음이 평화롭고 풍요로웠다. 기울어가는 석양을 배경으로 자전거를 세워놓고 그녀를 기다리는 우위가 보였다.

탄자오가 달려가 우위 허리를 꼭 끌어안았다.

"왜 그래?"

"너무 행복해서. 세상 모든 걸 다 가진 기분이야."

우위도 탄자오 어깨를 꼭 안았다.

"너, 오늘 정말 매력적이고 멋졌어."

탄자오가 웃음을 터뜨렸다. 이때 우위가 그녀 귀에 속삭였다.

"가는 게 있으면 오는 게 있어야지. 오늘 강의할 때 입었던 이 옷, 밤에도 입고 있어."

탄자오는 가슴이 두근거렸지만 애써 아무렇지 않게 대꾸했다.

"오, 많이 발전했어."

우위는 탄자오를 자전거에 태우고 학교와 공원 숲을 지나고 큰 길을 두 번 건너 칭화대 남문에 도착했다. 남문 앞 작은 카센터 입구에 자전거를 세우자 탄자오가 폴짝 뛰어내렸다. 카센터 직원이 두 사람을 향해 외쳤다.

"사장님, 사모님, 오셨어요!"

"오늘 영업 어땠어요?"

"좋습니다!"

우위는 바로 겉옷을 벗고 기름때 묻은 장갑을 끼고 일을 시작했다. 탄자오는 한쪽 벽 앞에 놓인 의자에 앉아 생글생글 웃으며 우위를 바라봤다.

우위가 처음 카센터를 차리겠다고 했을 때 탄자오는 사실 내키지 않았다.

"음⋯⋯. 내가 정비 기사 시절의 그 근육과 러닝셔츠를 좋아하긴 하지만, 그렇다고 카센터를 차릴 거까진 없잖아? 더구나 명색이 칭화대 최연소 교수님이신데, 매일 퇴근하고 카센터에 나가는 건 좀 그렇지 않아?"

"꼭 너 때문만은 아니야. 그때 자동차를 수리하면서 마음을 다스렸는데 그게 습관이 된 거 같아. 카센터에 있으면 내가 대단한 엘리트라는 착각에서 벗어나서 나 자신이 그냥 평범한 사람이라는 걸 느끼게 되거든. 그리고 연구하면서 가끔 안 풀리는 문제가 있을 때 자동차 수리를 하고 있으면 새로운 아이디어가 떠오르기도 해. 다른 사람 시선은 신경 안 써. 난 일에만 목매면서 살고 싶지는 않아. 인생을 살면서 할 수 있는 일이 얼마나 많은데. 자동차 수리는 내 취미야."

"그래, 알았어⋯⋯."

엘리트 청년 교수님께서 자동차 수리가 새로운 아이디어의 원천이자 훌륭한 취미라고 하시니, 탄자오는 더 이상 할 말이 없었다.

그런데 작은 카센터를 차린 후, 두 사람 모두 이곳에 올 때마다 우위가 말한 것처럼 마음이 편안하고 차분해졌다. 돈을 많이 벌지는 못했지만.

어둠이 내려앉고 네온사인이 켜지기 시작했다. 우위는 스웨터를 벗고 러닝셔츠 차림으로 자동차 앞에서 수리에 집중하고 있었다. 바람이 불어와 탄자오 치맛자락이 하늘거렸다. 문득 두 사람이 재회하던 그날이 떠올랐다. 그날도 탄자오는 말없이 우위 옆에 앉아 그의 거친 손을 바라봤었다.

탄자오가 턱을 괴고 우위를 바라보며 미소 지었다.

정말 좋다.

시간은 더 이상 왜곡되지 않고 잔잔하게 흘러갔다.

앞으로 다가올 하루하루는 두 사람이 그토록 바라마지 않던 '내일'

일 것이다.

네 번째 이야기. 제자리를 찾은 물고기와 기러기

저우샤오위는 첫눈에 반한다는 말은 믿지 않지만 원 나잇 스탠드는 충분히 가능하다고 생각했다. 전자는 영혼이 움직여야 하는 어마어마한 일이지만 후자는 몸만 조금 움직이면 되니까.

게임계의 지존, 웹소설계의 요정 챵위는 이 지역 명문 공대 3학년이었다. 학교 내에는 챵위 눈에 들어오는 남자가 전혀 없었다. 성적과 게임 실력이 챵위보다 뛰어난 남자도 없었다. 챵위는 탄자오에게 이렇게 말하곤 했다.

"내가 다 가져서 딱히 아쉬울 게 없는데 굳이 눈을 낮춰가면서까지 남자를 만날 필요가 있어?"

당시 열등생 탄자오는 챵위 학교 남학생들이 밤하늘의 별처럼 대단한 존재로 보였다. 나중에 슈퍼 울트라 우등생 남자를 만나, 슈퍼 울트라 우등생 남자의 부인 자격으로 챵위와 함께 세상의 평범한 우등생들을 평가하기 시작했지만.

"챵위, 혹시 아저씨 스타일 좋아해?"

"아니? 난 순정적이면서도 늑대 같은 남자가 좋아."

"쯧쯧, 둘 중에 하나만 해."

"아저씨를 누가 좋아해? 금방 기력 떨어져서 제대로 하지도 못할 텐데."

***

요즘 좡위는 계속 뭔가 중요한 일을 잊은 것 같은 기분이 들었다. 눈은 두꺼운 기말시험 자료를 보고 있는데 머릿속이 영 복잡했다. 하지만 계속 생각할 여유도 인내심도 없었다. 연습장에 문제를 풀다가 갑자기 연필심이 톡 부러졌다. 좡위는 그제야 자신이 이상한 글을 쓰고 있었다는 사실을 알았다.

기러기(雁) 날아올랐다 내려앉고, 물고기(魚) 늘 그 자리에 있네.

이런 문장이 갑자기 왜 떠올랐을까? 좡위는 왠지 모르게 불안하고 초조했다. 공부도 눈에 들어오지 않아 끝내는 연필을 내던지고 도서관 밖으로 나갔다.

나뭇가지 사이를 통과한 한여름 햇살이 땅바닥에 금빛 도안을 그려, 화려한 카펫을 깔아놓은 것 같았다. 좡위는 금빛 도안을 따라 길을 걷다가 탄자오 전화를 받았다.

"……좡위(壯魚), 지금 당장 동부경찰서 형사1팀 선스옌(沈時雁) 형사를 찾아가."

선스옌?

좡위는 먼 하늘을 보며 마음속으로 이 이름을 되뇌다가 문득 울고 있는 자신을 발견했다.

'젠장, 시험 때문에 정신이 나갔나 봐. 갑자기 웬 눈물?'

동부경찰서 건물은 깔끔하면서 위압감이 느껴졌다. 좡위가 안내 데스크에서 형사팀 선스옌을 만나러 왔다고 말하는데 사람들이 이상한 눈초리로 흘끔거렸다. 하긴, 무슨 이유에서든 경찰서를 찾아온 사람들 중에서 외모가 독보적으로 눈에 띄긴 했다.

챵위는 경찰서 건물 벽에 기대 석양을 바라봤다. 옷에 먼지가 묻든 말든 상관하지 않았다. 두 손을 바지주머니에 찔러 넣고 한쪽 발로 바닥을 콕콕 찍으며 선스옌이 나오길 기다렸다. 잠시 후 해가 거의 넘어갈 때쯤, 바닥에 드리운 커다란 그림자를 발견했다. 언제부터 있었는지는 모르겠지만 방금 나타난 건 아니었다.

챵위는 등 뒤에서 나타나는 남자는 무조건 위험하다고 생각했기에 기분이 별로였다. 뒤를 돌아보니 경찰복과 경찰모 차림의 남자가 벽 앞에 서 있었다. 피부색이 하얗지는 않지만 보기 좋은 목선이 시선을 끌었다. 챵위는 자신을 뚫어지게 쳐다보는 남자의 눈빛이 아주 깊고 신비롭다고 느꼈다. 잘못한 것도 없는데 왠지 초조한 기분이었다.

대체 왜일까?

"절 찾으셨다고요?"

선스옌의 목소리는 살짝 잠겨 있었다. 희미하게 담배 냄새가 나는 것 같았다.

"네. 선스옌 형사님 맞죠? 누가 꼭 전해달라고 한 말이 있어서 왔어요. 7월 30일에 절대 쑤저우에 가지 마세요. 특히 대학교 쪽은 얼씬도 하지 말래요. 가면 죽는다고요. 이 내용을 늘 갖고 다니는 수첩에 꼭 적어두시고, 휴대전화에도 입력해놓고, 주변 사람들한테도 절대 못 가게 붙잡아달라고 말해두세요. 아셨죠?"

선스옌은 눈이 휘둥그레졌다.

챵위도 어색한 기분에 코를 만지작거렸다. 왠지 그럴수록 더 불안하고 초조했다.

"그럼, 이만."

돌아서서 가려는데 선스옌이 챵위 손을 덥석 잡았다.

해는 이미 기울었고 가로등은 아직 켜지지 않아 주위가 어스름했다. 창위는 먼저 그 손을 봤다. 짙은 회색 소맷부리 아래로 곳곳에 작은 흉터가 있는 큼직한 손과 긴 손가락을 보는데 왠지 가슴이 떨렸다.

평소 창위 성격이라면 상대가 정신이 번쩍 들도록 따귀를 날렸을 텐데 오늘은 멍하니 아무 생각도 나지 않았다. 아니, 그 손에서 벗어나고 싶지 않았다.

이건 분명, 낯선 남자의 손인데…….

"저기요, 손 놓으시죠."

창위의 차가운 말투에 남자가 얼른 손을 놓았다. 아주 무례한 사람은 아닌 것 같았다. 가만히 보니 곱게 자랐는지 준수하고 반듯한 느낌이었다.

"우리 어디서 만난 적 있지 않아요?"

선스옌이 감정을 억누르는 목소리로 물었다.

창위는 잠시 가만히 있다가 돌아섰다.

"내가 한 말 다 기억하죠? 7월 30일, 쑤저우에 가면 죽는다니까 절대 가지 마요. 꼭 기억해요."

창위는 뒤도 안 돌아보고 떠났다.

그때 선스옌이 그녀의 뒷모습을 하염없이 바라보고 있었다는 사실을, 창위는 몰랐다. 그녀의 머리카락, 허리, 손, 손가락 하나하나, 시야에서 사라질 때까지 시선을 떼지 못했다는 사실을. 그뿐이 아니었다. 선스옌은 그동안 성실하고 정직하게 지켜온 형사의 원칙을 깨고 처음 만난 여자를 상대로 프로의 미행 기술을 발휘해 기숙사까지 쫓아갔다. 그리고 그날 밤 별이 뜨기도 전에 창위의 신상을 완벽하게 파악했다.

한편 창위도 마음이 뒤숭숭했다. 도서관으로 가지 않고 기숙사로 돌아와 책을 펼쳐 얼굴을 가리고 침대에 누워 있었다. 탄자오한테 물들었는지 어째 자신이 제정신이 아닌 것 같았다. 선스옌이 머릿속을 떠나지 않았다. 그의 입에서 나온 모든 말과 그의 모든 표정이 생생했다. 마지막에 돌아설 때 선스옌은 그 자리에 가만히 노을을 배경으로 서 있었는데, 좡위는 그 모습에서 고독을 느꼈다.

젠장! 설마 한눈에 반한 거야? 얼굴이 화끈거리고 마음이 싱숭생숭했다. 그런 상투적인 수작에 반했다고?

'우리 어디서 만난 적 있지 않아요?'

그런데 그 말을 들었을 때 왜 심장이 내려앉는 기분이었을까? 달콤하고 씁쓸하고, 뭐라 표현하기 힘든 그리움까지 느껴졌다.

좡위는 지금까지 누구에게 한눈에 반해본 적이 없어서 그 느낌이 어떤 건지 잘 몰랐다.

이렇게 이유 없이 불안한 적도 처음이었다. 한두 시간 누워 있다가 도저히 안 되겠다 싶어 벌떡 일어났다. 그 남자를 다시 찾아가 그 남자도 자신과 같은 느낌인지 확인해봐야 할 것 같다. 세상에, 이렇게 꽂힌 게 대체 얼마만이야?

일어나서 바로 나가려다 문 앞에서 힐끔 거울을 보고는 다시 들어갔다. 엄마가 억지로 가방에 넣어줘 하는 수 없이 챙겨온 치마를 꺼냈다. 옷을 갈아입고 머리도 풀어헤쳤다. 그리고 위층 침대에 누워 있는 친구에게 말했다.

"립스틱 좀 빌려줘봐."

이불에 파묻혀 소설책을 보던 친구가 어리둥절한 표정으로 아래를 내려다봤다.

"뭐 잘못 먹었어?"

"그렇다고 치고 립스틱이나 줘!"

기숙사에서 나오는 좡위는 상큼한 여대생으로 변신해 있었다. 근처에 있던 남학생들이 넋을 잃고 쳐다봤다. 좡위가 워낙 학교 유명 인사인지라 사진을 찍는 학생들도 있었다. 평소라면 따끔하게 혼쭐을 내

줬겠지만 오늘은 그럴 정신이 없었다. 학교 정문을 나서려는데 나무 아래에 있는 그림자가 시야에 들어왔다.

쫭위는 우뚝 멈춰 섰다.

사복 차림의 선스옌이었다. 살짝 촌스러운 흰색 폴로 티셔츠에 청바지를 입었는데, 워낙 훤칠하고 몸이 좋으니 꽤 봐줄 만했다. 나뭇가지 그늘 때문에 얼굴은 흐릿해 보였다. 손가락 사이에서 빨간 담배 불빛이 깜빡거렸다. 바로 옆 쓰레기통 위에 버려진 담배꽁초가 한두 개가 아니었다.

쫭위는 당당하게 걸어갔다.

선스옌은 담배를 껐다.

나무가 꽤 무성하고 그늘이 짙어 자연스럽게 사람들 시선이 가려졌다.

"날 기다렸어요?"

선스옌은 아무 대답 하지 않았다.

"말 안 할 거면 갈게요."

그때 선스옌이 또 쫭위 손목을 덥석 잡았다. 쫭위는 본인이 남자의 터프한 행동에 매력을 느낀다는 사실을 처음 알았다. 설레고 기분이 좋았다.

"쫭위, 정말 생각 안 나? 나한테 아무 느낌도 없어?"

쫭위는 돌처럼 굳어서 아무 말도 하지 못했다. 뭐라고 대답해야 할지 당황스러웠다. 왜 그런지 모르겠지만 마음이 계속 허전했다고 말할까? 아니면 꿈에서 어렴풋이 당신처럼 깊고 슬픈 눈매에 훤칠하고 건장한 남자를 몇 번이나 만났다고 말할까? 하지만 이공계 엘리트 쫭위는 이런 허무맹랑한 말을 도저히 입에 올릴 수가 없었다.

"이 몸이, 이 몸께서 말이야······."

"무슨 여자가 이 몸이, 이 몸이, 그러다가 하는 말이 전부 욕이야?"

선스옌의 자연스러운 말투에 쾅위는 더욱 당황스러웠다. 이 매력적인 저음, 분명히 어디선가 들어봤다. 못 말린다는 듯이 형식적으로 질책하는 이 말투도. 쾅위는 갑자기 울컥했다.

"당신, 도대체 누구야?"

"선스옌."

두 사람은 그렇게 한참 서 있었다. 선스옌이 천천히 손을 내밀어 쾅위 얼굴에 흐른 눈물을 닦아주었다. 선스옌의 거친 손끝이 부드럽게 지나간 후 쾅위가 그를 빤히 쳐다봤다. 선스옌은 도저히 감정을 주체할 수 없어 결국 빨갛고 도톰한 쾅위 입술에 키스를 해버렸다. 쾅위가 깜짝 놀라 벗어나려 했지만 선스옌은 절대 놓칠 수 없다고 생각해, 쾅위를 자신의 품으로 꼭 끌어안았다. 쾅위는 태권도 유단자인데도 선스옌 품에서 꼼짝도 할 수 없었다. 두 사람은 보이지 않게 옥신각신하며 거친 숨을 몰아쉬었다. 선스옌은 가벼운 키스로 끝나지 않고 점점 더 거칠고 격정적인 키스를 퍼부었다. 결국 쾅위도 그를 꼭 끌어안고 더 뜨겁게 키스했다.

잠시 후, 선스옌이 말했다.

"다음엔 절대 날 잊지 마."

"이 몸은 시간을 조종할 능력이 없어."

"너, 이번엔 나만큼 간절하지 않았어. 날 찾겠다는 마음이 강렬하지 않았다고."

"젠장, 무슨 남자가 계속 이렇게 종알거려?"

"……."

"선스옌, 나는 배신이라는 걸 모르는 몸이야. 시간? 기억? 그까짓 게 뭐라고……. 난 절대 당신을 잊지 않을 거야."

요즘 좡위는 계속 뭔가 중요한 일을 잊은 것 같은 기분이 들었다. 눈은 두꺼운 기말시험 자료를 보고 있는데 머릿속이 영 복잡했다. 하지만 계속 생각할 여유도 인내심도 없었다. 연습장에 문제를 풀다가 갑자기 연필심이 톡 부러졌다. 좡위는 그제야 자신이 이상한 글을 쓰고 있었다는 사실을 알았다.

기러기 날아올랐다가 내려앉고, 물고기 늘 그 자리에 있네.

귀신이 곡할 노릇이었다. 연습장을 앞으로 몇 페이지 넘겨봤는데 곳곳에 같은 문장이 보였다. 그리고 언제 썼는지 모를 두서없는 글도 있었다.

스…….
스옌…….
기러기 날아올랐다가 내려앉고, 물고기 늘 그 자리에 있네.
내 마음은 그대로야. 잊지 마, 잊지 마, 잊지 마…….
스옌…….
동부경찰서…… 형사…… 7월.

좡위는 연습장을 툭 내던지며 중얼거렸다.
"이게 다 뭐야."
좡위는 노트에서도 이상한 글을 발견했다. 도대체 언제 쓴 건지 전혀 기억나지 않았다.
휴대전화에서도, 벽에 붙인 메모지에서도 이상한 글은 계속 발견되었다. 게다가 룸메이트는 이런 말을 툭 내뱉었다.

"내가 어떻게 알아? 네가 며칠 전에 부탁했잖아. 이거 꼭 읽어보라고 말해달라고."

여기저기에서 튀어나온 글은 이런 내용이었다.

2017년 1월 15일 전에, 침대 아래의 구급상자를 리현 천량제 교수 집 다락방에 갖다놓을 것. 이건 탄자오와 남자 친구의 목숨이 달린 일이므로 절대 잊으면 안 됨. 이 약속 못 지키면 난 평생 처녀로 늙어 죽어야 함. 탄자오는 나 말고 믿을 사람이 없으니, 꼭!

창위는 한참 턱을 괴고 생각하다가 탄자오에게 전화를 걸었다. 몇 번을 걸었는데 받지 않았다. 메신저로 연락해봤지만 역시 답이 없었다.

엄청 이상한 상황이었지만 창위는 조금도 의심하지 않고 침대 밑에 있는 구급상자를 꺼내봤다. 내용물을 보니 확실히 중요한 일 같았다. 여기저기 쪽지를 남겨놓은 것만 봐도 그랬다. 본인이 언제 왜 써놨는지는 기억나지 않지만 반드시 해야 할 일이라는 직감이 왔다.

창위는 늘 자신의 직감을 믿었고 그녀의 직감은 대체로 정확한 편이었다. 그리고 왠지 이 일은 꽤 짜릿하고 재미있을 것 같기도 했다.

창위는 금방 방법을 생각해냈고 단숨에 차표도 예매했다. 바로 리현에 가서 미션을 완수할 생각이었다.

'미션 완수하면 바로 탄자오 집에 쳐들어가서 감사 인사 받아야지. 시골 마을 전원주택이니까 청소부, 정비 기사, 길 잃은 여행객 같은 걸로 위장해서 들어가는 거야. 와우, 벌써부터 재밌어!'

***

　　챵위는 쑤저우 호텔 침대에 앉아 휴대전화를 들고 게임을 하는 중이었다. 그런데 벌써 다섯 번이나 죽었고 같은 팀 멤버들한테 욕을 바가지로 먹었다. 챵위는 본인이 딴 데 정신이 팔려 있음을 인정하고 휴대전화를 내려놓고 탄자오를 쳐다봤다. 기다렸다는 듯 탄자오가 물었다.

　　"챵위, 너 그 돌부처랑 어디까지 갔어?"

　　챵위는 별일 아니라는 듯이 대답했다.

　　"뭐, 대충 키스 몇 번."

　　사실 챵위는 어떻게 얘기해야 할지 조금 난감했다. 자신의 절친한 친구 탄자오가 본인이 소개팅했던 남자를 소개해줬는데, 그 무뚝뚝하고 재미없는 형사 아저씨에게 마음을 뺏기고 말았다. 상대방도 그녀에게 푹 빠진 것 같고.

　　사실대로 말하자니 자존심이 허락하지 않았다.

　　'탄자오한테 말도 잘 듣고 늑대 같은 남자랑 사귈 거라고 큰소리 쳤는데……. 이 인간이 오늘 쑤저우에 오자마자 내 체면을 구겨놓을 줄이야. 젠장, 평소엔 귀여운 삽살개 같은데 화나니까 완전 호랑이 같고.'

　　챵위는 슬쩍 얼굴을 문질렀다. 더 큰 문제는 자신이 이 남자 때문에 정신을 못 차리고 있다는 것이다.

　　두 사람이 한창 수다를 떨고 있는데 갑자기 노크 소리가 들렸다. 남자를 모르는 챵위는 별생각 없이 문을 열었다. 반면 탄자오는 뭔가 알겠다는 눈빛으로 챵위의 뒷모습을 주시했다.

　　선스옌은 카키색 경찰 티셔츠를 입고 있었다. 티셔츠가 몸에 딱 맞아 근육질 몸매가 훤히 드러나 보였다. 잠옷 차림인 챵위는 한쪽 어깨

끈이 흘러내렸지만 추스를 생각도 않고 선스옌을 마주보고 섰다.

"무슨 일이야?"

선스옌의 시선이 창위 어깨에 내려앉았다가 금방 떨어졌다. 선스옌은 시선이 더 아래로 내려가지 않도록 애써 붙들었다. 워낙 무뚝뚝한 성격이라 지금도 평소처럼 표정이 없었다.

"할 말이 있어서. 낮에 있었던 일 설명하고 싶어."

"무슨 설명?"

밤이라 좀 쌀쌀해 창위는 두 팔을 쓰다듬었다.

"들어가서 얘기할까?"

"따주 아직 안 자는데. 지금 우리가 하는 말 들으려고 기를 쓰고 있을걸."

선스옌이 피식 웃었다.

"그럼…… 내 방에 가서 얘기할래?"

창위가 다리를 움찔했다.

"그러지 뭐."

두 사람은 앞뒤로 조금 떨어져 걸으며 선스옌 방으로 갔다. 선스옌이 문을 열어주어 창위가 먼저 들어갔다. 선스옌은 호텔 방도 아주 깔끔하게 사용했다. 오늘 입은 옷은 이미 빨아서 욕실에 걸어뒀고 점퍼도 침대 머리맡 근처에 가지런히 개어놓았다. 순간 창위는 '좋아, 이 사람이랑 결혼하면 앞으로 청소 걱정은 안 해도 되겠어.'라고 생각했다.

선스옌이 의자를 빼내 자리를 권하자 창위는 긴 다리를 뽐내며 걸어가 앉았고 선스옌은 따뜻한 물을 한 잔 따라 건네주었다. 창위는 컵을 받아 들어 쥐고 손을 녹였다. 선스옌은 침대에 꼿꼿하게 걸터앉아 두 손은 얌전히 허벅지 위에 올려놓은 채 어떻게 말을 꺼낼지 고민했다.

"쌍위, 아까 낮에는 널 곤란하게 하려던 건 아니었어. 하지만 나는 경찰로서 지켜야 할 원칙이 있고, 이 원칙은 상대가 누구든 절대 타협할 수 없어. 넌 똑똑하니까 내 말 이해할 거라고 믿어……."

선스옌의 진지한 모습에 쌍위는 피식 웃고는 가볍게 손을 내저었다.

"낮엔 나도 좀 감정적이었어. 무슨 말인지 알아. 그 원칙 존중할게."

선스옌은 늘 제멋대로인 쌍위가 이렇게 쉽게 이해해줄 거라고는 생각을 못 했다. 일순 당황스러워 뭐라고 말을 이어야 할지 생각이 나지 않았다. 쌍위는 천천히 물을 마시고 나서 말했다.

"내일 우위랑 같이 움직일 때 조심해야 해."

"알았어."

쌍위가 일어섰다.

"다른 일 없으면 난 가서 잘게."

선스옌은 같이 몸을 일으켰다. 잘 자라는 말도, 가지 말라는 말도 나오지가 않았다. 쌍위가 선스옌에게 다가서서 그의 어깨에 손을 올렸다.

"이리 와. 뽀뽀해줄게. 이건 우릴 도와주는 것에 대한 보상이야. 난 항상 상벌이 분명한 사람이거든."

선스옌은 꿈쩍도 하지 않았다. 쌍위는 선스옌이 좀 이상하다고 느꼈다. 왠지 선스옌 몸도 굉장히 경직된 듯했다. 쌍위는 씩 웃으며 생각했다.

'그래도 대체로는 말 잘 듣는 늑대가 맞다니까. 아주 맘에 들어.'

쌍위는 까치발을 하고 그의 볼에 입을 맞춘 뒤 귓가에 나지막이 속삭였다.

"뭘 긴장하고 그래? 어제 데이트할 땐 엄청 열정적으로 하더니."

이 말이 끝나자마자 쌍위 몸이 공중으로 붕 떠올랐다. 선스옌이 그녀를 덥석 안아 올린 것이다. 쌍위는 당황한 사이 이미 선스옌의 두 팔 안에 갇혔고 곧바로 키스 세례를 받았다. 지금까지 경험해보지 못한 강렬한 포옹과 키스였다. 선스옌은 눈을 꼭 감고 입술을 포갠 채 짜릿한 쾌감을 느끼며 촹위의 등을 더듬었다. 촹위도 선스옌의 짧은 머리카락을 쓰다듬고 내려가 그의 티셔츠 자락을 움켜쥐었다. 두 사람은 모든 걸 잊고 한참 동안 격정적인 키스를 나눴다.

선스옌이 갑자기 키스를 멈추더니 촹위의 작은 얼굴을 두 손으로 감싼 채 빤히 쳐다봤다. 촹위가 볼멘소리로 물었다.

"왜 멈춰? 얼른 계속해."

선스옌은 가만히 웃었다. 왜 웃지? 촹위는 희미한 불빛을 받은 선스옌의 미소가 소년처럼 순수하다고 느꼈다. 이때 선스옌이 티셔츠를 벗고 군살 하나 없는 매끈한 몸을 드러냈다. 그리고 다시 촹위를 끌어안았다.

촹위는 머리도 몸도 이미 통제 불능이었다. 하지만 그녀는 어떤 상황에서도 자신에게 선택권이 있음을 잊지 않았다.

그녀는 딱 한 가지만 생각했다. 원하는가, 원하지 않는가.

선스옌은 촹위를 안고 침대로 걸어가며 입을 열었다. 목소리가 잔뜩 갈라져 나왔다.

"촹위…… 나는……."

촹위가 선스옌의 말을 잘랐다.

"당신, 테크닉 좋아? 잘해?"

이 순간, 선스옌은 더 이상 돌부처가 아니었다.

"해보면 알겠지. 부족하면…… 더 배울게."

촹위는 겉으론 웃었지만 심장이 튀어나올 것 같았다.

"저기, 이런 말 비참하지만, 나 처음이거든. 하지만 테크닉은 절대 부족하지 않을 거야."

선스옌이 갑자기 머뭇거렸다.

"쟝위, 너 아직 학생인데……."

"나 성인이야."

선스옌은 이미 활시위를 당겼는데 윤리와 욕망 사이에서 갈등하고 있었다. 팔뚝에 핏줄이 설 만큼 에너지가 넘쳐 쟝위에게서 도저히 떨어질 수가 없었다. 지금 쟝위는 숨 막히게 섹시했다. 쟝위가 갑자기 선스옌 손을 잡아 본인 가슴으로 가져갔다.

"방금 자기 손으로 친히 다 확인해놓고 뭘 망설여? 걱정 마. 이 몸은, 평생 후회란 걸 해본 적이 없어."

***

쟝위는 홀로 차에 앉아 살짝 후회했다.

누가 선스옌을 성실하고 착한 사람이라고 했던가?

어젯밤 쟝위의 남자가 된 선스옌은 아침에 막 일어났을 때는 여전히 돌부처 같았지만 "넌 똑똑하고 영리하니까 차 안에 남아서 중간 연락을 담당해줘."라고 쟝위를 띄워주었다. 그러고는 쟝위를 끌어안으며 작은 목소리로 한 번 더 하자고 부탁했다. 쟝위는 이때까지 기분이 좋았기 때문에 별생각 없이 오케이 했다.

결국 지금 세 사람은 사건 현장에 잠복해 있고 쟝위 혼자 어두운 차 안에서 지루한 기다림을 이어가고 있다.

쟝위는 손가락으로 허벅지를 톡톡 두드렸다. 순간 어젯밤에 선스옌이 자신의 손가락을 가볍게 깨물던 모습이 떠오르고 가슴이 두근거렸다.

몸이 여기저기 쑤시고 다리를 모으기가 힘들었다. 선스옌이 성실하고 순수한 돌부처라고? 욕구가 끝이 없던데? 선스옌 역시 처음이었던 건 분명한데 형사라 그런지 체력이 정말 대단했다.

창위는 깜깜한 하늘을 올려다보며 혼자 웃었다.

잠시 후, 폭죽을 터트리는 것 같은 소리가 세 번 연달아 들렸다.

다들 연락이 없었다.

창위는 탄자오에게 전화를 걸었다.

휴대전화를 내려놓았다.

주위는 깜깜하고 아주 조용했다. 학교 경비원들은 낯선 총소리를 알아차리지 못했다. 창위는 차분하고 냉정하게 생각을 정리한 후 경찰에 신고 전화를 걸었다. 현재 위치와 대략적인 상황을 알린 후 휴대전화는 어딘가에 버리고 학교 안으로 들어가 길을 따라 걸었다. 하늘에는 아무도 봐주지 않는 별들이 수없이 빛났다. 창위는 홀로 걷고 또 걸었다.

기러기 날아올랐다가 내려앉고, 물고기 늘 그 자리에 있네.

기러기 날아올랐다가 내려앉고, 내 마음 늘 그 자리에 있네.

이 말이 창위 머릿속에 끊임없이 맴돌았다.

창위가 그의 시체 앞에 도착했을 때 탄자오는 울고 있고 우위는 필사적으로 응급처치를 하는 중이었다. 그의 시체는 왠지 많이 낯설었다. 선스엔 목소리가 귓가에 맴돌았다.

"창위, 우리가 만난 지 얼마 안 됐지만…… 그리고 오늘은 내가 너무 충동적이긴 했지만, 앞으론 내가 더 잘할게. 평생 잘할게. 경찰의 명예를 걸고 맹세해."

창위는 눈을 감고 돌아서서 그 자리를 떠났다. 친구들 곁을 떠나 어둠 속으로 사라졌다.

창위는 이 남자를 사랑했다. 첫눈에 반했다. 오만한 불나방이 활활 타오르는 불길에 뛰어들 듯 장엄하고 아름다웠다.

당신을 만나기 전에도, 당신을 만난 후에도…….

***

날이 몹시 추운 데다 이미 해도 저물었다. 이런 상황에 리현 시골 마을까지 기꺼이 가려는 택시는 없었다. 다행히 외지에서 일하고 집에 돌아가는 사람들을 위한 버스가 있었다.

챵위는 승차권을 입에 물고 두 손으로 여행 가방을 들고 서둘러 버스에 올랐다.

버스를 타는 사람은 많지 않았다.

맨 앞줄에 앉아 바로 앞에 튀어나온 부분에 발을 올렸다. 시간 맞춰 버스에 오르던 기사가 챵위를 힐끔 쳐다보고는 보기 드문 미녀라 화를 내지는 못하고 웃으며 말했다.

"손님, 거기 발 올리면 안 돼요."

"네."

챵위는 천천히 발을 내렸다. 그런데 건너편에 앉은 남자의 시선이 느껴졌다.

'왜? 뭐 불만이냐? 이 몸이 지금 물불 안 가리고 친구를 도우려고 달려가는 중이거든? 비행기, 기차, 버스를 갈아타고 가느라 허리가 끊어질 거 같고 다리가 시큰거려 죽겠어서, 좀 올려놨는데, 왜, 뭐?'

챵위는 눈에 쌍심지를 켜고 남자 쪽으로 고개를 돌렸다.

순간 머릿속이 멍해졌다.

이 남자, 왜 이렇게 낯이 익지?

챵위는 기억력이 비상해서 한 번이라도 만났거나 사진이라도 본 사람은 바로 기억해냈다. 아주 촌스러운 사진 한 장이 머릿속에 떠올랐다. 경찰복 차림에 경찰모를 쓴 남자. 무뚝뚝한 얼굴이지만 눈빛은 따뜻해 보였다. 챵위는 사진을 보고 탄자오에게 이렇게 말했다.

"소개팅했다는 사람? 와우, 잘생겼네."

탄자오는 퉁명스럽게 대꾸했다.

"잘생기면 뭐 해…… 완전 돌부처야. 지금 이 돌부처를 어떻게 떼 버릴까 고민 중이야……."

그리고 며칠 전에 봤던 우위와 탄자오 모습도 떠올랐다. 둘은 지금 서로에게 단단히 빠져 있는 상태다. 챵위는 턱을 만지작거리다가 탄 자오에게 전화를 걸어 목소리를 한껏 낮춰 소곤거렸다.

"따주, 내가 지금 버스에서 누굴 봤거든. 누구게? ……따주가 소개 팅했던 남자. 근데, 실물이 사진보다 훨씬 잘생겼는데?"

탄자오는 선스옌도 천 교수 집과 관련된 일로 리현에 오는 중일 테 니 그를 잘 지켜보라고 했다. 챵위는 탄자오 말이 어딘가 좀 이상했지 만 알겠다고 했다.

전화를 끊고 다시 선스옌을 흘끔 쳐다봤다. 버스에 탄 다른 사람들 은 바로 곯아떨어졌는데 선스옌은 허리를 꼿꼿이 세우고 앉아 심각 한 표정으로 앞을 주시하며 뭔가 골똘히 생각에 잠겨 있었다. 챵위는 세상에 무서울 게 없는 성격답게 갑자기 그를 놀리고 싶어졌다. 벌떡 일어나 선스옌 옆자리로 가 앉았다. 선스옌이 바로 돌아봤다.

"안녕하세요, 혼자 심심하니까 같이 가요."

선스옌은 잠깐 챵위를 쳐다보다가 무시하고 고개를 돌렸다. 챵위는 다리를 꼬고 한 손으로 앞좌석을 잡으며 대놓고 선스옌을 쳐다봤다. 그러고는 진지하게 물었다.

"우리 어디서 본 적 있지 않아요?"

"아닌 것 같은데요."

"다리시 형사, 맞죠?"

선스옌이 그제야 챵위를 유심히 쳐다봤다.

"누구시죠?"

선스옌은 사람을 잘 파악하는 편이지만 이 여자는 좀 애매했다. 얼핏 보면 20대 중후반 같은데 장난기가 넘쳐 20대 초반으로도 보였다. 하얗고 가느다란 손목에 찬 검은 가죽 팔찌에는 은빛 해골 장식이 달려 있었다. 화장은 전혀 하지 않았는데 눈에 띄게 예쁜 외모였다.

"나는 좡…… 탄자오 친구 저우샤오위예요. 지금 탄자오를 도우러 가는 중이에요."

"……."

좡위는 옆에 아무도 없는 것처럼 입이 찢어져라 하품을 하고는 팔짱을 끼고 의자에 깊숙이 기대앉았다.

"난 좀 잘게요. 도착하면 깨워줘요."

선스옌은 뭐라고 말을 하려다 말았다. 이런 여자는 정말 처음이었다. 혼자 할 말 다 하더니 왠지 마음을 불편하게까지 만들고…… 정말 난감한 여자였다.

좡위가 다시 입을 열었다.

"그쪽도 탄자오 도와주러 가는 거예요?"

선스옌은 잠시 고민하다 대답했다.

"네. 한번 가보려고요."

눈을 감은 좡위의 입꼬리가 살짝 올라갔다.

"오, 괜찮네. 완전히 돌부처는 아니네요."

"……."

좡위는 금방 잠이 들어 고른 숨을 내쉬었다. 선스옌은 여기저기 연락을 해놓고 천 교수 집 상황을 예의 주시하고 있었다. 그런데 특이한 시민 제보가 있었다. 천 교수 집에서 누군가 구조 신호를 보내고 있다는 내용이었다.

일련의 일들을 급히 처리하고 천 교수 집에서 가장 가까운 파출소에서 출동 약속을 받아냈을 때는 이미 자정이 넘은 시간이었다. 선스옌은 잠시 창밖으로 시선을 돌렸다. 나뭇가지마다 눈이 쌓여 있었다. 눈길을 달리느라 버스 도착 예정 시간도 계속 지연되었다.

옆에 앉은 촹위가 갑자기 몸을 부르르 떨더니 선스옌을 꼭 붙잡았다. 잠이 깬 것 같지는 않았다. 촹위 머리가 천천히 기울어 선스옌 어깨 위에 안착했다.

선스옌은 순식간에 굳어버렸다. 서른이 다 되도록 여자를 이렇게 가까이 해본 건 처음이었다. 아무리 봐도 어려 보였는데, 잠자는 모습은 또 아주 터프했다. 촹위는 어려서부터 이불을 깔아뭉개고 자는 버릇이 있었는데 꿈결에 선스옌을 붙잡고는 이불인 줄 알고 온몸을 던지다시피 했다. 마지막으로 다리를 올리려는데 선스옌이 빠른 판단과 민첩한 동작으로 재빨리 피했다. 다리 올리기에 실패한 촹위는 잠결에도 입을 삐죽였다. 하지만 허리를 붙잡고는 만족스럽게 입꼬리를 올리며 계속 잤다.

선스옌은 밧줄에 묶인 것처럼 옴짝달싹할 수 없었다. 장신의 건장한 몸이 정말 돌부처가 돼버렸다. 조금이라도 몸을 빼내보려 했지만, 촹위는 살짝만 건드려도 얼굴을 찡그리며 더 바짝 안겼다. 선스옌은 한겨울인데도 온몸에 땀이 났다. 이대로 있으면 안 되겠다는 생각이 들었다. 촹위가 깊이 잠들어 아무것도 모른다 해도 상대가 여자인 만큼 괜한 오해를 살지도 몰랐다. 물론 선스옌은 무슨 짓을 할 사람이 아니지만.

선스옌은 촹위를 깨우려다 멈칫했다. 깊은 잠에 빠진 촹위가 눈물을 흘리고 있었다. 조용히 흘러내리는 맑고 투명한 눈물이 희미한 불빛을 받아 은은하게 빛났다. 촹위가 뭐라고 웅얼거렸다.

"스옌…… 스옌……."

선스옌은 순간 온몸이 얼어붙었다. 촹위 얼굴을 뚫어지게 쳐다봤지만 낯선 사람이 분명했다. 그런데 어째서 이렇게 친근하게 이름을 부르는 걸까? 선스옌은 더 이상 이 여자를 밀어내고 싶지 않았다. 챵위가 손에 힘을 풀고 편히 잠들 때까지 정말 돌부처처럼 꼼짝도 하지 않았다. 그렇게 있다가 살짝 그녀 손을 만져봤는데 좀 차가웠다. 선스옌은 조심스럽게 겉옷을 벗어 챵위에게 덮어주었다. 챵위는 잠결에도 온기를 느끼고는 몸을 움츠리며 선스옌 옷 안으로 파고들었다. 선스옌은 다시 창밖으로 시선을 돌렸다. 함박눈이 펑펑 쏟아지는데도 하늘 끝은 기어이 밝아오고 있었다.

굵은 눈발과 산골짜기의 깊은 어둠을 헤치고 기어이 솟아오르려는 저 아침 해처럼, 머지않아 그의 인생을 찾아오려는 그것은, 도대체 무엇일까?

**

챵위는 하오네 집에 와 있었다. 초인종 소리에 문을 여니 경찰복 차림의 키 큰 남자가 서 있었다. 챵위는 남자의 얼굴을 똑바로 쳐다봤다. 사진으로는 꽤 잘생기고 건장해 보인다는 느낌뿐이었는데, 실물을 보니 눈이 크고 맑은 데다 콧대도 곧고 높아 전체적으로 지적인 분위기까지 풍겼다. 탄자오는 남자 보는 눈이 없구나!

선스옌은 챵위를 힐끗 쳐다보고 물었다.

"저우샤오위 씨?"

"네?"

선스옌이 신분증을 꺼내 챵위에게 보여주었다.

"동부경찰서 형사1팀 선스옌입니다. 잠깐 들어가도 될까요? 탄자오 씨 지인입니다."

챵위는 들어오라는 뜻으로 옆으로 비켜섰다. 선스옌이 고맙다는 인사로 살짝 미소 지으며 들어서는데 뒤에서 챵위가 말했다.

"그렇게 소개 안 해도 누군지 아는데."

선스옌이 멈칫한 사이 챵위가 앞장서서 길을 안내했다. 선스옌은 챵위의 뒷모습에서 눈을 뗄 수 없었다. 심플한 티셔츠에 검은 가죽 바지를 입은 몸매가 멋졌고 폭포수처럼 흘러내린 검은 머리카락은 걸음에 맞춰 찰랑였다. 선스옌은 잠깐 넋을 놓고 있다가 얼른 정신을 차리고 시선을 돌렸다.

7월 말, 옌위안 사건이 종결됐다.

챵위는 컴퓨터 앞에 앉았지만 놀랍게도 게임 생각이 전혀 없었다. 챵위가 멍하니 생각에 잠겨 있는 모습에 룸메이트도 뭔가 큰일이 난 게 틀림없다고 생각했다.

한참 후, 챵위는 휴대전화를 들고 밖으로 나가 탄자오에게 전화를 걸었다.

"……따주, 그 돌부처 형사랑은 전혀 가능성 없는 거지?"

눈치 빠른 탄자오는 바로 웃음을 터트렸다. 젠장!

"그 형사랑은 원래 아무 사이 아니야!"

탄자오와 통화를 하고 나니 기분이 한결 개운했다. 사실 챵위가 생각해도 선스옌은 탄자오의 이상형은 아닐 것 같았다. 챵위는 휴대전화를 만지작거리다가 자세를 바로 하고 선스옌 전화번호를 찾아 눌렀다.

"여보세요."

"여보세요? 저우샤오위 씨, 무슨 일이시죠?"

번호를 저장해뒀나? 아니면 목소리를 알아들은 건가? 어느 쪽이 됐든 챵위는 기분이 좋았다.

"아, 다름이 아니라, 이번에 제 친구를 많이 도와주셔서 감사의 뜻으로 식사를 대접하고 싶은데요."

창위는 아주 차분하게 그렇게 내뱉고는 바로 후회했다. 젠장, 이거 누가 봐도 작업 걸 때 하는 말 같잖아!

선스옌은 잠시 대답이 없었다. 예민한 창위는 괜히 전화했다고 더더욱 후회했다.

"밥은 내가 살게요. 사건 해결하는 데 내가 도움을 받은 거니까요. 그리고 학생한테 얻어먹을 순 없죠."

선스옌 목소리에 어렴풋이 웃음기가 섞여 있었다. 창위는 자기도 모르게 같이 웃었다.

"좋아요."

전화를 끊고 방으로 돌아간 창위 얼굴에 봄바람이 불었다. 룸메이트가 눈치 빠르게 물었다.

"너 그 묘한 웃음은 뭐야? 남자 친구 생겼지?"

창위는 휴대전화를 책상 위에 툭 던지고 의자에 앉아 빙그르르 돌며 대답했다.

"곧 생길 거야."

달력을 보았다. 두 사람은 며칠 뒤인 8월 2일에 만나기로 했다.

***

'동부경찰서 형사1팀 선스옌 형사를 찾아가 봐. 만나보면, 그 형사도 창위를 기다리고 있었다는 걸 알게 될 거야.'

우위는 그렇게 말했다.

흐릿하지만 가슴에 깊이 박힌 어떤 기억들이 마치 간밤의 꿈처럼 떠오를 듯 말 듯 창위 안을 맴돌았다. 창위는 어떤 상황에서도 결코 허둥대는 스타일이 아닌데, 카페에서 나와 눈부신 햇살을 바라보는 순간 갑자기 설원 위에 홀로 버려진 것처럼 뼛속을 파고드는 한기를 느꼈다. 동시에 무언가를 떠올렸다.

선스옌.

선스옌.

기러기 날아올랐다가 내려앉고, 물고기 늘 그 자리에 있네.

기러기 날아올랐다가 내려앉고, 내 마음 늘 그 자리에 있네.

…….

알 수 없는 문장, 알 수 없는 이름이 좡위 머릿속에서 떠나지 않았다. 거리가 인파와 차량으로 북적거리기 시작했지만 좡위는 아무것도 들리지 않고 아무것도 보이지 않았다.

대신 좡위 어깨에 기대 부드럽게 속삭이는 남자 목소리가 들렸다.

'좡위…… 좡위…….'

그 부드럽고 매력적인 저음이 생생했다.

'좡위…… '

'다음엔 절대 날 잊지 마.'

'앞으론 내가 더 잘할게. 평생 잘할게. 경찰의 명예를 걸고 맹세해.'

지난 1년, 좡위는 이 흐릿한 기억에 매여 있었다.

시공간의 혼돈 속에서 좡위와 선스옌 두 사람의 시간은 손가락 사이로 빠져나가는 물처럼 도무지 잡히지 않았다.

'이 몸은 평생 후회란 걸 해본 적이 없어. 꼭 잡을 거야. 목숨 걸고 잡을 거야!'

좡위는 바로 택시를 잡아탔다. 멍하니 창밖을 내다보던 좡위는 갑자기 눈시울이 붉어졌다.

"기사님! 빨리 가주세요!"

택시는 쏜살같이 달려 동부경찰서 정문 앞에 멈춰 섰다. 좡위는 지폐 한 장을 내밀고 거스름돈도 받지 않은 채 빛의 속도로 택시에서 내렸다. 경찰서 정문에서 경비 경찰이 막아섰지만 태권도 유단자 쫭위는 순식간에 휙 몸을 피해 안으로 뛰어 들어갔다. 경비 경찰은 어안이 벙벙해 잠시 후에야 정신을 차리고 뒤쫓아 갔지만 오가는 사람 속에 쫭위의 모습은 보이지 않았다.

쫭위는 형사1팀 사무실로 들어갔다. 낯선 그녀를 보고 누군가 물었다.

"누구 찾아 오셨어요?"

"선스옌 형사요."

"아, 지금 대회의실에서 회의 중이에요."

"고맙습니다."

쫭위는 바로 대회의실을 찾아갔다. 가는 길에 문득 벽에 걸린 달력을 봤다.

2017년 8월 6일.

다행히 많이 늦지 않았다. 원래 약속보다 4일 늦었을 뿐이다.

굳게 닫힌 회의실 문 너머에서 말소리가 들렸다. 쫭위는 개의치 않고 힘껏 문을 열었다. 회의실 문이 벽에 쾅 부딪히고 스무 명 남짓한 사람들의 어리둥절한 시선이 일제히 쫭위를 향했다.

쫭위 눈에 다른 건 보이지 않았다.

오직 한 남자만 보였다. 경찰 제복을 입고 짧은 머리를 단정하게 가다듬은 남자는 상황을 보고하는 중이었는지 손에 두꺼운 자료를 들고 있었다. 쫭위를 바라보는 그의 눈빛은 그저 어리둥절해하는 듯 보였다. 아니, 어쩌면 쫭위처럼 모든 걸 깨닫고 만감이 교차하는 중인지도 모른다.

선스옌은 뚫어져라 쫭위를 쳐다봤다. 자신이 뭘 하고 있었는지, 손에 뭘 들고 있는지 아무 것도 생각나지 않았다. 잠시 후 그의 눈이 반짝거렸다. 꿈처럼 아득하지만 수많은 장면이 떠올랐다.

눈시울이 뜨거워진 챵위는 코를 훌쩍거리며 선스엔에게 다가갔다. 주위에 사람이 많았지만 전혀 신경 쓰지 않았다. 챵위는 선스엔과 조금 떨어진 거리에서 멈췄다.

"아직 아무것도 기억나지 않는 거라면…… 이 몸은, 그냥 돌아갈게."

선스엔이 들고 있던 자료가 바닥으로 떨어졌다. 선스엔은 성큼성큼 다가가 그녀를 품에 안았다. 그리고 강렬한 키스를 퍼부었다. 선스엔 목을 꼭 끌어안은 챵위는 선스엔보다 더 열정적이었다.

회의실은 난장판이 됐다. 상사의 호통과 동료들의 야유가 뒤섞여 회의실이 떠나갈 듯했다. 선스엔은 형사1팀 최고의 인재로 팀장이 특별히 아끼는 후배였다. 그런 그가 주변 시선도 무시한 채 회의실에서 여자를 끌어안고 키스를 퍼붓더니 꼭 끌어안고 놓을 줄을 몰랐다.

잠시 후 선스엔은 벌겋게 상기된 얼굴로 뭔가 굳은 결심을 한 듯 반차를 요청했다. 그러고는 팀장이 대답을 하기도 전에 챵위 손을 잡고 밖으로 뛰어나갔다.

챵위는 평생 이렇게 즐거운 적이 없었다. 슬픔과 달콤함과 행복이 동시에 밀려와 가슴이 터질 것만 같았다. 마음이 벅차면서도 평온했다. 흰 구름이 고요히 떠가는 하늘처럼, 적막한 경찰서 앞마당처럼, 그렇게 평온했다.

두 사람은 아무도 없는 곳으로 달려갔다. 챵위는 아무 말 하지 않았고 선스엔은 다시 그녀를 꽉 끌어안았다. 어찌나 세게 안았는지, 챵위는 몸이 으스러질 것만 같았다. 하지만 미소를 지으며 선스엔이 안고 싶은 만큼 안도록 내버려뒀다. 잠시 후 마음을 가라앉힌 선스엔이 챵위를 풀어주고는 챵위 얼굴을 뚫어져라 바라봤다.

그녀가 웃었다.

그도 웃었다.

하지만 두 사람 모두 눈시울이 붉어졌다.

"언제 생각났어?"

"널 보는 순간……. 그 기억이 얼마나 오랫동안 날 괴롭혔는지 몰라. 꿈에서도 네가 보이고, 눈을 떠도 네가 아른거리고, 하루하루가 온통 너뿐이었어. 그래도 도저히 찾을 수가 없었는데……."

선스옌이 그렇게 힘들었다니, 챵위는 마음이 너무 아팠다. 자신도 지난 1년 동안 허전한 마음으로 고통스럽게 살아왔으면서 말이다. 챵위가 따뜻한 미소를 지으며 선스옌 머리를 쓰다듬었다.

"내가 그랬잖아. 나는 절대 배신 같은 거 안 한다고. 봐봐, 이렇게 찾아왔잖아……. 지금까지 계속 기회를 놓쳐서 하지 못한 말이 있는데 오늘은 꼭 해야겠어. 선스옌, 사랑해. 시간이 아무리 우리를 괴롭혀도 절대 지지 않을 거야."

구름과 달이 만날 때 2

1판 1쇄 인쇄 2022년 10월 17일
1판 1쇄 발행 2022년 11월 4일

지은이 딩모 **옮긴이** 양성희
펴낸이 김영곤 **펴낸곳** (주)북이십일 아르테

책임편집 원보람 **디자인** 박숙희 **일러스트** Ye Ming Zhu
아르테출판사업본부 문학팀 김지연 임정우
해외기획실 최연순 이윤경
출판마케팅영업본부 본부장 민안기
출판영업팀 최명열
마케팅2팀 나은경 정유진 박보미 백다희
제작팀 이영민 권경민

출판등록 2000년 5월 6일 제406-2003-061호
주소 (우 10881) 경기도 파주시 회동길 201(문발동)
대표전화 031-955-2100 **팩스** 031-955-2151

아르테는 (주)북이십일의 문학 브랜드입니다.

ISBN 978-89-509-4175-8 04820
      978-89-509-4176-5 (세트)